Mathias Nolte

Roula Rouge

Mathias Nolte

Roula Rouge

Roman

Deuticke

Für Laura, Paulina, Louisa und Philippe

1 2 3 4 5 11 10 09 08 07

ISBN 978-3-552-06053-1

Satz: Eva Kaltenbrunner-Dorfinger, Wien
Druck und Bindung: Ebner & Spiegel, Ulm
Printed in Germany

Du glaubst zu schieben,
und du wirst geschoben.

GOETHE

Teil Eins

Eins

Warum ausgerechnet Berlin? Ich hätte überall hingehen können – nach Paris oder Hamburg, nach New York, Palm Beach oder Zürich. Ich hätte auch in München bleiben können. Warum also, ohne Not, Berlin?

Vielleicht, weil ich gerade mal wieder Billy Wilders *Eins, zwei, drei* gesehen hatte und sehr viel lachen musste.

Vielleicht, weil ich die Stadt kaum kannte und vor allem sie mich nicht.

Vielleicht aber auch, weil in Berlin Verlierer weniger auffallen als an irgendeinem anderen Ort der westlichen Hemisphäre.

Ich heiße Schotter, Jonathan Schotter. Mein Nachname passt nicht zu mir, ich weiß … Er klingt rücksichtslos. Eigentlich bin ich das genaue Gegenteil von meinem Namen: einszweiundachtzig groß, schlank, gepflegt und sehr zuvorkommend. Meine Frau hat sich seinerzeit geweigert den Namen Schotter anzunehmen. Er klinge ihr zu sehr nach Schrotthändler, hatte sie gesagt, während sie den vorsichtigen Versuch unternahm, mich zu überreden, ihren Namen zu tragen. Aber soweit ging die Liebe dann doch nicht. Zum Glück, möchte ich heute sagen. Jonathan von Lilienthal passt wirklich noch weniger zu mir als Schotter. Und das hat nichts damit zu tun, dass meine Frau und ich bereits seit knapp einem Jahr wieder geschieden sind.

Das hatte übrigens dieselben Gründe, die Susanne von

Lilienthal bewogen haben, sich in mich zu verlieben. Was am Anfang unserer Beziehung zärtlich mit »Jonathans Feingefühl« und »seine Ordnungsliebe« umschrieben wurde, war an deren Ende Pedanterie, ein Wort, das mir immer wieder wie ein nasses Handtuch um die Ohren geschlagen wurde. Ich war nur noch ein »erbärmlicher Pedant«.

Wurde ich am Anfang für meine gepflegten Hände geliebt, machte sie sich am Ende darüber lustig, dass ich einmal in der Woche zur Maniküre ging. Sicher, ich lege Wert auf mein Äußeres. Ohne Krawatte fühle ich mich nackt. Ich besitze mindestens ein Dutzend Anzüge aus feinstem Zwirn, und ich trage fast ausschließlich Alden-Schuhe aus weichem Pferdeleder, die ich, wie der Hersteller es empfiehlt, alternierend mit brauner und schwarzer Wichse putze. (Ja, ich putze selbst.) Meine Socken gehen bis zu den Knien, damit man meine weißen Waden nicht bemerkt, wenn ich die Beine übereinander schlage. Die Klasse eines Mannes erkennt man an der Länge seiner Socken. Dieser Satz hat sich mir eingebrannt, seit eine ältere Freundin ihn mir vor einem Vierteljahrhundert mit auf den Weg gegeben hat.

Ich bin seit ein paar Tagen achtundvierzig Jahre alt und habe schwere Zeiten hinter mir. Ich habe nicht nur meine Frau an einen argentinischen Dichter und Polospieler verloren, sondern auch meinen lukrativen Job an einen siebzehn Jahre jüngeren Kollegen aus Zürich. Ich war Senior Vice President einer großen amerikanischen Werbeagentur in München und darf ohne Übertreibung behaupten, die Werbung sähe ohne mich in Deutschland heute anders aus.

Pünktlich zu Weihnachten im vergangenen Jahr bekam ich meine Kündigung, mit einem goldenen Handschlag zwar – aber wie viel Mammon braucht es, das Gefühl der eigenen Nutzlosigkeit aufzuwiegen?

Zu allem Überfluss erlitt ich einen Monat später einen

Schwächeanfall beim Tennisspielen. Ich wurde ohnmächtig, und als ich wieder zu mir kam, machten mir zwei Ärzte unmissverständlich klar, dass ich eine neue Herzklappe brauchte. Und zwar so schnell wie möglich. Ich hatte mich zwischen einer künstlichen und einer biologischen zu entscheiden. Ich entschied mich für die biologische, und zwar eine vom Stier. Ich hätte auch eine Schweineklappe wählen können, aber das war mir dann doch zu unappetitlich. Die biologische Klappe hat den Vorteil, dass man kein Macromar schlucken muss. Macromar kann fürchterliche Nebenwirkungen haben. Tägliches Blutspucken gehört noch zu den harmloseren, hat man mir gesagt.

Aber lassen wir das. Ich will niemanden mit meiner Krankengeschichte belästigen, auch nicht mit dem letzten Schicksalsschlag Anfang März dieses Jahres: Paulas Freitod. Paula war meine vorletzte Freundin. Wenn ich an sie denke, kommen mir die Tränen, und das will ich im Augenblick nicht.

Ich sitze auf der Terrasse des Dressler am Kurfürstendamm, an einem der letzten Oktobertage, die Sonne scheint. Auf dem runden Tisch vor mir steht ein Glas Latte Macchiato. Die Zuckertüte auf der Untertasse schmückt ein Spruch von Cäsar Flaischlen (wer immer das ist): *Und wenn es kommt und wenn's dich fasst und über dir zusammenschlägt, Streit und Neid und Hast und Last … vergiss nicht, dass du Flügel hast.*

Mir gegenüber sitzt eine junge Frau. Sie liest ein Buch mit dem Titel *Ich werd auf eure Gräber spucken*. Während der letzten halben Stunde hat ihr Blick nicht für einen Moment die Seiten verlassen.

Ich lebe jetzt genau seit einem halben Jahr in Berlin.

Warum?

Zwei

Das Wetter schlägt um, fühlte ich wieder einmal, als ich die Meinekestraße Richtung Kurfürstendamm hinunterschlenderte. Ich streichelte die Narbe auf meiner Brust, die ich schon fast vergessen hatte. Nur wenn sich das Wetter änderte, wurde ich daran erinnert, dass ein Teil von mir einem Tier gehörte.

Ich war seit zwei Tagen in Berlin und wohnte in einer kleinen Pension über der Botschaft von Haiti. Das von mir gemietete Loft lag ein paar Häuser weiter, in einem Hinterhof der Meineke. Man hatte mir versprochen, dass die Umbauarbeiten in den nächsten Tagen beendet sein sollten und ich einziehen konnte. Die Telekom hatte schon die Leitungen frei geschaltet, und die Handwerker, die das Parkett verlegt hatten, polierten ehrfurchtsvoll den Boden als gehörte er zum Petersdom. Ich hatte mich für geräucherte Eiche entschieden. Die war zwar sehr dunkel, aber da die gesamte Westfront aus drei Meter zwanzig hohen Scheiben bestand und zwei Wände schneeweiß waren, spielte das keine Rolle. Die Südwand hatte ich vom Putz befreien lassen. Sie bestand jetzt nur noch aus roten Ziegeln.

Der Raum war groß, hundertachtzig Quadratmeter, vielleicht sogar noch größer. Zum Loft gehörten außerdem zwei kleinere Räume von jeweils rund zwölf Quadratmetern und ein Badezimmer mit allen erdenklichen Extravaganzen, überdimensionierter Duschkopf, Bidet, eine Badewanne, in der man sich hätte freischwimmen können.

Da das Leben in den letzten Monaten nicht sehr fair mit mir umgegangen war, wollte ich mich jetzt selbst belohnen. Das Loft hatte ich im Internet gefunden und war nach Berlin geflogen. Es war Liebe auf den ersten Blick. Außerdem gefiel mir die Gegend, der alte Westen der Stadt war mir lieber als der neue Osten. Wenn ich in den vergangenen Jahren immer wieder einmal für einen Kurzbesuch nach Berlin gekommen war, zu einem Fest des Art Directors Club oder zur Grünen Woche, hat mich mein Weg immer in die Meinekestraße geführt, entweder zu Hardtke, wo es den besten Grünkohl mit Pinkel und die beste Blut- und Leberwurst gab, oder zur Fnac, wo man die neusten Bücher und CDs, Computer, PDAs und Handys kaufen konnte, alles also, was dem modernen Menschen heute wichtiger zu sein schien als frische Luft zum Atmen.

Hardtke und Fnac gab es inzwischen nicht mehr in der Meinekestraße, dafür hatten sich auch hier Lidl und Schlecker breit gemacht. Aber das störte mich nicht, als ich an diesem letzten Apriltag des Jahres Richtung Kudamm schlenderte und vor einem Modegeschäft für einen Moment stehen blieb. Ich betrachtete mein Spiegelbild im Schaufenster und war mit mir zufrieden. Wenn man mich in diesem Augenblick gefragt hätte, wie ich mich fühlte, ich hätte *beschwingt* geantwortet. Und das hatte nur bedingt mit meinem neuen Zuhause zu tun oder mit dem Himmel, der plötzlich aufgerissen war und es zuließ, dass die Nachmittagssonne die Straße in ein warmes Licht tauchte.

Beschwingt fühlte ich mich, weil meine Gedanken nicht mehr ständig um meine Freundin Paula kreisten, die ihr Leben mit einem Sprung aus dem Fenster beendet hatte. Je mehr Tage seit Paulas Sprung vergingen, desto mehr erschien mir ihr Tod wie der Tod einer Heldin im Kino. An diesem Nachmittag spielte Paula keine Rolle mehr.

Ich kam am Arlecchino vorbei. Der Kellner vor der Eingangstür lächelte mir zu. »Einen kleinen Grappa?«, fragte er.

Außer meiner Wirtin und den Handwerkern im Loft, war der Mann mit der bodenlangen, weißen Schürze der Einzige, mit dem ich seit meiner Ankunft in der Stadt mehr als drei Sätze gewechselt hatte. Ich hatte im Arlecchino am Abend zuvor gegessen, Ruccola-Salat (die Ärzte sagten, ich sollte viele Bitterstoffe essen), Spaghetti mit Meeresfrüchten, drei Gläser Gavi. Während des Essens war ich mit dem Kellner ins Gespräch gekommen. Er hieß Branco. Branco stammte aus Montenegro, musste im Arlecchino aber so tun, als sei er Italiener. Darauf hatte sein Onkel bestanden, dem neben diesem Lokal noch zwei Nachtclubs und ein weiterer Edel-Italiener in der Gegend gehörten. Brancos Italienisch beschränkte sich auf buon giorno, buona sera, arrivederci, come sta? Und mille grazie, natürlich. Die Italiener haben den Krieg gewonnen, hatte Branco verkündet. Jedenfalls den in der Küche. Brancos Deutsch war gut, wenn er übers Boxen oder über Fußball redete sogar sehr gut.

Ich lehnte seine Einladung auf den Grappa ab. Aber einen Espresso könne er mir bringen. Der Mann aus Montenegro zeigte auf einen der drei freien Tische auf dem Trottoir und verschwand ins Lokal. Auf der anderen Straßenseite stritt ein Ladenbesitzer mit einem Penner, weil der sich zu nah an den Eingang des Ladens gesetzt hatte.

»Du vertreibst mir die Kunden, du versifftes Schwein. Mach dich vom Acker!«

Ich blinzelte in die Sonne und musste lächeln. Mach dich vom Acker, wiederholte ich leise.

Der Penner stand langsam auf, ließ die Münzen aus dem Brotkorb, der zwischen den Oberschenkeln geruht hatte, in seine Hand gleiten und von der Hand in die Hosentasche. Gebückt schlich er sich zum Kudamm, wo er sich an der ersten Ecke genau neben dem Internet-Café niederließ.

Branco kam mit dem Espresso und der Nachricht, dass der Chefredakteur einer oppositionellen Tageszeitung in Montenegro gerade auf offener Straße mit Schüssen aus Maschinenpistolen hingerichtet worden sei.

»Welt wird nicht besser«, sagte Branco.

Welt wird besser, dachte ich und streichelte die Narbe auf meiner Brust.

Was interessierte mich das Leid der Welt, wo ich doch selbst so sehr gelitten hatte? Nicht nur wegen Paula, gewiss nicht. Schließlich hatte auch mich persönlich, hatte auch mein Herz der Flügelschlag des Todes gestreift. Schließlich war auch meine schöne, heile Welt in die Brüche gegangen. Was unterschied das Los eines Redakteurs aus Montenegro, der wahrscheinlich im Todeskampf noch stolz sein durfte auf das, was er erreicht hatte, der wahrscheinlich in der Gewissheit gestorben war, noch lange Zeit als Märtyrer gefeiert zu werden, von meinem eigenen Los? Nichts unterscheidet dich, Jonathan Schotter, sagte ich mir, von dem Penner am Kudamm, nichts, außer deiner Kleidung, dem grauen Coolwool-Anzug und den blank polierten Schuhen aus weichem Pferdeleder.

Was scherte mich der Balkan, der Irak …? Mi dispiace, Branco! Und Ciao! Ich fühlte mich seit Monaten zum ersten Mal wieder so leicht wie eine Feder. Ich haderte nicht mehr mit meinem Schicksal, ich hatte mich ihm ergeben. Ich war so fröhlich, dass ich große Lust hatte, fünfzigtausend Euro in Nokia-Aktien anzulegen, ein italienisches Lied zu pfeifen und einen Schweizer zu verprügeln.

Vor dem Internet-Café überlegte ich kurz, ob ich meine Mail checken sollte, sah aber gleich wieder davon ab, weil mir sowieso keiner schrieb, außer holländischen Online-Apotheken, die mir Viagra ohne Rezept verkaufen wollten.

Der Penner sah zu mir auf. Ich warf einen Euro in den Brotkorb und überlegte, ob ich nach rechts, Richtung Gedächtniskirche, gehen sollte oder nach links. Ich entschied mich für rechts, lief weiter zum Bahnhof Zoo, stieg in die S 5 und fuhr zur Friedrichstraße. Von dort aus ließ ich mich treiben. Bei Dussmann kaufte ich mir einen Stadtplan und ein Buch über die ehemalige Stalinallee, im Café Einstein trank ich noch einen Espresso. Dann ging ich die Linden hoch, vorbei an der Oper, vorbei an der Uni, vorbei an der Neuen Wache. Ich hatte kein Ziel und konnte mich nicht erinnern, jemals kein Ziel gehabt zu haben. Am Alexanderplatz bestieg ich wieder die S5 in die andere Richtung.

Viel später fragte ich mich, was die Zukunft gebracht hätte, wenn ich an diesem Aprilnachmittag, als sich die Sonne hinter der Börse verkroch, den anderen Weg eingeschlagen hätte, wenn ich nach links und nicht nach rechts gegangen wäre. Eine Antwort fand ich nicht. Die Frage erinnerte mich aber an meinen alten Freund Otto, der vor drei Jahren an Lungenkrebs gestorben war. Otto hatte mir einmal gesagt, dass nicht die Notwendigkeit sondern der Zufall voller Zauber sei.

Drei

In der Bahn saßen mir zwei Mädchen gegenüber. Sie sprachen von einem Wessi. »So ein Lackaffe!«, erregte sich eines der Mädchen. »Was bildet der sich ein? Und wieso lässt du dir das gefallen, Mette? Ich würde den Scheißkerl fertig machen.«

»Lackaffe«, wiederholte das andere Mädchen und kicherte. »Das Wort hab ich noch nie gehört.«

»Parfümierte Lackaffen nennt meine Großmutter diese Typen immer.«

Ich war dabei das Netz der Berliner Verkehrsbetriebe im Stadtplan zu studieren und sah flüchtig auf. Eines der Mädchen trug ein giftgrünes T-Shirt, auf dem in rosa Schrift *Fuck Berlin!* leuchtete. Die Freundin tat so, als herrsche noch tiefster Winter. Sie trug eine schwarze Persianer-Jacke und eine tief in die Stirn gezogene rosa Pudelmütze ohne Pudel.

Der Zug verließ die Station Hackescher Markt.

»Genau so ein Arschloch ist mein Vater auch geworden«, sagte Fuck Berlin.

»Ich hab bis heute nicht verstanden, warum du nie versucht hast, ihn zu finden«, antwortete die Persianerin. Auf der Spitze ihrer Zunge blitzte ein Piercing auf. »Ich hätte Himmel und Hölle in Bewegung gesetzt.«

Fuck Berlin sah aus dem Fenster und schwieg.

Ich kam mir in meinen Sechshundert-Euro-Schuhen und mit meiner Hermès-Krawatte voller kleiner Elefanten plötzlich ganz furchtbar vor und hoffte, dass das Vetiver, das ich mir am Morgen auf meine Brustnarbe gesprüht hatte, verflogen war.

»Du musst doch neugierig sein?«, sagte die Persianerin. »Wenn ich mir vorstelle, es wäre mein Vater gewesen – undenkbar … Das ist doch vollkommen verrückt: Mein Vater macht an meinem fünften Geburtstag rüber und neunzehn Jahre soll es keine Spur von ihm geben. Das kann doch nicht sein.«

Die Persianerin knuffte einen Ellenbogen in Fuck Berlins Rippen. »Ich weiß, dass du nicht über ihn reden willst – trotzdem will ich wissen, warum du nie versucht hast, ihn zu finden?«

Der Zug fuhr in den Bahnhof Friedrichstraße ein.

»Wer sagt dir, dass ich nie versucht habe, ihn zu finden? Scheißkerl«, sagte Fuck Berlin.

Und dann: »Scheiße! Mensch, wir müssen raus …«

Die beiden Mädchen sprangen auf und rannten zur Tür. Die Bahnsteig-Lautsprecher forderten zum Zurücktreten auf. Fuck Berlin stand schon auf dem Bahnsteig, als die Persianerin eine Tür ins Kreuz bekam.

Ich verrenkte mir den Hals, um die beiden aus dem Fenster zu beobachten. Die Persianerin hielt sich an ihrer Freundin fest. Ihr Gesicht war schmerzverzerrt. Da riss sich Fuck Berlin plötzlich von der Persianerin los und stürmte auf mich zu. Sie schlug zuerst mit einer flachen Hand gegen das Fenster, hinter dem ich saß. Dann mit beiden Händen. Auf ihrem Gesicht hatte sich Panik breit gemacht, sie schrie irgendetwas, ich konnte sie nicht verstehen. Der Zug fuhr an. Fuck Berlin lief neben mir her, erst langsam, dann immer schneller. Wild gestikulierend deutete sie immer wieder mit dem Zeigefinger auf mich. Sie schien total verzweifelt.

Mit der Entfernung verloren wir uns aus den Augen. Ich war allein und ratlos. Und dann fiel mein Blick auf den Platz, auf dem sie gesessen hatte. Und dort lag er, ganz in die Ecke des Sitzes gedrückt: ein schwarzer Rucksack, kaum größer als eine Aktentasche.

Ich nahm ihn an mich und legte meine Arme um ihn.

Der Zug fuhr im Lehrter Bahnhof ein. Ich überlegte kurz, ob ich aussteigen und dort auf das Mädchen warten sollte.

Und wenn es zu verwirrt war, die nächste Bahn zu nehmen?

Ich fuhr weiter, vorbei am Reichstag, in dessen Kuppel Menschen wie Ameisen herumliefen, vorbei am Kanzleramt mit der Skulptur von Chillida, vorbei an der Schweizer Botschaft, auf der die Fahne des Landes wehte.

Eine so große Fahne für ein so kleines Land, dachte ich.

Auch an der Station Bellevue stieg ich nicht aus. Ich betrachtete den Rucksack und entdeckte einen Aufkleber. *Unabhängige Republik Usedom*. Ich tastete den Rucksack ab und hatte eine Ahnung. Ich öffnete den Rucksack und schloss ihn gleich wieder, als hätte ich in ihm eine Million

Euro in kleinen Scheinen entdeckt. Ich hörte mein Herz, der Stier stürmte los.

Im Rucksack lag ein Laptop, genauer gesagt ein iBook der Computerfirma Apple Macintosh. Apple-Benutzer liebten ihre Computer mehr als ihre Partner aus Fleisch und Blut. Das war bekannt. Sie vertrauten dem Rechner ihr Leben an. Sie suchten in ihm Trost, weinten sich vor seiner Screen aus. Ich konnte ein Lied davon singen. Bevor Susanne von Lilienthal begann, mich zu hassen, hasste sie meinen Mac. Mein Mac und ich, wir waren seit 1985 ein Paar. Ich erinnerte mich noch genau an den Tag – ich war damals junger Texter in einer Zürcher Werbeagentur –, als mein Boss in die Morgen-Konferenz kam und verkündete: »Unsere Zukunft heißt Apple, Freunde!« Und dann erklärte der System-Manager der Firma die Vorteile des Mac. Alle hassten ihn dafür, weil ein neuer Computer und ein neues Computer-System Lernen bedeutete. Drei Monate später waren wir alle Afficionados. Und die Buchstaben WYSIWYG hallten wie ein Heil bringender Schlachtruf durch die Großräume der Agentur.

Wenn einer wusste, wie Fuck Berlin fühlte, als sie verlassen, ohne ihren Rucksack über der Schulter am Gleis zwei des Bahnhofs Friedrichstraße der S 5 nachstarrte, dann war ich es. Ich zweifelte keine Sekunde, sie war in jenem Moment der unglücklichste Mensch auf der Welt.

Der Zug fuhr im Bahnhof Zoo ein. Ich steckte den Stadtplan in das Stalinallee-Buch und das Stalinallee-Buch in die Seitentasche meines Anzugs und hoffte, dass er nicht zu sehr ausbeulte. Mit dem Rucksack über der Schulter verließ ich den Zug. Ich wusste, dass sie nicht da sein konnten, aber ich sah mich auf dem Bahnsteig in alle Richtungen um und hielt Ausschau nach Fuck Berlin und der Persianerin. In der Bahnhofshalle suchte ich nach dem Fundbüro. Ein Polizist wies mir den Weg. Dort saß eine alte Jungfer an einem langen Tisch und las die BZ, auf dem Tisch lagen zwei abgegriffene Leitz-Ordner.

»Kann ich Ihnen helfen?«, fragte sie, ohne sich von der Zeitung abzuwenden.

Ich antwortete nicht.

»Entweder Sie haben was verloren, oder Sie haben was gefunden. Oder Sie sind hier falsch.« Der Blick der alten Jungfer löste sich noch immer nicht von der Zeitung.

»Ich bin falsch hier«, sagte ich.

Erst jetzt drehte sie sich zu mir um und lächelte. »Sehen Sie, so schnell werden bei uns die Probleme gelöst.«

Mit dem Rucksack über der Schulter verließ ich den Bahnhof. Es war inzwischen halb sieben, mein Ausflug in den Osten der Stadt hatte über drei Stunden gedauert. Im Nachhinein kam mir die Zeit wie zehn Minuten vor. Ich überlegte, ob ich in meine Pension gehen sollte, um herauszufinden, wem das iBook gehörte. Ich war mir sicher, ich würde innerhalb von Sekunden Namen, Adresse und Telefonnummer der Eigentümerin entdecken, sobald ich den Mac auch nur einen Spalt öffnete. Doch irgendetwas hielt mich davon ab.

Fuck Berlin tat mir leid, und ich fühlte mich ein wenig schäbig. Aber ich konnte nicht anders.

Vom Bahnhof Zoo ging ich bis zu Beate Uhse, bog dort in die Kantstraße ein und befand mich wieder auf einigermaßen vertrautem Terrain. Ich lief die Kant hinunter bis zur Schlüter, bog links in die Schlüter ein, bis ich wieder auf dem Kudamm war. Während des ganzen Weges schämte ich mich. Immer wieder stellte ich mir die Frage, wie ich mich an Stelle des Mädchens fühlen würde. Die Vorstellung, ein Fremder hätte freien Zugriff auf meine Festplatte …

Das Treiben auf der Straße lenkte mich eine Zeit lang

von meiner Beute ab. Der Kurfürstendamm hatte sich in den letzten Jahren verändert. Saftige Umsätze schienen nur noch die Kosovo-Albaner mit ihrem Hütchenspiel zu machen. Die Verkäuferinnen und Verkäufer in den Luxusgeschäften standen sich gelangweilt die Beine in den Bauch. Viele Geschäfte hatten Plakate in den Fenstern: *Wegen Insolvenz geschlossen* oder auch nur *Wir sind pleite.* Mey & Edlich war am Ende und auch Horn. Läden wie Bally oder Tommy Hilfiger lockten noch, perfekt ausgeleuchtet, mit ihrem Interieur – teuerstes Parkett, stainless steel soweit das Auge reicht. Aber auch hier: Kunden verzweifelt gesucht. Es war ganz offensichtlich, dass beide Konzerne ihre Paläste zu einer Zeit geplant hatten, als man noch annahm, die Weltbörsen gingen nur in eine Richtung, und zwar nach Norden.

Die Strumpfboutiquen Palmers und Falke waren bescheidener. Sie bemühten sich, ihre Kunden mit Puppen in gewagten Dessous zu kobern. Beim Blick in ihre Schaufenster versuchte ich mich zu erinnern, wann ich das letzte Mal mit einer Frau geschlafen hatte. Und wie sie hieß … Marion? Monika? Es fiel mir nicht ein. Dagegen erinnerte ich mich, dass dort, wo heute Tommy Hilfiger sein Domizil aufgeschlagen hatte, früher einmal das Kino Astoria war. Oder hieß es Astor? Jedenfalls hatte ich dort vor sieben Jahren, während der Grünen Woche, einen Film mit Happyend gesehen. Neben mir hatte Susanne von Lilienthal gesessen. Während des ganzen Films duldete sie meine Hand zwischen ihren Schenkeln und unsere Zukunft hatte damals rosarot geleuchtet. Als ich später im Copenhagen bei Rollmops und warmem Kartoffelsalat Susanne bat, meine Frau zu werden, schossen ihr Tränen in die Augen. Anschließend hatten wir unser Glück mit soviel Jubiläumsaquavit begossen, dass Susanne nach dem Essen vor der Tür des Restaurants stimmgewaltig den Pfarrer spielte: »Bist du, Jonathan Schotter, bereit, mich, Susanne von Lilienthal …«

Ein paar Passanten applaudierten, andere trompeteten den Hochzeitsmarsch.

Auch das Copenhagen war inzwischen geschlossen. Wahrscheinlich konnten die Besitzer die hohe Miete nicht mehr aufbringen. Mercedes-Benz hatte aus dem Ort einen Showroom gemacht. Ähnlich muss es dem Café Möhring ergangen sein. Ein Foto-Fix-Geschäft und der Sylter Fischhändler Gosch teilten sich jetzt die Quadratmeter. Bevor das Foto-Fix-Geschäft einzog, daran erinnerte ich mich noch, hatte sich an dieser Stelle noch die Anlageabteilung der Schweizer Credit Suisse versucht, bei der ich heute noch immer ein Konto besaß. Die Bosse der Bank mussten rasch bemerkt haben, dass in Berlin nichts zu holen war und verabschiedeten sich so schnell, wie sie gekommen waren.

Glotzen und Träumen war in der Stadt angesagt. Überall drückten sich Menschen an den Schaufenstern die Nase platt. Selbst in der Viktualienabteilung des KaDeWe, das hatte mir der Kellner Branco verraten, wurde nicht mehr gekauft und konsumiert, man ging am Sonnabend dorthin, um die Austern zu bestaunen, den russischen Kaviar und den Hummer aus Maine.

Als ich gegen halb acht an diesem Abend in der Meinekestraße 5, meinem vorübergehenden Wohnsitz, ankam, war mir plötzlich klar, Berlin und ich hatten dasselbe Schicksal: Wir waren beide angeschlagen, versuchten nach außen aber noch den letzten Schein zu wahren.

Vier

Eine Viertelstunde später saß ich in der Pension auf der viel zu weichen Matratze meines Bettes und betrachtete den Rucksack-Inhalt, den ich vor mir ausgebreitet hatte.

In der Mitte lag das noch geschlossene iBook, an dessen Vorderseite ein weißes Licht durch das Gehäuse schimmerte. Das Licht leuchtete mal stärker, mal schwächer. Es sah aus, als atmete das Gerät.

Um das iBook herum hatte ich die restlichen Gegenstände aus dem Rucksack auf dem Bett verteilt: ein Lippenstift, eine angebrochene Zigarettenschachtel der Marke Nil, Kaugummipapier, zwei Damenbinden, fünfundzwanzig Euro in Fünferscheinen, eine alte, amerikanische Ausgabe der Zeitschrift Rolling Stone und ein Lederbeutel, in dem sich drei verschiedene Scheren, ein Rasiermesser mit Perlmuttgriff, eine Halskrause und ein Nackenpinsel befanden.

Das war's. Kein Ausweis, kein Führerschein, nichts, was Rückschlüsse auf die Identität der Inhaberin des Rucksacks zuließ. Die aber würde ich jetzt in dem Rechner finden, daran zweifelte ich nicht.

Genau in dem Moment, als ich das iBook öffnen wollte, klopfte es an der Tür. Ich schrak zurück, wie ein Junge, der etwas ausfressen wollte und Gefahr lief, dabei ertappt zu werden. Meine Wirtin steckte den Kopf zur Tür herein. Ich genierte mich, weil ich nur mein Hemd trug, Boxer-Shorts, knielange Socken und Schuhe. Wegen meiner Angst vor Milben mochte ich auf der Auslegeware des Zimmers nicht barfuss herumlaufen. Meine Wirtin lächelte, als hätte sie Verständnis für meine Befürchtung. Dann blickte sie auf den stummen Diener, der meinen Anzug und die Krawatte mit den Elefanten trug.

»Entschuldigen Sie die Störung, Herr Schotter«, sagte

sie. »Bulthaup hat angerufen. Ich soll Ihnen ausrichten, die Monteure kommen am Montagmorgen um acht Uhr und beenden den Aufbau ihrer Küche.«

»Danke, Frau Philipps«, antwortete ich und hoffte, dass sie mich wieder allein ließ. Das tat sie aber nicht. Sie blieb im Türrahmen stehen, sah mich an. Und ich sah sie an. Sie trug hochhackige Schuhe und einen dünnen Rock. Im Licht des Flurs zeichneten sich ihre Beine unter dem Rock ab. Ich schätzte sie auf sechzig, vielleicht sogar Mitte sechzig. Ihr Körper schien noch makellos.

»Sie wissen schon, was wir vereinbart haben, Herr Schotter? In meiner Pension wird nicht geraucht.«

»Ich bin Nichtraucher, Frau Philipps. Und außerdem habe ich gerade eine neue Herzklappe bekommen.«

Die Herzklappe schien sie nicht zu interessieren. Sie musste die Zigarettenpackung auf dem Bett entdeckt haben. Mir schoss das Blut in den Kopf. Ich fürchtete, sie sprach mich gleich auf die Damenbinden an. Ich traute der Berlinerin plötzlich alles zu.

»Dann bin ich ja beruhigt«, sagte sie. »Mir reicht nämlich schon der Tabakgestank, der aus der Botschaft von Haiti zu uns raufsteigt. Manchmal glaube ich, das sind keine Menschen da unten. Haben Sie den Krach letzte Nacht gehört?«

Ich schüttelte den Kopf.

»Sie können mich jetzt für verrückt halten, Herr Schotter, aber ich glaube, das sind alles Zombies.« Das Wort Zombies flüsterte sie.

Ich nickte.

Dann fragte sie aus heiterem Himmel: »Ein Kännchen Pfefferminztee, wie gestern?«

Ich schüttelte den Kopf.

»Kommen Sie, der tut Ihnen gut.«

»Okay«, sagte ich, nur um sie endlich loszuwerden.

Ich hatte noch viel vor in dieser Nacht.

Die Wirtin schloss die Tür und öffnete sie sofort wieder. »Ich habe auch frischen Hackepeter. Sie haben doch sicher noch nicht zu Abend gegessen. Ich mach Ihnen eine Stulle mit frischem Hackepeter.«

Sie sah mich fragend an. Und ich sagte nichts.

»Also, Pfefferminztee und eine Stulle mit frischem Hackepeter! Ende, Gelände!«

Ich war in die Pension gezogen, weil sie nah bei meinem zukünftigen Zuhause lag, und ich leichter die letzten Bauarbeiten überwachen konnte. Jetzt bedauerte ich, nicht in einem Hotel zu wohnen.

Ich erhob mich vom Bett und verstaute die Dinge aus dem Rucksack in der Schublade des Schminktisches, der neben dem Fenster stand. Nur das iBook ließ ich auf dem Bett liegen. Anschließend ging ich ins Badezimmer und zog mir den Bademantel über, den ich bisher nicht getragen hatte, weil er ein wenig nach Mottenkugeln roch.

Dann endlich war der große Moment gekommen, in dem ich in das Leben eines mir völlig fremden Menschen einbrechen würde. Ich kehrte zum Bett zurück, ließ meine Schuhe auf den Boden fallen und setzte mich im Schneidersitz vor das iBook. Ich atmete noch einmal tief durch und hoffte, ganz eigennützig, dass Fuck Berlin mich nicht enttäuschte.

Ich öffnete das iBook. Es war nicht ausgeschaltet, sondern nur auf Schlaf gestellt. Ich drückte eine Taste, und die Screen erwachte zum Leben. Auf Fuck Berlins Schreibtisch herrschte das Chaos. Überall lagen Ordner und Dokumente herum, Videos, Fotos, Manuskripte, Stickies, abgespeicherte Webpages der Programme Safari und Explorer. Ich klickte den Papierkorb an. Er war prall gefüllt. Achtundsiebzig Objekte befanden sich darin. Ich leerte den Korb nicht. Die schönsten Schätze lagen oft im Abfall begraben. Paula hatte einmal eine Zeichnung in einem zersprungenen Rahmen aus dem Müll gefischt und nach Hause gebracht. Später stellte sich heraus, dass sie von Caspar David Friedrich stammte. Die Zeichnung war zwar nicht signiert, aber ein Spezialist für romantische Malerei am Metropolitan Museum of Art in New York hatte sie zweifelsfrei Friedrich zugeordnet.

Ich starrte auf Fuck Berlins verschlampten Schreibtisch, fuhr mit dem Cursor zur Menü-Leiste und holte unter »Ablage« einen neuen, jungfräulichen Ordner auf die Screen. Ich beschriftete ihn mit den Worten »FuckBerlinsChaos«. Dann verstaute ich das Durcheinander in dem neuen Ordner. So triumphierte innerhalb von Sekunden meine Liebe zur Ordnung über Fuck Berlins Liebe zur Unordnung.

Und plötzlich lachte mich die Sonne an. Der Hintergrund des Bildschirms war eine Strandlandschaft, untergehende knallrote Sonne, Dünen, Meer, zwei Möwen. Kein Mensch war auf dem Foto zu sehen. Ich träumte mich für ein paar Sekunden an diesen Ort. Dann fuhr ich mit dem Cursor auf den Apfel in die obere linke Ecke der Screen. Ich zögerte kurz. In ein paar Sekunden würde ich wissen, wie die Eigentümerin des iBooks hieß.

Ich klickte auf den Apfel und ließ unter dem Menü-Punkt »Über diesen Mac« den Cursor los. Ein Fenster sprang auf. Ich las: Mac OS X, Version 10.3.3, Prozessor 800 MHz PowerPC G3, Speicher 640 MB SDRAM. Die hohe Zahl des Speichers verriet mir, dass Fuck Berlin ihren Rechner über alles liebte, dass sie keinen Tag ohne ihn leben konnte. Sie nutzte jeden Bit, der sich in dem weißen Gehäuse versteckte. Und plötzlich sah ich wieder ihr verzweifeltes Gesicht auf dem Bahnsteig vor mir, sah, wie sie der S 5 hinterherrannte.

Dann hörte ich meinen Namen. Ich erschrak.

»Herr Schotter! Herr Schotter! Können Sie mir aufmachen. Ich habe keine Hand frei.«

Widerwillig stand ich auf und öffnete meiner Wirtin die Tür. Sie trug ein großes Tablett mit einem Kännchen Pfefferminztee, einem Glas Honig und drei Stullen mit frischem Hackepeter. Auf dem Teller mit den Stullen lag eine dicke Gewürzgurke. »Das ist eine echte Spreewälder«, sagte die Wirtin. »Nicht Spreegurke, wie die meisten Westdeutschen sagen, sondern Spreewälder. Sie kommt nämlich aus dem Wald und nicht aus dem Wasser.«

Sie musste lachen, und ich hatte plötzlich große Lust, ihr unter den Rock zu greifen. Wahrscheinlich würde sie wie eine aufgeschreckte Ente schnattern und auch mich für einen Zombie halten. Sie ging zum Schminktisch und stellte das Tablett ab. Dann verließ sie erstaunlicherweise wieder das Zimmer, als ahnte sie meine Gedanken. Sie verabschiedete sich mit den Worten: »Und nicht so dolle schlingen, Herr Schotter. Icke kenn jenug Leute, die daran jestorben sind – mehr noch als am Rauchen.«

Was war mit mir los? Wieso wollte ich einer wildfremden Frau, die ihre besten Jahre hinter sich hatte, unter den Rock greifen? Und wieso brach ich in das Leben einer jungen Frau ein, die ich gerade mal drei Minuten bewusst erlebt hatte? Ich verstand mich selbst nicht mehr.

Wenn mich jemand bei Susanne von Lilienthal angeschwärzt hätte, sie wäre in lautes Lachen ausgebrochen: »Nein, nein. Unmöglich. Das ist nicht mein Ex-Mann, von dem Sie da reden. Mein Ex ist ein ganz Korrekter. Ein Mensch ohne Fehl und Tadel.«

Ich ging zurück zum Bett und setzte mich wieder im Schneidersitz vor den Rechner. Der Bildschirmschoner war automatisch angesprungen, auf schwarzem Hintergrund tanzte in bunten Buchstaben der Satz *For every style there is an anti-style in wait* über die Screen. Ich drückte wieder einen beliebigen Buchstaben auf der Tastatur. Der Schreibtisch erschien, wie ich ihn verlassen hatte. Ich sah das Fenster mit den technischen Informationen vor mir. Unter den Speicher-Angaben war ein Button mit der Aufschrift »Mehr Informationen«. Ich drückte ihn. Ein neues Fenster öffnete sich. Und da stand er, schwarz auf weiß, der Name der Eigentümerin des iBooks: Roula Rouge.

»Roula Rouge«, wiederholte ich leise. Der Name tropfte wie Honig von meinen Lippen. *Roula Rouges Computer* stand dort geschrieben, in einem kleinen, unbedeutenden Fenster. Bei meinem eigenen Rechner, der wahrscheinlich schon in München im Möbelwagen darauf wartete, endlich zu mir zu kommen, stand an dieser Stelle *Jonathan Schotters Computer.*

Aber Roula Rouge? Für mich klangen die beiden Worte wie das Pseudonym einer Tänzerin, aber nicht nach dem Mädchen, das in der S-Bahn in einem Fuck-Berlin-T-Shirt mir gegenüber gesessen hatte.

Mein Blick fiel auf die obere rechte Ecke des Schreibtisches, wo ein Icon die Lebensdauer der Batterie des iBooks anzeigte. Ich sah gerade noch den Hauch eines roten Striches, dann war der Rechner tot. Die Batterie war leer. Ich saß im Dunkeln. Obwohl ich wusste, dass es vergeblich sein würde, blickte ich noch einmal in den Rucksack, um mich zu vergewissern, dass ich das Netzteil nicht übersehen hatte.

Mein Abend war gelaufen. Genau in dem Moment, in dem aus Fuck Berlin Roula Rouge geworden war, hatte sich das Alter Ego des Mädchens in den Schlaf verabschiedet.

Ich stand auf und ging zum Schminktisch. Ich ärgerte mich. Ich nahm einen Bissen von der Stulle und schenkte mir eine Tasse Pfefferminztee ein. Ich öffnete das Fenster und beobachtete, wie Branco auf der gegenüberliegenden

Straßenseite im Arlecchino einen Fisch zerlegte. Ich nahm noch einen Bissen und noch einen Schluck. Ich flüsterte den Namen Roula Rouge und sah die bunten, tanzenden Buchstaben vor mir: For every style there is an anti-style in wait.

Was hatten die Scheren und das Messer, der Pinsel und die Halskrause zu bedeuten? Ich öffnete die Schublade des Schminktisches und betrachtete die Gegenstände aus dem Rucksack.

Ich griff nach der Packung Nil und öffnete sie. Es waren fünf Zigaretten darin, ein Feuerzeug und ein Joint. Ich zog ihn heraus, roch daran und schob ihn wieder zurück. Ich zog eine Zigarette heraus und steckte sie mir in den Mund. Ich nahm das Feuerzeug und zündete sie an. Ich nahm einen tiefen Zug. Mein erster Zug seit zwanzig Jahren. Ich wollte spüren, was Roula Rouge spürte, wenn sie rauchte. Ich spürte, was Roula Rouge spürte. Ich nahm noch drei, vier tiefe Züge, dann schoss ich die Kippe zum offenen Fenster auf die Straße hinaus.

Ich ging zum stummen Diener und zog mich an. Ich verließ die Pension, um im Arlecchino ein Glas Gavi zu trinken. In der Hand hielt ich die alte Ausgabe der Zeitschrift Rolling Stone.

Warum hatte ich nicht an das Netzteil gedacht?

Fünf

Am nächsten Morgen, einem Sonnabend, verließ ich um neun Uhr die Pension. Die Meinekestraße war menschenleer. Berlin war faul. Berlin schien zu schlafen.

Ich war früh aufgewacht und hatte es in dem Zimmer nicht mehr ausgehalten. Der Geruch der Mottenkugeln ließ mich nicht los, das geblümte Bettzeug machte mich trübsinnig, das iBook atmete nicht mehr. Ich begann die Tage zu zählen, die ich noch zu überstehen hatte, bis ich endlich in mein Loft einziehen konnte.

Die Spedition, die den Umzug organisierte, war für Mittwoch bestellt. Nur noch sechsundneunzig Stunden, dann würde ich Herr über mich selbst sein, dann konnte mich kein Mensch mehr zwingen, Hackepeter-Brote zu essen, dann war ich nur noch für Roula Rouge da.

Auf dem Kurfürstendamm merkte ich, dass irgendetwas nicht stimmte. Auch hier liefen kaum Menschen herum. Nur der Penner vom Vortag saß wieder vorm Internet-Café, und ein paar Hütchen-Spieler warteten auf erste Kundschaft.

Ich fragte mich, ob ich mich in den Wochentagen getäuscht hatte, ob es vielleicht schon Sonntag war.

Es war nicht Sonntag, es war der erste Mai, der Tag der Arbeit, Feiertag und Susanne von Lilienthals Geburtstag – ich rechnete kurz, sie musste neununddreißig geworden sein.

Alle Geschäfte hatten geschlossen. Das Netzteil konnte ich vergessen. Ich konnte auch Roula Rouge vergessen, jedenfalls bis Montag. Ich ging zu Dressler und bestellte mir ein Frühstück mit drei Spiegeleiern und Schinken, dazu Ketchup. Ich aß nie Ketchup. Und auch keine Eier.

Und keine Eier, Herr Schotter, hörte ich meinen Arzt sagen. *Ihr Cholesterin ist zu hoch, und zwar das böse Cholesterin. Keine Eier, Herr Schotter.*

Bis Montag würde ich nichts Neues mehr über Roula Rouge erfahren. Ich fühlte mich einsam und verlassen.

Was wusste ich schon über sie? Gar nichts. Ich wusste nicht einmal, ob sie schön war, oder jedenfalls hübsch. Von der Grimasse, die ich durchs Fenster der S 5 gesehen hatte, mochte ich nicht auf ihr Aussehen schließen. Ich glaubte, mich an braune Augen und blonde Haare zu erinnern.

Blonde Haare, die in alle Richtungen zeigten. War sie groß? Ja, durchs Fenster wirkte sie groß, groß und ziemlich kräftig. Babyspeck. Warum hatte ich sie nicht vorher genauer betrachtet, als sie mir gegenüber saß? Ich war abgelenkt vom Netzplan der Verkehrsbetriebe und dem T-Shirt. *Fuck Berlin!* Seltsamerweise konnte ich mich besser an die Persianerin erinnern, an das Piercing auf der Zungenspitze, die vollen roten Lippen. Worüber hatten Roula Rouge und die Persianerin gesprochen? Hatten Sie sich beim Namen genannt? Nein. Oder doch? Ich versuchte, die Minuten zwischen der Station Alexanderplatz und dem Bahnhof Friedrichstraße genau zu rekonstruieren. Mein Hirn war schwach. Doch! Einmal hatte Roula Rouge die Persianerin beim Namen angesprochen. Hatte sie nicht Mette gesagt? Ja, Mette. *Ich versteh nicht, dass du dir das gefallen lässt, Mette.* Sie hatten über einen Wessi gesprochen, einen *parfümierten Lackaffen*, einen *Scheißkerl.* Roula Rouge hatte gesagt, dass ihr Vater auch so ein Scheißkerl sei. Ihr Vater war in den Westen geflohen, vor fast neunzehn Jahren, an Roula Rouges fünftem Geburtstag. Also war Roula Rouge jetzt dreiundzwanzig Jahre alt. Bald wurde sie vierundzwanzig. Ich war siebenundvierzig, fast ein Vierteljahrhundert älter. *Wer sagt dir, dass ich nie versucht habe ihn zu finden?* hörte ich Roula Rouge sagen. Dann sah ich sie wieder vor mir, wie sie der S5 hinterherrannte. Sie trug Jeans mit Löchern an den Knien und rote Schuhe, auf denen ein weißer Puma appliziert war. Fuck Berlin! Warum fielen mir plötzlich Dinge ein, die mir vorher nicht eingefallen waren?

Zwei Tage musste ich jetzt ohne sie leben, Sonnabend und Sonntag. Ich spazierte durch die Stadt. Ich hasste Städte, die geschlossen waren. Berlin war geschlossen. Ich nahm ein Taxi zur Neuen Nationalgalerie, um mir die MoMA-Austellung anzusehen. Die Menschenschlange vorm Einlass war länger als die Route 66. Ich stellte mich nicht in die Schlange. Am Vorabend hatte ich in der alten Ausgabe von Rolling Stone ein Zitat von George Harrison gelesen. Ein Reporter hatte ihn gefragt, warum er Beatle geworden sei, und Harrison hatte geantwortet, damit er nie mehr im Regen in einer langen Schlange an einer Bushaltestelle warten müsse.

Von der Neuen Nationalgalerie ging ich zu Fuß bis zum Alexanderplatz. Ich nahm mir vor, dieselbe Strecke mit der S-Bahn zu fahren, die ich am Tag zuvor gefahren war.

Warum hatte Roula Rouge für so viel Geld die alte Rolling-Stone-Ausgabe gekauft? Sie hatte zweiunddreißig Euro dafür ausgegeben. Der Betrag stand oben rechts auf der Titelseite, jemand hatte ihn mit einem Kugelschreiber darauf geschrieben. Wahrscheinlich hatte sie die Ausgabe in einem Antiquariat erstanden oder auf dem Flohmarkt. Vielleicht hatte sie den Betrag ja noch ein wenig heruntergehandelt. Ursprünglich hatte das Blatt einen Dollar fünfzig gekostet.

Die gesamte Ausgabe war eine Hommage an John Lennon, die ein paar Wochen nach seinem Tod erschienen war. Von oben fotografiert zeigte das Titelbild die liegende Yoko Ono. Sie hatte ihre Arme über den Kopf verschränkt, trug einen schwarzen Pullover und dunkelblaue Jeans. John war nackt. Er lag neben Yoko Ono, sein linkes Bein ruhte angewinkelt auf ihrem Bauch, das Knie berührte den Busen. Die Arme hatte er wie einen Kranz um ihren Kopf gelegt, sein Mund schmiegte sich an ihre linke Wange. John hatte die Haltung eines Embryos eingenommen. Seine Augen waren geschlossen. Yoko Onos Blick dagegen schweifte in die Ferne. Sie war stärker als er.

Was hatte Roula Rouge mit John Lennon zu tun? Je länger ich über das Mädchen nachdachte, desto rätselhafter erschien es mir.

Ich sah zum Roten Rathaus hinüber. Die offizielle Mai-Demo löste sich gerade auf, als mein Handy klingelte. Es hatte sich bestimmt seit einer Woche nicht mehr gerührt, außer wenn die Architektin angerufen hatte, die die Umbauarbeiten des Lofts überwachte.

»Jonathan?«

Ich antwortete nicht.

»Jonathan, hörst du mich?« Susanne von Lilienthal war am Apparat. »Hast du nicht etwas vergessen, Jonathan?«

»Herzlichen Glückwunsch«, sagte ich.

»Ah, immerhin. Danke. – Ich bin neununddreißig, mein Leben geht zu Ende, und du meldest dich nicht. Ich bin enttäuscht, Jonathan. Und traurig. Sieht dir überhaupt nicht ähnlich. Nicht anzurufen, mein ich. Du hast meinen Geburtstag noch nie vergessen. Nicht mal im letzten Jahr. Und da hättest du allen Grund gehabt.«

»Hör auf, Susanne. Wir sind geschieden.«

»Ja, leider.«

»Du wolltest die Scheidung.«

»Ja, das war dumm von mir, Jonathan. Sehr dumm.« Sie kicherte ihr Kichern, für das ich sie früher geliebt hatte.

»Wie geht es Alex?«

»Keine Ahnung. Er lebt wieder in Argentinien. Wir haben uns im letzten Monat getrennt.«

»Tut mir Leid.«

»Mir überhaupt nicht. Und du? Hast du jemanden?«

»Ja.« Ich dachte an Roula Rouge und glaubte, es sei die Wahrheit.

»Wie alt ist sie?«

Ich zögerte. Dann sagte ich: »Susanne, das geht dich wirklich nichts an.«

»Komm schon, Jonathan, wie alt?«

»Achtzehn, fast neunzehn.«

Susanne japste. Für ein paar Sekunden brachte sie keinen Ton heraus. Dann sagte sie: »Ich glaub dir kein Wort, Jonathan. Du nimmst mich auf den Arm. Du fickst kein achtzehnjähriges Mädchen. Dafür bist du viel zu gut erzogen.«

Mein Schweigen schien ihr zu beweisen, dass sie Recht hatte. Jedenfalls ging sie nicht mehr auf die Achtzehn ein. Übergangslos erzählte sie, dass sie im Juni eine Ausstellung in Berlin habe, in der Auguststraße, fragte, ob ich die Auguststraße kenne und ob sie bei mir wohnen könne. Sie würde mir auch ganz günstig ein Bild von sich verkaufen, ein Stillleben oder *Die träumende Jungfrau*. *Die träumende Jungfrau* gehöre zu den schönsten Arbeiten, die sie in den letzten Monaten gemalt habe. Ich antwortete, dass ich es mir überlegen würde. Dann war das Gespräch beendet, und ich durfte meinen Traum weiterträumen.

Zehn Minuten später saß ich in der S 5. Ich hatte mich auf den gleichen Platz gesetzt wie am Vortag, gegen die Fahrtrichtung. Die beiden Plätze mir gegenüber waren frei. Als der Zug im Bahnhof Friedrichstraße einfuhr, fürchtete ich kurz, Roula Rouge zu begegnen. Und gleichzeitig hatte ich große Lust, ihr im Vorbeifahren in die braunen Augen zu blicken, bevor ich mich wieder um ihr iBook kümmerte.

Der Rest des Sonnabends verlief ereignislos, fast ereignislos. Ich ließ mich treiben, trank hier einen Espresso und dort, kaufte mir ein paar Zeitschriften und machte mich lustig über die schlechte Werbung, die ich in den Blättern fand. Um halb acht ging ich ins Kino. Um mich von Roula Rouge nicht fressen zu lassen, brauchte ich Ablenkung, brauchte ich ein paar Stunden, in denen sie mich in Ruhe ließ.

Gegen zehn Uhr betrat ich meine Pension. Ein sonderbarer Geruch schlug mir entgegen, es roch nach einer Mischung aus Pfefferminz, kaltem Rauch und billigem Parfum. Auf dem langen Flur brannte das Nachtlicht, und ich hoffte, dass Frau Philipps schon schlief. Ich zog mir die Schuhe aus und ging auf Socken über das Parkett den Flur herunter, vorbei an der Tür, die ins Reich der Wirtin führte, in ihr Boudoir, wie sie es nannte. Die Tür war nur angelehnt. Als ich vor meinem Zimmer stand, hörte ich meinen Namen.

»Herr Schotter?«

Ich atmete schwer ein und aus, und überlegte, ob ich reagieren sollte oder nicht.

»Ja, Frau Philipps.«

»Könnten Sie mir bitte zwei Minuten Ihrer kostbaren Zeit opfern, Herr Schotter?«

Widerwillig ging ich zurück und betrat den Wohnraum der Wirtin, der nur spärlich beleuchtet war. Sie saß in einem tiefen Ohrensessel, ihre Beine ruhten auf einem Puff. Sie trug dasselbe durchsichtige Kleid, das sie immer zu tragen schien. Ihre Füße steckten in hochhackigen Schuhen.

Meine Augen gewöhnten sich langsam an das schwache Licht. Ich blickte auf die wohlgeformten Beine der Philipps. Das Kleid war über die Oberschenkel gerutscht, und ich sah die Spitzen der hautfarbenen Nylons, die an Haltern befestigt waren. Neben dem Ohrensessel stand ein kleiner Tisch mit einem großen Schwenker, der zur Hälfte mit Rotwein gefüllt war.

»Sie waren ein böser Junge, Jonathan!«, sagte die Wirtin. Sie sah mich dabei nicht an. Sie starrte an die Wand. Auf ihren erdbeerrot geschminkten Lippen glaubte ich, ein Lächeln zu entdecken.

»Ein sehr böser Junge.«

»Frau Philipps«, antwortete ich. »Ich bin siebenundvierzig Jahre alt! Ich glaube nicht ...«

Die Wirtin fuhr mir über den Mund. »Sie haben geraucht, Jonathan. Und wir haben abgemacht, in meiner Pension wird nicht geraucht. Das hat überhaupt nichts mit Ihrem Alter zu tun. Geben Sie mir da Recht?«

Ich nickte.

»Wollen Sie wissen, was mit Jungen passiert, die nicht gehorchen?« Die Wirtin erhob sich aus dem Sessel, nahm einen Schluck Rotwein und strich ihr Kleid glatt. »Kommen Sie, Jonathan, ich werde es Ihnen zeigen.« Sie löschte das Licht im Zimmer und ging zum Fenster.

»Nun kommen Sie schon, Jonathan.«

Sie zog die dicken Samtvorhänge zurück und drehte sich zu mir um. Ich stellte mich neben sie. Auf der Fensterbank stand eine Tasse mit einem Rest Pfefferminztee. Auf der Untertasse lag der Joint aus der Nil-Packung oder jedenfalls das, was von ihm übriggeblieben war. Die Philipps hatte Roula Rouges Joint geraucht. Was bildete sie sich ein? Wer oder was gab ihr das Recht, sich an fremdem Eigentum zu vergreifen?

»Sehen Sie, das passiert mit bösen Jungen.« Sie zeigte auf die andere Straßenseite. Ich spürte ihren Busen auf meinem Oberarm, ich roch ihr 4711.

Auf der anderen Straßenseite, drei oder vier Stockwerke über dem Arlecchino, hing in einer strahlend erleuchteten Wohnung ein Mann mit den Händen an einer Kette, die an einem Fleischerhaken befestigt war. Man konnte den Boden des Apartments nicht sehen, aber es hatte den Anschein, als stünde der Mann auf Zehenspitzen. Der Abstand zwischen Kette und Boden und die Größe des Mannes schienen genau bemessen.

Der Mann war nackt, sein Glied steif. Neben ihm stand eine Frau in einem Lackanzug. Ihre Augen waren hinter einer Maske verborgen. Die Frau schlug mit einer mehrschwänzigen Peitsche auf den Mann ein.

Aus dem Augenwinkel beobachtete ich die Wirtin. Sie lächelte. »Jetzt wissen Sie, was mit bösen Jungen passiert, Jonathan«, sagte sie, nachdem wir das Schauspiel schweigend ungefähr eine Minute lang beobachtet hatten. Sie ging zu ihrem Ohrensessel zurück und fummelte in dessen Polster herum. Dann zog sie eine Damenbinde heraus, hielt sie mir vor die Nase und fragte: »Und das? Was hat das zu bedeuten, Jonathan?«

Meine Nerven lagen blank. Das war zuviel für mich. Ich verließ das Boudoir und lief den Flur hinunter in mein Zimmer.

»Und der weiße Kasten, Jonathan …«, schrie die Alte mir hinterher, »… wollen Sie uns damit in die Luft sprengen?«

Noch in derselben Nacht packte ich meine Sachen.

Sechs

Ich schlug die Augen auf. Ich wusste nicht, wo ich war. Mein Rücken schmerzte, mein Hirn tobte. Ich lag unter meinem Kamelhaarmantel auf der geräucherten Eiche. Drei dreckige Hemden, die ich zu einem Knäuel geformt hatte, dienten mir als Kopfkissen. Ich sah auf mein Handgelenk. Meine Rolex war verschwunden. Ich roch die Politur des Bodens. Mir war übel. Ich sah meine Koffer, ich sah das iBook, ich sah eine Plastiktüte von Lidl, den schwarzen Rucksack. Neben einem Bulthaup-Karton meine Schuhe, mein Anzug, kraus, befleckt. Ich sah an die Decke, sie drehte sich. Ich sah auf die freigelegte Ziegelsteinwand, sie drehte sich. Ich stand auf und rannte ins Bad. Ich hielt meinen Kopf in die jungfräuliche Kloschüssel und kotzte und kotzte. Ich kotzte so sehr, dass ich befürchtete, meine Brustnarbe könnte platzen.

Nach ein paar Minuten, die mir wie eine Unendlichkeit

vorkamen, hatte sich mein Körper beruhigt. Langsam kam die Erinnerung zurück. Der gerauchte Joint. Die Frau mit der Peitsche. Der Mann am Fleischerhaken. *Wollen Sie uns damit in die Luft sprengen, Jonathan?*

Wo war meine Rolex?

Ich hatte meine Koffer gepackt und war in mein Loft gezogen. Es war anstrengend gewesen, der Stier hatte galoppiert. Ich hatte versucht zu schlafen, konnte keine Ruhe finden und war wieder aufgestanden. Im Arlecchino habe ich eine Flasche eiskalten Gavi getrunken und drei Grappa, vielleicht auch vier. Mein erster harter Alkohol seit Jahren. Ich habe Branco gefragt, wer über ihm arbeite, drei oder vier Stockwerke über ihm? Er wusste nicht, was ich meinte. Die Frau mit der Peitsche, sagte ich.

»Ah, sehr nette Frau«, sagte er. »Ist nur am Wochenende hier.« Dann hielt er kurz den Zeigefinger senkrecht über den Mund und flüsterte: »In der Woche Professorin an der TU. Für Mathematik.«

Nun also hatte ich die erste Nacht in meinem neuen Zuhause verbracht. Obwohl ich mich körperlich elend fühlte, atmete ich befreit. Das Loft kam mir vor wie eine leere Tennishalle. Es würde auch dann noch leer aussehen, wenn die Möbel aus München angekommen waren. Ich hatte die meisten verkauft oder auf den Sperrmüll gegeben. Mittwoch erwartete ich nur noch das Kingsize-Bett, zwei weiße Sofas, den alten, roten Vanity-Fair-Sessel, ein paar Lampen, Schreibtisch, Espresso-Maschine, Geschirr, Schreibtisch-Stuhl, den Biedermeier-Sekretär, zwölf Kartons mit Büchern, meine Garderobe, ein Flat-Screen-TV. Und – last but not least – den Mac natürlich, den neuen Power Mac G5 (2 x 2,5 GHz).

Ich stellte mir vor, wo ich die Dinge platzieren würde und war mir sicher, dass mein neues Zuhause schon am Mittwochabend aussehen würde, als wohnte ich schon Jahre hier.

Eines der beiden Zwölf-Quadratmeter-Zimmer des Lofts hatte ich zu meinem Kleiderschrank gemacht. Ich öffnete die Tür zu dem Raum. Es roch nach Zedernholz. Der Tischler hatte wunderbare Arbeit geleistet, hatte an alles gedacht, sogar an eine verschließbare, zweieinhalb Zentimeter hohe Lade für meine Manschettenknopfsammlung. In die Rückwand des Raumes, hinter dem Fach für meine Boxer-Shorts, war ein Safe in die Wand zementiert worden. Der Platz war vielleicht nicht sehr glücklich gewählt, aber das war meine eigene Schuld. Ich hatte es so gewollt.

Für den zweiten Zwölf-Quadratmeter-Raum hatte ich mir noch nichts überlegt. Er stand leer. Und weil der Tischler mit den Bücherborden im Loft noch nicht fertig geworden war, hatte ich beschlossen, vorerst die zwölf Bücherkisten in diesem Raum zu lagern, damit die Wohnung nicht ewig wie ein Provisorium aussah. Susanne von Lilienthal hätte jetzt gesagt: »Lass die Bücher lieber in der Kammer, Jonathan, dann musst du dich nicht erklären.« Ich hatte nie verstanden, was sie gegen Grisham, Deaver oder Baldacci hatte. Und gegen diese wunderschönen Jahresbände des Art Directors Club. Immerhin war ich darin achtzehn Mal vertreten, davon acht Mal mit einer Goldmedaille.

Wie ein Hund, der sein neues Revier erschnüffelte, lief ich im Loft umher. Ich ging zur Fensterfront und sah hinaus. Am Stand der Sonne versuchte ich die Uhrzeit zu erraten. Es gelang mir nicht. Wo war meine Rolex? Ich ging zu meinem Anzug und zog mein Handy aus der Innentasche des Jacketts. Ich sah auf die Zeit. 14:22, Sonntag, 2. Mai. Wie lange hatte ich geschlafen? Die Zeit war mir verloren gegangen.

Ich ging zum iBook. Es sah auf dem dunklen Boden noch

edler aus als gewöhnlich, aber es atmete nicht. Ich sah mich nach dem Modem der Telekom um, das vor der Backsteinwand stand. Zwei Lämpchen leuchteten grün. Auch der Router war aktiviert. Ich schraubte mit einem Zwei-Cent-Stück den Boden des Rechners auf, um zu checken, ob Roula Rouge eine Airportkarte installiert hatte. Das war der Fall. Ich ärgerte mich wieder, dass ich nicht ans Netzteil gedacht hatte. Ich hätte mich sofort auf die Suche nach dem Mädchen machen können, online.

In diesem Moment fiel mir das Internet-Café ein, an dem ich inzwischen schon ein Dutzend Mal vorbeigelaufen war, und ich fragte mich, warum ich so dumm gewesen war und nicht eher an diese Möglichkeit gedacht hatte. Vielleicht wäre mir sogar der Abend mit der Wirtin erspart geblieben.

Eine halbe Stunde später saß ich vor einem der zweihundert Rechner des Cafés. Neben mir auf einem Tablett drei Donuts und ein großer Becher mit brühend heißem Kaffee. Für zwei Euro hatte ich den Rechner neunzig Minuten lang gebucht.

Ich tippte den Code VX37f ein, um das Gerät freizuschalten, dann rief ich den Internet Explorer auf, dann Google. Ich nahm einen Schluck Kaffee und einen Bissen von dem Donut mit Zuckerguss.

Schließlich tippte ich den Namen Roula Rouge in die Suchleiste, drückte auf die Return-Taste und starrte auf die Screen. Es dauerte nur ein paar Sekunden und ich erhielt die Nachricht, dass es für Roula Rouge 5120 Einträge gab. Alle Webseiten, auf denen die Worte *roula* und *rouge* vorkamen, aber offenbar nie im Zusammenhang miteinander standen.

Ich machte einen zweiten Versuch mit »Roula Rouge«. Die Anführungszeichen garantierten mir, dass ich nur die

Seiten angezeigt bekam, bei denen auf Roula direkt das Wort Rouge folgte.

Wieder dauerte es nur ein paar Sekunden und ich erhielt folgende Meldung, mit der ich überhaupt nichts anfangen konnte.

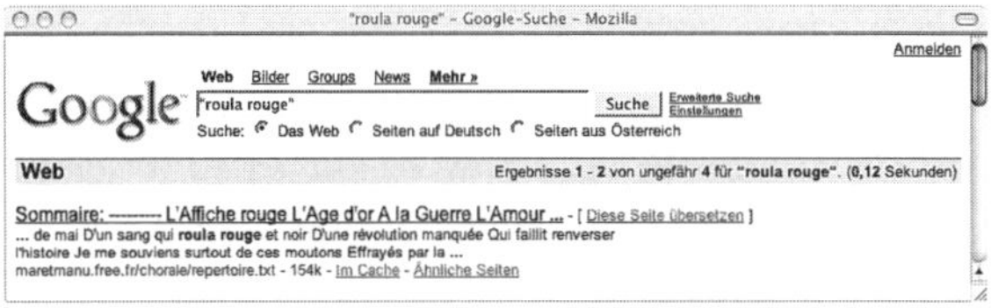

Sommaire. L'Affiche rouge L'Age d'or A la Guerre L'Amour. Ratlos saß ich vor den Zeilen. Es gab nur einen einzigen Eintrag im gesamten Netz, in dem die Worte Roula und Rouge aufeinanderfolgten. Und soviel verstand ich, die Zeilen hatten nichts, aber auch gar nichts mit dem Mädchen zu tun, das ich in der Berliner S-Bahn erlebt hatte.

Ich klickte die blaue Zeile an, die mit *Sommaire* begann, und erhielt die Meldung: *Der angegebene Server wurde nicht gefunden.*

Ils se souviennent au mois de mai d'un sang qui roula rouge *et noir* ... Was hatte das zu bedeuten? Mein Französisch war nicht gut, aber das konnte ich, wenn vielleicht auch nicht sauber, ins Deutsche bringen: Im Mai erinnerten sie sich an das Blut, das rot und schwarz geflossen ist ...

Ich nahm noch einen Schluck Kaffee, noch einen Bissen vom Donut und klickte noch einmal auf die blaue *Sommaire*-Zeile. Jetzt öffnete sich die Seite. Der Explorer hatte den Server gefunden. Ich bekam eine Übersicht von 110 Titeln, Lied- oder Gedicht-Titeln, ich war mir nicht sicher, Titel jedenfalls, die nach Arbeiterbewegung klangen und nach Revolution. Ich fuhr die Seite mit dem Cursor herunter, sie war ellenlang. Nach den Titeln folgten die Texte zu jedem Lied oder jedem Gedicht in voller Länge. Die Autoren hießen Léo Ferré, Gaston Conté, Jacques Brel oder Boris Vian, Namen, die mir allesamt schon mal untergekommen waren, mit denen ich aber nicht wirklich etwas anfangen konnte. Ich scrollte die Seite vor und zurück und stieß schließlich auf ein paar Verse, die mit dem Titel *Hexagone* überschrieben waren. Der Verfasser hieß Renaud, von dem ich, wenn ich ehrlich war, noch nie etwas gehört hatte. Ich überflog den Text und stieß auf folgende Strophe:

Ils se souviennent au mois de mai
D'un sang qui roula rouge et noir
D'une révolution manquée
Qui faillit renverser l'histoire
Je me souviens surtout de ces moutons
Effrayés par la liberté
S'en allant voter par millions
Pour l'ordre et la sécurité

Ich las die Strophe vielleicht fünf Mal durch und mit jedem Mal war ich überzeugter, dass ich auf dem Holzweg war. Roula Rouge, meine Roula Rouge hatte nichts mit den beiden aufeinanderfolgenden Worten in dem Gedicht oder Lied von Renaud zu tun. Ich konnte einfach keine Verbindung sehen zwischen den Mai-Revolutionären von 68 in Paris – ich ging davon aus, dass es sich um diese handelte – und dem dreiundzwanzigjährigen Mädchen aus Ostberlin. Trotzdem machte ich mir die Mühe und übersetzte den Text schriftlich. Ich zog die Silberkappe von meinem Bleistift und schrieb auf die Dunkin'-Donut-Serviette:

Im Mai erinnerten sie sich
An das Blut das rot und schwarz geflossen ist
An eine verfehlte Revolution
Die fast die Geschichte verändert hatte
Ich erinnere mich vor allem an diese Schafe
Verschreckt von der Freiheit
Die zu Millionen zu den Wahlen gegangen sind
Für Ordnung und Sicherheit

Rannte ich vielleicht einem Hirngespinst hinterher? Spielte meine Fantasie, aufgeheizt durch Einsamkeit, mir einen Streich? Ich war nicht verzweifelt, aber niedergeschlagen. Auf Deutsch wirkten die Zeilen holprig und poesielos. Ich wusste, ich war ein lausiger Übersetzer, aber: Blut, das rot geflossen ist, qui roula rouge. Kein Mensch würde auf die Idee kommen, sich diesen Namen zu geben, nicht mal eine Tänzerin. Ich war so schlau wie zuvor. Ich gab auf. Ich streckte mich und tippte die Adresse von Yahoo!Finance in die Adress-Leiste des Explorer, um zu checken, wie die Apple-Aktie sich in der letzten Woche entwickelt hatte. Sie stand bei sechsundzwanzig Dollar. Vielleicht sollte ich nachkaufen, einfach siebenhunderttausend in Apple-Aktien anlegen.

Man muss immer mehr wagen, auch wenn man sich das Genick dabei bricht, dachte ich.

Sieben

Später am Abend schlenderte ich durchs Kudamm-Karree. In den Bierkneipen, von denen sich hier eine an die nächste reihte, herrschte Katerstimmung. Hertha hatte auf Schalke drei zu null verloren und kämpfte drei Spiele vor Saisonende gegen den Abstieg. An der Kasse zur Ausstellung

»Story of Berlin« tummelte sich eine Busladung Japaner. Und im Fenster vom Promarkt standen zwei Dutzend TV-Geräte, zum Großteil Flat-Screens, so teuer, dass ein Berliner Arbeitsloser dafür mindestens zehn Monatseinkünfte hätte opfern müssen. Auf jedem der Bildschirme ein anderes Programm, hier eine Soap, da ein Cartoon, dort ein Frisör, der sein Shampoo verkaufte, Bioleks Kochkünste, Mona Lisa, KiKa, Super RTL, Arte, Sat1, MTV.

Ein Berliner Sender zeigte Bilder der Krawalle in Kreuzberg aus der vorangegangen Nacht. Am unteren Rand des Bildschirms lief ein Spruchband: *Die Berliner Polizei und die ihr unterstellten Beamten aus anderen Bundesländern haben durch ein schnelles und gezieltes Vorgehen gegen Randalierer in der Walpurgisnacht und am 1. Mai dafür gesorgt, dass wesentlich weniger Straftaten als in den Vorjahren verübt wurden.* Die Bilder, die zum Text gezeigt wurden, sprachen eine andere Sprache.

Straßenrandale, brennende Autos und dann, ich traute meinen Augen nicht, eine junge Frau, die eine Flasche warf. Sie war kaum für zwei Sekunden im Bild, aber ich war fest davon überzeugt, sie genau erkannt zu haben. Sie trug ein giftgrünes T-Shirt, auf dem in rosa Schrift die Buchstaben *Fuck Berlin!* leuchteten, auf ihrem Kopf erkannte ich die rosa Pudelmütze ohne Pudel, die die Persianerin in der S5 getragen hatte.

Roula Rouge mit Mettes Mütze und einem Molotow-Cocktail.

Wie konnte sie mir das antun? In diesem Moment hasste ich sie, und ich hasste Berlin, und ich hasste mich selbst. Warum hatte ich mich ohne Grund freiwillig in diese Kloake begeben? Warum war ich nicht in Palm Beach, wo ich glücklich und mit mir selbst im Reinen so oft mit Paula am Atlantischen Ozean spazieren gegangen war? Warum war ich nicht nach Zürich gegangen, wo ich jeden Abend unter einem echten Picasso das beste Geschnetzelte hätte essen können und die beste Mousse au chocolat der Welt? Warum war ich nicht in München geblieben, wo man sich nicht scheute, am Samstagmorgen so angezogen einkaufen zu gehen, als feierte man Figaros Hochzeit?

Nein, ich hatte mich auf die Seite des bierseligen Volkes geschlagen, auf die Seite der fetten Männer. Männer, die ihre knappen Shorts mit Hosenträgern festhielten, Männer, die beige Socken trugen, die in beige Sandalen verpackt waren, Männer, die sich bereit zeigten, die Hertha-Zentrale in die Luft zu sprengen, weil ihre Mannschaft drei zu null verloren hatte.

Und Roula Rouge? Sie hatte mich verraten. Sie hatte mein Vertrauen missbraucht. Ich hatte ihr meine Liebe gegeben, und sie schmiss Molotow-Cocktails. Vor Wut hätte ich die Scheiben des Promarkts zertrümmern können.

Der Zauber war verflogen.

Angewidert ging ich nach Hause, nahm die beiden letzten Schlaftabletten, die ich aus der Zeit meiner Operation noch übrig hatte, und schlief auf der geräucherten Eiche unter meinem Kamelhaarmantel den Schlaf der Gerechten.

Acht

Die folgenden Tage war ich mit meinem Loft beschäftigt. Von Roula Rouge hatte ich mich gleich am Morgen nach dem zweiten Mai verabschiedet. Für immer. Ihre Sachen hatte ich, noch bevor die Bulthaup-Monteure kamen, in dem Safe hinter dem Fach für meine Boxer-Shorts verstaut – auch das iBook, obwohl ich es diagonal platzieren musste, weil es anders nicht unterzubringen war. Ich hatte sogar kurz mit dem Gedanken gespielt, den Safe einzementieren zu lassen. Wofür brauchte ich ihn überhaupt? Warum hatte ich ihn mir von der Architektin einreden lassen?

Bis zum Mittwoch, bis der Möbelwagen aus München kam, erledigte ich Dinge, die man erledigen muss, wenn man neu in einer Stadt ist, Dinge, die einen normalerweise zur Verzweiflung bringen. Mich hingegen lenkten sie von dem traurigen Zustand ab, in den ich mich selbst manövriert hatte. Ich ging zum Einwohnermeldeamt, ich eröffnete ein Konto bei der Deutschen Bank, ich suchte eine Reinigung, die pfleglich mit meiner Kleidung umging, und eine Putzfrau, die so vertrauenswürdig war, dass ich ihr auch den Schlüssel mitgeben konnte. Ich erledigte hundert Dinge, nur um nicht an Roula Rouge zu denken. Meistens stand Branco mir dabei mit Rat und Tat zur Seite. Bei ihm kehrte ich inzwischen mindestens einmal am Tag ein, wenn auch oft nur auf einen Espresso.

Der Mittwoch war so verlaufen, wie ich es vorhergesehen hatte. Am Abend sah das Loft aus, als wohnte ich schon Jahre dort. Bis auf die Bücherborde, die noch fehlten, war alles genauso, wie ich es mir ausgemalt hatte.

Ich war der Besitzer der schönsten Wohnung in einer Stadt, die mich tief enttäuscht hatte.

In den folgenden zwei Wochen unternahm ich alles, um den Eindruck, den Berlin seit dem Abend im Kudamm-Karree bei mir hinterlassen hatte, wieder loszuwerden. Der Gedanke, aufzugeben und Hals über Kopf alle Zelte abzubrechen, ließ mich schaudern. Ich sah in das schadenfrohe Gesicht Susanne von Lilienthals und hörte ihren spitzen Kommentar: Ich hab dir doch gleich gesagt, das ist keine Stadt für dich.

Und so lief ich fast vierzehn Tage lang von Norden nach Süden, von Westen nach Osten. Am Ende glaubte ich, jedes Bauwerk in jeder Straße zu kennen, jeden Park und jedes

Kino, jedes Museum, jeden Friedhof und jedes Hotel. Sogar die beiden Zoos der Stadt hatte ich besucht, die Plattenbauten in Marzahn und die Türkei am Kottbusser Tor. Und schließlich war ich versöhnt. Ich hatte mindestens ein Dutzend grundverschiedene Städte in einer Stadt gefunden, und davon war mir jede lieber als die manikürten Orte, in denen ich vorher gelebt hatte.

Mitte Mai ereignete sich dann etwas mir Unerklärliches, etwas, das überhaupt nicht zu mir passte. Ich ging nie Risiken ein, wirklich nie, auch wenn ich manchmal in Gedanken kokett damit spielte, aber eben nur so wie ein Kind Krieg spielte. Ich saß im Ralph-Lauren-Morgenmantel vorm Computer im Loft und studierte mein Portfolio bei der Crédit Suisse. Die Zahlen hatten sich im letzten halben Jahr kaum verändert. Ich hatte nichts verloren und nichts gewonnen. Das Bild, das sich mir bot, war gähnend langweilig. Ich starrte es für eine Weile an, dann setzte ich alles auf eine Karte. Ohne nachzudenken löste ich das Portfolio auf und kaufte für mein gesamtes Vermögen Apple-Aktien.

Danach legte ich mich, ohne auch nur noch einen einzigen Gedanken an diese Aktion zu verschwenden, auf eines der schneeweißen Sofas und sah fern. Ich zappte mich durch die Programme, bis ich zu einem Film kam, der der Leidenschaft des Rauchens huldigte. In einer Szene erzählte ein Mann einem Jungen von dem Soldaten und Dichter Bachtin, der 1942 in Leningrad eingekesselt war.

»Tabak hat er jede Menge«, sagte der Mann, »aber kein Zigarettenpapier. Also nimmt er die Blätter seines Manuskripts, an dem er zehn Jahre lang gearbeitet hat, reißt sie in Stücke und dreht sich seine Zigaretten daraus.«

Der Junge fragte ungläubig: »Sein einziges Exemplar?«

»Sein einziges«, sagte der Mann. »Wenn man sowieso den

Tod vor Augen hat, was ist dann wichtiger: ein gutes Buch oder ein anständiger Lungenzug?«

Der Film gefiel mir. Ich war zwar seit drei Jahren ein überzeugter Nichtraucher, Susanne von Lilienthal behauptete sogar ein krankhafter, aber die Inbrunst, mit der hier ein Plädoyer für das Rauchen gehalten wurde, ließ mich zweifeln, ob ich Recht hatte mit meiner Aversion gegen Leute, die rauchten. Die Aussage war ganz klar: Raucher waren die besseren Menschen, vielleicht nicht die besseren, aber ganz bestimmt die sympathischeren.

Ich stand auf, ging in den begehbaren Kleiderschrank, holte den schwarzen Rucksack aus dem Safe und setzte mich damit wieder aufs Sofa. Dann fischte ich die Schachtel Nil heraus und zündete mir eine Zigarette an. Ich nahm einen tiefen Zug und genoss ihn, ich nahm einen zweiten und genoss ihn und einen dritten …

Als der Film vorüber war, hatte ich alle Zigaretten geraucht, die noch in der Schachtel waren. Und ich zweifelte keine Sekunde, dass ich auch noch den Joint geraucht hätte, wenn die alte Philipps mir nicht zuvorgekommen wäre.

Stattdessen griff ich zum Lippenstift, zog den Verschluss ab und roch an der roten, fettigen Masse. Ich roch Roula Rouge und war bereit, ihr zu verzeihen – jeden Molotow-Cocktail, den sie in der Vergangenheit geworfen hatte, und jeden, den sie in der Zukunft werfen würde. Ich hatte mir etwas vorgemacht. Es war unmöglich, jemanden aus seinem Herzen zu jagen, nur weil er aus tiefster Überzeugung ein Verbrechen beging.

For every style there is an anti-style in wait. Die bunten Buchstaben auf der schwarzen Screen tanzten plötzlich vor meinen Augen einen unanständigen Tanz. Und ich wollte mittanzen.

Am nächsten Morgen ging ich in die Uhlandstrasse und kaufte für hundertachtzehn Euro bei einem Apple-Händler das Netzteil für Roula Rouges iBook.

Nur eine halbe Stunde später saß ich am Schreibtisch und schloss das Gerät an den Stromkreis an. Ich hörte den Start-Ton, und ich hörte, wie der Computer hochfuhr. Es klang wie der Auftakt zu einer großen Symphonie. Dann dauerte es nur noch eine knappe Minute, bis ich ein Fenster vor Augen hatte, das mir anzeigte, dass ich vor Roula Rouges Rechner saß. Neben ihrem Namen war das Pictogramm einer roten Rose abgebildet, darunter las ich *Kennwort* und sah eine leere Box, in die ich das Kennwort einzufügen hatte.

Mir schwante Böses. Roula Rouge hatte ihren Computer Passwort geschützt. Damit hatte ich nicht gerechnet. Beim ersten Öffnen hatte er nur geschlafen, jetzt war er durch den Batterieausfall ausgeschaltet gewesen und verlangte nach dem Neustart das Kennwort.

Ich tippte *mette.* Nichts. Ich tippte *antistyle* und *style.* Nichts. Ich tippte *hibiscus,* die Farbe des Lippenstifts von Dior. Nichts. Ich tippte *molotow* und *fuckberlin, lackaffe, lennon* und *nil.* Nichts. Nichts. Nichts. Jedes Mal zitterte die Screen, so als ekelte sich der Rechner vor den falschen Buchstaben, mit denen ich ihn fütterte. Ich unternahm bestimmt drei Dutzend Versuche, das Passwort zu erraten. Ich versuchte es auch mit Begriffen, die nicht so offensichtlich mit Roula Rouge zu tun hatten, Begriffe wie Silbermond und Ostleuchten. Doch auch darauf reagierte der Rechner nicht. Ich gab auf. Was sollte ich tun? Bei der Apple-Hotline anrufen und fragen, wie man ein Passwort knackt?

Ich war verzweifelt und voller Ärger. Ich lief durchs Loft und schoss vor Wut den schwarzen Rucksack, der auf dem Boden neben dem weißen Sofa lag, über die geräucherte

Eiche. Er blieb neben dem Schreibtisch liegen. Ich hob ihn auf, um noch einmal den Inhalt durchzusehen. Dabei fiel mein Blick auf den Aufkleber *Unabhängige Republik Usedom*.

Usedom? *Usedom* tippte ich in die Kennwort-Box: Und die Screen erstrahlte. Innerhalb von Sekunden hatte ich das Hintergrund-Foto des von mir aufgeräumten Schreibtisches vor mir, die untergehende, knallrote Sonne, die Dünen, das Meer, die beiden Möwen. Ich war wieder erfolgreich in Roula Rouges Welt eingebrochen und zweifelte nicht, dass ich bald alles über sie wissen würde.

Ich wollte es langsam angehen lassen und klickte, bevor ich mich später über ihre Emails und die anderen Dokumente hermachen würde, zuerst einmal das iTunes-Logo an. Das Programm öffnete sich, und ich sah, dass Roula Rouge über fünftausend Lieder in ihrem iBook archiviert hatte.

Anders, als ich es nach dem Chaos auf ihrem Schreibtisch vermutet hätte, waren die Songs fein ordentlich in verschiedene Ordner abgelegt, die Namen trugen wie *Rock*, *HipHop*, *Funk*, *Rock'n'roll*, *Zydeco*, *Techno*, *Reggae*, aber auch *Protest*, *Ost*, *Klassik*, *Italien*, *Beatles* und *Rolling Stones*.

Ich klickte auf *Rolling Stones* und überflog die Namen von dreißig oder vierzig Titeln. Alle berühmten Lieder der Stones schienen dort abgelegt zu sein, aber auch Raritäten wie *Cocksucker Blues*, ein Lied, das nie auf Schallplatte oder CD veröffentlicht worden war. Roula Rouge musste es aus dem Netz herunter geladen haben.

Es handelte von einem einsamen Schuljungen, der zum ersten Mal nach London kam und verzweifelt war, weil er nicht wusste, wo er Sex finden konnte. Ich kannte das Lied und erinnerte mich an die Zeilen: *Oh, where can I get my cock sucked, where can I get my arse fucked, I aint got no money, but*

I know where to put it every time. Ich schloss das iBook an die Boxen meines Computers an und spielte den Song in voller Lautstärke.

Roula Rouge hatte offenbar, was die Musik anging, keine Berührungsängste. Sie schien alles zu mögen. Ich sah noch ein paar andere Ordner oberflächlich durch, entdeckte auf den ersten Blick aber nichts Aufregendes, nichts, was mich überrascht hätte, außer vielleicht *She loves you* in der deutschen Version von den Beatles gesungen. Am meisten Platz in iTunes nahm die Rubrik Techno ein, ein Musikstil, mit dem ich am wenigsten anfangen konnte, im Gegensatz zu den anderen von Roula Rouge aufgelisteten. Über Techno musste ich irgendwann noch ein ernstes Wort mit ihr sprechen.

Nach iTunes öffnete ich iPhoto. Das Fenster zeigte mir an, dass Roula Rouge 4322 Fotos archiviert hatte, die in 354 Filmen absteigend nach Datum angelegt waren. Einige Fotos waren mit Bildunterschriften versehen, die meisten nicht, wenn mich mein erster Eindruck nicht täuschte. Ich klickte auf den Thumbnail des ersten Fotos des jüngsten Films, der am 28. April, also zwei Tage bevor Roula Rouge den Rechner in der S-Bahn liegengelassen hatte, archiviert worden war. Das Bild öffnete sich in voller Größe. Ich sah eine Küche, einen quadratischen Tisch mit Wachstuchdecke, darauf ein blaues Paket Kölln-Haferflocken, eine Milchtüte, zwei Becher. Die Spüle war mit dreckigem Geschirr überladen. An der Wand hing ein Tauchsieder an einem Nagel, auf einem Bord darunter lag ein gestürztes Nescafé-Glas. Über dem Glas war eine Fotografie an die Wand geklebt. Ich vergrößerte die Fotografie und erkannte verschwommen ein blondes Mädchen, das dem Betrachter des Bildes den Rücken zukehrte. Es wurde von einem Mann umarmt. Der Mann war pechschwarz und trug Dreadlocks.

Beide, Mädchen und Mann, waren nackt. Ich verkleinerte das Foto und hatte die Küche wieder in der Totale vor mir. Auf dem Linoleum-Boden lagen dunkle Haare, dazwischen eine Handeule und eine leere Schaufel.

Wo war ich gelandet?

Ich klickte auf die folgenden fünf Fotos des Films vom 28. April. Auf vier von ihnen war kaum etwas zu erkennen. Auf dem letzten sah ich verschwommen tanzende Körper, tätowierte Körper in einem dunklen Raum. Ich vergrößerte den Ausschnitt des rechten Bildrands und erkannte einen Mann, dessen nackter muskulöser Rücken bemalt war wie die Sixtinische Kapelle. Über den Gürtel seiner Hose konnte ich das Copyright-Zeichen entziffern und darauf folgend die Worte *Blut & Eisen*. Ich rief den Internet-Browser Safari auf und schrieb in die Google-Suchleiste: *Blut und Eisen Berlin*. Und sofort erhielt ich die Webseite, die ich suchte.

Blut & Eisen war ein Geschäft in der Alten Schönhauser Straße in Mitte. Ich musste auf meinen Touren durch die Stadt daran vorbeigelaufen sein, erinnerte mich aber nicht, den Namen gelesen zu haben. Der Laden warb für sich mit den Begriffen Tatauierung und Piercingschmuck.

In dem Moment als ich mir die Vitrinen mit dem Schmuck auf der Seite ansehen wollte, wurde ich durch ein lautes Geräusch erschreckt. Weil Roula Rouges iBook noch immer an die Boxen meines Computers angeschlossen war, hallte es wie ein Donner durchs Loft. Gleichzeitig ging ein Fenster auf, und ich erhielt via iChat eine Nachricht:

du hast meinen Rechner geklaut, du schwein. ich mach dich fertig. glaub nicht, dass du so davonkommst. ich krieg dich.
ESAD Roula

Der Text stand in einer hellblauen Sprechblase, der Absender hieß FelixS. Ich versuchte, mir klarzumachen, was vor sich ging. Roula Rouge saß also an einem Computer, der einem FelixS gehörte – wahrscheinlich ein Freund von ihr, der automatisch sah, wenn sie sich mit ihrem Rechner in iChat einloggte. Ihr Name erschien dann auf seiner Buddy-Liste. Jetzt hatte ich mich ohne nachzudenken unter ihrem Namen eingeloggt. Ich nahm an, dass ich das Programm automatisch aktiviert hatte, als ich im Internet die Recherche nach Blut & Eisen gestartet hatte. Ich wusste nicht, was ich tun sollte. Ich war verwirrt und fürchtete sogar für einen Moment, dass sie mich lokalisieren konnte, was natürlich blanker Unsinn war. Trotzdem schaltete ich das Programm aus. So nah wie in diesem Moment waren Roula Rouge und ich uns seit der S-Bahn-Fahrt nicht gekommen. Der Stier beruhigte sich nur langsam wieder.

Roula Rouge – wie konnte sie dermaßen außer Rand und Band geraten? Sie wollte mich fertig machen, so wie sie von der Persianerin Mette verlangt hatte, den Wessi fertig zu machen, den Lackaffen? Woher nahm sie ihre Wut? Warum schmiss sie Flaschen, Molotows? Warum hatte sie mich nicht gefragt, ob sie das iBook wiederhaben könnte? Ich hätte doch nicht Nein gesagt. Stattdessen wünschte sie mir den Tod an den Hals. *ESAD* – ich kannte das Akronym, es hieß Eat Shit And Die. Sie hasste mich. Und plötzlich überkam mich die Angst, dass sie mich besser in Erinnerung hatte als ich sie. Schließlich hatte auch sie mich gesehen, auf der Fahrt vom Hackeschen Markt zur Friedrichstraße und vom Bahnsteig durchs Fenster. Hatte sie sich mein Gesicht gemerkt? Meine Frisur? Meine Kleidung? Die Krawatte mit den vielen, kleinen Elefanten?

Vor meinen Augen tauchte ihre Grimasse auf. Ich hatte sie noch nicht einmal richtig gesehen, ich hatte nur eine verzweifelte Frau aus dem Fenster beobachtet. Das Foto in ihrer Küche, wenn es ihre Küche war, zeigte sie nur von hinten an einen Rastaman geschmiegt, gegen den sie so weiß wie Schnee aussah.

Ich kehrte zu iPhoto zurück und begann die Suche nach Roula Rouge, so wie ich sie mir wünschte. Schön, zärtlich und begehrenswert. Ich suchte keine Terroristin und erst recht keine Zynikerin.

Neun

Am selben Nachmittag klingelte mein Handy. Susanne von Lilienthal war am Apparat.

»Guess what?«, fragte sie.

»Keine Ahnung«, antwortete ich.

»Ich bin in der Hauptstadt.«

Mein Schweigen interpretierte sie richtig.

»Du platzt ja vor Freude, Jonathan.«

»Was treibt dich her?«, fragte ich.

»Ich bin hier, um mit dir essen zu gehen und meinen Galeristen zu treffen. Du weißt doch, meine Ausstellung in drei Wochen. Frankie und ich müssen noch ein paar Dinge klären.«

»Wer ist Frankie?«

»Frankie Krawczik, mein Galerist.«

»Und was hab ich damit zu tun?«

»Gar nichts, Jonathan. Ich bin hier, weil ich hier sein muss. Und weil du hier wohnst, und weil wir zufällig mal verheiratet waren, möchte ich dich sehen. That's it! Jetzt sei nicht albern, spiel nicht die Diva. Lass uns essen gehen. Ich fall dir auch sonst nicht auf den Wecker. Ich mach nicht mal was dreckig bei dir. Ich wohne im Adlon.«

»Wie nobel.«

»Ja, ich hab einen großzügigen Galeristen. Und ich hab *Die träumende Jungfrau* verkauft. Für zwölftausend.«

»Meine träumende Jungfrau?«

»Ja, tut mir Leid, Jonathan. Aber soviel Geld. Ich konnte einfach nicht nein sagen. Das verstehst du doch, oder?«

Sie redete wie ein Wasserfall. Irgendwann unterbrach ich sie und sagte, wenn sie jetzt soviel redete, würden ihr am Abend sicher die Worte ausgehen, und ich müsste mich langweilen.

»Das glaubst du doch nicht wirklich«, antwortete sie. »Aber gut. Wir treffen uns um acht im Keyif.«

»Keyif?«

»Du kennst das Keyif nicht? Schlüterstraße Ecke Mommsen, das beste Restaurant der Stadt.«

»Sagt Frankie.«

»Ja. Und der weiß, was gut ist. Das kannst du mir glauben.«

Ich sah auf die Swatch, die ich mir angeschafft hatte, nachdem ich die Rolex auf immer und ewig verloren glaubte. Es war kurz nach fünf. Die Sonne durchflutete den Raum und blieb an der roten Backsteinwand kleben. Es war ein warmer Frühlingstag, von dem ich bis zu diesem Moment nichts mitbekommen hatte – so weit war ich in Roula Rouges Welt abgedriftet.

Ich ging ins Bad, machte mich frisch, besprühte meine Brust mit Vetiver und zog mich an. Ich wählte den khakifarbenen Cerruti-Anzug, den Susanne von Lilienthal während unseres letzten gemeinsamen Urlaubs in Lucca ausgesucht hatte. Dann verließ ich das Loft. In der Hand hielt ich die Krawatte mit den kleinen Elefanten.

Bevor ich mich auf den Weg ins Keyif machte, hatte ich

noch ein paar Dinge zu erledigen. Ich war zur Maniküre angemeldet und anschließend wollte ich mir in dem Apple-Laden in der Uhlandstraße einen iPod kaufen. Ich hatte schon am Morgen kurz mit dem Gedanken gespielt, mir den mp3-Spieler zu leisten, hatte die Idee dann aber doch als Unsinn abgetan. Ein siebenundvierzigjähriger mit zwei Knöpfen im Ohr, das kam mir lächerlich vor. Erst als ich gesehen hatte, wie viele Songs Roula Rouge auf ihrem Rechner gespeichert hatte, faszinierte mich der Gedanke, einen Teil von ihr wie einen Schatz immer bei mir zu tragen. Wenn schon nicht sie selbst, so sollte mich jedenfalls ihre Musik auf meinen Streifzügen durch die Stadt begleiten. *Where can I get my cock sucked, where can I get my arse fucked?*

Ich kam bei Branco vorbei. Er stand vorm Arlecchino und hielt sein Gesicht in die Sonne. Er bot mir einen Espresso an. Ich vertröstete ihn auf später und schenkte ihm die Krawatte, die ich in der Hand hielt. Ich wollte verhindern, dass Roula Rouge sie irgendwann zu Gesicht bekam. Sie war schlau, und sie war sich sicher, dass sie mich zur Strecke brachte. Ich musste jetzt vorsichtig sein. Es waren oft die unwichtigen Dinge, an die man sich am besten erinnerte. Das wusste ich selbst aus eigener Erfahrung.

Immerhin war ich ihr ein paar Schritte voraus. Kurz vor Susannes Anruf war ich auf die Fotos gestoßen, nach denen ich gesucht hatte. Sie lagen in einem Ordner, der mit *RR* untertitelt war.

Es waren zwanzig, vielleicht fünfundzwanzig Fotografien aus Roula Rouges Leben, darunter auch gescannte Aufnahmen alter Schwarzweißbilder. Auf einem Foto war sie als Baby abgebildet. Sie lag nackt am Strand auf einer Decke. Die Landschaft im Hintergrund glich dem Hintergrund auf ihrem Schreibtisch, es waren sogar zwei Möwen darauf zu sehen.

Ein anderes Foto zeigte sie vor einem Frisörsalon. Sie trug eine Schürze und eine Brille, die ihr halbes Gesicht einnahm. Ich schätzte Roula Rouge zu diesem Zeitpunkt auf fünfzehn Jahre. Auf der Tür, vor der sie stand, konnte ich den Namen des Salons lesen: Frisierstube Ahlbeck. Durch das Fenster des Salons erkannte man zwei Frauen unter Trockenhauben.

Ein drittes Foto zeigte sie mit ihren Eltern. Es war das einzige, von denen, die ich bisher gesehen hatte, mit einer Bildunterschrift: *RR+Eltern*. Roula Rouge saß auf den Schultern ihres Vaters, der einen Pferdeschwanz trug und verwaschene Nietenhosen mit Schlag. Ihre Mutter war hinter dem Steuer eines grünen Trabant zu sehen, der nagelneu zu sein schien. Die Fahrertür war geöffnet, ein Bein der Mutter stand noch auf dem Kopfsteinpflaster. Vater, Mutter und Tochter lachten. Roula Rouge musste auf dem Foto vier Jahre alt gewesen sein. Sie kam mir sogar etwas älter vor, aber das konnte ja nicht sein, wenn es stimmte, dass ihr Vater, der Scheißkerl, an ihrem fünften Geburtstag rübergemacht hatte.

Aber ich hatte in dem Ordner nicht nur Baby- und Kinderaufnahmen gefunden, sondern auch das Foto, nach dem ich gesucht hatte. Roula Rouge von heute, so wie sie wirklich war: begehrenswert und ohne Aggressionen oder Verzweiflung im Gesicht.

Zärtlich hatte ich die Aufnahme einige Minuten lang betrachtet. Roula Rouge saß in einem tiefen Sessel und hatte die Beine übereinandergeschlagenen. Sie trug die Jeans mit den Löchern an den Knien, die roten Schuhe mit dem applizierten Puma und ein weißes, nicht das Fuck-Berlin-T-Shirt. Auf dem linken Oberarm erkannte ich tätowierte, in allen Farben leuchtende Federn, deren Spitzen am Ellenbogen endeten. Um ihren langen Hals hatte sie einen roten

Pulli geschlagen. Sie lächelte in die Kamera. Kein Mensch würde bei dem Anblick des Bildes auf die Idee kommen, Roula Rouge könnte gegen irgendwen oder gegen irgendwas Flaschen werfen. Neben ihr auf dem Tisch lag das weiße iBook, dessen Besitzer jetzt ich war. In der Hand hielt sie einen Starbucks-Becher.

Um ihr Gesicht besser studieren zu können, hatte ich das Foto vergrößert und blickte in große, dunkelbraune Augen. Ihre Lippen waren voll und rot bemalt, Hibiscus von Dior, hatte ich angenommen. Gerade Nase, hohe ausgeprägte Wangenknochen. Die blonden, wahrscheinlich gefärbten Haare standen nicht wie in der S-Bahn frech in alle Richtungen, sie waren streng zurückgebürstet. In der Spiegelwand hinter ihr hatte ich einen kleinen Zopf erkannt, kaum fünf Zentimeter lang, der von einem roten Gummi zusammengehalten wurde.

Glaub nicht, dass du so davonkommst. Vielleicht war sie jetzt in meiner Nähe, dachte ich. Ich bummelte den Kudamm hoch, vom Adenauerplatz Richtung Gedächtniskirche. *Ich krieg dich*, hatte sie in der Nachricht am Nachmittag geschrieben. Wieso glaubte sie, mich kriegen zu können?

Ich kam am Askanischen Hof vorbei, wo der Fotograf Helmut Newton immer gewohnt hatte, wenn er in Berlin war. Ich hatte kurz vor seinem Tod ein Interview mit Newton gesehen. Es war in diesem Hotel geführt worden. Der Ort hatte mich mehr interessiert als das, was Newton erzählte.

Mir blieb noch ein wenig Zeit, bevor ich Susanne von Lilienthal traf, und so ging ich durch den Jugendstileingang in die Beletage des Hotels. An der Bar bestellte ich mir einen Sherry und zündete mir eine Zigarette an. Ich hatte mir eine Packung Nil gekauft. Der Raum sah aus wie ein Bordell um die vorletzte Jahrhundertwende, Plüsch, Samtsessel, Kronleuchter, ein Aquarium mit Zierfischen. An den Wänden hingen Schwarzweißfotografien von prominenten Gästen.

Um viertel vor acht rief Susanne an. »Wo bleibst du denn, Jonathan?«

»Ich werde pünktlich sein«, antwortete ich.

»Wir haben halb acht gesagt.«

»Wir haben acht gesagt. Ich werde pünktlich sein.«

Ich zahlte meinen Sherry und ging auf die Toilette. Ich wusch meine Hände und betrachtete meine frisch manikürten Finger. Ivana, die Russin bei Happy Nails, hatte gute Arbeit geleistet. Ich sah überhaupt gut aus. Mein Gesicht hatte eine gesunde Farbe. Die dunklen, kaum vom Grau befallenen Haare standen vielleicht ein wenig zu frech für mein Alter in alle Richtungen. Und ich war schlank. Nach meiner Operation hatte ich fünf Kilo abgenommen und kein einziges Gramm wieder zugelegt.

Vor dem barocken Spiegel richtete ich meine Krawatte, die ich mir eine Stunde zuvor bei Uli Knecht gekauft hatte, eine Seidenkrawatte, rot mit vielen kleinen, weißen Palmen. Der khakifarbene Anzug saß wie maßgeschneidert, seit ich die Nackenfalte von meiner Münchner Schneiderin hatte entfernen lassen. Ich war mit mir zufrieden. Verlierer sahen anders aus.

Zehn

Die Terrasse des Keyif war kaum zur Hälfte besetzt. Auf der Straße hörte man das Geklapper der Gabeln und Messer auf den Tellern. Der Himmel war sternenklar, kühl war es geworden. Im Restaurant hingegen schien es warm zu sein und laut, laut und fröhlich. Ich warf einen Blick durch die beschlagenen Scheiben.

Susanne von Lilienthal saß mit einem Mann am Tisch. Ihr Galerist, nahm ich an und ärgerte mich. Warum hatte sie mir nicht gesagt, dass er dabei sein würde? Der Mann war in meinem Alter und trug schulterlange, gelockte Haare.

Susanne hob ihre Hand und winkte, als ich das Restaurant betrat. Aus der Entfernung ähnelte sie Roula Rouge. Grosse Augen, volle Lippen, blonde zurückgekämmte Haare, nur die Wangenknochen waren nicht so ausgeprägt. Der Mann an Susannes Tisch stand auf und kam auf mich zu. Er stellte sich als Nazim vor und begleitete mich zum Tisch.

»Das ist Nazim, Jonathan«, sagte Susanne, während sie mich umarmte. »Nazim gehört das Keyif. Er ist ein guter Freund von Frankie, du weißt schon, mein Galerist.«

Nazim fragte, was ich trinken wolle. Ich bestellte ein Glas von meinem Wein und Wasser, viel Wasser.

»Ein Flasche Gavi, eiskalt und Wasser, große Flasche«, rief der Wirt seinem Barmann zu. Dann legte er seine Hand auf meine Schulter und wünschte Susanne und mir einen schönen Abend.

»Ist er nicht hinreißend?«, sagte Susanne. »Er hat mich schon eine halbe Stunde unterhalten, weil du mich versetzt hast.« Und dann erzählte sie mir Nazims Geschichte ohne einmal Luft zu holen.

Nazim war Türke, lebte aber schon seit dreißig Jahren in Berlin und hatte inzwischen einen deutschen Pass. Mit fünfzehn war er seinem Vater aus Kappadokien gefolgt, der 1961 in die Stadt gekommen war. Die ersten Jahre hatte Nazim als Schuhputzer in einem Golfclub gearbeitet, dann als Küchenjunge, schließlich als Kellner. Zu einem kleinen Vermögen war er gekommen, als er gerade mal vierundzwanzig Jahre alt, mit Charme und einer gehörigen Portion Schlitzohrigkeit Wohnungen einer bankrotten, sozialen Wohnungsbaugesellschaft verkauft hatte. Von den Provisionen machte er später sein erstes eigenes Restaurant auf. Es wurde ein Erfolg, wie jedes Restaurant, das er danach eröffnete, ein Erfolg wurde. Das Keyif indes schlug alles bisher Dagewesene.

Susanne redete ohne Punkt und Komma. Ich sagte kein Wort.

»Findest du das nicht bewundernswert, Jonathan?«

»Doch, sehr …«

Und dann, als habe sie noch nicht genug Überzeugungsarbeit geleistet, fuhr sie fort. In einer Zeit, in der um uns herum der Zusammenbruch und das Chaos herrschen, sagte sie, in der Wirte und andere kleine Geschäftsleute nicht wissen, woher sie die Miete für den nächsten Monat nehmen sollen, strahle das Keyif wie der Abendstern in einer klaren Sommernacht.

Ich musste lächeln. Sie war früher eine Meisterin der Übertreibung gewesen, und sie war es heute immer noch. Recht hatte sie aber. Es war schon erstaunlich, wie der Wirt des Keyif es verstand, eine Atmosphäre herzustellen, die man sonst vergeblich in der Stadt suchte.

»Lach nur, Jonathan«, meinte sie. »Aber das ist die Wahrheit. Es sind Verführer wie Nazim, die siegen. Weißt du, was das Geheimnis dieser Männer ist? Es ist die Umarmung. Sie umarmen jeden, ohne sich dabei selbst aufzugeben. Nazim ist jeder willkommen, der Gescheiterte ebenso wie der Erfolgreiche, das alte Berlin und das neue, das bekannte Gesicht und das unbekannte.«

Ich lächelte immer noch und glaubte, dass sie das nachplapperte, was der Galerist erzählt hatte.

»Ach, Jonathan! Ich merke, du verstehst mich nicht. Trotzdem bin ich glücklich, dass wir jetzt hier zusammensitzen. Du hast dir die schönste Stadt der Welt ausgesucht. Lass uns darauf anstoßen!«

Ich hob mein Glas, und wir stießen an. Dann konnte ich

es mir nicht verkneifen, einen Vergleich zu ziehen zwischen Nazim und Alex, dem Argentinier und anderen großen Verführern in Susannes Leben.

»Verdirb mir jetzt bitte nicht den Abend, Jonathan. Das war wirklich eine schlimme Geschichte.«

»Tut mir Leid.«

»Tut mir Leid. Das muss dir nicht Leid tun. Ich bin dumm gewesen, dumm und naiv. Ich habe mir eingebildet, ich müsse Alex nicht teilen. Aber Männer wie Alex muss man teilen. Das ist eine alte Geschichte. Dass er aber ausgerechnet Marcella fickt, und die Schlampe sich von ihm ficken lässt, damit hatte ich nicht gerechnet. But let's forget about it.«

Marcella war Susannes beste Freundin, eine bildhübsche aber vollkommen durchgeknallte Person, die jede Nacht mit Madame Bovary unter dem Kopfkissen einschlief, weil sie sich einbildete, sie könne die Frau retten.

»Lass uns über fröhlichere Dinge reden«, sagte Susanne. »Erzähl von dir ... Deine Wohnung? Fühlst du dich wohl?«

»Sie ist schön. Die schönste Wohnung Berlins.«

Der Kellner brachte unsere Salate und schenkte Wein nach. Das Restaurant war inzwischen zum Bersten gefüllt. An der Bar warteten mindestens ein Dutzend Menschen auf einen Tisch. Susanne beobachtete jeden Gast, der das Restaurant betrat. Und zu jedem hatte sie einen Kommentar. Sie hatte schon eine Ministerin entdeckt und eine berühmte TV-Trash-Schlampe, wie sie sagte, den Chefredakteur einer Boulevardzeitung und einen Schauspieler, den sie gerade im Kino gesehen hatte. An seinen Namen konnte sie sich aber genauso wenig erinnern wie an den Filmtitel.

Der Tisch neben uns war der einzige im Keyif, der nicht besetzt war. Ich wunderte mich.

»Nazim hält ihn frei«, sagte Susanne, während sie ein

Stück Ziegenkäse aus dem Salat fischte, »damit wir ungestört reden können. Und für Frankie, natürlich. Frankie kommt vielleicht später dazu. Du hast doch nichts dagegen?«

Ich schüttelte den Kopf, obwohl ich plötzlich die Gefahr sah, in eine Welt einzutauchen, deretwegen ich München verlassen hatte. Ich sah meine Einsamkeit bedroht.

Susanne trank ihr Glas Weißwein in einem Zug leer. Sie war mir schon zwei Gläser voraus. »Was ist das?«, fragte sie und zeigte auf die kleine Tüte, die ich auf dem Nebentisch abgestellt hatte. »Ein Geschenk für mich?«

»Das ist ein iPod. Ich habe mir einen iPod gekauft.«

»Du bist so komisch, Jonathan. Willst du mir erzählen, du läufst in Zukunft mit Knöpfen in den Ohren umher und hörst Musik? Das passt doch überhaupt nicht zu dir.«

»Warum nicht? Das macht doch jeder.«

»Jeder! Jeder! – Nun, gut. Erzähl, was sind deine Pläne?«

Der Kellner brachte Ente auf Wirsinggemüse.

»Ich habe keine Pläne. Ich bin Stadtstreicher«, sagte ich und vergaß nicht hinzuzufügen, dass ich es mir leisten könne.

»Jonathan, du bist begabt. Du bist einer der besten in deinem Beruf. Denk an die Baccardi-Kampagne, denk an Skoda – das waren doch Welterfolge. Du kannst doch jetzt nicht deinen Job auf immer und ewig an den Nagel hängen, nur weil eine Handvoll amerikanischer Idioten meint, du seiest zu alt. Das kann doch nicht dein Ernst sein. Und diese Schweizer Schwuchtel …«

»Deine Ente wird kalt«, unterbrach ich sie.

»Na schön, wenn du nicht darüber sprechen willst, dann nicht. Ich jedenfalls halte es für Schwachsinn, dass du dich in dein Schneckenhaus zurückziehst. Beleidigt sein kannst du auch noch, wenn du achtzig wirst.«

Nach der Standpauke aßen wir schweigend unsere Ente,

bis Nazim an den Tisch kam. Wie ein Teenager himmelte Susanne den Wirt an. Nazim sagte, dass Frankie angerufen habe und es nicht schaffe, vorbeizukommen. Susanne bedauerte das, nicht für sich – sie hatte ihn ja schließlich den ganzen Tag gesehen – sondern für mich. Frankie sei wirklich ein beeindruckender Mann, schwärmte sie. Nazim fragte, ob wir zufrieden seien und ob wir etwas einzuwenden hätten, wenn er den freien Tisch neben uns weggab, die Gäste an der Bar machten ihm die Hölle heiß. Wir hatten natürlich nichts dagegen. Nazim nahm die leere Flasche Gavi aus dem Eiskübel und rief seinem Kellner zu, dass er eine neue bringen sollte, eiskalt.

Zwei Minuten später nahmen eine Frau und ein Mann am Nebentisch Platz. Ich griff die Tüte mit dem iPod und hängte sie über meine Stuhllehne. Die Frau war Mitte vierzig, sie trug einen engen Rock, der zwanzig Zentimeter über den Knien endete, und Netzstrümpfe. Der Mann war Mitte zwanzig. Die Frau setzte sich an die Seite von Susanne, der Mann neben mich. Sie nickten uns beiden kurz zu. Nazim kam noch einmal an den Tisch zurück und stellte uns vor.

»Brigitte Mang, Professorin für Mathematik an der TU, ihr Sohn Tobias, Student in Boston.« Dann deutete Nazim auf Susanne: »Susanne von Lilienthal, Malerin aus München, und Jonathan …« Nazim stockte. »Schotter«, sagte ich, »Stadtstreicher, Berlin.« Susanne gab mir einen Tritt unter dem Tisch. Die anderen lächelten. Und ich hörte Branco im Arlecchino sagen: *Ist nur am Wochenende hier. In der Woche Professorin für Mathematik, an der TU.*

Ein Kellner befreite uns von den leeren Tellern, ein anderer brachte den Wein. Susanne probierte. »Okay«, sagte sie. Dann faltete sie ihre Hände, die die stärkste Terpentinlösung nicht mehr ganz sauber bekam, und sah mir in die Augen, als wolle sie mit ihrer Standpauke fortfahren.

»Also, den Beruf hast du abgeschrieben, Jonathan. Und die Liebe?«

»Im Lot«, sagte ich.

»Die Achtzehnjährige?«

Ich nickte. »Fast neunzehn.«

»Ich glaub dir immer noch kein Wort.« Sie warf einen kurzen Blick auf den Studenten, der ihr schräg gegenüber saß, sah dann wieder zu mir und flüsterte: »Ich kann mir einfach nicht vorstellen, dass du ein Teenie-Ficker geworden bist. Du warst doch immer so vernünftig.«

Sie lächelte den Studenten an. Der lächelte zurück. Er war ein Kerl von einem Mann, bestimmt zwei Meter groß, GI-Frisur. Seine Hemdsärmel waren bis über die Ellenbogen aufgekrempelt.

»Wo hast du sie kennengelernt?«, fragte Susanne.

»In der S-Bahn.«

»In der S-Bahn. Ich weiß nicht genau, wie viele Jahre wir zusammen waren, aber es war lange genug. Ich kann mich nicht erinnern, dass du jemals in dieser Zeit ein öffentliches Verkehrmittel benutzt hast.«

»Die Zeiten ändern sich«, sagte ich und zog die Schachtel Nil aus meiner Jackentasche. Ich zündete mir eine Zigarette an und blies den Rauch über den Tisch. Susanne sah mich fassungslos an. Sie wusste, ich verabscheute Raucher wie die Pest. Sie hatte vor unserer Hochzeit sogar wegen mir das Rauchen aufgegeben. Ich hatte damals gesagt, ich könne nicht mit einer Frau zusammenleben, die rauche.

»Times they are a-changin', da hast du Recht. Aber langsam fange ich an, mir Sorgen zu machen, Jonathan. Vielleicht ist die Stadt doch nicht so ideal für dich, wie ich anfangs glaubte. Wie heißt denn deine S-Bahn-Bekanntschaft?«

»Roula Rouge«, sagte ich.

»Roula Rouge!« Susanne lachte, ein leicht hysterisches Lachen. »Ist sie Stripteasetänzerin, oder was? Roula Rouge – das ist doch keine Name …«

»Sie heißt Roula Rouge, und sie ist keine Stripteasetänzerin.«

»Sondern?«

»Ich weiß es nicht. Ich glaube, Frisöse.«

»Was heißt, du weißt es nicht?«

»Wir haben nie drüber gesprochen. Ein Mensch definiert sich doch nicht über seinen Beruf.«

»Oh, doch. Sehr wohl, das tut er.« Susanne wurde richtig sauer. »Ich definiere mich über meine Kunst, über meine Leinwände und meine Farben.«

Die Mathematikerin und ihr Sohn neben uns wurden plötzlich still. Sie folgten eine Zeit lang unserem Gespräch, bis sie sich langweilten und wieder nach Boston verabschiedeten. Susanne und ich stritten fast eine Stunde lang über den Wert von Menschen. Ist eine Frisöse weniger wert als eine Malerin? Ist ein Zahnarzt mehr wert als ein Senior Vice President in einer großen Werbeagentur? Es war eine ermüdende Diskussion. Wenn Susanne angetrunken war, gehörte sie zu den größten Rechthaberinnen unter unserer Sonne. Schließlich stand ich auf, um auf die Toilette zu gehen. Ich wollte mir eine Auszeit nehmen, was Susanne als Kapitulation vor ihrem messerscharfen Verstand interpretierte.

»Ist sie aus dem Osten?«, fragte sie, als ich schon im Gehen begriffen war.

»Wer?«, fragte ich und sah mich zu ihr um.

Susanne verdrehte die Augen. »Na, Roula Rouge natürlich.«

Ich beugte mich zum Tisch herunter und sagte: »Ja. Und sie hat eine schlimme Geschichte hinter sich, ihr Vater ist an ihrem fünften Geburtstag in den Westen abgehauen. Und sie hat …«

Susanne unterbrach mich: »Ach Gott, mir zerreißt's das Herz. Armes Ossi-Mädchen, vom Papa verlassen, lernt den Beruf der Frisöse und trifft, oh Wunder, einen von der midlife-crisis gezeichneten, vermögenden, dreißig Jahre älteren Wessi in der S-Bahn. Die beiden küssen sich. Happy End.«

Susanne kicherte, stürzte das Glas Wein hinunter und sagte: »Mal ehrlich, Jonathan, findest du das nicht ein bisschen dicke aufgetragen? Da hat mir ja selbst Paula, deine Ex, noch besser gefallen.«

Ich verließ endlich den Tisch und ging auf die Toilette. Von Paula wusste Susanne von Lilienthal gar nichts, außer, dass sie einmal existiert hatte. Mit Paula hatte sie seinerzeit nur ihr Gewissen beruhigt, sie war sich nicht mehr ganz so schäbig vorgekommen, nachdem sie mit Alex durchgebrannt war. Außerdem hatte sie nicht mehr ganz so oft das fadenscheinige Argument bemühen müssen, sie habe mich verlassen, weil ich meinen Rechner mehr liebte als sie. Ich hatte Susanne nicht einmal erzählt, dass Paula aus dem Fenster gesprungen war.

Auf dem Weg zur Toilette sagte ich Nazim, er solle mir die Rechnung bringen lassen. Darum habe Frankie sich bereits gekümmert, antwortete Nazim und legte mir die Hand auf die Schulter. Aber wir sollten doch noch ein bisschen bleiben, der Bürgermeister habe soeben seinen Besuch angekündigt.

Als ich an den Tisch zurückkam, schrieb Susanne gerade die Adresse ihrer Galerie und das Datum der Vernissage auf die Rückseite ihrer Visitenkarte. Ich setzte mich, und sie reichte die Karte der Professorin.

»Ich werde ganz bestimmt kommen«, sagte die Professorin. Sie hatte sich eine zusammenklappbare Lesebrille mit braunem Rahmen aufgesetzt. »Tobias ist dann leider schon wieder in Boston. Er studiert am Emerson College. Marketing und Journalismus. Zu Seriöserem war er nicht zu bewegen.«

Es war kurz vor elf, als Susanne von Lilienthal und ich das Keyif verließen. Drei Kellner brachten gerade eine Torte mit vielen Kerzen an einen Tisch neben dem Ausgang des Restaurants und Stevie Wonder sang lautstark *Happy Birthday*. Viele Gäste stimmten mit ein. Ein Bauunternehmer, über den Jahre zuvor die Regierung Berlins gestürzt war, feierte seinen Geburtstag.

Und ich, ich fragte mich, wie viele Professorinnen für Mathematik es an der TU geben mochte. Brigitte Mang jedenfalls hatte ich nicht wiedererkannt.

Elf

Ich hatte den Mann am Fleischerhaken vor Augen. Susanne war nicht mehr nüchtern. Sie fror. Warum froren Frauen immer? Ich legte das Cerruti-Jackett um ihre Schultern und nahm sie in den Arm. Ich spürte ihre Brust. Die Nacht war sternenklar. »Ach, Jonathan«, seufzte Susanne, »wenn wir doch die Zeit zurückdrehen könnten. Wie schön war es doch in Lucca.« Ich antwortete nicht. Wir gingen die Schlüterstraße hoch, bogen links in den Kudamm ein. Ich wollte sie ins Taxi setzen und ins Adlon schicken. Doch Susanne weigerte sich. Sie wollte noch das Loft sehen. Meine Gedanken waren unterdessen immer noch bei der TU-Professorin, die ich nicht verstand.

Schließlich sagte ich mir: Was soll's? Die Biene tanzte bei der Liebeswerbung, der Hirsch kämpfte, die Nachtigall sang. Es gab schwule Gorillas, die an ihrem im Kampf getöteten Gegner masturbierten, und es gab eine Heuschrecke, die während des Liebesspiels das Männchen fraß. Warum also sollte eine Professorin nicht die Peitsche schwingen? Warum sollte Susanne von Lilienthal nicht von Argentinien träumen? Und warum sollte Roula Rouge nicht Molotows schmeißen?

Susanne klammerte sich fester an mich. Wir kamen bei Mey & Edlich vorbei, die im Schaufenster Totalausverkauf wegen Insolvenz ausgerufen hatten. Am selben Haus war eine Gedenktafel angebracht: *Hier schrieb Robert Musil von 1931 bis 1933 an seinem Roman Der Mann ohne Eigenschaften.* Susanne zeigte mit dem Finger auf die Tafel.

»Hat der den Roman über dich geschrieben, Jonathan?«, fragte sie und kicherte.

Wir gingen in die Meinekestraße und stoppten vorm Arlecchino. Branco winkte uns herein. Er trug die Krawatte mit den vielen, kleinen Elefanten. Die letzten Gäste zahlten gerade ihre Zeche. Ich wollte keinen Grappa, doch Susanne ließ sich nicht davon abbringen. Und so tranken wir jeder einen gut eingeschenkten Grappa und rauchten jeder eine Nil.

»Jetzt ist mir wärmer«, sagte sie.

Zehn Minuten später gingen wir über den Hinterhof zum Loft. Neben den Mülltonnen schlief der Penner, der tagsüber vorm Internet-Café sein Geld verdiente, auf zusammengelegten Pappkartons. Neben ihm lag eine leere Asbach-Flasche. Susanne bückte sich und streichelte ihn, wie man einen verlassenen Hund streichelt. Dann gingen wir zum Fahrstuhl und fuhren in den fünften Stock. Ich drückte meinen Daumen auf die kleine Touch-Screen neben der 5 und die Tür zum Loft öffnete sich automatisch. »Es lebe der Fortschritt«, rief Susanne, und ich entgegnete, dass ich gelesen hätte, in zwölf Jahren werde es überhaupt keine

Schlüssel mehr geben. Susanne legte daraufhin ihre Arme um meinen Hals. Sie schwankte ein wenig und flüsterte neckisch: »Oh, Jonathan, das ist die beste Nachricht seit langem.« Von ihren neununddreißig Jahren, behauptete sie, habe sie nämlich mindestens ein halbes verschenkt, weil sie immer irgendwelche Schlüssel suchen musste.

Ich schaltete das Licht an. Das Loft strahlte. Und Susanne sah sich für ein paar Sekunden perplex um. Dann stellte sie sich auf die Zehenspitze ihres rechten Fußes, breitete die Arme aus und drehte sich wie ein Kreisel dreimal um sich selbst.

»Das ist ja phantastisch!«, rief sie. »So was habe ich ja noch nie gesehen! Jonathan, wie hast du das nur gefunden? Das ist das schönste Atelier, das ich kenne!«

Susanne war wie von Sinnen. Mir wurde übel, und das schrieb ich nicht dem Alkohol zu. Sie hatte Atelier gesagt. Ich verfluchte mich, dass ich sie mit ins Loft genommen hatte.

»Mach eine Flasche auf. Das müssen wir feiern«, sagte sie. »Ich habe nichts zu trinken.«

»Ach, irgendetwas wirst du schon finden.« Sie ging durchs Loft, berührte Dinge, die sie nicht berühren sollte. Sie fuhr mit der flachen Hand über den Biedermeier-Sekretär und sagte »unser Biedermeier-Sekretär«, sie hob den schwarzen Rucksack vom Boden auf und las: »Unabhängige Republik Usedom.« Dann sagte sie: »Usedom, unabhängige Republik? Liegt Usedom nicht in Polen?«

Ich wusste nicht, ob sie mich auf den Arm nehmen wollte.

Dann ging sie zum Schreibtisch. Sie las: »For every style there is an anti-style in wait.« Ich sagte, sie solle nichts anfassen. Doch da war es schon geschehen. Sie hatte eine Taste des iBooks berührt, der Bildschirmschoner war verschwunden und das Foto von Roula Rouge im Starbucks-Café war aufgetaucht, das Foto, das ich mir angesehen hatte, bevor ich auf die Straße gegangen war.

Susanne starrte auf die Screen. Sie stützte sich mit flachen Händen auf dem Schreibtisch ab und beugte sich ganz nah vor das Foto: »Das ist sie also, deine Achtzehnjährige. Sieht aber älter aus ... Und ein paar Pfunde zuviel hat sie auch auf den Rippen.« Ich ging zum Schreibtisch und wollte das iBook schließen, als Susanne sagte: »Auch das noch – sie trägt einen Ring durch die Nase!«

Ich beugte mich zur Screen herunter und warf einen Blick auf das Foto. Tatsächlich, Roula Rouge trug einen Ring an der Nase, einen ganz schmalen, aber groß genug, dass ich ihn hätte erkennen müssen. Ich begann an mir zu zweifeln. Wieso hatte ich das nicht vorher gesehen? Vor meinen Augen tauchten die Vitrinen des Ladens in der Alten Schönhauser Straße auf. Wie hieß er noch? Blut & Eisen, richtig. Wie konnte ich nur so blind sein?

»Jonathan, Jonathan«, sagte Susanne seufzend. »Ich glaub, ich muss auf dich aufpassen.« Sie drehte sich noch einmal um sich selbst und legte sich dann auf eines der beiden Sofas. Sie nahm die weinrote Kaschmir-Decke von der Lehne und wickelte sich darin ein.

»Setz dich zu mir, Jonathan.« Sie klopfte mit der flachen Hand aufs Polster, als riefe sie einen Hund zu sich. »Setz dich, for ol' times sake.«

Ich nahm am Fußende des Sofas Platz. Susanne verschränkte die Arme hinter ihrem Kopf und lächelte. »Sie sieht ein bisschen so aus wie ich ... deine Frisöse, mein ich, oder?«

Ich sagte nichts.

»Wenn ihr Liebe macht ... ich meine, musst du nicht aufpassen mit deiner neuen Herzklappe?« Zum ersten Mal seit unserer Hochzeitsnacht gebrauchte sie nicht das Wort ficken. »Also, ich meine, du darfst dich doch sicher nicht so anstrengen? Und du schwitzt doch so leicht?«

Ich lächelte.

Sie nahm eine Hand hinter dem Kopf hervor und legte sie auf meinen Unterarm. »Nun sag schon, Jonathan. Verrat mir, wie das geht.« Ihre Augen fielen zu und öffneten sich und fielen wieder zu.

»Mit der neuen Klappe schwitze ich nicht mehr«, sagte ich.

»Und die ist wirklich vom Stier?«, fragte sie lächelnd.

Ich blieb noch für ein paar Minuten sitzen. Dann sagte ich: »Susanne … Susi, schläfst du?« Sie antwortete nicht mehr. Sie schlief wie ein Stein.

Ich ging zum Schreibtisch, öffnete das iBook und packte den iPod aus. Während ich die Gebrauchsanweisung las, rauchte ich eine Zigarette. Zwanzig Minuten später hatte ich über fünftausend Lieder von Roula Rouges Rechner auf den mp3-Spieler übertragen. Ich stöpselte die Kopfhörer ein und hörte *Tipitina* von Professor Longhair und *Closer To You* von Dennis Quaid in voller Lautstärke, zwei Lieder aus *The Big Easy*, Susannes Lieblingsfilm. Danach überließ ich dem iPod, was er mir vorspielen wollte. Das war das Schöne an der neuen Technik, wenn man sie ließ, machte sie mit einem, was sie wollte.

Irgendwann gegen zwei Uhr ging ich schlafen. Als ich vom Badezimmer an dem Sofa vorbeikam, auf dem Susanne lag, hörte ich sie flüstern: »Ich werde um dich kämpfen, Jonathan. Bestell das deiner Frisöse.«

Ich legte mich auf mein Kingsize-Bett und sah Roula Rouge mit dem Ring in der Nase. In diesem Moment gab es für mich kein begehrenswerteres Gesicht. Ich war verliebt.

Zwölf

Als ich am nächsten Morgen aufwachte, war es acht Uhr. Meine Augen suchten das weiße Sofa. Die Kaschmir-Decke lag auf der geräucherten Eiche. Susanne war gegangen. Auf dem Schreibtisch fand ich eine Notiz.

Danke für den wunder(!)vollen Abend, Jonathan. Wenn du willst, komm um elf Uhr mit mir (und Frankie) in die MoMA-Austellung. Wir haben VIP-Karten, müssen also nicht in der Schlange stehen. Ruf an! Wenn nicht, bin ich in drei Wochen wieder da. Dann wirst du mich nicht so schnell los. Ich fliege heute um 16 Uhr. xoxoxooo Susanne

Susanne hatte eine schöne Schrift. Ich nahm den Zettel und warf ihn in den Mülleimer. Dann machte ich mir einen Espresso. Ich wählte eine lila Kapsel, Arpeggio, und legte sie in den Kapselhalter der Nespresso-Maschine. Man konnte über Schweizer sagen, was man wollte, aber wenn sie etwas zustande brachten, dann war es perfekt. Ihre Produkte schmeckten, sahen gut aus und machten keinen Dreck.

Roula Rouge mit Nasenring. Ich ging lächelnd zum iBook, öffnete es, klickte auf das Icon der Festplatte, das eine rote Rose darstellte, dann auf *Roula Rouge privat*.

In dem Moment erhielt ich eine IM, eine Nachricht per iChat:

Hallo Roula – ich bin um 15 Uhr im SchwarzSauer. Kommst du auch? Wir haben uns lange nicht mehr gesehen. Würd mich freuen!!!

Der Absender oder die Absenderin hieß NikeBerlin. Ich beendete iChat sofort. Das Programm musste definitiv so eingestellt sein, dass es sich immer automatisch öffnete, wenn man den Rechner aus dem Schlaf weckte.

Bei Google erfuhr ich, dass SchwarzSauer ein Szene-Café in der Kastanienallee in Prenzlauer Berg war. Dann widmete ich mich wieder dem Ordner *Roula Rouge privat*.

Auch hier herrschte erstaunliche Ordnung. Fein säuberlich lagen alphabetisch Ordner untereinander, die Namen wie *Archiv* trugen, *Briefe, IMs, Mails* oder *Schule*. Ich hoffte, in einem dieser Ordner Roula Rouges wahre Identität zu finden, ihre Adresse, ihren richtigen Namen, ihren Beruf.

War sie wirklich Frisöse? Als Susanne von Lilienthal am Vorabend die Frage nach ihrem Beruf gestellt hatte, gab ich zur Antwort: »Frisöse, glaub ich.« Ich hätte auch Terroristin antworten können, Flaschenschmeißerin oder Drogenkonsumentin. Aber wahrscheinlich hatte ich gar nicht so falsch gelegen mit Frisöse. Dafür gab es schließlich Belege: der Lederbeutel, in dem sich drei verschiedene Scheren, das Rasiermesser, die Halskrause und der Nackenpinsel befanden, das Foto vor der Frisierstube Ahlbeck, die vielen Haare auf dem Linoleumboden in der verdreckten Küche.

Ich trank den Espresso in einem Schluck und klickte den Ordner *Archiv* an. Hier lagen hundert Unterordner zu hundert verschiedenen Themen. Drei Ordner waren auf den ersten Blick erwähnenswert. Sie hießen *Gut*, *Böse* und *Blühende Landschaften*.

In *Blühende Landschaften* fand ich die Rede Helmut Kohls, in der er im Juli 1990 erstmals den Begriff gebrauchte. Und dann eine Art Dokumentation, wie sich von der Zeit der Wende bis heute ein Ort verändert hat. Der Ort hieß Eberswalde. Ich nahm an, dass es sich hierbei um die Recherche für eine Schularbeit handelte.

In dem Ordner *Gut* lagen nur zwei Dokumente. Ein Aufsatz über die Künstlerin Yoko Ono als Word-File und eine ausführliche Biografie aus dem Netz über El Comandante Che Guevara.

Gar nichts anfangen konnte ich mit dem Inhalt in *Böse*. Der Ordner war erst am zwanzigsten April angelegt worden, also gerade mal zehn Tage, bevor Roula Rouge ihr iBook liegengelassen hatte. Gut, da lag ein Bericht über Josef Mengele, das verstand ich. Aber dann waren da nur noch Dokumente über Michael Herdi, einen Mann, den ich kannte. Nicht persönlich, aber ich wusste genau, wer er war.

Herdi hatte in München Furore als Internet-Unternehmer gemacht. Er hatte seine Firma Ende der achtziger Jahre gegründet und war ganz schnell zum Shooting Star der Branche aufgestiegen. Capital und Manager Magazin feierten ihn auf ihren Titelseiten. 1998 war Herdi mit dem Unternehmen an die Börse gegangen und hatte Milliarden verdient. Zwei Jahre später platzte die Blase. Die Herdi Communication AG ging bankrott, die Aktionäre verloren alles. Der Boss selbst konnte im richtigen Moment noch ganz legal hundertdreißig Millionen für sich und seine Familie beiseite schaffen.

Eine typische Geschichte der Jahrtausendwende. Nicht besonders aufregend, aber auch nicht ganz langweilig.

Susanne von Lilienthal hatte Michael Herdi einmal persönlich kennengelernt. Sie war seine Tischdame bei einem Münchner Fest auf der Praterinsel gewesen. Ich erinnere mich noch genau, ich konnte damals nicht mitkommen, weil wir am nächsten Morgen unsere Skoda-Kampagne präsentieren mussten. Susanne kam nach Mitternacht nach Hause und war vollkommen aufgekratzt. Sie habe einen beeindruckenden Mann getroffen, schwärmte sie. Er habe zwar keine Haare auf dem Kopf, dafür aber ne Menge Grips. Und wunderschöne, blaue Augen. Herdi hatte ihr an dem Abend versprochen, zwei Bilder für seine Konzernzentrale abzukaufen. Und er hatte sein Versprechen wahrgemacht. Herdis Kurator war drei Wochen nach dem Fest in Susannes Atelier aufgetaucht, um die beiden wertvollsten Gemälde auszuwählen.

Susanne wollte mir in der Nacht nach dem Fest Herdis ganze Geschichte herunterbeten. Sie erzählte von seinem Studium Anfang der achtziger Jahre am Massachusetts Institut of Technology in Boston, von seiner entzückenden Frau, einer etwas naiven Schweizerin, und von den drei hochbegabten Kindern, von denen zwei in ein englisches Internat gingen. Irgendwann musste ich eingeschlafen sein. Jedenfalls warf Susanne mir am nächsten Morgen vor, ich könne ihr nicht mehr zuhören.

Das war also Michael Herdis Geschichte. Wie aber kam Michael Herdi in Roula Rouges Computer? Ich saß baff erstaunt vor der Screen und rieb mir mit den Zeigefingern die Schläfen.

Okay, es war keinem Menschen verboten über wen auch immer Material zu sammeln, und Herdi war sicher kein Held von einem Anarchisten, aber genügte das, ihn in einem Ordner abzulegen, der *Böse* hieß? Zusammen mit dem Schlachter Mengele?

Ich öffnete die Dokumente in dem Ordner: hauptsächlich Zeitungs- und Zeitschriften-Artikel über Herdi, die meisten davon aus der Zeit vor seinem Bankrott. Die beiden Titelgeschichten aus Capital und Manager Magazin waren auch darunter. Das größte Dokument über Herdi war eine Geschichte aus der Bunten. Roula Rouge musste die Seiten gescannt haben, im Netz waren sie jedenfalls nicht verfügbar. Die Geschichte hieß *Der ganz private Herdi*. Über Seiten wurden die Reichtümer Herdis vorgeführt. Die Villa in München-Bogenhausen, das Anwesen auf Mallorca, das Apartment in St. Moritz. Herdis Yacht Smart Girl II, sein Jet, eine

Falcon 20-5E, der Fuhrpark mit einem Ferrari, einem Rolls Royce, einem Range Rover, zwei Minis und einer Harley.

Seine »wertvollsten Schätze« jedoch wurden auf der ersten Doppelseite der Geschichte vorgestellt: seine Frau Eliane, 36, die Kinder Michael, 12, Manuela, 10, und Mathias, 9. Michael Herdi senior saß in einem roten Vanity-Fair-Sessel – das gleiche Exemplar wie in meinem Loft –, er rauchte eine Zigarre, seine Familie stand um ihn herum. Zu Herdis Füßen lagen zwei schokoladenbraune Labradorhunde, Socke, 3, und Fussel, 7.

Die Bunte-Ausgabe stammte aus dem Jahr 2000, Herdi war zu dem Zeitpunkt dreiundvierzig Jahre alt. Die Geschichte wirkte im Rückblick betrachtet und angesichts dessen, was mit dem Konzern ein Jahr später passiert war, zutiefst obszön.

Vielleicht hatte Roula Rouge das auf die Palme gebracht. Vielleicht war sie nur eine Sammlerin von Ungerechtigkeiten und reagierte auf diese Weise ihre Wut ab. Ich konnte mir keinen Reim darauf machen und verließ den Ordner *Böse*.

Ich rief America Online auf. Zwar vermutete ich, das Programm sei Passwort geschützt, aber ich versuchte es trotzdem. Roula Rouge benutzte die US-Version von AOL unter ihrem Namen. Ihre Email-Adresse lautete also RoulaRouge @aol.com. Die Box unter ihrem Benutzernamen verlangte ein Passwort. Ich schrieb einfach *Usedom*, glaubte aber nicht wirklich, dass Roula Rouge so fahrlässig war, das gleiche Passwort für das Email-Programm zu benutzen wie für den Generalschlüssel ihres Computers.

Doch ich sollte mich täuschen. Kaum hatte ich *Usedom* getippt, hörte ich schon die mir vertrauten Begrüßungsworte *Welcome, you've got mail*. In der Mailbox fand ich nur einen einzigen Brief, er datierte vom Vortag. Das überraschte mich aber auch nicht. Roula Rouge konnte von jedem Rechner der Welt auf ihr Mail-Programm zugreifen, und ich war mir sicher, sie tat es, wann immer sie die Gelegenheit dazu hatte. Überrascht war ich lediglich davon, dass sie das Passwort nicht geändert hatte. War sie sich so sicher, dass man es nicht knacken würde? Oder hoffte sie, den Dieb ihres iBooks zu überführen, in dem sie ihm alle Freiheiten gab, soviel wie möglich über sie zu erfahren?

Der Brief in der Mailbox kam aus Zürich. Eine Magdalena Bach von der Firma Transnet International schrieb an Roula Rouge:

Sehr geehrte Frau Rouge
Es tut mir sehr Leid, dass ich Ihnen keine positive Nachricht zukommen lassen kann. Unsere Personalabteilung teilt mir mit: Weder Mitte noch Ende der 80er Jahre war ein Herr Jakob M. Klein bei uns angestellt. Auch eine freie Mitarbeit von Herrn Klein in unserer Firma können wir definitiv ausschliessen.
Mit freundlichen Grüßen
M. Bach

Es war zehn Uhr. Mariola kam durch die Fahrstuhltür. Ich trug immer noch meine weißen Boxer-Shorts, in denen ich geschlafen hatte.

»Oh, entschuldigen Sie, Herr Schotter«, sagte sie.

»Meine Schuld, Mariola«, antwortete ich.

Als ich an ihr vorbei zum Bad ging, sagte sie: »Das ist aber schreckliche Narbe.«

»Schrecklich?«

»Ja, schrecklich groß.«

»Neues Herz«, sagte ich. »Altes war nicht mehr gut.«

Mariola kicherte. »Das ist nicht wahr!«

»Doch neues ist vom Stier. Hält länger.« Im Bad sah ich

mir die Narbe an. Sie war wirklich groß. Und auch nicht ganz gerade. Die Polin hatte Recht. Schrecklich.

Zwanzig Minuten später stand ich auf der Straße. Ich hatte mir keinen Anzug angezogen und auch keine Krawatte umgebunden. Ich trug Khakis, ein hellblaues Hemd und einen dunkelblauen, dünnen Pullover, von dem ich mir bei Banana Republic sechs Stück auf einmal gekauft hatte, als ich zusammen mit Paula in Palm Beach gewesen war. In meiner Hosentasche hatte ich den iPod verstaut, die Schnur der Kopfhörer verlief unter dem Pullover, die kleinen Stöpsel kamen aus dem Kragen wieder heraus. Ich steckte sie in die Ohren. Den iPod hatte ich auf zuerst auf Techno programmiert, hatte mich dann aber für John Lennon & Co. entschieden. Bei aller Liebe: Techno am Morgen – meine Nerven hätten da nicht mitgespielt.

Ich hatte jetzt zwei Optionen: MoMA mit Susanne und Frankie oder Roula-Rouge-Land. Ich entschied mich für Roula-Rouge-Land.

Am Bahnhof Zoo löste ich mir eine Tageskarte und setzte mich in die gleiche Bahn wie an dem Tag, als ich Fuck Berlin und ihrer Freundin, der Persianerin begegnet war. Als die Bahn am Reichstag vorbeikam, sagte ich mir: Du bist siebenundvierzig Jahre alt, Schotter. Du machst dich lächerlich.

Und Schotter antwortete: Na und!

Dreizehn

Irgendwo bei Paul Valéry hieß es: *Es gibt einen schönen Teil der Seele, der genießen kann, ohne zu verstehen, und der ist bei mir groß.* Wenn ich mich nicht täuschte, war der Satz aus einem Brief, den Valéry Madame Teste schreiben ließ. Ich hatte die Lektüre des Buches *Monsieur Teste* Susanne von Lilienthal zu verdanken. Während des Lucca-Urlaubs war Susanne einmal richtig sauer geworden, weil ich drei Bücher von Jeffery Deaver hintereinander verschlang und kaum mit ihr sprach. Auf der Fähre nach Elba – wir unternahmen einen Tagesausflug dorthin – verlangte sie von mir, den dritten Deaver, den ich noch nicht einmal zur Hälfte beendet hatte, ins Meer zu schmeißen und *Monsieur Teste* zu lesen. Und sie hatte klar und deutlich hinzugefügt: Sollte ich mich ihrem Verlangen verweigern, würde sie sich mir verweigern.

»Wie?«, hatte ich damals naiv gefragt.

Und sie hatte kurz und knapp geantwortet: »Ganz einfach, Jonathan, ich lass dich nicht mehr ficken.«

Auf meinem Ausflug ins Roula-Rouge-Land fiel mir Valérys Satz wieder ein. Ich genoss – genauso wie Madame Teste es getan hatte – ohne zu verstehen. Und das tat ich jetzt schon, seitdem ich mich damit abgefunden hatte, dass ich in eine Gewalttäterin verliebt war, in eine junge Frau, die es fertiggebracht hatte, meine ständige Sehnsucht nach Ordnung in eine Sehnsucht nach Unordnung zu verwandeln. Solange ich denken konnte war das Prinzip Ordnung mein Motor für ein erfolgreiches und zufriedenes Leben gewesen. Jetzt, auf dem Weg von einer Welt in eine andere galt dieses Prinzip plötzlich nicht mehr. Ich befand mich in einem schwebelosen Zustand.

Roula-Rouge-Land schlief noch. Die meisten Geschäfte hatten noch nicht geöffnet, die Straßen waren menschenleer. Es war bereits nach elf Uhr. Die Sonne schien, es war warm. Ich kam zum Studio von Blut & Eisen und stand vor verschlossenen Türen. Das Café auf der gegenüberliegenden Seite öffnete gerade. Ich kaufte mir einen Latte Macchiato in einem Pappbecher und ein Croissant, das ich sofort verschlang, den Milchkaffee nahm ich mit auf meine Reise.

Ich lief von der Alten Schönhauser Straße zur Kastanienallee. Ich kam an Einsturz gefährdeten, noch vom Krieg vernarbten Wohnblöcken vorbei, an besetzten Häusern und an prächtig instand gesetzten. John Lennon begleitete mich. Er sang *Stand By Me, Crippled Inside, Slippin' And Slidin* …

Die Kastanienallee erwachte gerade zum Leben. Ich ging die Straße zweimal rauf und runter, es war eine lange Straße, und ich bildete mir ein, hinter irgendeiner Fassade dieser Gegend verstecke sich Roula Rouge. Vielleicht hier, dachte ich, oder dort. Neben einem Modegeschäft las ich an der Wand ein Graffiti: *Mein Lippenstift ist wichtiger als Deutschland.* Ich sah das Rot des Hibiscus. Das Modegeschäft hieß Coration. Hier kleidete sich offensichtlich der neue Mann ein, der metrosexuelle Dandy. Ich las Sprüche wie »relaxer als Fashion« und »eleganter als Casual Wear«. An der Kasse lag ein Stapel Kochbücher von Jamie Oliver.

Ich zog weiter, vorbei an einem Café, das An einem Sonntag im August hieß, vorbei an der Kietzkantine, wo Sozialhilfeempfänger zu ermäßigten Preisen essen konnten, vorbei am Tuntenhaus, vorbei an den Frisörgeschäften Locke & Glatze, Vokuhila, und Notaufnahme. Und überall hielt ich Ausschau nach Roula Rouge.

Ich beschloss, mir eine neue Frisur in der Notaufnahme schneiden zu lassen. Ein Mädchen begrüßte mich und forderte mich auf, eine Nummer zu ziehen und zu warten, bis ich aufgerufen werde. Wie auf dem Passamt zog ich eine Nummer aus einem Blechkasten. Zwölf Kunden waren vor mir an der Reihe. Sie hatten es sich auf Betten bequem gemacht, lasen Magazine oder Bücher und hörten Techno-Musik. Ich nahm auf einem Bett neben einem Bananenbaum Platz. Die Frisöre und Frisösen arbeiteten schnell.

Nach zehn Minuten wurde meine Nummer aufgerufen. Ein junger Mann zeigte mir den Stuhl, auf dem ich Platz zu nehmen hatte. Ich sagte ihm, er solle mir die Haare ganz kurz schneiden.

Normalerweise, antwortete er, werde auf Wünsche der Kunden in dem Salon keine Rücksicht genommen, aber bei mir wolle er eine Ausnahme machen, allein schon aus Respekt vor dem fortgeschrittenen Alter. Dabei lächelte er, aber ich war mir sicher, er meinte es ernst.

Ich schloss die Augen und überließ ihm meinen Kopf.

Keine Viertelstunde später betrachtete ich mich im Spiegel und erkannte mich nicht wieder. Die Haare waren kurz, so kurz wie nie zuvor in meinem Leben. Doch der Schnitt gefiel mir, und vor allem gefiel mir der Gedanke, dass, wenn nicht mal ich mich wiedererkannte, es Roula Rouge erst recht nicht möglich sein würde.

Und dann nahm ich all meinen Mut zusammen und fragte den Frisör, ob er Roula Rouge kenne.

Die habe er mal gekannt, aber das sei lange her.

Ob er wisse, was sie mache.

»Bist du ihr Vater?«

Ich verneinte.

»Ich glaube, sie hat gerade ihr Abitur bestanden«, sagte der Frisör. »Hat mir irgendwer erzählt.«

»Abitur?«

»Ja, zweiter Bildungsweg.« Er lachte. »Seitdem sie wieder zur Schule gegangen ist, ist sie durchgeknallt. In jeder Beziehung. Wir haben uns nicht mehr gesehen.«

»Durchgeknallt? Wie?« Ich sah noch einmal in den Spiegel und fuhr mir mit gespreizten Fingern durch die Haare.

»Es gibt doch diese Katzenrasse, der im Alter zwei Knochen durchs Hirn wachsen. Diese Katzen drehen durch, sind unberechenbar, unzurechnungsfähig eben. Sie beißen ohne Grund.«

Ich verstand kein Wort und zahlte. Ich gab ihm zwanzig statt elf Euro.

»Arbeitet sie noch als Frisöse?«

»Keine Ahnung. Ich glaube nicht. Vielleicht macht sie Home Service.«

»Wo wohnt sie?«, fragte ich.

Er zuckte mit den Schultern. Dann rief er in den Laden: »Weiß jemand, wo Roula Rouge wohnt?«

Keiner antwortete.

Dann rief er noch einmal. »Weiß jemand, wo Roula Rouge wohnt?«

Ein junger Kollege am anderen Ende des Ladens drehte sich um und rief: »Wahrscheinlich in der Klapsmühle.« Der Mann sah aus wie Edward Scissorhands und kicherte auch so.

Ich bedankte mich. Der Frisör rief die Nummer achtundzwanzig auf. Ein Mädchen, das die Farben der deutschen Fahne auf dem Kopf trug, setzte sich auf meinen Stuhl.

Um kurz nach drei lief ich am Café SchwarzSauer vorbei. Ich hielt Ausschau nach NikeBerlin und glaubte, sie auch entdeckt zu haben. Ich sah ein Mädchen in Roula Rouges Alter mit einem iBook auf dem Schoß allein an einem Tisch sitzen.

Vielleicht wartete es auf Roula Rouge, vielleicht glaubte es, Roula Rouge habe ihre Instant Message vom Vormittag gelesen, als sie selbst sich schon wieder aus dem Programm verabschiedet hatte. Das Mädchen anzusprechen wäre nicht klug gewesen. Ich hätte mich verraten können.

NikeBerlin hätte mich, wenn es denn NikeBerlin war, später hundertprozentig wiedererkannt. Und wie hätte ich dann Roula Rouge erklärt, warum ich mich nach ihr erkundigt hatte, kurz bevor wir uns das erste Mal zufällig begegnet waren?

Auf dem Rückweg ging ich noch einmal in die Alte Schönhauser Straße. Blut & Eisen hatte geöffnet. Ich betrat das Studio, es war dunkel. Neben der Tür stand ein Grabstein und es roch nach Weihrauch. In den Vitrinen lagen hunderte von Schmuckstücken aus verschiedenen Materialien – Ringe, Ketten, Nadeln aus Gold, Silber, Titan, Niobium, Bernstein und Stahl. Ich sah das Zungenpiercing der Persianerin aufblitzen und Roula Rouges Nasenring.

»Ich bin Tommi, kann ich dir helfen?«, fragte ein Mitarbeiter.

»Ich guck mich erst einmal um«, antwortete ich.

Tommis Gesicht war von Piercings übersät. Er las ein Magazin und beachtete mich nicht weiter.

Auf einer Vitrine lag eine Broschüre. Ich blätterte darin herum und erfuhr, dass es unter anderem dreiundzwanzig Arten von Gesichtspiercings gab, zwölf Arten von Intimpiercings für Männer und neun für Frauen.

Ein Intimpiercing für Frauen trug den Namen Princess Albertina. In der Broschüre stand: *Dieses Piercing verläuft durch die weibliche Harnröhre und wird von vielen Frauen als sehr unangenehm empfunden. Es kann zu verstärkten Harnwegsinfekten führen, weil die weibliche Harnröhre ziemlich kurz ist.*

Ich schüttelte mich.

Auch vor dem direkten Klitoris-Piercing warnte die Broschüre. Es bestehe die Gefahr der Desensibilisierung durch Überreizung.

Tommi sah mich an. Ich fragte, was eine rote Rose kostete, als Tattoo auf der Schulter.

»Für dich?«, fragte er und grinste.

Ich nickte.

»Das musst du mit Yvonne besprechen«, sagte er. »Sie kommt in zwanzig Minuten.«

Solange wollte ich nicht warten. Ich programmierte den

iPod auf *Juke Box*, steckte mir die Kopfhörer in die Ohren und machte mich auf die Reise in die Gegenwelt, in meine Welt.

Vierzehn

Die folgenden Tage verbrachte ich überwiegend zu Hause. Von der Meinekestraße entfernte ich mich nicht weiter als fünfhundert Meter. Selbst der Weg ins Keyif war mir zu aufwendig, obwohl ich manchmal große Lust hatte, dort allein eine Ente zu essen.

Weil ich mich nicht zu lange von Roula Rouges iBook trennen wollte oder konnte, blieb mir nur das Arlecchino und, wenn ich keine Lust auf Italienisch hatte, das Hard Rock Café, wo ich gelegentlich einen Burger aß oder auch mal Baby Back Ribs. Mein Frühstück nahm ich gewöhnlich im Caras, einem Coffee-Shop neben dem Kranzler-Eck, in Form eines Fruchtsalats zu mir. Und mittags besuchte ich dann und wann den Sylter Fischhändler Gosch an der Uhlandstraße, Ecke Kudamm. Dort aß ich am liebsten einen Liebesteller, so hieß das Gericht, das aus Büsumer Krabben, Schwarzbrot und zwei Spiegeleiern bestand. Bei den Eiern bekam ich immer ein schlechtes Gewissen. Aber warum sollte ich mich ständig selbst kasteien?

Außerdem war ich wieder unter die Raucher gegangen. Nicht nur hin und wieder mal eine Nil, weil ich glaubte, das brächte mich Roula Rouge näher, nein, ich rauchte richtig, jeden Tag bestimmt eine Packung. Ich war schon soweit, dass ich gar nicht mehr merkte, wenn ich rauchte.

Auch meine Kleidung hatte ich geändert. Ich trug nur noch ganz selten Anzüge und Krawatten überhaupt nicht mehr. Ich hatte mich bei Uli Knecht mit Jeans, Khakis und sportlichen Hemden eingedeckt, und bei Footlockers hatte ich mir sogar ein paar schwarze Schuhe mit einem weiß applizierten Puma gekauft, die ich allerdings bis heute nicht einmal getragen habe.

Roula Rouges iBook glich einer Wundertüte, es war viel Unsinn darin, aber dann kamen plötzlich auch immer wieder echte Juwelen zum Vorschein. Ich hatte bis zu diesem Zeitpunkt sicher schon einige hundert Dokumente, Fotos und Filme mitgezählt, durchgesehen. Aber das entsprach kaum mehr als dreißig Prozent aller gespeicherten Informationen auf der Festplatte. Ich hatte also noch viel zu tun.

Als Juwelen bezeichnete ich Briefe, Emails, Tagebucheintragungen, Filme oder Fotos, die mich Roula Rouge näherbrachten, die es mir leichter machten, sie besser zu verstehen, also keine Witze oder irgendwelche dummen Filme, die im Internet kursierten und die jeder irgendwo versteckt auf seinem Rechner gespeichert hatte.

Ein Juwel zum Beispiel war für mich die Lafayette-Episode, die als iChat-Dokument in dem Ordner *IMs* abgelegt war. Roula Rouge hatte mit einer Freundin getratscht und ihr erzählt, was ihr passiert war.

Einen Tag bevor sie ihr Zeugnis für das erfolgreich bestandene Abitur überreicht bekommen sollte, wollte sie sich etwas Schönes gönnen. Sie war mit fast zweihundert Euro in die Galeries Lafayette in Mitte gegangen und hatte dort in der Damenabteilung rumgestöbert. Ihr hatte nichts gefallen, und sie ärgerte sich, den Weg in die Friedrichstraße auf sich genommen zu haben, anstatt sich gleich in der Gegend der Kastanienallee umzusehen.

Aber sie wollte eben etwas Besonderes haben, etwas, das sie und ihre Freundinnen normalerweise nicht trugen. Sie hatte davon geträumt, auf der Feier so auszusehen, dass ihrer

Mutter vor Freude das Herz aufgegangen wäre. Ihre Mutter, daran konnte sich Roula Rouge noch genau erinnern, hatte immer von schönen Kleidern und Pariser Modeschauen geschwärmt. Ihr ganzer Stolz waren zwei Dutzend Vogue-Ausgaben gewesen, die sie gehütet hatte wie einen Schatz.

Als Roula Rouge schon aufgeben und die Galeries Lafayette unverrichteter Dinge verlassen wollte, entdeckte sie an einer Puppe ein rosarotes Chanel-Kostüm. Sie war hingerissen davon, wusste aber gleich, dass sie sich das Stück nicht leisten konnte.

Anprobieren kostet nichts, sagte sie sich, holte das gleiche Kostüm in Größe 38 von der Stange und zog es an. Im Spiegel betrachtete sie sich und fand sich toll. Sie machte ein paar Tanzschritte und schnitt Grimassen. Dann stellte sie sich in ihren Pumas und nackten Beinen auf die Zehenspitzen und tat so, als trage sie hochhackige Schuhe.

In dem Moment wurde ihr Traum zerstört. Eine Verkäuferin erschien und fragte Roula Rouge, ob sie sicher sei, dass das Kostüm nicht ihr Budget überschreite.

Roula Rouge wurde knallrot. Am liebsten hätte sie gebrüllt: Verpiss dich, du Schlampe. Doch sie erwiderte nichts.

Sie ging in die Kabine und zog sich wieder um. Mit der Rolltreppe fuhr sie ins Erdgeschoss. Über ihrem Arm trug sie das rosarote Chanel-Kostüm. Sie presste es an ihre Brust. Vorm Ausgang blieb sie für ein paar Sekunden ruhig stehen. Ihr Herz schlug schnell und so laut, dass sie es hören konnte, sie sah sich um und glaubte, in tausend Augen zu blicken.

Dann rannte sie los. Sie rannte durch die ganze Stadt, sie rannte und rannte, es kam ihr so vor, als rannte sie nach Usedom, bis sie schließlich im Erdgeschoß ihres Treppenhauses zusammenbrach.

Sie hatte keine Kraft mehr gehabt in den vierten Stock zu steigen.

Ein anderes Juwel entdeckte ich fast beiläufig. Und wenn ich nicht zufällig für einen Moment mein Buch beiseite gelegt und an die Decke des Lofts gestarrt hätte, wäre es mir womöglich entgangen. Ich saß in dem roten Vanity-Fair-Sessel und las in dem Stalinallee-Buch, das ich mir an dem Tag gekauft hatte, als ich Roula Rouge kennenlernte. In dem Band hatte ich das Foto eines Jungen entdeckt, der mir glich, als ich Junge war. Er half seiner Mutter beim Aufhängen von Gardinen. Beide, Mutter und Sohn, schienen stolz und glücklich, dass sie in der sozialistischen Prachtstraße eine Wohnung ergattert hatten.

Als ich an die Decke sah, stellte ich mir vor, wie mein Leben verlaufen wäre, wenn ich in jenem Teil unseres Landes auf die Welt gekommen wäre. Dabei klang im Hintergrund gerade eine Rigoletto-Arie aus, gesungen von Maria Callas.

Ich lauschte Roula Rouges Musik oft und war immer wieder erstaunt über die Vielfalt ihres musikalischen Geschmacks.

Auf die Callas folgte ein französisches Chanson. Ich hörte zuerst gar nicht hin. Es hatte einen Touch von amerikanischer Country-Musik, klang eher monoton, und der Sänger leierte seinen Text herunter, wenn auch mit einem Hauch von Zorn in der Stimme.

Erst ab der Mitte der zweiten Strophe hörte ich genauer hin.

La France est un pays de flics
A tous les coins de rue, y'en a 100
Pour faire régner l'ordre public
Ils assassinent impunément

Frankreich ist ein Land von Bullen, verstand ich, *an jeder Ecke hat's hundert davon. Sie setzen die öffentliche Ordnung durch und morden ungestraft.* Die Diktion des Liedes rief in mir irgendetwas wach. Ich erhob mich aus dem Vanity-Fair-Sessel und ging zum iBook, um zu prüfen, was ich gerade hörte.

Und tatsächlich, da war es – *Hexagone*, das Gedicht oder Lied oder was auch immer des französischen Sängers Renaud. Roula Rouge hatte das Chanson mit Hilfe des Programms *Poisend* im Netz geklaut. Ich erinnerte mich, wie ich ins Internet-Café gegangen war und bei Google den Namen »Roula Rouge« (wohlgemerkt, in Anführungsstrichen) recherchiert und nur einen einzigen Eintrag gefunden hatte. *Ils se souviennent au mois de mai d'un sang qui* roula rouge *et noir* … Das war die Zeile. Ich hatte mir beim besten Willen nicht vorstellen können, dass jemand so verwegen war, sich wegen dieses Liedes, wegen dieser beiden zufällig aufeinander folgenden Worte aus einem Chanson, das dreißig Jahre alt war oder noch älter, einen neuen Namen zu geben. Schon gar nicht hatte ich das einem Mädchen aus dem Osten zugetraut. Offensichtlich hatte ich mich getäuscht. Offensichtlich waren es genau diese Worte in diesem Lied, die Roula Rouge bewogen haben, sich Roula Rouge zu nennen.

Aber wie hieß Roula Rouge wirklich? Wie war der Name, den sie von ihrer Mutter und ihrem Vater bekommen hatte? Und wie lautete ihr richtiger Familienname?

Ich spielte das Lied noch einmal und dann noch einmal. Und dann spielte ich es die ganze Nacht hindurch. Es war so voller Hass auf den Staat und seine Institutionen, so voller Bosheit gegen jede Autorität, dass ich erschrak.

Schlauer machte mich die Gewissheit, wes Geistes Kind Roula Rouge war, indes nicht. Im Gegenteil, das Rätsel schien mir inzwischen fast unlösbar.

Ich musste sie finden. Und zwar so schnell wie möglich.

Fünfzehn

Wenn einem das große Glück versagt blieb, freute man sich über das kleine Glück.

Eine solche Hoffnung aufs kleine Glück erhaschte ich einen Tag später, nachdem ich herausgefunden hatte, wem Roula Rouge ihren Namen verdankte.

Es war ein Mittwoch Ende Mai. Draußen stürmte und regnete es so stark, dass ich nicht die geringste Lust verspürte auch nur für zehn Minuten das Loft zu verlassen. Ich saß am iBook und recherchierte das Leben des Sängers Renaud. Ich hatte wieder einmal nicht daran gedacht, dass sich iChat automatisch aktivierte, wenn ich mich im Internet umsah. Und prompt erhielt ich eine Instant Message.

roula – ich erreich dich nie. lieselotte-herrmann-straße 10? stimmt die adresse noch? ich will dir flyer schicken für die demo am 6. Juni, damit du sie in der schule verteilst. wir haben angst, dass nicht genug leute kommen. wo steckst du? was treibst du? warum beantwortest du meine mails nicht, du untreue nuss!!!
kuss nike

So gut befreundet, wie ich anfangs gedacht hatte, waren NikeBerlin und Roula Rouge offenbar nicht. Sonst wüsste sie schließlich, dass Roula Rouge nicht mehr zur Schule ging und den Ehrentag in einem rosaroten Chanel-Kostüm gefeiert hatte. Wahrscheinlich waren die beiden Mädchen nur Kampfgefährtinnen, wahrscheinlich trafen sie sich nur mit Molotows in der Hand, die sie gegen den Staat warfen, den sie verachteten, genauso wie Renaud seine Lieder gegen den Staat gesungen hatte, den er verachtete.

Aber was zerbrach ich mir den Kopf über die Beziehung von Roula Rouge und NikeBerlin? Was ging es mich an, wenn die beiden Krieg führten gegen eine Floskel wie *Blühende Landschaften*? Sicher, das war vielleicht kein klug gewählter Begriff, aber er war aus dem Bauch gekommen und aus dem Herzen. Und der Fahrlässigkeit des Herzens musste man doch verzeihen. Warum trug man dem dicken Mann die *Blühenden Landschaften* fast fünfzehn Jahre später immer noch nach. Außerdem: Was war so falsch daran? Ich kannte Leipzig und Dresden, ich war sogar in Görlitz gewesen und hatte in die Neiße gespuckt. Blühte es da etwa nicht? Und die Kastanienallee? Die war doch ein großer, verwunschener Garten. Dort blühte es doch selbst noch in der dunkelsten Ecke, sogar Bananen blühten dort. Ich mochte mir gar nicht vorstellen, wie die Kastanienallee fünfzehn Jahre zuvor ausgesehen hatte. Eberswalde, das mochte sein, in Eberswalde war sicher der Hund begraben. Aber bestimmt lag er dort seit Menschengedenken unter der Erde.

Je länger ich darüber nachdachte, desto stärker wuchs meine Wut auf NikeBerlin. Mir war plötzlich klar, sie war die Rädelsführerin. Sie befahl, Roula Rouge gehorchte. Ich gab NikeBerlin die Schuld, dass Roula Rouge Gefahr lief, im Sumpf der Anarchie zu versinken. Ich war fest davon überzeugt, NikeBerlin hatte in ihrem Leben nur eine einzige gute Tat begangen, und zwar hatte sie mir frei Haus die Adresse geliefert, nach der ich solange vergeblich im iBook gesucht hatte. Und dorthin würde ich mich jetzt auf den Weg machen.

Das war das kleine Glück, das ich an diesem Mittwoch im Mai erfahren hatte.

Die Lieselotte-Herrmann-Straße lag im Bötzow-Viertel, einem besinnlicheren Teil von Prenzlauer Berg. Das schrille Treiben der Kastanienallee suchte man vergeblich in dieser Gegend. Es gab keine ausgeflippten Modegeschäfte, keine

Cafés, die An einem Sonntag im August hießen, und keine Frisöre, die ihren Kunden bei hämmernder Techno-Musik vorschrieben, wie sie auf dem Kopf auszusehen hatten. Das Bötzow-Viertel war ein Kiez wie es Dutzende in Berlin gab. Da mal eine Kneipe und dort, da ein Lebensmittelgeschäft, dort ein Türke, der Obst und Gemüse verkaufte, eine Reinigung, eine Fahrschule.

Susanne von Lilienthal hätte diese Gegend mit ihrem Faible für Anglizismen mit *nice residential neighborhood* beschrieben. Dass sich Roula Rouge hier niedergelassen hatte, konnte ich mir nicht vorstellen, als ich bei strömendem Regen in das Viertel kam. Und doch, es war so. Daran gab es keinen Zweifel. Ich stand vor dem Haus Nummer 10, sah auf die Klingeln und las auf dem obersten Schild, das zum vierten Stock gehörte, drei Namen: Mette Friedrich, Roula Rouge, Emma Klein. Roula Rouge teilte sich ihre Wohnung also mit zwei Freundinnen. Ich ging auf die andere Seite der Straße und sah zum vierten Stock hinauf. Hinter einem Fenster brannte Licht. Es war noch gar nicht so spät, aber das Unwetter hatte den Himmel so verdunkelt, dass man ohne Licht nicht auskam. Ich nahm an, dass das Fenster zu der Küche gehörte, die ich kannte. Ich sah die Fotografie aus dem iBook vor mir, das umgestürzte Nescafé-Glas, den Tauchsieder, die Haare auf dem Linoleum. Und ich sah das Bild im Bild vor meinen Augen, die an die Wand geklebte Umarmung einer nackten, schneeweißen Frau mit einem nackten, pechschwarzen Mann, der lange Dreadlocks trug.

Ich hatte inzwischen herausbekommen, mit an Gewissheit grenzender Wahrscheinlichkeit herausbekommen, wer dieser Mann war. Er hieß Maurice und stammte aus Kuba. Roula Rouge und Maurice hatten sich während der ChesterNight in der Waffengalerie kennengelernt, einem besetzten Haus in der Kleinen Rosenthaler Straße, in dem dann und wann illegale Raves veranstaltet wurden. Maurice war DJ.

Die Liebe zwischen Maurice und Roula Rouge war voller Leidenschaft, hielt aber nur acht Wochen. Im Februar dieses Jahres bekam Maurice die Nachricht, dass seine Mutter im Sterben lag. Er verließ Berlin sofort und flog mit einer Charter-Gesellschaft von Schönefeld nach Havanna. Das war am zwanzigsten Februar gewesen.

Am selben Abend hatte Roula Rouge sich hingesetzt und ein Email an Maurice verfasst. Darin versuchte sie, ihm Trost zu geben, indem sie erzählte, wie sie selbst ihre Mutter verloren hatte, was lieb gemeint war, aber sicherlich wenig hilfreich. Man konnte einen traurigen Menschen nicht trösten, in dem man ihm erzählte, dass man selbst eine noch traurigere Geschichte erlebt hatte, zumal dann nicht, wenn die eigene Tragödie fast zwanzig Jahre zurücklag. Außerdem war Roula Rouge gezwungen gewesen, ihre Worte in Englisch abzufassen, was dem Text an einigen Stellen eine unfreiwillige Komik verlieh.

Roula Rouges eigene Geschichte begann an ihrem fünften Geburtstag, dem Tag, an dem ihr Vater rübergemacht hatte. Es war der schlimmste Tag ihres jungen Lebens. Ihre Mutter hatte die Party abgesagt und nur noch geweint. Roula Rouges Großmutter versuchte ihre Tochter zu beruhigen, indem sie sagte, sie solle Rücksicht auf das Kind nehmen. Doch die Anfälle der Mutter kamen in immer kürzeren Abständen und wurden von Mal zu Mal schlimmer. Schließlich musste die Großmutter einen Arzt rufen, der der Mutter eine Beruhigungsspritze gab. Noch am selben Tag hatte sich die Geschichte in ganz Eberswalde herumgesprochen.

Roula Rouges Mutter hatte sich von diesem Schock nie mehr erholt. Sie bildete sich ein, in der Stadt wie eine Aussätzige behandelt zu werden und drohte damit, sich aufzuhängen. »Es bleibt mir gar nichts anderes übrig, als mich aufzuhängen«, hatte sie immer wieder geschrien und dabei geweint. Sie konnte Stunden lang weinen, Tage lang. Roula Rouges Großmutter hatte oft gesagt: »Deine Mutter hat mehr Wasser als der Plattensee.«

Und irgendwann, eineinhalb Jahre nachdem ihr Mann verschwunden war und sie nie wieder ein Lebenszeichen von ihm erhalten hatte, hat sie es dann wahr gemacht. Sie hat sich aufgehängt. Roula Rouge kam aus der Schule nach Hause und fand ihre Mutter mit heraushängender Zunge auf dem Dachboden.

An diese Geschichte und an Maurices im Sterben liegende Mutter in Kuba dachte ich, als ich den Eingang und das im vierten Stock erleuchtete Fenster des Hauses von der gegenüberliegenden Straßenseite aus beobachtete. Maurice hatte übrigens auf das Mail von Roula Rouge nie geantwortet, was mich ganz fröhlich gestimmt hatte. Maurice in Berlin zu wissen, das hätte nur Probleme gegeben.

Nach über einer Stunde, in der ich nichts gesehen hatte, außer ein paar Schatten, die durch die Küche huschten, gab ich auf. Ich war bis auf die Haut durchnässt und ging in den Knotenpunkt, in die Kneipe Ecke Bötzowstraße.

Die Wirtin saß allein hinter dem Tresen und las im Kurier. Sie war eine kräftige Frau mit wasserstoffblond gefärbten Haaren und einem großen Busen, den sie gern zeigte. Sie war schwer zu schätzen, vierzig, vielleicht auch jünger. »Sauwetter, was?«, sagte sie, als ich hereinkam. Ich war der einzige Gast.

»Das kann man wohl sagen.« Ich legte meinen Trenchcoat über einen Barhocker und rubbelte mit der flachen Hand durch meine kurzen Haare.

»Bier? Bud vom Fass?«, fragte die Wirtin, während sie den Zapfhahn schon bediente.

Ich nickte. »Und etwas zu essen hätte ich auch gern.«

»Da kann ich nur mit ner Erbsensuppe dienen, mit Knackern.«

»Genau richtig.«

Die Wirtin reichte mir das Bier, dann rutschte sie von dem Barhocker und ging in die Küche. Sie trug Leggins, ihr Hintern war mehr als beeindruckend. Ich zündete mir eine Nil an und sah auf den Kurier. *Grausam! Schwules Paar wurde lebendig verbrannt.*

»Ein oder zwei Knacker?«, rief die Wirtin aus der Küche.

»Zwei ist okay.«

Eine junge Frau kam in die Kneipe. Sie trug eine Ölhaut mit Kapuze. In der Hand hielt sie eine Milchkanne aus Aluminium mit Deckel und Holzgriff. Eine Kanne dieser Art hatte ich zum letzten Mal gesehen, als ich Kind war.

»Ist Karin nicht da?«, fragte sie mich.

»Wenn das die Frau ist, die mir gerade eine Erbsensuppe macht, dann ist sie in der Küche«, antwortete ich. Und in dem Moment kam die Wirtin auch schon an den Tresen zurück.

»Hallo Mette, Scheißwetter, was?«

Ich zuckte zusammen und sah mich um. Mette zog gerade ihre Kapuze vom Kopf. Ich hätte sie nie wieder erkannt. Mette ohne Persianerjacke und ohne rosa Pudelmütze ohne Pudel war in meinem Gehirn nicht gespeichert.

»Kannst du mir die voll machen?«, sagte sie und reichte der Wirtin die Milchkanne.

»Ganz voll? Wollt ihr euch besaufen?«

»Wir sind zu viert.«

Die Wirtin hielt die Drei-Liter-Kanne schräg unter den Budweiserzapfhahn. Dann sagte sie an mich gewandt: »Ihre Suppe kommt gleich.«

»Kannst du das aufschreiben?«, fragte Mette.

»Mach ich doch«, antwortete die Wirtin. »Wie geht's Roula? Hat sie sich endlich beruhigt?«

»So langsam. Ist ja aber auch ein Scheiß, wenn so ein Schwein in dein Leben einbricht.« Mette nahm die volle Kanne, setzte ihre Kapuze wieder auf, verabschiedete sich und verließ den Knotenpunkt. Die Wirtin holte meine Suppe, dann schenkte sie mir, ohne zu fragen, noch ein Bier ein. »Das sind nette Mädchen«, sagte sie.

»Mette?«

»Ja, Mette und ihre Freundin Roula.«

»Kommen die oft her?«

»Oft? Zwei-, dreimal die Woche. Vielleicht auch öfter, wenn sie sich nicht gerade die Ohren volldröhnen, dann sind sie hier. Spielen Billard. Roula in letzter Zeit weniger als Mette. Roula war sehr fleißig. Hat gerade ihr Abi nachgemacht.«

Ich löffelte die Erbsensuppe. Sie war sehr gut. Das sagte ich der Wirtin. Ich hatte große Lust zu fragen, was Roula denn so aufgeregt habe. Traute mich aber nicht. Ich wollte nicht zu neugierig erscheinen.

»Und Sie? Was führt Sie hierher?«

Ich zerkaute langsam ein Stück Wurst, dann antwortete ich: »Ich such ein Büro in der Gegend.«

Die Wirtin hob ihr Bierglas, um mit mir anzustoßen. »Ich bin die Karin«, sagte sie.

»Jonathan«, antwortete ich.

Sechzehn

Am nächsten Morgen schien die Sonne wieder, das Unwetter war wie weggeblasen. Ich fuhr im Ralph-Lauren-Morgenmantel ins Erdgeschoss und öffnete zum ersten Mal, seit ich ins Loft gezogen war, meinen Briefkasten. Er war gestopft voll mit Reklame und Gratiszeitungen. Um ein Haar hätte ich die Einladung zu Susanne von Lilienthals Vernissage, das einzige an mich adressierte Schriftstück, mit dem Wust von überflüssigem Papier weggeworfen.

Die Ausstellung eröffnete am zehnten Juni, einem Donnerstag. Auf der Einladung war *Die träumende Jungfrau* abgebildet. Das Gemälde wirkte gefällig, fast ein wenig kitschig. Das erstaunte mich. Ich mochte Susannes Arbeiten sehr, aber dieses Bild fand ich einfach nur furchtbar, sowohl was die Farbe anging als auch den Strich. Was war in sie gefahren? Es kam mir so vor, als knickte sie vor dem Zeitgeist ein, ja, als verbeugte sie sich sogar ganz tief vor ihm. Susanne hatte nie Kompromisse gemacht, weder beruflich noch privat. In meinem Beruf war das anders gewesen. Ich musste als erster den Zeitgeist erkennen und ihn dann auspressen wie eine Zitrone, solange bis man ihn nicht mehr ertragen konnte und das nächste Phänomen am Horizont auftauchte, die nächste Mode. Ich war käuflich. Aber Susanne …

Warum jetzt das? Ein deutsches Mädchen mit blonden Zöpfen in einem kurzen, hellblauen Kleid, das seine Arme dem bayrischen Himmel flehend entgegenstreckt. Ich war froh, dass sie das Bild bereits verkauft hatte. For every style there is an anti-style in wait. Wenn das Susanne von Lilienthals neuer Stil war, dann war der neue Stil nichts für mich. Ich klappte die Einladung auf und blickte Susanne in die Augen. Sie lag nicht falsch mit ihrem Satz, den sie in der Nacht im Loft gesagt hatte. Roula Rouge ähnelte ihr.

Um zehn Uhr kam Herr Schönheit, der Tischler. Er hatte fast einen Monat gebraucht, um die Bücherborde anzufertigen. Das war mir aber egal gewesen. Ich hatte den Raum mit den Kartons nicht einmal betreten. Oder doch? – Ja doch, einmal. Ich hatte *Monsieur Teste* gesucht, hatte das Buch in dem Durcheinander zwischen den Grishams, Deavers und Baldaccis und den Jahresbänden aber nicht gefunden.

Herr Schönheit versprach mir, bis zum Abend mit der Arbeit fertig zu sein. Für mich bedeutete das, dass ich den Tag auf der Straße verbringen musste. Den Krach und den Staub hätte ich nicht drei Minuten lang ertragen.

Die Mittagszeit schlug ich im Arlecchino tot. Ich hatte mir ein kleines schwarzes Notizbuch bei Manufactum gekauft und notierte darin zwischen Salat und Hauptgang offene Fragen. Zum Beispiel: *Ahlbeck, Frisierstube Ahlbeck?* Ich nahm an, dass die Frisierstube Ahlbeck in Eberswalde war. Ich nahm mir sogar vor, nach Eberswalde zu fahren und mit Herrn oder Frau Ahlbeck über Roula Rouge – oder wie immer sie richtig hieß – und den Tod ihrer Mutter zu sprechen.

Oder ich notierte: *Demo sechster Juni. Was ist das für ne Demo?* Auch die Namen Mette Friedrich und Emma Klein schrieb ich in das Buch, obwohl ich mir wenig Hoffnung machte, im Internet oder im iBook mehr über die beiden Mitbewohnerinnen in der Lieselotte-Herrmann-Straße zu erfahren.

Mit dem Espresso brachte Branco die neue Bunte. Er wusste, dass er mir damit eine Freude machte. Dem Zeitungsjungen kaufte er am Abend auch immer die BZ für mich ab, egal, ob ich vorbei kam oder nicht.

Ich legte das Notizbuch beiseite und zündete mir eine Nil an. Dann blätterte ich die Illustrierte durch. Ich sah auf vielen Seiten alte Bekannte. Lichtjahre von diesen Menschen entfernt fühlte ich mich wie Charly Varrick, der auf seiner Visitenkarte mit dem Spruch *Einer der letzten Unabhängigen* warb.

Ganz hinten im Blatt, wo die großen Partys gefeiert wurden, sprang mir eine Doppelseite ins Auge. Auf ihr ließ Michael Herdi seine Frau feiern, die vierzig Jahre alt geworden war. Rund sechzig Freunde waren an einem Strand in Saint Tropez versammelt, um Eliane Herdi hochleben zu lassen. Unter dem Aufmacher-Foto stand: *Können wieder lachen – Michael Herdi, 45, und seine schöne Schweizer Frau Eliane.* Eine andere Aufnahme zeigte Herdis Yacht Smart Girl II, die in der Bucht von Saint Tropez lag. Immerhin verschwieg die Autorin in ihrer Jubelgeschichte nicht, dass Herdi viele Freunde nach seinem Bankrott verloren hatte, Männer und Frauen, die ihm vertraut und eine Menge Geld in seine Internet-Firma investiert hatten.

Ob Roula Rouge wohl auch diese Bunte lesen würde? Hatte sie sich bereits ein neues iBook gekauft? Hatte sie schon wieder einen Ordner angelegt, der *Böse* hieß?

Den Rest des Nachmittags verbrachte ich in der Neuen Nationalgalerie, um mir die MoMA-Ausstellung anzusehen. Ich hatte mir beim Portier des Adlon eine VIP-Karte für dreißig Euro besorgt, damit ich nicht in der Schlange stehen musste. Ich lief durch die Ausstellung und bildete mir ein, jedes Gemälde schon mindestens hundert Mal betrachtet zu haben. Und ich fragte mich, warum keines der Bilder gefällig wirkte, nicht einmal La Danse von Henri Matisse, obwohl das Kunstwerk schon in tausenden von Wohnzimmern als Tapete hing.

Am meisten beeindruckte mich an diesem Nachmittag aber die Neue Nationalgalerie selbst. Und die Vorstellung, dass wir Berliner den Glaskasten Fidel Castro zu verdanken hatten, amüsierte mich sogar richtig. Der Architekt hatte das Gebäude ursprünglich für die Baccardi Rum Company in Santiago de Cuba entworfen. Die Pläne lagen auf dem Tisch, der Bau konnte beginnen, und just in dem Moment kam Fidel Castro und machte Revolution. Baccardi floh, wir bekamen die Neue Nationalgalerie, und das Getränk Cola Baccardi hieß fortan nur noch Cuba libre.

Ich nahm mir vor, Roula Rouge davon zu erzählen, wenn wir zusammen das MoMa in Berlin besuchten, verwarf den Gedanken dann aber gleich wieder, weil die Geschichte bei ihr womöglich Erinnerungen an Maurice wachgerufen hätte, die mir nicht so lieb gewesen wären.

Gegen halb acht am Abend kam ich nach Hause. Herr Schönheit war bereits gegangen. Nur Mariola war noch da, sie befreite gerade die geräucherte Eiche von dem Staub, der sich wie eine dünne Schneedecke über alles gelegt hatte. Ich sah auf die Bücherwand. Das Loft hatte durch die dicken, weißen Borde noch einmal gewonnen. Und weil Mariola die Bücher bereits eingeordnet hatte, sogar alphabetisch, bekam man das Gefühl, als wäre alles schon immer so gewesen, wie es jetzt aussah. Sogar die Zeichnung von Caspar David Friedrich, die Paula im Müll aufgestöbert hatte, war von Mariola im Bücherbord an einem freien Platz zwischen den Buchstaben M und N platziert worden.

Um halb neun beendete auch Mariola ihre Arbeit. Sie verließ das Loft bepackt mit einem Stapel Plastikfolien, die Herr Schönheit mitgebracht hatte, um die Möbel vor dem Staub zu schützen. Ich steckte ihr hundertzwanzig Euro für sechs Stunden Mühsal in die Gesäßtasche ihrer Jeans. Mariola lächelte, und ich hörte Susanne von Lilienthal sagen: *Always over tip the small people*.

Nachdem die Polin gegangen war, nahm ich ein heißes Bad und zog mir anschließend den blauen Morgenmantel über. Ich hatte nicht vor, an diesem Abend noch einmal auf die Straße zu gehen. Ich öffnete eine Flasche und setzte mich vor das iBook, das so ruhig atmete wie ein Baby im Schlaf. Ich rief iTunes auf, aktivierte die Juke Box und dann Google. Ich tippte *Demo 6. Juni Berlin* in die Suchleiste. Es erschienen viele Hinweise, aber nur ein brauchbares Dokument und das betraf eine Fahrraddemo, die am sechsten Juni in Berlin stattfinden sollte. Diese Demonstration konnte NikeBerlin nicht gemeint haben, als sie Roula Rouge bat, die Flyer in der Schule zu verteilen.

Auch mit den anderen Recherchen hatte ich kein Glück: Weder gab es in Eberswalde einen Frisör, der Ahlbeck hieß, noch tauchten irgendwo im Internet die beiden Mädchen auf, die ich suchte. Es gab nur eine Mette Friedrich, die lebte und arbeitete in München. Und eine Emma Klein fand ich nur in Amerika, eine Volleyball-Spielerin aus Woodstock im Bundesstaat Maryland.

Ich leerte das Glas und schenkte mir ein neues ein. Fats Waller sang *It's so nice, it must be illegal.* Es war dunkel geworden im Loft, nur die untergehende Sonne des Bildschirmhintergrunds warf ein schwaches Licht in den Raum. Ich stand auf und knipste die Schreibtischlampe an. Dann ging ich zu den beiden Sofas, die im rechten Winkel zueinander standen, und schaltete den Deckenstrahler ein. Ich dimmte das grelle Licht solange, bis es warm wirkte.

Im iBook aktivierte ich anschließend die Diashow des Programms iPhoto. Willkürlich bekam ich nun Aufnahmen aus Roula Rouges Leben zugeliefert. Die überwiegende Anzahl war unscharf und ohne Bedeutung, jedenfalls für mich. Es waren Fotos, wie Teenager sie machten, wenn sie ihre erste Kamera bekamen. Sie fotografierten einfach alles ohne Sinn und Verstand. Ich sah mir nicht jedes Foto an, das über die Screen flimmerte. Ich trank Wein, rauchte eine Zigarette und träumte vor mich hin. Es war ein schöner Traum. Ich versuchte mir vorzustellen, wie die erste Begegnung zwischen Roula Rouge und mir ablief, wie Karin, die Wirtin aus dem Knotenpunkt, uns vorstellte, und wie sie Roula Rouge etwas später beiseite nehmen würde, um ihr zu sagen, dass ich, der Wessi, ganz in Ordnung war.

Aus dieser Träumerei wurde ich gerissen, als für zwei Sekunden ein Foto auf dem Bildschirm erschien, das mir den Atem raubte. Ich wusste zuerst nicht, ob es Traum oder Wirklichkeit war. Ich stoppte die Diashow und blickte auf die Thumbnails der letzten fünf Fotos, die an meinen Augen vorbeigeflimmert waren. Und da sah ich es wieder, ganz klein, das Foto mit dem schwarzen Mann und der weißen Frau. Ich klickte den Thumbnail an, und das Bild erschien in voller Größe auf der Screen: Roula Rouge und Maurice beim Liebesakt.

Ich war empört, angewidert. Wieso nahm sie keine Rücksicht? Wieso ließ sie sich von hinten ficken und hatte dann auch noch die Chuzpe, den würdelosen Akt auf der Festplatte ihres Rechners zu speichern? Für jeden sichtbar. Wieso ließ sie sich überhaupt dabei fotografieren? Im Spiegel, auf dem ich ihr zur Grimasse entstelltes Gesicht sah, erkannte ich im Hintergrund die Fotografin. Mette. Es war Mette, die die beiden aufgenommen hatte. Das Foto war das Gegenteil von Zärtlichkeit. Ich erkannte auch keine Leidenschaft darin, ja, nicht mal einen Hauch von Lust. Das Foto war nichts anderes als eine reine Provokation. Aber wen wollte sie provozieren?

Jonathan, Jonathan, ich glaub, ich muss auf dich aufpassen! hörte ich Susanne von Lilienthal sagen. *Ist sie Stripteasetänzerin, oder was? Roula Rouge – das ist doch keine Name …*

Nein, Susanne, keine Stripteasetänzerin, schrie ich, *sie ist eine Hure!*

Ich nahm die Flasche Wein und leerte sie, ohne ein Glas zu benutzen. Dann legte ich mich auf eines der weißen Sofas und schlief von einer Sekunde auf die andere ein. Ich war wie der Soldat, der zwischen dem Gefühl der Angst und dem Gefühl des Hasses weggenickt war. Ich wollte nicht mehr denken.

Vor allem aber wollte ich mir nicht eingestehen, dass ich seit einem Monat einem großen Irrtum hinterherlief.

Siebzehn

Sehr lange konnte ich nicht geschlafen haben, zwanzig Minuten, vielleicht eine halbe Stunde. Jedenfalls war es erst zehn vor elf, als ich geweckt wurde. Ich schlug die Augen auf und dachte, ich hätte einen schlechten Traum geträumt. Es klingelte Sturm an meiner Haustür. Ich erhob mich vom Sofa und ging zur Fahrstuhltür. Im Monitor der Gegensprechanlage erkannte ich meine ehemalige Wirtin. Während ich die Philipps auf der quadratischen Screen betrachtete und hoffte, dass sie bald aufgeben würde, betätigte sie die Klingel wie den Knopf auf dem Joystick eines Videospiels. Sie gab nicht auf, und ich öffnete nicht. Die Alte war verrückt. Ich ging zur Espresso-Maschine und machte mir einen Espresso. Das Geklingel hörte nicht auf. Mit der Tasse in der Hand warf ich noch einmal einen Blick auf den Monitor. Jetzt hatte die Philipps über der Eingangstür die Kamera zur Gegensprechanlage entdeckt. Sie streckte ihren Arm in die Richtung, und ich erkannte meine Rolex, die sie zwischen Daumen und Zeigefinger baumeln ließ. Susanne von Lilienthal hatte mir die Uhr zum fünfundvierzigsten Geburtstag geschenkt. Eine Daytona, sie war wertvoll. Ich überlegte kurz, ob ich die Uhr auf immer und ewig verloren geben oder es riskieren sollte, der Philipps zu öffnen. Dann griff ich zum Telefonhörer der Gegensprechanlage und sagte Hallo.

»Guten Abend, Herr Schotter. Ich verlasse das Land. Ich bin gekommen, um mich zu verabschieden. Und ich habe eine Uhr gefunden, die Ihnen gehören müsste.«

Zwei Minuten später betrat die Philipps das Loft. Sie war erschrocken über meine kurzen Haare. »Musste das sein?«, fragte sie. Dann sah sie sich um und sagte: »Das ist ja riesig hier. Wann kommen die Möbel?«

»Mehr Möbel als Sie sehen, brauche ich nicht, Frau Philipps.«

»So könnte ich nicht leben«, antwortete sie und reichte mir eine Flasche Rotwein. »Die trinken wir jetzt auf meine Reise.«

Ich ging zum Küchenblock und öffnete zuerst die Flasche mit Rotwein, dann ein neue Flasche Gavi. Die Philipps lief im Loft umher. Sie trug ein rosa Twinset und wieder einen dünnen Rock, diesmal war er nicht einfarbig, sondern mit Klatschmohn übersät, darunter fleischfarbene Strümpfe mit Naht. Die hochhackigen Schuhe waren dieselben wie immer.

»Ach, hier ist ja der weiße Kasten wieder«, sagte sie, als sie vorm Schreibtisch stand. »Ich habe damals wirklich geglaubt, Sie wollen uns mit dem Ding in die Luft sprengen.«

Und wie Susanne von Lilienthal konnte es auch die Wirtin nicht lassen, das iBook zu berühren. Die bunten, tanzenden Buchstaben *For every style there is an anti-style in wait* verschwanden, und Roula Rouge und ihr Liebhaber Maurice erschienen auf dem Bildschirm. Die Philipps sagte nichts. Sie stand für ein paar Sekunden wie angewurzelt, dann ging sie zu dem Vanity-Fair-Sessel und setzte sich. Meine Wut auf Roula Rouge und ihre Scham- und Maßlosigkeit war in dem Moment zurückgekehrt, als ich aus der Entfernung die Szene beobachtete.

Ich ging zur Philipps und reichte ihr den Wein. Sie lächelte. Ich versuchte höflich zu sein, mir meinen Zorn, für den sie nichts konnte, nicht anmerken zu lassen.

»Sie sagten, Sie wollen das Land verlassen?«

»Ja, Sie werden es kaum glauben, aber morgen fliege ich für ein paar Wochen nach Haiti. Auf Kosten der Botschaft. Ich bin Gast des haitianischen Staates. Und danach gehe ich für ein halbes Jahr nach Montana, mein Bruder lebt dort. Seine Frau ist gerade gestorben, er hat mich gebeten, ihm ein wenig zu helfen.«

»Haiti?«, sagte ich ungläubig. Ich ging zum Küchenblock zurück, holte mir mein Glas Weißwein und setzte mich auf das Sofa, das dem roten Sessel gegenüber stand. »Die Haitianer sind doch Ihre Erzfeinde.«

»Das ist vorbei, wir haben uns vertragen. Louissaint hat mit mir gesprochen und Heidi auch. Das ist Unsinn mit den Zombies, es gibt keine lebenden Toten. Ich habe mir zuviel Gedanken gemacht. Und das bisschen Hasch …«

»Wer ist Louissaint?«

»Na, der stellvertretende Botschafter.«

»Und Heidi?«

»Das ist seine Sekretärin.« Die Philipps stand auf, ging zum Küchenblock und kam mit den beiden Weinflaschen zurück. Sie füllte die Gläser nach, dann setzte sie sich neben mich.

»Ist Heidi auch Haitianerin?«

»Ja, selbstverständlich.« Die Philipps griff in den Kragen ihres Pullis und zog zwei Joints heraus, die sie in ihrem Busen versteckt haben musste. »Die hat sie uns geschenkt, Jonathan.«

Ich guckte ungläubig.

»Nehmen Sie schon …« Sie hielt mir den Joint entgegen. »Ich schulde Ihnen doch sowieso noch einen.«

Ich nahm den Joint und roch daran.

»Können Sie nicht ein bisschen Musik machen? Haiti-Musik?«

Ich stand auf und ging zum iBook, verscheuchte Roula Rouge und ihren Liebhaber und rief iTunes auf. Ich fand in dem Rechner keine haitianischen Lieder, weder Vodou-Jazz noch Rasin, und so ließ ich die Songs aus dem Film *The Big Easy* spielen, Susannes Lieblingsfilm. Haiti oder Louisiana, Vodou-Jazz oder Zydeco – den Unterschied merkte die Wirtin sowieso nicht.

Während ich die Musik einstellte, erzählte die Philipps, wo sie in Haiti wohnen wollte und dass diese Reise ihre erste Reise überhaupt war. Sie war noch nie verreist, außer einmal, 1960 nach Hamburg, als sie ein Konzert von Freddy Quinn besucht hatte.

Zachary Richard sang *Colinda*. Ich setzte mich wieder aufs Sofa. Die Philipps rückte ein Stück näher an mich heran. »Die Musik ist sehr schön, Jonathan«, sagte sie.

Ich fragte sie, was sie glaubte, warum der Staat Haiti, der ärmste aller Staaten unter unserer Sonne, sie auf eine so teure Reise einlud. Und sie antwortete, dass sie dreimal die Polizei gerufen habe. Wegen Ruhestörung. Außerdem habe sie den Haitianern den Mietvertrag gekündigt. Louissaint habe dann der Polizei gesagt, er werde das Problem mit Frau Philipps gütlich regeln.

»Ja«, sagte die Philipps, »und das hat er dann auch getan.«

»Und die Pension, wer kümmert sich um die?«

»Die habe ich an die Wirtin von der Kneipe, zwei Häuser weiter, für ein Jahr lang vermietet. – Ach, Jonathan, Sie können sich gar nicht vorstellen, wie aufgeregt ich bin.« Sie hob ihr Weinglas und wartete darauf, dass ich mit ihr anstieß.

Dann hob sie ihren linken Arm und sagte: »Und was haben wir hier?«

Sie zeigte mir die Rolex.

»Meine Rolex.«

»Können Sie das beweisen?«

Ich verdrehte die Augen. Sie nahm die Uhr von ihrem Handgelenk und reichte sie mir. Professor Longhair sang *Tipitina*. Die Philipps stand auf, sie warf die Jacke ihres Twinsets auf das Sofa und bewegte sich langsam, für eine Minute ungefähr, auf der geräucherten Eiche zur Musik. Mit dem Zeigefinger winkte sie mich dann zu sich.

»Kommen Sie, Jonathan. Nun kommen Sie schon. Ich hab noch was gut bei Ihnen. Finderlohn.«

Die Alte war verrückt. Ich stand auf, sie kam auf mich zu und legte mir die Arme um den Hals. Ich spürte ihre Brust auf meiner Brust. Wir tanzten. Irgendwann nahm ich dann ihren Kopf in meine Hände und küsste ihre erdbeerrot geschminkten Lippen. Aaron Neville sang *Tell It Like It Is*.

Zehn Minuten später lagen wir beide nackt auf dem Kingsize-Bett. Ich öffnete ihre Beine und wollte mich dazwischen legen. Die Philipps blickte starr an die Decke.

»Nein, nicht so, Jonathan«, flüsterte sie.

Ich sah sie fragend an.

»So wie die beiden …« Sie zeigte Richtung Schreibtisch. »… die in dem weißen Kasten, der Haitianer und das Mädchen.« Sie drehte sich um, hockte sich auf die Knie und stützte sich mit den Armen auf dem Bett ab.

Ich schloss meine Augen und zählte bis dreizehn. Dann ließ ich sie meine ganze Wut auf Roula Rouge spüren.

Teil Zwei

Achtzehn

Die Philipps hatte mich gefragt, ob sie wirklich fliegen sollte, sie könnte auch bleiben. Sie glaubte nicht, dass der Unterschied zwischen Haiti und mir so groß sei. Sie zweifelte plötzlich an ihren Plänen. Ich redete ihr gut zu. Die Chance, die ihr Louissant und Heidi geboten hatten, böte ihr so schnell keiner wieder.

Das hatte sie schließlich auch eingesehen. Aus Höflichkeit war ich dann mit ihr zur Pension gegangen und von dort aus stante pede ins Loft zurückgekehrt.

Meine Wut auf Roula Rouge hatte sich inzwischen gelegt. Wie du mir, so ich dir. Wir waren quitt. Ich schenkte mir noch ein Glas Gavi ein und setzte mich vors iBook, um das scheußliche Foto zu löschen. Man musste auch vergessen können.

Danach stöberte ich noch ein bisschen in Roula Rouges Sachen herum. Ich öffnete den Ordner »FuckBerlinsChaos« und stieß dort auf ein Dokument, das »Das Ei« hieß. Ich klickte es an und las in einer fetten Zeile *Das Ei – Club gegen das Vage.* Es folgten neun Gebote.

1. Nicht wie *Under the Volcano* (Film)
2. Nicht langweilig
3. Distanziert
4. Zum Lachen
5. Nicht gestylt
6. Nicht modisch

7. Ehrlich
8. Nicht gefallen wollen
9. Don't cry, work!

Ich überflog die Gebote ein paar Mal, konnte mir aber keinen rechten Reim darauf machen, für wen oder für was sie formuliert worden waren. Den Film *Under the Volcano* hatte ich gesehen. Ich mochte ihn nicht, im Gegensatz zum Roman. Da lag ich, wenn ich das erste Gebot richtig interpretierte, auf derselben Linie mit den Verfassern. *Nicht langweilig, distanziert, zum Lachen* – auch damit war ich einverstanden, obwohl das, bis auf distanziert, für jeden galt. Wer wollte sich schon langweilen, wer nicht lachen? *Nicht gestylt, nicht modisch* – das verstand ich nicht. Schon gar nicht, wenn ich mir Roula Rouge und Mette vorstellte, die sich Löcher durch Zunge, Nase und wer weiß durch was noch, bohren ließen, um daran Schmuck zu befestigen. *Ehrlich* – das war wieder klar. Wobei damit sicher nicht jene Art von Ehrlichkeit gemeint war, die einem untersagte, Chanel-Kostüme zu klauen. *Nicht gefallen wollen*, darüber konnte man sich streiten, obwohl die Einhaltung dieses Gebots für Roula Rouge wohl kein Problem darstellte. Soviel hatte ich bisher verstanden, gefallen um jeden Preis wollte sie nicht. *Don't cry, work!* Okay, jammere nicht, arbeite! Aber für was, für wen, woran?

Das Ei – Club gegen das Vage. Was war das für ein Club? Meine Vorstellungskraft reichte nicht aus.

Vielleicht war das alles auch nur eine kindische Spielerei, ein Purzelbaum in Roula Rouges Leben, und ich beschäftigte mich schon viel zu lange damit, anstatt mich schlafen zu legen.

Ein anderes Dokument, welches auch in dem von mir angelegten Ordner »FuckBerlinsChaos« lag, war aufschlussreicher, ein Email von einem Professor Karlheinz Kerschkamp von der Technischen Universität Ilmenau.

Liebe Roula
Unser kurzes Treffen hat mich traurig gemacht. Ich habe noch lange über die Sätze nachgedacht, die du über deinen Vater verloren hast. Dein Zorn und deine Verachtung haben mich erschreckt. Du glaubst, dein Vater ist noch am Leben und hat große Schuld auf sich geladen. Ich bin vom Gegenteil überzeugt. Ich bin mir sicher, er ist auf der Flucht umgekommen. Sonst hätte er sich gemeldet – bei dir, bei deiner Mutter und auch bei mir, seinem besten und einzigen Freund. Er hat uns geliebt. Er hätte es nie übers Herz gebracht, irgendwo anders auf dieser Welt ein neues Leben zu beginnen, ohne ein Zeichen zu geben.
Du wolltest nicht zuhören, als ich auf Jakob zu sprechen kam. Deshalb werde ich mir jetzt die Zeit nehmen und dir erzählen, wer er war – vor allem aber, wie er war.

Deiner Großmutter mache ich keinen Vorwurf. Ich verstehe, dass sie wenig über deinen Vater gesprochen hat. Sie hatte andere Sorgen. Und sie hatte eine große Aufgabe, die sie mit Kraft und Herzblut gemeistert hat. Sie hat einen großartigen Menschen aus dir gemacht.

Nun zu deinem Vater …

Das Email von Professor Kerschkamp aus Ilmenau erzählte von der Kindheit und von der Jugend in Eberswalde. Sowohl Jakob als auch Karlheinz waren hier 1958 auf die Welt gekommen, hatten zusammen die Kinderkrippe und den Kindergarten besucht und waren in der dritten Klasse Blutsbrüder geworden. Sie hatten sich geschworen immer füreinander da zu sein.

Kerschkamp beschrieb seinen Blutsbruder voller Liebe.

Aus jedem Satz konnte man großen Respekt und immer noch eine fast kindliche Bewunderung herauslesen. »Dein Vater war hochbegabt, Roula!«, schrieb er. »Besonders in Mathematik konnte ihm keiner etwas vormachen. Als wir anderen in der Klasse uns noch mit dem Einmaleins herumquälten, konnte Jakob schon Wurzeln ziehen und die Fläche eines Kreises berechnen. Der Buchstabe π erregte ihn so sehr wie uns, die wir weniger verstanden, der Indianerhäuptling Osceola im Kino.«

Das Mail war ellenlang. Kerschkamp schmückte seine Erzählung mit blumigen Worten aus, teilweise klang sie wie die Liebeserklärung eines Fans an ein unerreichtes Idol.

Kerschkamp erzählte, wie Jakob mit elf Jahren den Schachlehrer matt setzte, wie er von seinem Vater den Bausatz eines Radios geschenkt bekam und daraus einen Weltempfänger bastelte, wie er fortan mit elektronischen Bauteilen experimentierte, Platinen und Transistoren ätzte, Kondensatoren und Widerstände lötete, er erzählte, wie Jakob Radio Caroline in der Nordsee entdeckte und John Lennon lieben lernte, wie er sich weigerte, 1974 das Fußballspiel DDR gegen BRD im Fernsehen anzusehen und stattdessen lieber auf dem Dachboden versuchte, einem selbstgebauten Roboter das Staubsaugen beizubringen. Und schließlich erzählte er, wie Jakob anfing politische Fragen zu stellen, obwohl Politik ihn nicht wirklich interessierte. »Mich auch nicht, Roula«, schrieb Kerschkamp. »Deinen Vater und mich interessierten eigentlich nur die Antworten auf zwei Fragen: Warum durften wir nicht nach Hamburg fahren und uns die Clubs ansehen, wo die Beatles gespielt haben – den Kaiserkeller und den Star-Club? Und warum durften im Westen Sänger über ihr Land und die, die es regierten, herziehen, ohne dass sie mit bösen Konsequenzen rechnen mussten?«

An dieser Stelle endete das Mail. Der Professor entschuldigte sich. Er musste zur Vorlesung, versprach aber, am Abend von zu Hause aus, in einem zweiten Mail, den Rest der Geschichte zu erzählen.

Ich durchforstete zuerst den Ordner »FuckBerlinsChaos« und dann die gesamte Festplatte. Ein zweites Mail von Karlheinz Kerschkamp fand ich nicht.

Die folgenden drei Tage besuchte ich immer gegen siebzehn Uhr den Knotenpunkt. Ich trank zwei, drei Buds, aß eine Erbsensuppe mit Knackern und wartete auf Roula Rouge, Mette Friedrich und deren Freundin Emma Klein. Ohne Erfolg. Die Zeit des Wartens vertrieb ich mir mit dem Kurier oder mit Karin, der Wirtin. Oder ich sah anderen Gästen beim Billard- oder Dart-Spiel zu.

Susanne von Lilienthal sagte immer: Every dog has its day. Der vierte Tag sollte mein Tag sein.

Ich war schon um drei Uhr am Nachmittag mit der S5 zum Hackeschen Markt gefahren und von dort in die Neue Schönhauser Straße gelaufen. Blut & Eisen hatte geöffnet. Ich betrat das Studio, betrachtete den Grabstein neben der Tür und roch den Weihrauch, dessen Duft noch stärker wirkte als bei meinem ersten Besuch. Tommi las sein Magazin. Er erkannte mich wieder und fragte: »Rote Rose, Chef?« Ich nickte freundlich, obwohl ich das Gefühl hatte, dass er sich über mich lustig machte. Dann rief er: »Yvonne, Kundschaft!« Yvonne kam aus dem Nebenraum, sie trocknete sich gerade ihre Hände ab. Ich erklärte ihr, was ich wollte. Und sie antwortete: »Kein Problem.«

Eine Stunde später verließ ich mit einer im Durchmesser ungefähr drei Zentimeter großen, roten Rose auf meinem linken Oberarm, genau unter der Schulter, das Atelier.

Ich hatte noch ein wenig Zeit. Vor sechs Uhr kamen die Mädchen nie in den Knotenpunkt, das hatte Karin einmal einem Gast gesagt, der auf der Suche nach Mette war. So lief ich von der Neuen Schönhauser zur Auguststraße, was ein Katzensprung war, und sah mir den Ort an, in dem Susanne ab dem zehnten Juni ausstellen würde.

Die Galerie Krawczik war über vier Räume verteilt, zwei im Erdgeschoss, zwei im ersten Stock. Es waren dunkle Räume, selbst an einem Tag, an dem die Sonne schien, verlangten sie nach künstlichem Licht. Im Fenster der Tür war Susannes Ausstellung schon annonciert: *Susanne von Lilienthal – Bilder, Zeichnungen, Skulpturen.* Ich betrat die Galerie. Ein spätes Mädchen mit einem Knoten im Haar begrüßte mich. Ich fragte, ob Herr Krawczik da sei. Die Frau sagte, Frankie sei geschäftlich in München, ob sie mir helfen könne. Ich verneinte und sah mich noch ein paar Minuten um.

Die Bilder an den Wänden ähnelten alle der *Träumenden Jungfrau.* Keines gefiel mir, wirklich keines. Ich fand sie zu schön, zu blond, zu perfekt. Sie ließen der Phantasie des Betrachters keinen Spielraum. Ich dachte an die neun Gebote aus Roula Rouges iBook. Gegen mindestens sieben davon verstieß die Künstlerin. Zu ihrer Verteidigung musste man allerdings sagen, über achtzig Prozent aller ausgestellten Werke waren mit einem roten Punkt versehen. Sie hatten einen Abnehmer gefunden.

Von der Auguststraße machte ich mich wenig später Richtung Bötzow-Viertel auf. Mein Weg führte mich zufällig vorbei an zwei Orten, die direkt und indirekt mit meinem neuen Leben verknüpft waren. Das war natürlich kein Zufall. Das konnte kein Zufall sein.

In der Kleinen Rosenthaler Straße entdeckte ich das besetzte Haus, in dem sich die Waffengalerie befand, jener Club, in dem sich Roula Rouge und Maurice verliebt hatten. Und in der Zehdenicker Straße stand ich plötzlich vor der John-Lennon-Oberschule. Ich sah das Cover von Rolling

Stone mit Yoko Ono und John Lennon als Embryo vor meinen Augen, und dann sah ich mich als Embryo, angeschmiegt an eine dreiundzwanzigjährige Frisöse.

Eine Viertelstunde später saß ich im Knotenpunkt an der Bar vorm Bud. Im Nebenraum spielten zwei Jungen Billard, und am Ende der Bar, neben dem Spielautomaten, war ein Mann eingeschlafen. Sein Kopf ruhte auf dem Tresen, er atmete unregelmäßig. Karin spülte Gläser, und ich zeichnete mit dem Zeigefinger den feuchten Kreis nach, den mein Bierglas auf dem Holz des Tresens hinterlassen hatte. In diesem Moment stürmten zwei Mädchen in die Kneipe.

»Hi, Karin«, riefen beide wie aus einem Mund. Sie lachten und waren albern. Es waren Roula Rouge und Mette.

»Hi, Girls«, sagte die Wirtin. »Trauerzeit vorbei, Roula?«

Roula Rouge lächelte. Sie trug dunkle Haare, die frech in alle Richtungen standen, das Fuck-Berlin-T-Shirt, einen kurzen, dunkelblauen Rock und die roten Puma-Schuhe. Auf ihren Lippen blühte der Hibiscus. »Cola?«, fragte Karin. »Eiskalt mit einem kleinen Schuss«, sagte Mette. Mette hatte die gleiche Frisur wie Roula Rouge, nur in Strohblond. Auch sie trug ein T-Shirt und einen kurzen Rock, beides einfarbig, beides schwarz.

»Warum so fröhlich?«, fragte Karin.

»Wir waren gestern Wessis aufmischen«, antwortete Mette. »Roula hat abgezockt, dreihundert Euro.« Mette setzte sich an die Bar, links neben mich. Einen Stuhl zwischen uns ließ sie frei. Roula Rouge stand vor der Music-Box.

»Das ist Jonathan, Mette«, sagte Karin, als Mette von den Wessis anfing zu reden. »Jonathan ist ein neuer Stammgast. Er wohnt in Charlottengrad, sucht aber hier ein Büro.«

»Hallo, Jonathan«, sagte Mette.

»Jonathan – und weiter?«, fragte Roula Rouge, die sich

zwischen Mette und mich setzte. Ihr nacktes Knie berührte meine neuen Khakis.

»Schotter, Jonathan Schotter.«

Roula Rouge juchzte. »Das gefällt mir – Schotter wie Knete.« Roland Kaiser sang *Dich zu lieben*.

»Und selber?«, fragte ich.

»Roula Rouge, Rouge wie rot, rot wie Blut.«

Karin reichte mir noch ein Bier. Die Mädchen bekamen Cola Rum. Die Gläser waren randvoll mit Eiswürfeln gefüllt, das Getränk fand kaum noch Platz. Ich überlegte kurz, ob es zu gewagt war, nach Roula Rouges Trauerfall zu fragen. Ich ließ es bleiben.

»Ihr kommt doch am Freitag?«, sagte Karin zu den Mädchen.

»Freitag?«, fragte Roula Rouge.

»Unser Karaoke-Abend, lasst mich bloß nicht sitzen. Mette, du hast versprochen, ihr kommt.«

»Wir kommen ja, Karin. Vielleicht hauen wir nur ein bisschen früher ab.«

»Freitag sind wir im WMF-Sommerlager«, ergänzte Roula Rouge.

»Um elf ist doch hier Schluss, spätestens um Mitternacht. Wir haben genug Zeit, wir kommen Karin. Versprochen«, sagte Mette.

Roula Rouge sang plötzlich mit Roland Kaiser im Duett: »Dich zu lieben, dich berühren, mein Verlangen, dich zu spüren, deine Wärme, deine Nähe, weckt die Sehnsucht in mir, auf ein Leben mit dir.«

»Das ist perfekt Roula. Bravo, das wirst du Freitag singen«, sagte Karin und klatschte.

Roula Rouge kicherte. Der Mann am Ende der Bar wachte auf. Er war unrasiert. Er sagte, er komme auch.

»Und was willst du singen, Fritz?«, fragte Mette.

Fritz antwortete nicht. Er nickte wieder weg. Karin meinte, er solle *La Paloma* singen.

Roula Rouge lächelte mich an. »Nettes, kleines Pferdchen hast du da auf deiner Bluse, Schotter. Wo bekommt man denn so was?«, fragte sie. »Willst du mir nicht auch so was schenken?«

Ich war verwirrt, sah auf mein hellblaues Ralph-Lauren-Hemd und antwortete: »Ich weiß gar nicht, ich glaube … Galeries Lafayette, ja, Galeries Lafayette.«

Jetzt kicherte Mette. »Das ist Roulas Lieblingsladen. Da geht sie immer shoppen, Jonathan.«

»Halt die Klappe, Mette«, sagte Roula Rouge. Ihr Nasenring bewegte sich.

Aus der Music-Box kam ein deutsches Lied, das ich nicht kannte. Wahrscheinlich ein Ossi-Lied. Ich war sicher, ich würde es in einem von Roula Rouges iTunes-Ordner wiederfinden. Ich zog die Nil-Schachtel aus meinen Khakis und zündete mir eine Zigarette an.

»Das ist meine Marke«, sagte Roula Rouge. »Nil ohne Filter.« Sie wirkte unzufrieden. Ihre Fröhlichkeit war wie weggeblasen. Ich spürte, ich hatte schlechte Karten bei ihr. Warum spielte ich mit dem Feuer? Warum musste ich Nil rauchen, ihre Marke?

Ich schob die Schachtel zu ihr hin. Sie nahm sich eine Zigarette heraus und meinte: »Komm lass uns abhauen, Mette.«

Karin legte ihre Stirn in Falten. »Was issn los? Ist dir ne Laus über die Leber gelaufen?«

»Roula ist ein bisschen gereizt in letzter Zeit«, sagte Mette an mich gewandt. »Man hat ihr vor vier Wochen ihren Computer in der S-Bahn geklaut, dass heißt, sie hat ihn in der S-Bahn liegenlassen, und irgendein Scheißkerl hat ihn eingesackt und nie zurückgegeben.«

»Ich hab gesagt, du sollst die Klappe halten, Mette.« Roula Rouges schönes Gesicht verspannte sich, die großen, braunen Augen wurden kleiner.

»Was war das für ein Computer?«, fragte ich. Ich riskierte alles, auch dass Roula Rouge unter Umständen gleich eine Flasche nach mir schmeißen würde.

»Apple, iBook«, sagte Mette. Sie bewies Mut, weiterzumachen. »Da war ihr ganzes Leben drin. Sie würde ihren linken Busen opfern, um das Ding wiederzubekommen.«

Ich sah auf Roula Rouges Busen. Er war nicht klein. Ich las *Fuck Berlin!* und sagte: »Ich habe auch einen Apple.«

»Auch ein iBook?«, fragte Mette.

»Nein, einen Power Mac.«

Roula Rouge zündete sich die Nil an. Ich hörte den Frisör in der Kastanienallee: *Es gibt doch diese Katzenrasse, der im Alter zwei Knochen durchs Hirn wachsen. Diese Katzen drehen durch, sind unberechenbar, unzurechnungsfähig eben. Sie beißen ohne Grund.* Ja, Roula Rouge biss ohne Grund.

Sie fragte: »G4?«

»Nein, G5«, antwortete ich.

»2 x 2,5 Gigahertz, 8 x 1 Gigabyte Speicher?«

Ich nickte.

Roula Rouge stand auf, dann zeigte sie mit ausgestrecktem Arm auf mich. Die Muskeln unter den tätowierten Federn auf ihrem Oberarm traten hervor. »Darf ich vorstellen, Karin, Mette, Fritz ... Fritz, aufwachen!« Der Alte hob seinen Kopf vom Tresen. »Darf ich vorstellen: Das ist Jonathan Schotter, Schotter wie Knete. Schotter hat den besten Computer der Welt. Und ich dumme Schnepfe, ich lass mir meinen Rechner, mein klitzekleines iBook in der Bahn klauen.«

Karin schüttelte kaum merklich den Kopf. Mette schmunzelte. Fritz schlief sofort wieder ein. Die Music-Box gab keinen Ton mehr von sich. Für ein paar Sekunden war es fast totenstill im Knotenpunkt. Nur das Geräusch der aufeinanderprallenden Billardkugeln aus dem Nebenraum war zu hören.

»Willst du nicht eine Runde ausgeben, Schotter?«, fragte Roula Rouge.

Ich nickte Karin zu. Karin nahm die Gläser der Mädchen und füllte sie mit frischen Eiswürfeln. Sie war sichtlich genervt von Roula Rouge. Ich versuchte die Stimmung zu entspannen und sagte, dass ich seit fast zwanzig Jahren mit Apple-Computern arbeitete. Ich erzählte die Geschichte, wie mein Boss in der Zürcher Werbeagentur eines Morgens auftauchte und das alte DOS-System verschrotten ließ, und wie ein Aufschrei der Empörung durch die Agentur hallte. Ich erzählte die Geschichte eigentlich nur für Roula Rouge. Sie hörte auch zu. Im Gegensatz zu Mette und Karin, die sich langweilten, aber doch froh waren, dass ihre Freundin sich offensichtlich wieder beruhigt hatte. Ich erzählte, wie ein Großvater vom Krieg erzählte, von den Anfangsjahren von Apple. Als ich die Buchstaben WYSIWYG erwähnte, wusste Roula Rouge sofort Bescheid.

»*W*hat *Y*ou *S*ee *I*s *W*hat *Y*ou *G*et«, sagte Roula Rouge, und zwar sagte sie es so, dass es doppeldeutig klang. Sie war von dem Barhocker heruntergerutscht und wie ein Mannequin zur Music-Box und zurück gelaufen, als wollte sie sagen: Ja, Schotter, genau das, was du hier siehst, das bekommst du auch. Nicht mehr und nicht weniger.

Vielleicht bildete ich mir das auch nur ein, vielleicht hoffte ich, mit der kleinen Geschichte soviel Eindruck auf sie gemacht zu haben, dass sie mich nicht mehr für einen ganz so furchtbaren Wessi-Arsch hielt, für einen nicht ganz so gelackten Scheißkerl, wie den Mann in der S 5, der ihren Rechner hatte mitgehen lassen.

Neunzehn

What you see is what you get. Aber was hatte ich gesehen? Was bekam ich? Ich bekam eine Flaschenschmeißerin. Ich hatte im Fernsehen im Promarkt gesehen, wie sie eine Flasche warf. Also bekam ich eine Flaschenschmeißerin. Ich bekam eine Diebin. Ich hatte gelesen – in dem Instant-Message-Dokument –, dass sie in den Galeries Lafayette ein Chanel-Kostüm mitgehen ließ. Also bekam ich eine Diebin. Ich bekam eine Liebhaberin, die sich offensichtlich gern von hinten nehmen ließ. Auch das hatte ich gesehen – schwarz auf weiß, im wahrsten Sinne des Wortes. Ich bekam eine Frau, die sich nicht scheute, anderen den Tod zu wünschen – ESAD, Eat Shit And Die! Ich bekam eine Frisöse, die jedes Mal, wenn ich sie sah (in der S-Bahn, bei Starbucks, im Knotenpunkt), eine andere Frisur trug, eine andere Farbe oder einen anderen Schnitt.

Kurz, ich bekam einen Menschen, dessen Maßlosigkeit und Hochmut, Frechheit und Verwandlungskunst einen ins Staunen versetzte und sprachlos machte. Von allen weiblichen Wesen, die ich bisher kennengelernt hatte, war Roula Rouge das unberechenbarste. Selbst Paulas Handlungen waren – bis auf ihr tragisches, selbstgewähltes Ende – leichter zu durchschauen gewesen, als die Handlungen dieser Berlinerin. Ganz zu Schweigen von Susanne von Lilienthal. Bei Susanne wusste man schon immer fünf Minuten vorher, wie sie reagieren würde.

Trotz allem war ich verrückt nach Roula Rouge. Ich sehnte mich danach, die Federn auf ihrer Haut zu streicheln und ihre hibiskusroten Lippen zu küssen. Ich nahm mir vor, die kranke Welt, in der sie sich bewegte, zu zertrümmern und sie in meine Welt zu entführen. Wie krank ihre Welt war, das zu belegen, dafür hatte ich inzwischen genug Beweise gesammelt. Und es kamen ständig neue hinzu, ob ich wollte oder nicht. Zum Beispiel die Informationen, die ich am ersten Donnerstag im Juni erhielt, einen Tag, nachdem ich Roula Rouge im Knotenpunkt erlebt hatte und einen Tag vor dem Karaoke-Wettbewerb.

Ich saß vor dem iBook im Loft, Google zeigte mir die Einträge zu dem Begriff *WMF-Sommerlager* an. Das WMF war offensichtlich ein berühmter Techno-Club in Mitte. Die Seite, der ich die Information entnahm, war mit einem Ort verlinkt, der *Restrealitaet* hieß. Man konnte ihn nur betreten, wenn man sich einen Alias-Namen und ein Passwort zulegte. Ich gab mir den Namen *Mariola* und das Passwort *Kastanie*. Widerwillig betrat ich danach diesen Ort, der sich als digitale Eckkneipe präsentierte, als »morbides Schützenfest des Berliner Nachtlebens« und als »Feldforschungsprojekt der alternativen Freizeitgestaltung«. Die Startseite zeigte in sämtlichen Grautönen die Skyline vom Alexanderplatz mit dem Fernsehturm und dem Forum-Hotel. Im Hintergrund glaubte ich, ein abstürzendes Flugzeug zu erkennen. Wenn man mit der Maus das R von Restrealitaet berührte, wurde es rot und schwarze Möwen flogen durchs Bild.

Die Restrealitaeter wurden auf einer Extraseite vorgestellt. Neben jedem einzelnen Namen erschienen eine Comic-Figur und ein Spruch, den jedes Mitglied selbst bestimmen konnte, eine Art Devise. Es gab hunderte von Restrealitaetern. Ich gehörte jetzt auch dazu. Mein Comic-Alterego trug ein Basecap der New York Yankees und hielt in der rechten Hand eine Flinte. Als Devise hatte ich einen Spruch gewählt, den Susanne von Lilienthal immer von sich gab: *Die wahre Avantgarde ist der mutige Rückschritt zur Vernunft.*

Unter meinem Decknamen Mariola konnte ich an Diskussionsrunden teilnehmen, an Chats, in denen das Nachtleben Berlins kommentiert wurde oder einfach politische Statements abgegeben wurden wie *kotzwürg Hartz IV* oder schlicht *Kill Bush!* Die Seiten waren langweilig, und ich fragte mich, wen die Partys von gestern interessierten. Ich wollte die Webpage schon verlassen, als mir plötzlich in den Sinn kam, doch einmal nachzusehen, ob Roula Rouge nicht auch dieser Gemeinde angehörte. Ich durchforstete die endlose Mitgliederliste und stieß prompt auf ihren Namen. Sie hatte es offenbar nicht einmal für nötig gehalten, sich ein Alias zuzulegen. Ihr Comic-Alterego hatte zwei rote Zöpfe und trug einen Schottenrock. In der Hand hielt Roula Rouge natürlich eine Flasche und ihre Devise lautete: *Mach kaputt, was dich kaputt macht.*

Ich war neugierig, ob sie noch irgendwo auf der Site auftauchte und suchte weiter nach Spuren. Außer einer Wohnungsanzeige auf dem Schwarzen Brett der Restrealitaeter fand ich aber nichts.

Die Wohnung hatten Roula Rouge und Maurice Anfang Januar gesucht. Sie sollte möglichst im Bötzow-Viertel liegen und nicht mehr als vierhundert Euro kosten. Ich reimte mir zusammen, dass die Suche erfolgreich verlaufen war, die Liebesgeschichte zwischen Maurice und Roula Rouge, das wusste ich ja bereits, hingegen nicht. Mir war klar, dass Roula Rouge nach Maurices plötzlichem Verschwinden mit ihren Freundinnen Mette Friedrich und Emma Klein zusammengezogen war.

Bevor ich die digitale Eckkneipe verließ, klebte ich selbst noch eine Notiz ans Schwarze Brett.

ich hab gehört, dass es roula rouge schlecht gehen soll. weiß jemand von euch, wie man sie erreichen kann? hab sie seit drei monaten nicht mehr gesehen. *mariola*

Ich versprach mir nicht viel von der Anfrage. Eigentlich postete ich sie mehr aus Spaß als in der Hoffnung, eine Antwort darauf zu bekommen.

Danach klappte ich das iBook zu. Ich war erleichtert, den digitalen Sumpf der daumennagelgroßen Comic-Figuren und schwarzen Möwen zu verlassen und wieder in die Welt der Vernunft einzutauchen. Vielleicht trog mich mein Gefühl, aber ich kam mir schmutzig vor, dermaßen schmutzig, dass ich mich unter den überdimensionalen Duschkopf im Badezimmer stellte, mich wusch. Mein Blick fiel dabei immer wieder in den Spiegel, der mir meine Schwächen vor Augen hielt, die Narbe, hinter der sich mein geflicktes Herz verbarg, und die rote Rose, die ich mir aus Jux und Dollerei für Roula Roge zugelegt hatte.

Ich duschte länger als eine halbe Stunde. Anschließend zog ich mich so an, wie man mich kannte, sorry, wie ich mich kannte. Ich wählte ein weißes Hemd mit blauem Rössli, wie die Schweizer sagen, einen hellgrauen, sehr dünnen Coolwool-Anzug von Zegna, Socken, die am Knie endeten, und ein blitzsauberes Paar Alden-Schuhe. Als ich mich im Spiegel betrachtete, fühlte ich mich wie früher, bis auf die neue Frisur, die mir inzwischen aber sogar besser gefiel als die längeren Haare, die ich vor meinem Ausflug in die Kastanienallee getragen hatte.

Den Nachmittag verbrachte ich auf der Straße. Ich trank auf der Terrasse des Dressler einen Latte Macchiato und sah hundert schönen Frauen nach, von denen mir keine gefiel. Als ich so vor mich hinträumte und mich nicht entscheiden konnte, ob das Leben gut zu mir war oder böse, erhielt ich eine SMS von Mette: *Jonathan, hast du Lust vor der Karaoke-Nacht einen Teller Spaghetti bei uns zu essen? 19 Uhr? Sag an … Mette.* Ich war überrascht, zögerte aber keine Minute. Ich schrieb zurück: *Ja. Wo?* Wiederum verging keine Minute, und ich las auf dem Display meines Handys: *Lilo-Herrmann-Straße 10. Wir freuen uns.*

Karin und Mette hatten sich im Knotenpunkt wahnsinnig ins Zeug gelegt, nachdem Roula Rouge sich beruhigt hatte. Fast kam es mir so vor, als wollten sie sich für ihre Freundin entschuldigen. Beide Frauen schienen mich ins Herz geschlossen zu haben, beide schienen von einem schier unglaublichen Harmoniebedürfnis beseelt. Es kam mir so vor, als wollten die Persianerin und die Wirtin persönlich die Kluft zwischen Ost und West zuschütten. Als wir uns verabschiedeten, musste ich das Versprechen abgeben, zum Karaokeabend im Knotenpunkt zu erscheinen. Ich stimmte unter der Bedingung zu, dass keiner von mir verlangte, ein Lied zu singen. Roula Rouge war unterdessen schweigsam gewesen, sie war zwischen ihrer Cola Rum und der Music-Box hin und her gelaufen und hatte sich nicht an den Gesprächen beteiligt. Nur manchmal lächelte sie ein wenig herablassend, wenn sie das Gefühl hatte, ihre Freundinnen umgarnten mich zu sehr.

Nachdem ich Mettes SMS bekommen hatte, zahlte ich meinen Kaffee und machte mich zu dem Apple-Laden in der Uhlandstraße auf, wo ich ein nagelneues iBook kaufte. Ich sparte nicht, ich nahm das beste, das ich bekommen konnte, ließ den Speicher maximal aufrüsten und sofort die Programme Microsoft Office und Adobe Photoshop installieren. Anschließend ging ich ins Kino und sah mir *The Day After Tomorrow* an. Ich hatte mir mehr von dem Film versprochen. Eigentlich gefiel mir nur der Schluss, als Mexico dem amerikanischen Präsidenten die Einreise verweigerte.

Den Abend verbrachte ich im Keyif. Es war mein erster Besuch bei Nazim, seit ich mit Susanne von Lilienthal dort gewesen war. Das Restaurant war wieder zum Bersten gefüllt, sowohl auf der Terrasse als auch im Innenraum war kein freier Platz. Ich stand in der Tür und wollte schon wieder gehen, als der Wirt mich entdeckte. Er kam mit ausgebreiteten Armen und wallendem Haar auf mich zu. Er sagte, er freue sich sehr mich wiederzusehen, ich solle ein paar Minuten an der Bar warten. Er werde dafür sorgen, dass ich gleich einen Tisch bekomme. Zum Barmann sagte er: »Eine Flasche Gavi, eiskalt.«

Ich stellte mich an den Tresen und beobachtete das Treiben um mich herum. An einem langen Tisch saßen elf junge Frauen, offensichtlich Türkinnen. Sie waren fröhlich und gackerten wie die Hühner durcheinander, die vielen Ös und Üs, die aus ihren Mündern kamen, schlugen Purzelbäume. Am Tisch daneben vergnügte sich eine Gruppe von waschechten Westberlinern, sie machten Bemerkungen über die Türkinnen. Es fielen Worte wie Harem und Tausendundeinenacht. Einer der Männer sagte, wenn das die Türkei sei, werfe er all seine Bedenken über Bord, dann sei er für die sofortige Aufnahme in die EU. »Hast du schon mal eine Türkin gehabt, Hacke?«, fragte ein anderer Mann.

Als ich wenig später an einem Tisch saß und meine Ente auf Wirsinggemüse aß, kam Nazim zu mir. Er erzählte mir, wer die Menschen waren. Die Männer kannte er alle seit einer Ewigkeit. Er hatte sie schon in seiner Zeit als Küchenjunge erlebt. Die meisten von ihnen waren Berliner Geschäftsleute, echte Koofmichs, die ihr Geld verdient hatten, weil die Mauer gebaut worden war, Männer, die damals nicht nach Westdeutschland abgehauen waren, wie viele andere, die Angst gehabt hatten, die Russen könnten ihnen das letzte Hemd wegnehmen. Zu denen, die geblieben waren, gehörten der Schmuckhändler Harry Braun, der Immobilienbesitzer Thomas Teller, den alle nur TT nannten, der Autohändler Fritz Haber und Hacke Bär, ein Nachtclubbesitzer vom Stuttgarter Platz. Hacke Bär hatte vier Jahre nach der Wende Pleite gemacht. Er arbeitete inzwischen als Türsteher für eine Diskothek in der Nähe vom Europacenter, die Pit Kerler gehörte. Hacke Bär wurde heute sechzig. Die Freunde schmissen ein Geburtstagsessen für ihn.

Nazim wusste alles über jeden. Er sprach wie Susanne von Lilienthal ohne Punkt und Komma. Zwischendurch dirigierte er die Kellner in den weißen Schürzen, manchmal war sein Ton schneidend scharf, manchmal weich, fast zärtlich. Und immer ging es um die Gäste, denen jeder Wunsch von den Lippen abzulesen war.

»Und die Türkinnen, wo kommen die her?«, fragte ich.

Nazim blickte zum Nebentisch. »Das sind Kunststudentinnen aus Istanbul«, antwortete er. »Die …« – er deutete auf ein Mädchen in einem hellblauen Kostüm – »… hat einen sehr reichen Vater, einen Textilproduzenten, der Stoffe für Hugo Boss und Diesel anfertigt. Die Mädchen sind in seinem Privatjet für zwei Tage hergekommen, um sich die MoMA-Ausstellung anzusehen. Sie wohnen alle im Adlon.«

Der Wirt wollte gerade zu einem Plädoyer ansetzen, warum die Türkei in die EU gehörte, als eine blonde Frau an den Tisch kam. Die Frau bedankte sich bei Nazim für das gute Essen und die wunderschöne Atmosphäre im Restaurant. Sie nickte mir zu.

»Miss Germany. Zweite bei der Miss-Welt-Wahl. Geliebte von Konsul Weyer. Juristin. Miss Bundestag«, sagte Nazim, nachdem die Blonde gegangen war. »Eine deutsche Karriere.« Er lachte und strich sich ein paar Locken hinter die Ohren. Dann wollte er wissen, wie es Susanne von Lilienthal ging, er glaubte wohl, wir seien noch verheiratet. Er habe die Einladung zur Ausstellung bekommen und freue sich sehr darauf, Susanne sei eine großartige Frau und eine beeindruckende Malerin. Er habe sie angerufen, weil er das Gemälde kaufen wollte, das auf der Einladung abgedruckt war.

»Die träumende Jungfrau«, sagte ich.

»Ja, genau. Ein phantastisches Bild, leider schon verkauft. An diesen Halunken bei euch ...«

»Halunke?«

»Na, dieser Münchner Internet-Unternehmer, der die Kurse seiner Gesellschaft künstlich hochgetrieben hat. Mit Scheinumsätzen.«

»Herdi?«

»Genau. Herdi, Michael Herdi.«

Zwanzig

Um Punkt sieben Uhr am folgenden Abend stand ich vor dem Haus Nummer 10 in der Lieselotte-Herrmann-Straße und drückte auf die Klingel, die mit Mette Friedrich, Roula Rouge und Emma Klein beschriftet war. Ich hörte den Summer und stieß die Tür auf. Im Treppenhaus roch es nach Bohnerwachs. Ich stellte mir vor, wie Roula Rouge hier vor Erschöpfung die Kraft verlassen hatte, nachdem sie von den Galeries Lafayette mit dem Chanel-Kostüm in den Händen durch die halbe Stadt gerannt war. Der Weg in den vierten Stock über die knarrenden, mit Linoleum ausgelegten Treppen bereitete mir keine Mühe. Mit der Herzklappe vom Stier hatte ich die Puste eines Sechzehnjährigen. Die Tür zu Roula Rouges Wohnung war angelehnt. Ich klopfte und hörte Mette rufen: »Komm rein, Jonathan.« Ich öffnete die Tür und stand in einem langen Flur. An der linken Wand waren drei Kleiderhaken befestigt, an einem hingen Mettes Persianerjacke und die rosa Pudelmütze ohne Pudel. Die Wand gegenüber schmückte ein Filmplakat von *Pierrot le Fou*. Der Flur war mit hellen Dielen ausgelegt. Jeder Schritt wurde von einem leisen Knarren begleitet.

»Ich bin hier, Jonathan.« Mette streckte zuerst eine Hand, dann ihren Kopf aus einer Tür und strahlte. Sie trug eine weiße Schürze, auf die ein roter Mund gedruckt war. »Roula kommt in einer halben Stunde«, verkündete sie. »Sie arbeitet noch.«

Ich ging in die Küche, wo Mette die Sauce für die Spaghettis zubereitete. Sie zerhackte gerade frisches Basilikum. Auf einem Holzbrett lagen Pinienkerne und ein faustgroßes Stück Parmesan. Ein Salat stand bereits angemacht in einer Holzschüssel neben der Spüle. »Was arbeitet sie?«, fragte ich. Mette wischte sich die Hände in der Schürze ab und gab mir einen Kuss auf die Wange. »Sie schneidet Haare, was sonst? Das mach ich auch, wenn ich nicht gerade koche oder lerne. Wir schneiden Haare, Home Service. Alte Frauen, junge Frauen, Männer, Kinder. Dauerwelle, Façon, was du willst. Wir fahren zu denen nach Hause und schneiden ihnen die Haare.« Mette lachte. Eine Schweißperle lief ihre Stirn herunter. »Und wenn wir keine Haare schneiden, gehen wir zur Schule, dass heißt Roula nicht mehr. Die ist fertig, sie hat gerade ihr Abi bestanden. Ich hab noch ein Jahr.«

»Ihr seid beide Frisösen?«

»Ja, wir haben zusammen gelernt. In Ahlbeck.«

»Ahlbeck?«

»Ahlbeck auf Usedom.«

»Ihr seid beide von Usedom?«

»Ja, das heißt, Roula ist eigentlich aus Eberswalde. Sie ist erst später gekommen, als sie fünf oder sechs war. Nach dem Tod ihrer Mutter ist sie dorthin zu ihrer Großmutter gezogen.«

Während Mette wie ein Wasserfall plapperte, von Usedom und der Pommerschen Bucht schwärmte und über Berlin herzog, sah ich mich in der Küche um. Sie war aufgeräumt. Nichts erinnerte an den Dreck, den ich im iBook gesehen hatte. Nur das Foto von Roula Rouge und Maurice an der Wand war mit Fettspritzern übersät. Der kleine quadratische Tisch war mit Tellern und Bestecken gedeckt, von denen nicht ein Stück zum anderen passte. Auf der Wachstuchtischdecke erkannte ich ein mit Kugelschreiber gemaltes Herz, in das der Name Maurice gekritzelt war. Um den Tisch herum standen zwei Stühle und ein Hocker.

»Und ihr wohnt hier zu dritt?«, fragte ich.

Mette sah mich erstaunt an. »Wieso zu dritt? Nein, nur Roula und ich. Wir haben drei Zimmer, aber wir wohnen nicht zu dritt.«

»Und wer ist Emma Klein? An der Klingel steht ...«

»Ach so ... nein, nein. Emma ist Roula. Sie hat irgendwann ein Lied von einem Franzosen gehört und da kamen wohl die Worte Roula und Rouge vor. Seitdem darf sie keiner mehr Emma nennen. Der Name Emma Klein steht nur noch für die Behörden an der Tür.«

»Emma Klein ist doch ein sehr schöner Name.«

»Das musst du mir nicht sagen.« Mette schenkte Rotwein in ein Wasserglas ein und reichte es mir. »Aber den Namen hat sie von ihrem Vater, sowohl den Vornamen als auch den Nachnamen. Und ihren Vater hasst sie. Wenn sie wüsste, wo er ist, würde sie ihn umbringen.«

»Sie weiß nicht, wo er ist?«

»Nein, er ist in den Westen abgehauen. Roula erinnert sich kaum an ihn. Trotzdem hat sie lange versucht, ihn zu finden. Erfolglos.«

»Was hat ihr Vater gemacht?«

»Chemiker, nein, Physiker war er, glaube ich jedenfalls, in Dresden oder Leipzig. Drei Jahre nach Roulas Geburt hat er für die ganze Familie einen Ausreiseantrag gestellt und ist zum Friedhofsgärtner in Eberwalde befördert worden. Die Ausreise konnte er vergessen.«

Mette nahm ihre Schürze ab und stellte sich dicht vor mich. »Und mein trauriges Schicksal interessiert dich wohl gar nicht, Jonathan?«, sagte sie lächelnd, dabei gab sie mit dem Zeigefinger meiner Nase einen kurzen Stups. »Ich geh jetzt duschen, dann essen wir und dann: ab zu Karin. Sprich Roula bloß nicht auf das an, was ich dir erzählt habe. Sie bringt zuerst mich um, dann dich. Man kann mit ihr über alles reden, nur nicht über ihre Eltern. Da tillt sie aus.«

Mette verschwand ins Bad. Ich stand allein in der Küche. Ich konnte mich nicht erinnern, wann ich das letzte Mal zu einem privaten Abendessen eingeladen gewesen war. Dass man mich aber auf sieben Uhr bestellt und dann stehen gelassen hatte, eine solche Situation, das wusste ich, hatte ich noch nie erlebt. Ich ging von der Küche in den Flur und blickte in eines der drei Zimmer, Roula Rouges Zimmer. An dem Schlüssel der Schranktür hing die Jacke des rosaroten Chanel-Kostüms, an der Wand ein Poster mit Yoko Ono. Eine Ecke hatte sich gelöst und aufgerollt. Ich sah geblümtes Bettzeug, das auf dem Boden lag, eine breite Matratze mit beflecktem Laken, Staubbälle, die auf den Dielen tanzten, ein offenes Fenster, durch das die Abendsonne fiel. Auf dem Schreibtisch stand ein Modem der Telekom, es war ausgeschaltet.

»Kommst du klar, Jonathan?«, hörte ich Mette aus dem Bad rufen. »Schenk dir Wein nach!«

»Alles in Ordnung«, antwortete ich und betrat das Zimmer. Mette stellte die Dusche an, sie begann zu singen. *Über sieben Brücken musst du gehn.* Ich überflog ein paar Buchtitel im Bord, das neben dem Schreibtisch stand – *Krieg und Frieden*, *The Loneliness of a Long Distance Runner*, *A Spaniard in the Works*, *Die Legende von Paul und Paula*, *GoLive 6 für Dummies*, zwei Mathematikbücher, ein Englisch- und ein Französisch-Wörterbuch von Langenscheidt. Im untersten

Bord lagen zwei Dutzend Vogue-Hefte und ein Haufen Schallplatten. Ich setzte mich in die Hocke und nahm die Zeitschriften in die Hand. Sie stammten aus den Jahren 1982, 1983 und 1984. Roulas Mutter, dachte ich. Dann sah ich die Schallplatten durch: *Seargent Pepper, Led Zeppelin, Schwanenkönig* von Karat. Aus einem Album fiel ein vergilbter Zeitungsausschnitt. Erich Honecker ehrte die Puhdys mit dem Nationalpreis zweiter Klasse. Unten in dem Plattenstapel waren drei französische LPs, darunter *Hexagone* von Renaud. Ich hatte das Lied inzwischen schon so oft gehört, dass ich automatisch begann, die Melodie zu summen. Einen Plattenspieler entdeckte ich nirgendwo im Zimmer.

»Das gibt's doch gar nicht«, hörte ich plötzlich eine Stimme hinter mir. »Schotter, was treibst du in meinem Zimmer? Social Engineering? Oder was?« Roula Rouge stand in der Tür. Sie sah mich fassungslos an. »Mette!«, rief sie. »Wieso kümmerst du dich nicht um deinen Gast?« Mette kam aus dem Bad und lief nackt über den Flur in ihr Zimmer. Über ihre rechte Schulter kroch eine Natter, sie schlängelte sich zwischen den Brüsten durch, machte auf Bauchnabelhöhe einen U-Turn, lief von unten über die linke Brust und biss in die Warze. »Ich bin gleich bei euch«, rief Mette kichernd.

Roula Rouge schmiss einen schwarzen Rucksack auf die Matratze und schüttelte den Kopf. »Ich glaub's doch nicht, Schotter schnüffelt in meinem Zimmer herum.« Ich erhob mich aus der Hocke und begrüßte sie.

»Du kennst Renaud?«, sagte Roula Rouge.

Ich sah sie fragend an.

»Du hast ein Lied von ihm gesummt.«

»Ja, ich kenne ihn«, behauptete ich schlagfertig. »Als ich vor hundert Jahren Austauschschüler in Frankreich war, habe ich ihn bei einer Großveranstaltung der Kommunisten erlebt. In Vanves, einem Pariser Vorort. Renaud kannte damals noch keiner. Er ging noch zur Schule. Später erst ist er berühmt geworden. Aber er hat dort gesungen.«

»Ich glaub dir kein Wort«, sagte Roula Rouge.

»Es ist aber wahr«, antwortete ich.

Die Geschichte mit Renaud war gelogen, er war nicht in Vanves aufgetreten, und wenn doch, hätte ich nicht mehr gewusst, dass es Renaud war. An der Veranstaltung hatte ich aber teilgenommen. Es war der Abend gewesen, als Georges Marchais verkündet hatte, gemeinsame Sache mit seinem sozialistischen Kontrahenten Mitterand zu machen, um bei den nächsten Parlamentswahlen die Regierung zu stürzen. Das musste 1972 gewesen sein oder 1973. Die Halle hat nach Marchais' Rede getobt, und als anschließend zehntausend Menschen mit erhobener Faust die Internationale anstimmten, hatte ich eine Gänsehaut bekommen.

»Und wieso kennst du Renaud?«, fragte ich Roula Rouge.

»Ich habe ihn geerbt«, antwortete sie kurz. »Können wir jetzt in die Küche gehen?«

Ich musste grinsen.

»Ist doch wahr«, sagte sie. »Anstatt artig in der Küche zu warten, bis es Spaghettis gibt, schnüffelst du in meinem Zimmer herum. Wie alt bist du eigentlich, Schotter?«

Mette ging an Roula Rouges Zimmer vorbei. »Ich schmeiß jetzt die Nudeln ins Wasser«, sagte sie. »Streitet euch nicht.«

»Hast du den Kasten dort auch geerbt?« Ich zeigte auf ein Gerät, das auf der anderen Seite des Zimmers neben dem Schrank stand, an dem die Jacke des Chanel-Kostüms hing. Das Gerät sah aus wie ein Computer, Marke Eigenbau. Auf der Tastatur saß eine schwarze Puppe. Sie trug Afro-Look.

»Klar, den hab ich auch geerbt. Willst du noch mehr wissen? Nur zu, Marlowe, genier dich nicht.«

»Darf ich ihn mir mal ansehen?«

»Wenn's sein muss.« Roula Rouge verdrehte die Augen.

Sie hielt mich für eine Schmeißfliege. Offensichtlich war es nur Mettes Idee gewesen, mich zum Essen einzuladen, Roula Rouge wollte von dem Wessi nichts wissen, auch wenn sie sich in der letzten halben Stunde an dem Abend im Knotenpunkt gut mit ihm verstanden hatte. Ich ging zu dem Gerät und setzte mich in die Hocke. Mit dem Finger wischte ich Staub vom Gehäuse. »Was ist das?«, fragte ich. »Hat das Ding keinen Namen?«

Roula Rouge antwortete: »Das ist der Prototyp eines Rechners. Er ist später als Z9001 bekannt geworden. Noch ein bisschen später wurde er in KC85/1 umgetauft. Unter dem Namen ist er auch in den freien Handel gekommen, allerdings nur fünfzig Exemplare. Die wurden im Centrum Kaufhaus in Berlin, Erfurt und Dresden verkauft. Du musstest dafür tausendfünfhundert Mark hinblättern, drei durchschnittliche Monatsgehälter. Dieses Teil gehört zur 84er Serie.«

Wieso kannte Roula Rouge all diese Details? Wieso interessierte sie sich überhaupt dafür? War es pure Nostalgie? Schwamm sie mit auf der Welle der dusseligen DDR-Shows? Das konnte ich mir nicht vorstellen. Roula Rouge war gerade mal neun Jahre alt gewesen, als die Mauer fiel. Sie war in der Bundesrepublik Deutschland aufgewachsen, sie hatte dort den Großteil ihrer Schulzeit verbracht und später ihre Lehre absolviert. Sie war von Kohl regiert worden. Ihre Mutter war noch unter Honecker gestorben, ihr Vater war verschollen.

An der Seite des Rechners entdeckte ich einen Aufkleber. Die Buchstaben, die mit Tinte darauf geschrieben standen, waren jedoch verblichen. Ganz schwach konnte man nur noch ein M, ein T und ein RL erkennen. »Was bedeuten die Buchstaben?«, fragte ich.

»Keine Ahnung.«

»Und wo ist der Bildschirm?«

Roula Rouge lachte. »Wir schreiben das Jahr 1984, Schotter. Wir sind in der DDR und nicht in Zürich, wo vom Schicksal gebeutelte Texter und Art Direktoren vergewaltigt wurden, mit Macintosh-Computern zu arbeiten. Die Screen war das TV-Gerät, wenn man eines hatte. Und Drucker gab es gar nicht. Wir haben unsere Erika-Schreibmaschinen zu Druckern umgebaut.«

»Wir? Überleg mal, wie alt du warst ...«

»Wir Ossis, mein ich. Wir dummen Ossis, Schotter.«

»Roula ... Jonathan ... kommt ihr?«, rief Mette aus der Küche. »Die Nudeln sind fertig.«

»Woher hast du den Rechner?«

Roula Rouge zögerte. »Ebay, achtzig Euro.«

»Hast du dir den statt eines neuen iBooks besorgt?«

»Sehr witzig, Schotter. Hast wohl heute mit nem Clown gefrühstückt? Du kannst ja richtig komisch sein.«

Mette saß schon am Tisch, als wir die Küche betraten. Sie hatte sich auf den Hocker gesetzt, Roula Rouge und ich bekamen die Stühle. Wir saßen uns gegenüber. Mette stand auf und füllte uns aus einer großen Schüssel mit zwei Gabeln die Spaghetti auf die Teller. »Schmeckt dir der Wein nicht, Jonathan? Du hast noch keinen Schluck getrunken.« Das Piercing blitzte auf ihrer Zunge.

Ich nippte am Glas. »Doch er ist sehr gut.«

Roula Rouge mischte die Spaghettis mit der Pesto-Sauce, dann drehte sie eine satte Portion auf die Gabel und stopfte sie sich in den Mund. Ich tat das gleiche, nahm allerdings etwas weniger Nudeln und kaute langsam. Mette sah mich neugierig an. »Die sind phantastisch«, sagte ich.

»Wirklich?«, fragte Mette. Sie lächelte dankbar. »Nicht zuviel Knoblauch?«

»Perfekt. Ich habe noch nie so gute Spaghettis gegessen.«

Roula Rouge verdrehte die Augen. Warum konnte ich mich nicht in Mette verlieben? Wir aßen ein paar Minuten ohne ein Wort zu wechseln. Dann brach ich das Schweigen und fragte: »Wer sind die beiden dort?« Ich zeigte auf das Foto, auf dem Roula Rouge und Maurice abgebildet waren.

Mette wollte antworten. »Das sind …« Roula Rouge unterbrach ihre Freundin. »Findest du nicht, Mette, dass dein Freund Jonathan langsam mal beginnen könnte, ein bisschen mehr über sich zu erzählen, bevor er unsere Leben auswendig herunterbeten kann?«

»Nur zu, shoot!«, sagte ich. »Ich habe keine Geheimnisse.«

Roula Rouge wollte wissen, warum ich freiwillig von München nach Berlin umgezogen war. Das tat doch kein normaler Mensch, sagte sie.

Und so begann ich meine Geschichte von hinten zu erzählen. Ich ließ nichts aus, beschönigte nichts, machte aber auch nichts schlimmer, als es war. Ich erzählte von meiner gescheiterten Ehe, von meinem Rauswurf aus der amerikanischen Agentur, von meiner Herzoperation, und sogar von Paulas Freitod erzählte ich. Natürlich verschwieg ich auch nicht die schönen Dinge, die mir im Laufe des Lebens passiert waren, die Preise, die ich bekommen hatte, die Kampagnen für Skoda und Baccardi und den goldenen Handschlag am Ende meiner Karriere. Als ich mit meinen Erzählungen fertig war, sah ich Roula Rouge in die Augen und dachte: What you see is what you get, Roula Rouge. Sie lächelte. Sie schien gerührt. Ob ich Paula geliebt hätte, wollte sie wissen.

»Geliebt? Das weiß ich nicht«, antwortete ich, während ich mir eine Nil anzündete. »Aber sie war die einzige in meinem Leben, die mich verstanden hat.«

Bevor wir zu dritt die Wohnung verließen, um in den Knotenpunkt zu gehen, warf ich noch einen kurzen Blick in

Mettes Zimmer. Es war so sauber wie ein Operationssaal im Krankenhaus. Als wir die knarrenden Stufen des Treppenhauses heruntergingen, sagte Roula Rouge, dass sie Nike in der Stadt getroffen und zum Karaoke-Abend eingeladen habe.

»Musste das sein?«, fragte Mette. »Das heißt doch, dass wir den ganzen Abend über den Irak, Hartz IV und Ausbeuter-Wessis reden müssen. Findest du das lustig?«

NikeBerlin – ich sah sie mit ihrem iBook auf dem Schoß im Café SchwarzSauer vor mir. Zum Glück hatte ich sie nicht angesprochen, nachdem ich mit meinem neuen Kurzhaarschnitt an dem Café vorbeigelaufen war. Wann war die Demo, an die sie Roula Rouge per Instant Message erinnert hatte? Sechster Juni? Richtig. Heute hatten wir den vierten.

Im Eingang des Treppenhauses stand ein Motorroller, eine rote Simson, Typ Schwalbe.

»Gehört die euch?«, fragte ich.

»Ja«, antwortete Mette. »Das ist unser Dienstfahrzeug. Von Ebay, dreihundertzwanzig Euro.«

Auf dem Tank stand in weißen Buchstaben: *Wir frisieren alle und alles*. Und die Telefonnummer *425 1959*.

Einundzwanzig

»Da seid ihr ja endlich«, rief Karin über den Tresen, als Roula Rouge, Mette und ich um kurz nach neun den Knotenpunkt betraten. Karin musste schreien. In der Kneipe hielten sich mindestens fünfzig Personen auf, auch Kinder. »Herbert und Silvia haben schon gesungen, im Duett. Es macht Riesenspaß.« Die Wirtin deutete auf den Barhocker neben dem Daddelautomaten, auf dem zwei Tage zuvor Fritz eingeschlafen war. Der Hocker war der einzig freie

Sitzplatz in der Kneipe, weil man von dort die Sängerinnen und Sänger nicht sehen konnte. Wir drängelten uns an den Menschen vorbei. Es roch nach Schweiß, der Zigarettenqualm biss in die Augen. Roula Rouge setzte sich auf den Barhocker. Sie beugte sich über den Tresen und gab Karin einen Kuss auf die Wange. Mette und ich stellten uns dicht hinter sie. Karin reichte uns drei Din-A-4-Blätter, auf denen die Namen der Stars des Abends vermerkt waren und die Lieder, die sie singen wollten. Insgesamt standen siebzehn Interpreten auf der Liste. Jeder bekam zwei Bewertungen, eine für den Auftritt, die andere für den Gesang. Die Note sechs war die beste, eins die schlechteste. »Wieso komm ich als Letzte dran?«, fragte Roula Rouge. »Damit du nicht abhaust, bevor hier Schluss ist«, antwortete Karin kurz. Dann sah die Wirtin mich an und lächelte. »Ein Bud, Jonathan?« Ich nickte. »Und die Girls? Cuba libre?« Mette nickte. Ich überflog die Liste und war froh, meinen Namen nicht darauf zu entdecken. Mette war die Nummer elf. Karin nahm auch teil, aber außer Konkurrenz. Mette blickte zur Tür und verzog das Gesicht. »Da kommt deine Freundin, Roula«, sagte sie. NikeBerlin stand im Eingang der Kneipe und schüttelte den Kopf. Auf der Bühne, die aus einem ungefähr drei Quadratmeter großen Podest bestand, bewegte sich ein zwölfjähriges Mädchen zum Takt der Musik, die dröhnend eingesetzt hatte. Das Publikum grölte. Das Mädchen begann zu singen – *Like a Virgin*. Als Nike bei uns angekommen war, sagte sie: »Dass ihr so einen Quatsch mitmacht?«

»Die Wirtin ist nun mal unsere Freundin«, sagte Mette.

»Ich finde das total frauenverachtend.«

»Was ist denn hier frauenverachtend?«, fragte Mette.

»Zum Beispiel, dass dieses geschminkte Baby dahinten *Like a virgin* singt. Das ist doch total daneben. Meinst du nicht auch, Roula?«

Roula Rouge hob ihre Schultern und ließ sie wieder fallen. Sie trank einen kräftigen Schluck Cuba libre, dann nahm sie eine Nil aus der Schachtel, die ich auf den Tresen gelegt hatte. Ich gab ihr Feuer. Nike musterte mich. »Manikürte Finger«, sagte sie. »Wo haben die beiden dich denn aufgegabelt?«

»Das ist Jonathan Schotter«, sagte Roula Rouge. »Ein Freund von Mette. Schotter ist vor ein paar Wochen von München nach Berlin gezogen. Er ist Werber ...«

»... und will jetzt in Ossi-Land wahrscheinlich ein paar Milieustudien treiben«, sagte Nike, »um herauszubekommen, wie man den Hartz-IV-Leichen das letzte Geld aus der Tasche ziehen kann.«

»Ich hab's doch gesagt, Roula, die hat doch nen Hau«, sagte Mette. Dann fauchte sie Nike an: »Jonathan ist arbeitslos.«

»So sieht er auch aus. Genau so.«

Roula Rouge musste lachen.

Die Zwölfjährige auf der Bühne beendete ihre Show. Das Publikum pfiff und jubelte. Ein Conferencier bedankte sich bei ihr und kündigte den nächsten Interpreten an. Es war Fritz, der *La Paloma* singen sollte. Fritz war rasiert und sah taufrisch und nüchtern aus.

Karin fragte Nike, was sie trinken wolle. Gar nichts, antwortete Nike, sie sei auch so zufrieden.

»Ich aber nicht«, sagte Karin. »Das ist hier keine Wartehalle.«

»Na schön, ein Glas Mineralwasser. Mineralwasser, kein Tafelwasser.« Sie snobbte Karin ab.

Mette wurde knallrot. »Du bist unmöglich«, sagte sie. »Wer hat dich nur so unglücklich gemacht?«

»Ich, unglücklich? Bah!«

Während Mette und Nike sich immer mehr in die Haare

gerieten, beobachtete ich Fritz auf der kleinen Bühne. Er machte seinen Job richtig gut. In der rechten Hand hielt er das Mikrofon, in der linken eine Zigarette. Auf seinem Kopf, den er beim Singen leicht schief hielt, saß wie angenäht eine Prinz-Heinrich-Mütze.

Plötzlich griff jemand nach meiner Hand. Es war Roula Rouge. Sie legte die Hand auf ihre nackten Oberschenkel und betrachtete meine Finger. »Die sind ja wirklich manikürt«, sagte sie. Ich nickte. Mette und Nike stritten wie die Kesselflicker. Ich sah Roula Rouge in die braunen Augen. Obwohl sie lächelte, sah sie traurig aus.

So sehr ich mich auch anstrengte, ich wurde nicht schlau aus ihr. Die Zärtlichkeit, mit der sie meinen Blick erwiderte, ließ mich die Art vergessen, wie sie mich sonst behandelte. Roula Rouge war intelligent und schlagfertig, sie konnte sich ausdrücken und hatte eine Meinung, sie verstand etwas von Computern und verehrte einen linken, französischen Intellektuellen.

Warum hatte sie Frisöse gelernt? Warum hatte sie nicht gleich Abitur gemacht, anstatt erst sehr viel später in der Abendschule? Es gab doch auch auf Usedom Gymnasien.

Ihre Großmutter? Was war sie für eine Frau? War sie die Mutter ihrer Mutter? Wenn die Großmutter wusste, dass Roulas Mutter mehr Wasser hatte als der Plattensee, war sie wahrscheinlich deren Mutter und nicht die von Roulas Vater.

Aber wer war Roulas Mutter gewesen? Hatte sie auch Frisöse gelernt? Roulas Vater war Physiker – wenn es stimmte, was Mette erzählt hatte. Aber ihre Mutter? Heiratete ein Physiker eine Frisöse? Ich sah das Bild vor mir: die glückliche Familie mit dem nagelneuen Trabant. Der Vater hatte seine Haare zu einem Zopf gebunden. War er zu der Zeit, als das Foto geschossen wurde, schon Friedhofsgärtner? Seine Tochter war auf dem Foto älter als drei, sie wirkte auf mich sogar älter als vier Jahre, also hatte man ihn zu diesem Zeitpunkt schon von Dresden oder Leipzig in die Provinz abgeschoben. Mette hatte gesagt, er habe drei Jahre nach Roulas Geburt den Ausreiseantrag gestellt.

Roula Rouge legte meine Hand auf den Tresen zurück und schlug die Beine übereinander. Sie begann mit einem Fuß, der in dem roten Schuh mit dem applizierten Puma steckte, zu *La Paloma* zu wippen.

Fritz beendete seinen Auftritt unter gewaltigem Applaus. Ich gab ihm eine sechs für Mimik und Gestik und eine vier für den Gesang. Roula schrieb zwei Mal die Zahl sechs auf das Blatt, das Karin verteilt hatte. Mette und Nike stritten noch immer. Sie hatten sich so sehr ineinander verbissen, dass sie nicht dazu kamen, die Show zu benoten. Ich hätte Mette nie zugetraut, dass sie so aus der Haut fahren konnte. Der Conférencier kündigte die nächste Sängerin mit dem Lied *Don't break my heart* an.

Ich schloss die Augen. Roula Rouge und ich schlenderten zusammen durch die Landschaft, die ich als Hintergrund ihres Bildschirms schon so gut kannte. Eng aneinander geschmiegt stapften wir durch die Dünen an den Strand. Roula Rouge zeigte auf eine Möwe, die sich ins Meer stürzte. Am Horizont küsste die rote Sonne das Wasser. Roula Rouge umarmte mich. »Ich brauch dich, Jonathan«, sagte sie. Dann wurde es dunkel, und die bunten Buchstaben *For every style there is an anti-style in wait* begannen vor meinen Augen zu tanzen.

Ich weiß nicht, wie lange ich so dastand, als plötzlich eine Hand meine Schulter berührte.

»Aufwachen, Schotter! Nicht träumen!«, sagte Roula Rouge.

Ich öffnete die Augen. Karin reichte mir ein frisches Glas Bud. Sie lächelte, als hätte sie meinen Traum mitgeträumt.

Mette und Nike standen Seite an Seite und sprachen kein Wort miteinander. Sie hatten die Arme über der Brust verschränkt und machten Gesichter, als hätten sie in Zitronen gebissen.

»Können wir nicht abhauen, Roula?«, fragte Nike.

Roula Rouge schüttelte den Kopf.

»Ich bleibe bis zum bitteren Ende. Im WMF ist jetzt sowieso noch nichts los.«

»Aber du kommst später mit?«

»Klar, komm ich mit.«

Es war Halbzeit im Knotenpunkt. Karin verkündete, gleich sei sie an der Reihe. Sie nahm einen Lippenstift aus der Kasse und malte sich vor einem Spiegel, auf dem der Schriftzug *Gorbatschow – Des Wodkas reine Seele* zu lesen war, die Lippen nach. Dann fuhr sie sich mit gespreizten Fingern durch die Haare.

»Bist du aufgeregt?«, fragte Mette.

»Sieht man mir das an?«

Von der Bühne verabschiedete sich ein Mann, den der Conferencier als Elvis vom Prenzlberg vorgestellt hatte. Der Mann war fett, sein Gesicht voller Narben. Er hatte *In the Ghetto* gesungen. Unter den Beifall für ihn mischten sich einige Buh-Rufe. Daraufhin zeigte Elvis dem Publikum den ausgestreckten Mittelfinger, ein Affront, der mit einem Pfeifkonzert beantwortet wurde.

Der Conferencier lachte, dann legte er seinen Finger über den Mund und zischte *Psssst!* ins Mikrofon. Als alles still war, sagte er: »Und nun, meine Damen und Herren, die Frau, der wir diesen Abend zu verdanken haben, mit dem Song *Nach meine Beene is janz Berlin verrückt* von Claire Waldorff. Applaus setzte ein. Karin betrat die Bühne und verbeugte sich tief. »Danke, dass ihr alle gekommen seid«, rief sie ins Mikrophon und begann ihr Lied zu singen. Sie machte das mit soviel Witz und Charme, dass das Publikum gebannt auf die Bühne starrte und keinen Laut von sich gab. Man hörte nur Karins Stimme und die Klaviermusik, die sie begleitete.

Jüngst sprach zu mir mal meine olle Tante:
Du, Karin, Mädel, höre mir mal zu,
Ich rate Dir im Juten als Verwandte,
Lass bloß die Männer jederzeit in Ruh.
Die faulen Böcke wollen bloß poussieren
Und die Bescherung hast dann du zuletzt.

Da rief ich aus: Ich lass mir nicht verführen,
Von mir wird jeder Mann doch bloß versetzt.
Und trotzdem laufen kreuz und quer
Stets hinter mir die Männer her.
Mir hat ja die Natur verliehn,
Die frechsten Beene von Berlin.

Mit dem Refrain tanzte sie über die kleine Bühne und hob dabei ihren Rock. Am rechten Oberschenkel trug sie ein lila Strumpfband.

Nach meine Beene ist ja ganz Berlin verrückt,
Mit meine Beene hab ich manches Herz jeknickt,
Und zeig ich meine Beene voller Intellijenz,
Dann schlag ich aus dem Felde jede Konkurrenz.

Als sie den Refrain nach der dritten und vierten Strophe wiederholte, sang die ganze Kneipe mit, am lautesten sangen Roula Rouge und Mette, die sich dabei gegenseitig die Arme um die Schultern gelegt hatten und im Takt bewegten. Nike stand mit ernstem Gesicht wie versteinert neben dem Daddelautomaten.

Eine knappe Stunde nach Karins umjubeltem Auftritt war Roula Rouge an der Reihe. Die Sängerinnen und Sänger, die nach der Wirtin aufgetreten waren, hatten alle nichts Besonderes zu bieten gehabt. Auch Mettes Vorstellung mit dem Lied *Über sieben Brücken musst du gehn* war nicht der Hit gewesen. Mette wusste das auch. Sie gab Nike die Schuld. »Die Zicke hat mir den ganzen Abend verdorben«, hatte sie mir ins Ohr geflüstert, nachdem sie an den Tresen zurückgekehrt war.

Es war kurz vor elf, als Roula Rouge die Bühne betrat. Sie sah hinreißend aus in ihrem kurzen, blauen Rock, dem weißem T-Shirt und den roten Schuhen. Sie sang: *Dich zu lieben* von Roland Kaiser. Das Wort *Frau* in dem Text hatte sie gegen *Mann* eingetauscht. Ihr Vortrag war so voller Ironie, Spontaneität und Kraft, dass ich innerlich jubelte. Und bei der Zeile: *deine Wärme, deine Nähe, weckt die Sehnsucht in mir, auf ein Leben mit dir*, war ich fest davon überzeugt, dass die Sängerin mir tief in die Augen sah.

Roula Rouge musste einfach gewinnen.

Nachdem der Minuten lange Applaus für den Auftritt abgeebbt war, verkündete der Conferencier, dass Thomas, der Notar, und er selbst jetzt die Benotungen einsammeln und die Stimmen auszählen werden. Karin würde unterdessen eine Lokalrunde schmeißen. Wieder wurde applaudiert. Ich fragte Mette, wer der Conferencier war.

»Karins Ex-Mann«, antwortete sie. »Er ist Polier, arbeitslos.«

»Und Thomas, der Notar?«

»Quatsch, der ist auch Polier, auch arbeitslos.«

»Wie du, Schotter«, sagte Nike eiskalt. Ich hatte vergessen, dass sie da war.

Roula Rouge kämpfte sich durch die Menschenmasse zu uns an den Tresen zurück. Ein paar Leute gratulierten ihr.

Zwanzig Minuten später betrat Karin die Bühne. Sie nahm das Mikrophon in die Hand und bedankte sich noch einmal, dass wir so zahlreich erschienen waren. Dann rief sie die Gewinnerin des dritten Platzes auf. Es war die Zwölfjährige, die *Like a Vergin* gesungen hatte. Das Mädchen erhielt einen Gutschein über fünfundzwanzig Euro, einzulösen in den Galeries Lafayette.

»Ich könnte kotzen«, sagte NikeBerlin.

»Den zweiten Platz hat ...« Karin machte eine kurze Pause, »... Roula Rouge gemacht.« Lauter Beifall. »Und für dich Roula haben wir einen ganz besonderen Preis. Ganz Berlin weiß ja, dass irgendein gemeiner Halunke dir deinen Computer geklaut hat ... Der zweite Preis ist ... ein neuer Computer.« Karin schrie die drei letzten Worte ins Mikrophon. Sie hielt den weißen Karton mit dem neuen iBook hoch. »Wir bedanken uns dafür bei einem großzügigen Sponsor aus dem Westen.«

Zwischen den tosenden Applaus mischten sich wieder Buh-Rufe. Karin winkte mir zu. Ich hatte den Rechner bei der Wirtin abgegeben, kurz bevor ich zu Roula Rouge und Mette gegangen war. Jetzt traute ich mich nicht, Roula Rouge anzusehen. Ich konnte mir nicht vorstellen, wie sie reagieren würde. War sie glücklich? War sie sauer? Dann sah ich sie doch an. Sie strahlte wie ein Teenager, der zum Geburtstag seinen ersten iPod bekam. Sie rutschte vom Barhocker und ging zur Bühne.

Mette hatte Tränen in den Augen. Ich fragte sie, ob sie glaubte, dass ich der einzige Wessi an diesem Abend in der Kneipe sei. Sie lächelte. »Schon möglich.«

Karin verkündete den ersten Preisträger. Es war Fritz. Fritz erhielt hundert Liter Freibier.

Als Roula Rouge, immer noch strahlend, mit dem Karton in der Hand zurückkam, sagte Nike: »Das ist doch wohl nicht dein Ernst, Roula? Du wirst das Ding doch wohl nicht annehmen?«

Roula Rouge sah sie baff erstaunt an. »Was meinst du?«

»Das macht der …«, Nike deutete kurz mit dem Kopf auf mich, »… doch nur, weil er dich ficken will.«

»Nun ist aber gut, Nike«, antwortete Roula Rouge. »Ich kann mir weiß Gott Schlimmeres vorstellen, als jemanden, der davon träumt, mit mir zu ficken.«

Nike schüttelte den Kopf. »Gehen wir jetzt?«, fragte sie.

»Nein, ich bleibe.«

»Du hast doch gesagt, dass wir nach diesem Kindertheater sofort ins WMF gehen.«

»Ich hab meine Meinung eben geändert. Ich trink noch ein Glas mit Schotter.«

Mette musste grinsen. Sie triumphierte. Sie hatte auf ganzer Linie gewonnen.

»Okay, ich verschwinde«, sagte Nike. »Ich hoffe nur, ich seh dich am Sonntag. Ich fände es wirklich Scheiße, wenn du dich umdrehen lässt.«

Zweiundzwanzig

Obwohl ich noch bis drei Uhr mit Roula Rouge, Mette und Karin im Knotenpunkt gefeiert hatte, wachte ich am nächsten Morgen um neun Uhr auf. Es war ein Sonnabend. Das Loft blitzte. Mit meiner Polin hatte ich das große Los gezogen. Ich machte mir einen Espresso und wanderte mit der Tasse in der Hand, barfuss, nur mit meinen Boxer-Shorts bekleidet, über die geräucherte Eiche.

Vor dem großen Fenster blieb ich stehen. Ich beobachtete eine Weile lang zwei Vögel, die sich in dem Baum im Hinterhof ein Nest bauten. Es war ein schöner Anblick, zwei

Kreaturen dabei zu beobachten, wie sie ihre Zukunft planten. Wo hatten sie sich gefunden? Was wussten sie voneinander? Mussten zwei Menschen, wenn sie eine gemeinsame Zukunft planten, die Vergangenheit des anderen kennen?

Vom Fenster ging ich zum Schreibtisch. In das schwarze Manufactum-Notizbuch notierte ich die Buchstaben, die auf dem Prototyp des KC85/1 in Roula Rouges Zimmer übrig geblieben waren: *M T RL*. Als ich *RL* schrieb kam mir Ralph Lauren in den Sinn. Das war natürlich Unsinn. Was hatte mein Schneider mit dem Rechner aus der DDR zu tun? *RL – Real Life*. Das konnte sein. Es gab das Akronym *IRL* im World Wide Web. Es wurde viel in Chat-Rooms gebraucht. Wie *ESAD Eat Shit And Die* hieß oder *RTFM Read The Fucking Manual*, hieß *IRL In Real Life*. Chats wurden oft mit dieser Abkürzung beendet. *C U IRL!*, *See You In Real Life*, also: Ich seh dich im richtigen Leben bei Starbucks oder wo auch immer. Doch auch diesen Gedanken verwarf ich schnell wieder. 1984 dachte noch kein Mensch an Chat-Rooms und das Internet – nirgendwo auf der Welt, geschweige denn in der DDR. Ich gab auf. Ich notierte noch den Ausdruck *Social Engineering* in das Notizbuch und klappte es zu. Ich hatte den Begriff noch nie gehört und nahm mir vor, irgendwann bei Google nachzuschlagen.

In diesem Moment größter Zufriedenheit jedenfalls hatte ich keine Lust, mich darum zu kümmern. Ich genoss meinen Espresso und das Nest, das ich mir gebaut hatte. Das wirkliche Leben lachte mich an, und die Vorstellung, zum Beispiel wieder in die dunkle, kaputte Welt der Restrealitaet einzutauchen und mich mit dummen Sponti-Sprüchen bombardieren zu lassen, missfiel mir zutiefst. Ich wollte keine schwarzen Möwen sehen und keine abstürzenden Flugzeuge über dem Alexanderplatz, ich wollte den Tag auskosten, meinen Sieg feiern.

Dass ich in der Nacht im Knotenpunkt gesiegt hatte, das stand für mich außer Frage. Roula Rouge war nicht Nike-Berlin ins WMF Sommerlager gefolgt, sie war bei mir geblieben. Noch bevor sie für ihren Auftritt mit dem iBook belohnt worden war, hatte sie meine manikürte Hand auf ihre Schenkel gelegt. Nach der Preisverleihung – zugegeben, es war spät in der Nacht, und Roula Rouge konnte die Cuba libre, die sie getrunken hatte, schon nicht mehr an einer Hand abzählen – hatten wir sogar zusammen getanzt. Sie hatte ihre Arme um meinen Hals geschlungen, während wir uns langsam zu dem Original von *Dich zu lieben* durchs Lokal bewegten.

Mette war zu dem Zeitpunkt schon gegangen. Sie wollte ihren Ärger über Nike »wegschlafen«. Nur Karin war noch in der Kneipe, sie putzte Tresen und Spüle und warf Roula Rouge und mir gelegentlich einen liebevollen Blick zu.

Als wir uns etwas später vor der Kneipe verabschiedeten, gab Roula Rouge mir sogar einen Kuss. Kein Busserl auf die Wange, nein, einen richtigen Kuss auf den Mund. Ganz kurz hatten sich unsere Lippen berührt, bevor sie mir *Danke für alles, Schotter!* ins Ohr gehaucht hatte.

Ich machte mir einen zweiten Espresso. Dann ging ich noch einmal zum Fenster, um zu sehen, wie weit die Vögel mit ihrer Arbeit gekommen waren. Und wenn es nun stimmte, was Nike mir unterstellt hatte? Wenn ich Roula Rouge das iBook wirklich nur aus einem einzigen Grund zum Geschenk gemacht hatte …

So what? antwortete ich mit Susanne von Lilienthals Lieblingsspruch. *So what, Schotter?*

Am Nachmittag desselben Tages klingelte mein Handy, das auf dem Schreibtisch lag. Ich ließ gerade meine Beine über die Lehne des Vanity-Fair-Sessels baumeln und studierte die Kleinanzeigen in der Morgenpost. Ich nahm das Gespräch nicht an. Ich träumte davon, mir eine gebrauchte Vespa zu kaufen. In meinen Gedanken blühte die Vorstellung, gemeinsam mit Roula Rouge einen Ausflug an den Müggelsee zu machen, nach Wandlitz oder zum Baumblütenfest in Werder – sie auf der roten Schwalbe, ich auf der Vespa. Wir trugen beide keinen Helm.

Nach zwei Minuten klingelte das Handy wieder. Ich erhob mich aus meiner bequemen Lage, ging zum Schreibtisch und sah aufs Display des Geräts. Die Nummer des Anrufers war unterdrückt. Trotzdem nahm ich das Gespräch an.

»Roula hier!«, hörte ich eine Stimme sagen.

»Roula?« Ich tat so, als kenne ich keine Roula.

»Die Frau, die du in der vergangenen Nacht glücklich gemacht hast, Schotter. Erinnerst du dich?«

»Ah, ja. Ja, ja – ich erinnere mich. Was gibt es, Roula?«

Wir mussten beide lachen.

Roula Rouge sagte, sie habe am Nachmittag in der Knesebeckstraße eine Kundin, das sei doch in der Nähe von mir. Sie wollte wissen, ob ich, wenn sie fertig sei, vielleicht Lust habe, sie zu sehen. Ich antwortete, ohne dass meine Stimme zu euphorisch klang: »Selbstverständlich habe ich Lust.« Ich gab ihr meine Adresse, Meineke 8, Hinterhof. Sie sagte, sie komme gegen halb fünf, spätestens um fünf.

Der Stier erwachte. Ich sah mich im Loft um. Ich durfte jetzt keinen Fehler machen. Wo war der schwarze Rucksack? Wo der Inhalt? Das iBook stand auf dem Schreibtisch. Ich trennte es von den Kabeln und verstaute es zusammen mit dem Netzteil diagonal im Safe. Den Rucksack hatte Mariola auf die Lade mit den Manschettenknöpfen gelegt. Ich sah hinein und entdeckte am Boden eine der beiden Damenbinden. Wo war die zweite? Richtig, die Philipps hatte sie in der Hand gehabt. *Und das? Was hat das zu bedeuten, Jonathan?* Die zweite Damenbinde konnte also nicht im Loft sein. Ich konzentrierte mich. Die Schachtel Nil? Die war aufgeraucht. Außerdem wusste Roula Rouge ja, dass ich die gleiche Marke rauchte wie sie. Nil, ohne Filter. Der Joint? Den hatte die Philipps geraucht. Dafür hatte sie bei ihrem Besuch zwei neue mitgebracht, die ich auf einer Untertasse im Kühlschrank aufbewahrte. Wo war der Lederbeutel mit den Scheren, dem Rasiermesser, der Halskrause und dem Nackenpinsel? Ich öffnete die leeren Schubladen des Schreibtischs. In der untersten lag der Beutel. Ich verstaute ihn im Rucksack. Der Lippenstift. Wo war der Hibiscus? Ich suchte das ganze Loft ab – nichts. Er war nirgendwo zu sehen. Schließlich gab ich auf. Ich hoffte, die Philipps hatte ihn geklaut. Mariola traute ich das nicht zu. Kaugummipapier. Ja, ich hatte auch Kaugummipapier in dem Rucksack gefunden. Unwichtig.

Das war's, glaubte ich. Oder? Nein, doch nicht. Da waren noch die fünfundzwanzig Euro in Fünferscheinen. Die aber hatte ich längst ausgegeben. Außerdem hätte Roula Rouge sie sowieso nicht wiedererkannt. Die einzige Gefahr, die ich jetzt noch sah, war der Hibiscus-Stift. Aber wenn selbst ich ihn nicht in dem aufgeräumten Loft gefunden hatte, warum sollte ihn dann Roula Rouge finden?

Ich warf den Lederbeutel mit dem Frisörwerkzeug zur Damenbinde in den Rucksack. Dann nahm ich den Rucksack und stopfte ihn in einen großen Plastikbeutel von Lidl. Weil ich keinen Bindfaden hatte, zog ich aus einem meiner Alden-Schuhe den Schnürsenkel und schloss damit den Lidl-Sack mit einem dreifachen Knoten.

Geschafft.

Ich ging ins Bad und duschte mich. Als ich kurz darauf den Badezimmerschrank öffnete, um den Rasierpinsel und die Rasierseife von Sandalwood in dem kleinen Holzbottich herauszunehmen, sah ich ihn: Neben dem Vetiver-Flacon stand der Hibiscus-Lippenstift von Dior. Wahrscheinlich hatte Mariola ihn dort abgelegt, wo er ihrer Meinung nach hingehörte.

Schotter, du musst besser werden, sagte ich mir, *sonst fliegst du auf, und der Traum ist aus.* Ich war mir sicher, wenn Roula Rouge herausbekommen sollte, wer der Mann war, der ihr iBook hatte mitgehen lassen, sie würde ihm nicht verzeihen.

Um drei Uhr verließ ich mit dem Lidl-Sack in der Hand das Loft. Ich hatte noch anderthalb Stunden, bevor Roula Rouge kam. Die Zeit wollte ich nutzen, um den Abend erfolgreich zu machen. Im Hinterhof sah ich zuerst auf die Pappen neben den Mülltonnen. Der Penner war nicht da. Ich hatte ihn schon des Öfteren auch am Nachmittag dort liegen sehen – wahrscheinlich immer dann, wenn er glaubte, genug gearbeitet und eingenommen zu haben. Ich sah mich nach allen Seiten um, und obwohl kein Mensch zu sehen war, fürchtete ich plötzlich, entdeckt zu werden, wenn ich Roula Rouges Sachen hier entsorgte. Also machte ich mich mit dem Sack in der Hand auf den Weg und warf ihn ein paar Straßen weiter in einen Bauschuttcontainer. Die Vorstellung, der Penner könnte ihn aus dem Müll fischen und irgendwann, wenn Roula Rouge am Internet-Café vorbeiging, dort mit dem schwarzen Rucksack und dem Aufkleber *Unabhängige Republik Usedom* sitzen, ließ mich schaudern.

Den Lippenstift warf ich auf dem Weg ins KaDeWe in einen Briefkasten. Die Stadt war voll. Vom Kudamm bis Tauentzien drängelten Menschenmassen aneinander vorbei, als gäbe es kein Morgen. Im Eingang des Kaufhauses stellte ein Detektiv eine Ladendiebin. Ich blieb kurz stehen. Die Frau hatte angeblich einen Pullover und Parfüm mitgehen lassen. Der Detektiv bat sie, ihm in sein Büro zu folgen. Roula Rouge war besser gewesen, als sie das Chanel-Kostüm geklaut hatte. Sie wollte sich nicht scheinheilig davonstehlen, sie war gerannt, gerannt bis sie keine Puste mehr hatte. Wahrscheinlich hatte sie gedacht: Wenn du klaust, musst du rennen, nicht schlau sein.

Ich fuhr mit der Rolltreppe in den sechsten Stock, in die Viktualienabteilung des Kaufhauses. Auch hier, im größten – laut Eigenwerbung – Gourmet-Tempel Europas, herrschte Hochbetrieb. Aber so, wie mein Freund Branco beschrieben hatte. Die Menschen aßen mit den Augen, glotzten statt zu kaufen. Ich änderte das. Ich kaufte. Ich kaufte zwei Zwiebeln und zwei Zitronen, ich kaufte einen Meeresfrüchtesalat und eine Dose Mallosol Kaviar. Anschließend gönnte ich mir an der Austern-Bar ein halbes Dutzend Fines de Claires. Sie schmeckten mir einfach besser als die viel teureren Belon-Austern. Das war schon immer so gewesen. Ich bildete mir ein, sie waren frischer und nicht so fett. Nach dem Verzehr ging ich in die Spirituosenabteilung, wo ich eine Flasche Absolut, eine Flasche Baccardi und ein Six-Pack Coca Cola kaufte, die klassische Coke, die in den kleinen 0,2-Liter-Flaschen. Wein hatte ich noch genug zu Hause.

Dreiundzwanzig

»Na, nu brat mir eener nen Storch!« Roula Rouge blieb in der Fahrstuhltür stehen. Sie trug eine Brille. Ich sah sie so zum ersten. Zum zweiten Mal. Auf dem Foto vor der Frisierstube Ahlbeck war sie auch mit Brille zu sehen. Nur war das Model, das sie jetzt vorführte, nicht so groß, dass es das halbe Gesicht einnahm. Es war rechteckig und hatte einen dünnen schwarzen Rahmen. Roula Rouges Augen tasteten wie ein Scanner das Loft ab. Minutenlang. So kam es mir jedenfalls vor.

Langsam beruhigte ich mich wieder. Die letzten zwei Stunden waren die pure Qual gewesen. Sie hatte halb fünf gesagt, spätestens um fünf. Gekommen war sie schließlich um sieben Uhr. Ich hatte schon nicht mehr daran geglaubt und war zu Tode betrübt gewesen. Ich hatte zwei kleine Wodka getrunken und war nervös in meinem Reich umhergelaufen. Dabei war mein Blick auf den iPod mit Roula Rouges Musik gefallen, der auf dem Sideboard neben der Fahrstuhltür zusammen mit der Rolex lag. Mir war der Schweiß ausgebrochen, und wieder hatte ich meine verdammte Unachtsamkeit verflucht.

Was wäre passiert, wenn Roula Rouge den Player an sich genommen und die Musik gehört hätte, ihre Musik? Sie hätte sie sofort wiedererkannt, und ich wäre als Dieb überführt gewesen. Ich hatte den iPod an meinen G5 angeschlossen und die Musik aus dem iTunes-Ordner, meine Musik, auf das kleine Gerät überspielt. Damit war ihre Musik gelöscht gewesen.

Roula Rouge ging das Loft ab. Sie trug weiße Turnschuhe, nicht die roten Pumas. In der Hand hielt sie ein paar Gratiszeitungen, über ihrer Schulter hing ein schwarzer Rucksack.

»So wohnst du also, Schotter.« Sie streckte mir die Zeitungen entgegen. »Die haben deinen Briefkasten verstopft«, sagte sie. Sie sah auf das Sideboard, auf dem der iPod lag. Dann ging sie langsam zur Fensterfront, durch die die Abendsonne fiel. Meine Blicke folgten ihr. Sie berührte den Rücken eines der beiden weißen Sofas, sie berührte den Sekretär, sie berührte den Vanity-Fair-Sessel. Vorm Fenster blieb sie stehen. Sie sagte nichts. Ich auch nicht. Aus den

Zeitungen fiel eine Postkarte, ich hob sie auf, sah einen Strand und eine Strand-Bar. Ein Rastaman hatte einen Strohhalm im Mund und trank aus einer Kokosnuss. Ich drehte die Karte um und sah einen Stempel von Port-au-Prince.

Lieber Jonathan!
Haiti ist das schönste Land der Welt. Ich bin Dir so dankbar, dass Du mich hast reisen lassen. Die Haitianer sind großzügig und stark. Trotzdem fehlst Du mir. In drei Tagen fliege ich zu meinem Bruder nach Montana. Ich habe gar keine Lust. Steht die Meinekestraße noch?
Gruß und Kuss Frederike
P.S.: Beib mir treu!!!

Frederike. Ich hatte bis zu diesem Zeitpunkt nicht gewusst, dass die Philipps Frederike hieß. Außerdem duzten wir uns nicht. Sie hatte bis zum Abschied Jonathan und Sie gesagt. Und ich Frau Philipps. Roula Rouge ging von der Fensterfront zum Schreibtisch. Sie legte ihren Rucksack vorsichtig aufs Parkett. Dann nahm sie auf dem Drehstuhl vor der Screen meines Computers Platz. Sie war immer noch still. Ich sah die Federn, die aus dem Ärmel ihres T-Shirts krochen.

Schotter hat den besten Computer der Welt, hörte ich sie im Knotenpunkt schreien. *Und ich dumme Schnepfe, ich lass mir meinen Rechner, mein klitzekleines iBook in der Bahn klauen.*

Sie bückte sich, nahm den Rechner, den sie beim Karaoke-Wettbewerb gewonnen hatte, aus ihrem Rucksack und legte ihn auf den Schreibtisch.

»Und eine so schöne Wohnung kann man sich leisten, wenn man Sprüche macht?«, sagte sie, ohne sich zu mir umzudrehen.

»Ich versteh nicht«, antwortete ich.

»Du hast die Wohnung doch mit Sprüchen verdient, mit Werbesprüchen. Geiz ist geil und so. Oder?«

Ich antwortete nicht. Sie drehte sich zu mir um und grinste. Erst jetzt sah ich, dass sie den Nasenring nicht trug.

»Cola Baccardi?«, fragte ich.

»Gern.«

Während ich das Getränk bereitete, das Glas randvoll mit Eiswürfeln füllte und eine Scheibe von einer Zitrone abschnitt, hörte ich den Start-Ton des iBooks. Was hatte sie vor? Warum schaltete sie ihren Rechner ein? Roula Rouge stand auf, nahm den Rucksack vom Boden und ging zum Sideboard, wo sie ihn ablegte. Ich sah den Aufkleber *Unabhängige Republik Usedom*. Sie musste also mehrere davon besitzen.

»Unabhängige Republik Usedom?«, sagte ich. »Was heißt das?«

»Ein Spaß. Davon haben wir mal tausend Stück machen lassen oder sogar noch mehr.«

»Mette und du?«

»Mette, ich und noch ein paar andere Freunde von der Insel. Uns hat die Idee gefallen, die Insel abzuschotten, unabhängig zu machen.«

»Unabhängig von was?«

»Na, von diesem Scheißland, in dem wir nur beschissen werden, in dem sie uns abzocken, uns unsere Rechte nehmen.«

»Das klingt wie Nike?« Ich sah mich vorm Schaufenster des Promarkt, ein Molotow flog in meine Richtung. Ich duckte mich. Roula Rouge war unberechenbar.

»Hab ich jemals behauptet, dass Nike unrecht hat?«, fragte sie.

Ich reichte ihr das Glas Cuba libre. Sie sah sich die Buchrücken im Bücherbord an, dann die Zeichnung von Caspar

David Friedrich, die in dem freien Raum zwischen den Buchstaben M und N stand – die alte Frau in dem wallenden Kleid, die eine Handarbeit verrichtete. Ich glaubte, sie stickte.

»Caspar David Friedrich, kennst du ihn?«

Roula Rouge sah mich über ihre Brille hinweg an. »Ich habe Abitur, Schotter. Und außerdem kennt ihn jedes dreijährige Kind in Meck-Pomm. Dreimal darfst du raten warum.« Sie machte eine Pause und fuhr mit dem Zeigefinger über das Glas des Rahmens, dann fragte sie: »Ist der echt?«

»Ich glaube schon. Paula hat die Zeichnung auf einer Müllkippe in Florida gefunden. Ein Spezialist für romantische Malerei am Metropolitan Museum of Art in New York sagt, sie sei zweifelsfrei von Friedrich.«

»Paula – ich glaube, du hast sie doch geliebt. Mehr als deine Frau. Warum hat sie sich umgebracht?« Die Frage klang ganz beiläufig, so als fragte sie, ob ich Spiegeleier oder Rühreier zum Frühstück wolle.

Roula Rouge setzte sich auf eines der weißen Sofas. Mit dem linken Fuß befreite sie sich vom rechten Schuh, mit dem rechten vom linken. Sie trug keine Socken. Ihre Zehennägel waren schwarz lackiert, wie die Fingernägel. Sie legte die Beine angewinkelt aufs Sitzpolster. Ihr Kopf ruhte in der Hand, den Arm stützte sie auf der Lehne des Sofas ab. Aus den zerrissenen Jeans guckten die nackten Knie hervor.

Ich antwortete nicht.

»Ich wollte keine alten Wunden aufreißen, Jonathan. Wirklich nicht. Ich frage nur … ich meine, du musst wissen, meine Mutter hat sich auch umgebracht. Sie hat sich aufgehängt. Ich habe sie gefunden.« Roula Rouge leerte ihr Glas und stellte es auf den Tisch vor dem Sofa.

Wieso erzählte sie mir das? Mette hatte gesagt, Roula hasse es, über ihre Eltern zu reden.

»Sie hat sich aufgehängt? Wann? Wo?« Ich versuchte soviel Erstaunen wie möglich in meine Stimme zu legen. Ich sah auf den Tisch, wo das leere Glas mit dem Abdruck des Hibiscus-Stifts stand und eine Zeitschrift lag. Mein Blick blieb darauf kleben. Und plötzlich verloren sich Roula Rouges Worte im Raum. Ich hörte ihr nicht mehr zu. Mein Stier begann zu rasen. Diesmal bildete ich es mir nicht ein, ich hörte die neue Klappe wirklich. Auf dem Tisch lag die Rolling-Stone-Ausgabe, Roula Rouges auf dem Flohmarkt oder wo auch immer für zweiunddreißig Euro oder wie viel auch immer erstandene Rolling-Stone-Ausgabe. Ich hatte vergessen, sie mit den anderen Dingen aus dem Rucksack am Nachmittag zu entsorgen. Sie lag mit dem Rückencover nach oben. Roula Rouge redete und redete. Ich sah, wie sich ihre geschminkten Lippen bewegten. Wahrscheinlich erzählte sie dieselbe Geschichte, die sie Maurice im Mail geschrieben hatte.

Wieso hatte ich an das Kaugummipapier gedacht und nicht an die Zeitschrift? Ich las den in Schreibschrift und großen Buchstaben geschriebenen Refrain von Imagine auf der letzten Seite des Magazins: *You may say I'm a dreamer …* Ich war mir sicher, es würde keine Minute mehr vergehen, und ich hatte verloren, keine Minute und sie würde mich überführen.

Roula Rouge sagte: »Ist dir nicht gut, Jonathan? Hey, Jonathan, soll ich dir ein Glas Wasser bringen?«

»Nein, nein, ich bin vollkommen okay«, antwortete ich.

Roula Rouge stand auf. Sie murmelte irgendetwas von Paula. Dass ich über ihren Tod noch nicht hinweg sei oder so. Sie ging zum Küchenblock und kam mit einem Glas Wasser zurück. Sie reichte es mir, dann fragte sie, wo das Klo sei. Ich zeigte auf die Tür des Badezimmers. Sie verschwand.

Ich stand auf und nahm die Zeitschrift vom Tisch.

»Wow, das ist ja unglaublich!«, rief Roula Rouge. Sie hatte die Tür nicht geschlossen. Ich hörte, wie sie pinkelte. »Das habe ich ja noch nie gesehen.«

»Was? Was hast du noch nie gesehen?«, rief ich zurück.

»So ein Badezimmer, eine so große Wanne! Ich kann mich nicht erinnern, wann ich das letzte Mal in einer Wanne gebadet habe.« Sie lachte. »Wir haben nur eine Dusche zu Hause. Überall, wo ich gewohnt habe, waren immer nur Duschen.«

Die Dusche in ihrer Wohnung hatte ich gesehen, der Vorhang war speckig und hing in Fetzen von einer Plastikstange herunter. »Du kannst gern ein Bad nehmen!«, rief ich, während ich das Magazin in der Mitte durchriss und zu den Gratiszeitungen und der Postkarte aus Haiti in den Mülleimer stopfte.

Roula Rouge drehte den Wasserhahn der Wanne auf und kam wieder zu mir. »Geht's besser?«

»Es geht gut, ja. Noch ein Cuba libre?«

»Ja, gern.«

»Und das war auf Usedom? Ich meine, ihr habt auf Usedom gelebt, als du deine Mutter erhängt gefunden hast?«

»Du hast mir nicht zugehört, Schotter. Ich erzähl dir die traurigste Geschichte meines Lebens. Und du hörst nicht zu. Wir haben in Eberswalde gelebt. Nach Usedom bin ich erst nach dem Tod meiner Mutter gekommen.«

Roula Rouge wirkte jetzt richtig zornig. Sie nahm das Glas und ging zum Schreibtisch, auf dem ihr neues iBook stand.

»Bevor ich es vergesse, Schotter. Weswegen ich gekommen bin … ich wollte wissen, ob du vielleicht GoLive 6 auf deinem Rechner hast.«

Ich hatte. GoLive war ein Programm, um Webseiten zu

erstellen. Ich hatte es noch nie benutzt. Sie fragte, ob sie es von meinem auf ihren Computer überspielen könne. Eine Antwort wartete sie nicht ab. Sie verkabelte die beiden Geräte miteinander. *Weswegen ich gekommen bin*, hatte sie gesagt. War sie nur gekommen, weil sie ein teures Computer-Programm schnorren wollte?

»Hast du viele Daten verloren?«, fragte ich.

»Genug. Das letzte Backup habe ich im Januar gemacht. Also ist alles, was ich seitdem geladen habe, verloren.«

»Zum Beispiel?«

»Das weißt du doch selbst. Stell dir vor, dir wäre das passiert, was mir passiert ist. Fotos, Filme, Musik, Mails, Ideen – alles eben, ein halbes Jahr des Lebens – futsch, gelöscht. Aber erinnere mich nicht mehr dran. Ich habe genug gelitten. Dieser Scheißkerl.«

»Welcher Scheißkerl!«

»Der Lackaffe aus der S-Bahn. Ich seh ihn noch heute genau vor mir – die in die Stirn fallenden Haare, das fiese Lächeln auf den Lippen. Aber ich werde ihn kriegen, das schwör ich dir. Der hat seine Rechnung ohne mich gemacht.«

Roula Rouge hatte das Rolling-Stone-Heft auf dem Tisch nicht erkannt, dessen war ich mir jetzt ganz sicher. Ich erinnerte sie an das Badewasser. Dann fragte ich: »Wie willst du ihn denn kriegen?«

»Das lass nur meine Sorge sein. Du wirst es schon sehen.«

Sie ging ins Badezimmer. Die Sonne hatte sich zurückgezogen. Es dämmerte. Roula Rouge schaltete das Licht ein und begann sich auszuziehen. Die Tür zum Bad stand offen. Ich lag auf dem Sofa und sah ihr aus acht, neun Metern Entfernung zu. Sie wusste, dass ich sie beobachtete. Es störte sie nicht. Genauso wenig wie es Mette gestört hatte, dass ich anwesend war, als sie nackt mit der Natter über der Schulter den Flur entlang gelaufen war.

Vielleicht sah Roula Rouge in mir gar keinen Mann. Vielleicht war ich für sie nur irgendein Spinner mit Geld, ein kauziger Wessi, dem es wurscht war, mal eben mehr als zweitausend Euro für einen neuen Computer auszugeben, um ihn an eine wildfremde Person zu verschenken. Wahrscheinlich sagte sie sich sogar: Für Schotter sind zweitausend Euro soviel wie für mich fünf Euro oder die vier, die ich für eine Schachtel Nil ausgeben muss.

Als Roula Rouge in die Badewanne stieg, entdeckte ich neben dem bunten Vogel auf Oberarm und Schulter eine zweite Tätowierung auf der linken Po-Backe: eine rote Rose. »Ach, ist das wunderbar!«, rief sie aus, bevor ihr Kopf glucksend im Wasser verschwand. Als sie wieder auftauchte, rief sie, ob ich ihren Drink bringen könnte und eine Nil. Ich erhob mich und brachte ihr den Cuba libre, den sie auf dem Schreibtisch stehengelassen hatte. Dann zündete ich ihr eine Nil an und setzte mich auf den Rand der Badewanne. Ihr Körper war unter einem Gebirge aus Schaum begraben, nur ein Arm und der Kopf ragten heraus. Ich reichte ihr das Glas und steckte die Zigarette zwischen ihre Lippen.

»Erzähl mir mehr von deinem Vater. Wie war er?«

Sie nuschelte: »Wie meinst du das, Schotter? Willst du wissen, was für ein Mensch er war?«

Ich nickte.

»Bis er zum Mörder wurde, war er okay. Er war zärtlich und hat viel Liebe verschenkt.«

»Mörder, wieso Mörder?«

»Er hat meine Mutter umgebracht. Ich sag's doch: Du hast mir vorhin nicht zugehört, Schotter.«

Und dann erzählte sie.

Sie erzählte, was sie persönlich von ihm wusste. Das war

nicht viel. Wenn man dreiundzwanzig Jahre alt war, erinnerte man sich nur noch an wenig Dinge, die man mit drei oder vier erlebt oder gesehen hatte.

Roula Rouge konnte sich noch an den Pferdeschwanz ihres Vaters erinnern. Sie hatte damit immer gespielt, wenn sie auf seinem Schoß saß. Außerdem war er der einzige Mann gewesen, den sie kannte, der einen Pferdeschwanz trug. Erinnern konnte sie sich auch, wie er sie manchmal auf den Friedhof mitgenommen hatte. Sie durfte dann die Erde mit den Händen umwühlen, Laub zusammenharken oder Blumen gießen. Im Sommer hat er sie auch mal mit einem Schlauch nass gespritzt.

Am besten war ihr Vater ihr aber als Arzt in Erinnerung geblieben, als Onkel Doktor, der alles konnte. Er konnte sogar Angie wieder zum Sprechen bringen. Angie war Roula Rouges Lieblingspuppe gewesen. Angie war nicht weiß sondern schwarz, und sie konnte Englisch sprechen, zwölf Sätze zwar nur, aber sie konnte sprechen. Sätze wie *I am hungry* oder *I have to go to the bathroom* oder *Good night, Mom* oder *I love you, Dad* oder *I don't want to brush my teeth*. Irgendwann hatte Angie die Stimme versagt, sie war stumm geblieben, und für Roula Rouge war die Welt untergegangen.

Ihre Mutter hatte versucht, dem Problem mit einer neuen Batterie beizukommen. Vergeblich. *Warte, bis Papa nach Hause kommt,* hatte sie gesagt. *Papa ist wie der Onkel Doktor, der macht Angie wieder gesund.* Und so war es dann auch. Am Abend hatte Roula Rouges Vater auf dem Küchentisch den Bauch von Angie aufgetrennt und lauter komische Dinge aus Angie herausgenommen.

Und was ist das? hatte Roula Rouge gefragt.

Eine Schraube, hatte der Vater geantwortet.

Und das? Roula Rouge zeigte auf eine kleine Metallfeder.
Das ist eine Feder, Emma.

»Emma?«, unterbrach ich Roula Rouge.

»Emma, mein richtiger Name. Ich heiße Emma Klein. Tu nicht so, Schotter. Er steht auf der Klingel bei uns zuhause.« Sie löschte die Nil im Badewasser und legte die Kippe auf den Rand der Wanne. Dann setzte sie ihre Erzählung fort.

Und das?

Der Vater fuhr ihr mit den Fingern durch die Haare. *Das ist ein kleiner Lautsprecher.*

Roula Rouge hatte noch lange nach dieser Operation geglaubt, dass alle Menschen einen Lautsprecher im Bauch haben. Schließlich hatte ihr Vater gesagt: *So, und jetzt noch einen klitzekleinen Tropfen Öl auf dieses Gewinde, und dann kann die Mama die Angie zunähen.*

Die Puppe konnte wieder reden.

Als Roula Rouge sich ein paar Tage später das Knie aufgeschlagen hatte und blutete, war sie weinend ihrer Mutter in die Arme gefallen und hatte gesagt, dass rotes Öl ihr Bein hinunterlaufe.

Ihre Eltern hatten sich sehr geliebt. Eines Morgens, auch daran konnte sich Roula Rouge noch so genau erinnern, als sei es gestern gewesen, hatte sie Geräusche aus dem Schlafzimmer gehört. Sie hatte die Tür des Raums langsam geöffnet und ihre Eltern nackt und in inniger Umarmung beobachtet. Das war nur ein paar Tage vor ihrem fünften Geburtstag gewesen. Das Bild der vertrauten Zweisamkeit hatte sie erzürnt. Sie hatte sich ausgeschlossen gefühlt. Sie war ins Zimmer gestürmt, hatte sich zwischen die beiden geworfen und geschrieen: *Mensch, ich bin auch noch da!*

»Ich war eifersüchtig, Schotter.« Roula Rouge lächelte mich an. »Ich bin heute immer noch eifersüchtig. Sehr eifersüchtig. Bist du eifersüchtig? Warst du eifersüchtig, als deine Frau mit dem Argentinier durchgebrannt ist?«

»Ich weiß nicht«, antwortete ich. »Traurig war ich.«

»Wolltest du dich umbringen? Oder jedenfalls den Argentinier?«

»Nein.« Ich lachte. »Ganz bestimmt nicht.«

»Dann hast du deine Frau nicht geliebt. Meine Mutter hat meinen Vater geliebt. Mehr als sich selbst. Sie hat ihn angebetet. Und als er plötzlich weg war, war sie nur noch verzweifelt. Anderthalb Jahre hatte sie noch gehofft, dass ihr Mann sich meldete. Dann hat sie aufgegeben und Schluss gemacht. Sie war leer, so leer, wie dieses Glas.«

Roula Rouge zeigte auf das Glas, das auf dem Rand der Badewanne stand. Auf dem Boden schwamm eine halbe Zitronenscheibe im trüben Wasser der aufgelösten Eiswürfel.

»Aber deshalb ist dein Vater doch kein Mörder.«

»Isser doch. Hätte er sich gemeldet, würde meine Mutter noch leben. Ich glaube, du verstehst mich noch immer nicht, Schotter. Die beiden haben sich geliebt. Es war nicht so, dass sie sich auseinandergelebt hatten, als er verschwand. Sie haben sich geliebt.«

Roula Rouge machte eine Pause.

»Erzähl weiter.«

»Ich hab dir alles erzählt, was ich von ihm in Erinnerung habe. Den Rest weiß ich nur vom Hörensagen.«

»Dann erzähl mir das.«

»Später vielleicht. Jetzt will ich aus dem Wasser, bevor mir die Haut abfällt. Außerdem habe ich Hunger.«

Als sie aus der Badewanne stieg, fragte ich sie, woher sie den Vogel auf der Schulter und die rote Rose auf dem Po hatte. Roula Rouge antwortete, den Vogel habe sie sich selbst einmal zum Geburtstag geschenkt, die Rose habe sie von Maurice bekommen, als Abschiedsgeschenk.

»Maurice?«

»Mein letzter Freund. Er war Kubaner, hat als DJ in Berlin gelebt. Das Schicksal hat uns getrennt. Er musste zurück nach Havanna.«

Nachdem sie sich angezogen hatte, überspielte Roula Rouge GoLive von meinem auf ihren Rechner. Kurz darauf warteten wir neben dem Sideboard auf den Lift. Roula Rouge nahm die Einladung zu Susanne von Lilienthals Ausstellung in die Hand, die neben dem iPod lag. Sie betrachtete *Die träumende Jungfrau.*

»Gefällt dir das Bild?«

»Es ist von meiner Frau, meiner Ex-Frau. Sie ist Malerin und stellt am zehnten in Berlin aus. Ein bankrotter Münchner Internet-Unternehmer hat das Gemälde gekauft.«

»Gefällt es dir?«, wiederholte sie.

»Susanne ist eine gute Malerin.«

»Das hab ich nicht gefragt, Schotter.«

Vierundzwanzig

Den Rest des Abends verbrachten wir im Arlecchino. Ich hatte es nicht für klug gehalten, Roula Rouge zu fragen, ob sie Kaviar essen wollte.

Das Restaurant war gut besucht. Der Mann aus Montenegro freute sich, mich zu sehen. Ich war ein paar Tage nicht bei ihm gewesen, er hatte sich schon Sorgen gemacht. Roula Rouge begrüßte er mit einem tiefen Diener, worauf diese ganz kurz ganz laut lachen musste.

Ein paar Gäste beobachteten uns, während wir Platz nahmen. Am Nebentisch saßen eine Frau und ein Mann. Die Frau tuschelte etwas über meinen teuren Anzug und Roula Rouges zerschlissene Jeans. Sie fragte den Mann, ob er glaube, dass wir Tochter und Vater seien oder Geliebte und Geliebter. Der Mann sagte: »Was geht dich das denn an?« Beim Anblick der in allen Farben leuchtenden Federn, die sie auf Roula Rouges Oberarm sah, vermutete die Frau unter dem T-Shirt einen Feuervogel. Der bringe Chaos und Unglück über die Menschen, hörte ich sie flüstern. Sein Feuer verwüste jegliches Leben. Unter dem Tisch suchte ihr bloßer Fuß nach dem Schuh, den sie während des Essens abgestreift haben musste.

Branco deutete mit dem Kopf auf den letzten Tisch im Restaurant, an dem ein einsamer Herr Zeitung las.

»Großer Mann«, sagte Branco, während er uns die Speisekarten reichte. »Nobelpreisträger aus Ungarn. Literatur. Wohnt auch in der Meinekestraße. Ist Stammgast bei mir.«

Erst jetzt bemerkte ich, dass Branco die Hermès-Krawatte mit den vielen kleinen Elefanten trug. Ich hoffte, dass er sich nicht zum dritten Mal für das Geschenk bedankte.

Roula Rouge entschied sich für den Spargel aus Beelitz und junge Kartoffeln.

»Ein zartes Schnitzel dazu?«, fragte Branco.

»Nein«, sagte Roula Rouge, »nur ganz viel Spargel und zerlassene Butter. Und eine Coca Cola.«

Ich nahm das, was ich meistens im Arlecchino aß: einen Ruccola-Salat und Spaghetti mit Meeresfrüchten. Dazu bestellte ich die gewohnte Flasche. Branco wollte mich zu einer Dorade überreden, hatte aber keinen Erfolg damit.

Ich spürte, dass Roula Rouge mich beobachtete, während ich mit dem Kellner sprach. Als er gegangen war, blickte ich ihr in die Augen, die durch die Brille noch größer wirkten als gewöhnlich. Sie lächelte.

»Du siehst gut aus, Schotter«, sagte sie. »Wie alt bist du?«

»Siebenundvierzig«, antwortete ich, obwohl ich mich im selben Augenblick für die Ehrlichkeit verfluchte.

»Siebenundvierzig – ein Jahr älter als mein Vater.«

»Du wolltest mir erzählen, was du vom Hörensagen von ihm weißt. Warum ist er Gärtner geworden?«

»Er ist doch kein Gärtner. Er ist Physiker. Er hat Physik, Mathematik und Informatik studiert. Er ist hoch begabt ...«

Und plötzlich sprudelten die Sätze aus ihr heraus, sie redete und redete. Dabei nannte sie den Helden und Schurken ihrer Erzählung mal »mein Vater« und mal »mein Erzeuger«, mal »Verräter« und dann einfach auch nur »der Scheißkerl«. Ich hörte Zorn und Verachtung aus ihrer Stimme heraus, aber auch Respekt und Ehrfurcht. Und gelegentlich klangen Roula Rouges Worte sogar liebevoll.

Vieles von dem, was sie sagte, kannte ich schon. Ich hatte es in dem Mail gelesen, auf das ich gestoßen war, nachdem die Philipps gegangen war – das Mail von Karlheinz Kerschkamp, dem Professor an der Universität Ilmenau.

Als Roula Rouge von dem Traum ihres Vaters erzählte, einmal nach Hamburg zu fahren, um die Clubs zu besuchen, in denen die Beatles ihre Karriere begonnen hatten, unterbrach ich sie und fragte, woher er den Kaiserkeller und Star-Club kannte.

Sie antwortete: »Radio Caroline, BBC, SFB – was weiß ich, Schotter.«

Ich erinnerte mich an Kerschkamps Satz über die Sänger, die im Westen über ihr Land herziehen durften, ohne dass ihnen etwas passierte und fragte: »Und Renaud? Woher kannte er den. Den kannte doch kein Mensch.«

»Von Kalle Kerschkamps Vater. Kalle war der beste Freund von meinem Vater. Kalles Vater hat als Erster Sekretär der Bezirksleitung Frankfurt/Oder an einem Parteitag der französischen Kommunisten in Lille teilgenommen. Er ist mit zwei Schallplatten zurückgekommen. Eine davon war *Hexagone* von Renaud. Er hat sie Kalle und meinem Vater geschenkt. Als Erziehungsmaßnahme, sozusagen. Er wollte ihnen klarmachen, was gute Musik ist und was schlechte, was ein gutes System ist und was ein schlechtes. Er hat sich mit den Jungen aufs Sofa gesetzt und den Text übersetzt. Er konnte gut französisch, deshalb durfte er auch an dem Kongress teilnehmen.«

Roula Rouge machte eine kurze Pause. Sie schlang eine Spargelstange hinunter, dann sang sie, die Stimme von Renaud nachahmend, auf deutsch: »Frankreich ist ein Land von Bullen, an jeder Ecke hat's hundert davon. Sie setzen die öffentliche Ordnung durch und morden ungestraft.«

Das Paar am Nebentisch beobachtete uns. Die Frau erweckte immer noch den Eindruck, als fürchte sie, der Feuervogel könnte jeden Moment sein Unwesen treiben. Roula Rouge interessierte nicht, was um sie herum geschah. Sie lachte.

»Vater Kerschkamp hat mit seinem Geschenk genau das Gegenteil von dem erreicht, was er wollte, Schotter. Mein Vater hat am nächsten Tag angefangen, französisch zu lernen. Um meine Mutter zu ärgern, hat er später sogar oft französisch mit ihr gesprochen.«

»Wo haben deine Eltern sich kennengelernt?«

»In Dresden. Mein Vater war einundzwanzig Jahre alt und studierte bereits Physik und Mathe, als Kalle ihm meine Mutter auf einer Geburtstagsparty vorstellte. Sie war zwei Jahre älter als er und arbeitete als MTA in einem Dresdner Krankenhaus. Sie wusste sofort: Der ist es! Sie hat ihn sich gekrallt und nicht mehr losgelassen. – Ein Jahr später bin ich auf die Welt gekommen.«

»Ihr habt in Dresden gelebt?«

»Ja, mein Vater hat schnell Karriere gemacht. Er war ein Genie, Schotter. Noch bevor er sein Diplom in der Tasche hatte, hatte er schon eine Anstellung bei Robotron. Er hat Computer entwickelt.«

»Dann hast du den alten Rechner bei dir zu Hause also nicht für achtzig Euro bei Ebay ersteigert?«

Roula Rouge musste laut lachen und antwortete: »Nein, den Z9001 hat mein Vater gebaut, den Prototyp sogar eigenhändig. Ohne meinen Vater hätte es in der DDR nie Computer gegeben, jedenfalls keine Kleincomputer.«

»Woher hast du ihn dann? Dein Vater hat ihn ja wohl kaum mitgehen lassen?«

»Nein, hat er nicht. Ich habe ihn fünf Jahre nach der Wende von Kalle Kerschkamp bekommen, er hat ihn für mich aufbewahrt, damit ich ein Andenken habe, falls ich den Scheißkerl nicht finde.«

»Wie ist er Friedhofsgärtner geworden?«

Roula Rouge antwortete nicht mehr. Sie starrte abwesend vor sich hin und schwieg. In ihren Mundwinkeln glänzte das Fett der zerlassenen Butter. Minuten lang sprachen wir beide kein Wort. Roula Rouge war traurig und wütend zugleich. Mit keiner Geste, mit keinem noch so salopp hingeworfenen Satz hätte sie verbergen können, wie sehr die eigene Erzählung sie aufgewühlt hatte.

»Vielleicht haben sie ihn erwischt«, sagte ich nach einer Weile, als ob ich ihre Gedanken erriet.

»Auf der Flucht meinst du? Nein, unmöglich. Das hätten wir längst erfahren. Er ist auch nicht der Typ, der sich erwischen lässt, obwohl er es, im Rückblick betrachtet, verdient gehabt hätte.«

Irgendetwas verschwieg mir Roula Rouge. Ich nahm mir vor, auf ihrer Festplatte noch einmal Karlheinz Kerschkamp zu suchen. Ich würde im Fenster des Such-Programms einfach nur »Kalle« eingeben.

Kurz bevor wir gehen wollten, betraten eine Frau und ein Mann das Arlecchino. Die Frau steuerte direkt auf mich zu und streckte mir ihre Hand hin.

»Guten Abend, Herr von Lilienthal«, sagte sie. »Ich habe Sie schon durchs Fenster gesehen. Was machen Sie in meiner Stammkneipe?«

Es war Brigitte Mang. Ich hätte sie fast nicht wiedererkannt. Sie war stark geschminkt und trug ihre Haare zurückgekämmt. Der Mann neben ihr hielt seinen Kopf leicht gesenkt und die Hände auf dem Bauch gefaltet. *Ist nur am Wochenende hier, in der Woche Professorin für Mathematik an der TU*, hörte ich Branco sagen.

Brigitte Mang stellte uns ihre Begleitung vor, einen Dr. Joachim Bender. Sie sah dabei Roula Rouge an, die gerade in die Klinge ihres unbenutzten Messers blickte und sich die Lippen mit Hibiscus anmalte.

»Roula Rouge«, sagte ich, »meine Freundin.«

Brigitte Mang musterte Roula Rouge kurz und streng, dann fragte sie, ob wir noch ein Glas Wein zusammen trinken wollten. Ich antwortete, wir seien im Begriff zu gehen. »Macht auch nichts«, sagte sie, »wir sehen uns ja eh am Donnerstag in der Galerie Krawczik. Ihre Frau ist wirklich bemerkenswert geschäftstüchtig, Herr von Lilienthal. Sie scheint die halbe Stadt eingeladen zu haben.«

Etwas später warf sich Roula Rouge mir vor der Tür des Restaurants prustend und lachend in die Arme. »Hast du gesehen, wie die geguckt hat, als du ›meine Freundin‹ gesagt hast? Wer war denn das?«

»Eine Mathemathik-Professorin von der TU. Sie saß neulich zufällig am selben Tisch in einem Restaurant, als ich mit meiner Ex-Frau essen war. Susanne eröffnet am Donnerstag ihre Ausstellung hier in Berlin, in der Auguststraße. Sie hat die Professorin eingeladen.«

»Und wieso nennt die dich Herr von Lilienthal?«

»Meine Ex-Frau heißt so. Wahrscheinlich glaubt sie, ich heiße auch so.«

Roula Rouge prustete wieder los. »Jonathan von Lilienthal. – Wie furchtbar, Schotter!«

Und plötzlich, wir standen immer noch vorm Arlecchino, legte sie mir ihre Arme um den Hals. Sie sah ganz kurz in meine Augen, dabei lächelte sie, als führe sie etwas im Schilde. Dann drückte sie mit der flachen Hand auf meinen Hinterkopf, unsere Lippen berührten sich, und ich spürte ihre Zunge wie den Ausbruch eines Vulkans in meinem Mund. Noch nie zuvor war ich so herausfordernd von einer Frau geküsst worden.

Als sie mich nach hundert Stunden aus der Umklammerung entließ, versäumte sie nicht, einen Blick durchs Fenster ins Restaurant zu werfen. Ich war mir sicher, sie wollte sich nur vergewissern, ob die Mathematik-Professorin ihr Tun, diesen gewalttätigen Akt, diesen sexuellen Überfall einer Dreiundzwanzigjährigen auf einen Siebenundvierzigjährigen auch ja mitbekommen hatte.

Dass die Mang anders geartet war, konnte ich Roula Rouge schlecht erklären. Ich konnte ja nicht sagen: *Du Roula, die Mang ist stärkeren Tobak gewohnt. Eine Hure kannst du mit einem großen Schwanz nicht erschrecken. Mit einem Kuss, und mag er auch noch so ordinär sein, schon gar nicht.*

Nachdem sie ihren Spaß gehabt hatte, wollte Roula Rouge nach Hause. Ich unternahm erst gar nicht den Versuch, sie wieder ins Loft zu locken. Sie fragte, ob ich sie zum Bahnhof Zoo begleiten könnte. Das lehnte ich ab. Stattdessen setzte ich sie gegen ihren Willen vorm Internet-Café ins Taxi. Ich gab dem Fahrer zwanzig Euro und sagte, er solle vorsichtig fahren, er habe eine wertvolle Fracht.

Ich sah dem Wagen hinterher. Nach zehn Metern, er war gerade nach rechts in den Kudamm eingebogen, stoppte er wieder. Roula Rouge kurbelte die Scheibe herunter und winkte mich zu sich.

»Wer ist Frederike?«, fragte sie. »Ist das deine Freundin?«

»Ich kenne keine Frederike.«

»Schotter! Frederike aus Haiti. Halt mich nicht für blöd. *Gruss und Kuss, Frederike.*«

»Ach so, nein, nein, das war meine Wirtin. Hier in der Meinekestraße. Ich hab bei ihr ein paar Tage in der Pension gelebt, bevor mein Apartment fertig war.«

Roula Rouge zog mit dem Zeigefinger am unteren Lid ihres Auges. Ich antwortete ihr, sie solle ihren Rucksack nicht im Taxi liegenlassen, sonst müsse sie wieder singen.

Mein Blick verfolgte den Wagen bis zur Gedächtniskirche. Roula Rouge sah aus der Heckscheibe, bis ich sie nicht mehr erkennen konnte.

Frederike! Ich schüttelte den Kopf.

Die Frisöse hatte doch tatsächlich die Chuzpe besessen, meine Post zu lesen.

Fünfundzwanzig

So beschwingt der Tag mit Roula Rouge im und vorm Arlecchino ausgeklungen war, so missmutig begann ich den nächsten. Es war der sechste Juni. Dieses Datum nistete seit zwei, drei Wochen in meinem Kopf.

Jetzt war er also da, dieser Sonntag, an dem Roula Rouge wieder Flaschen schmeißen wollte gegen einen Staat, der abzockte und seinen Bürgern die Rechte nahm. Doch das war Quatsch. Je länger ich darüber nachdachte, desto klarer wurde mir, dass Roula Rouges Anliegen gar nicht Hartz IV war und erst recht nicht der Irak. Hartz IV und der Irak interessierten sie nicht. Sie benutzte diese Schlagwörter, um einen Krieg gegen jene Obrigkeit zu führen, die ihr den Vater genommen hatte. Gegen die Hauptverantwortlichen, die

Bonzen des Staates, in dem sie geboren worden war, konnte sie nichts mehr ausrichten, dieser Geriatriker-Verein hatte sich selbst erledigt. Also zog sie die Besatzer zur Rechenschaft, die neue Obrigkeit, die ihren Vater – das vermutete sie – mit Kusshand aufgenommen hatte, weil er als Stütze der Gesellschaft taugte. Die neuen Herren hatten es fertig gebracht, aus einem liebevollen Menschen einen Scheißkerl zu machen. Roula Rouge war überzeugt, ihr Vater hatte auf der Flucht sein Herz verloren. Solange sie ihn nicht gefunden hatte, brauchte sie Hartz und Bush als Vehikel für ihren grenzenlosen Zorn.

Der Sonntag verging, der Montag und Dienstag. Meine Aufregung, was die Demonstration betraf, schien unbegründet gewesen zu sein. Weder im Fernsehen noch in den Tageszeitungen hörte oder las ich von Krawallen in der Nacht vom sechsten auf den siebten Juni. Kreuzberg und Prenzlauer Berg waren ruhig geblieben. NikeBerlin schien eine derbe Niederlage erlitten zu haben. Roula Rouge schien zu leben.

Stell dir vor, es sind Krawalle und keiner geht hin.

Die einzige Demonstration, die in den Medien hoch und runter gespielt wurde, war die Fahrrad-Demonstration, an der zweihundertfünfzigtausend Menschen teilgenommen hatten, zweihundertfünfzigtausend Gutmenschen mitten in Berlin. Ich mochte keine Fahrrad-Demonstranten, ich mochte noch nicht einmal Fahrradfahrer. Sie waren selbstgerecht und rücksichtslos. Sie jagten Fußgängern wie mir Angst und Schrecken ein und machten Ölverbrauchern ein schlechtes Gewissen. Meine Paula war einmal auf einem Spaziergang in Palm Beach am Intracoastal in meinem Beisein von einem Radfahrer angefahren worden. Der Mann hatte mir die Schuld gegeben. Ob ich nicht aufpassen könne, hatte er geschrien. Er tat so, als sei Paula ein kleines Mädchen, das seine Reflexe nicht beherrschte. Paula zog eine Woche lang ihr Bein nach. Es war kein schöner Anblick.

Die Fahrrad-Demonstranten in Berlin setzten sich für eine fahrradfreundliche Verkehrspolitik ein. Sie fielen über dreizehn Routen in die Stadt ein und legten sie lahm. Ich konnte nicht einmal den Kudamm überqueren, um mir bei Caras einen Latte Macchiato zu kaufen. Sogar die gute, alte Avus hatten sie für ihr Anliegen missbraucht. Die Protestfahrt endete am Brandenburger Tor mit einem feuchtfröhlichen Umweltfestival. Die Firma Spreequell hatte die Getränke gesponsert. Vielleicht demonstrierten die Radfahrer ja im nächsten Jahr dafür, das Brandenburger Tor abzureißen und durch ein Windrad zu ersetzen.

Was soll's? dachte ich. Was interessierten mich die Radfahrer. Ich konnte froh sein, dass Roula Rouge nicht unter die Räder gekommen war. Aber warum rief sie nicht an? Warum sagte sie nicht: *Danke, Schotter, das war ein schöner Abend.*

Sie hatte in meiner Badewanne gebadet, mein Shampoo benutzt, sie hatte mich geküsst, sie hatte mir mitten auf der Straße die Zunge in den Mund gesteckt. Und sie hatte mir eine Geschichte erzählt, aus der ein Psychologiestudent leicht seine Doktorarbeit hätten machen können. Keinem anderen Menschen hatte sie soviel anvertraut wie mir, nicht einmal Mette. Und jetzt war sie verschwunden. Wie ihr Vater.

Ich hatte am Montag versucht, sie zu erreichen, und am Dienstag. Ich hatte die mobile Nummer gewählt und den Hausanschluss 425 1959, die Zahlen, die ich auf der roten Schwalbe gelesen hatte. Keine Antwort. Auch Mette hatte sich nicht gerührt. Dafür rief Susanne von Lilienthal an.

»Jonathan?«, sagte sie.

»Ja, Susanne?«

»Ich muss dir etwas beichten.«

»Shoot, nur zu!«

Sie sagte, dass sie nicht bei mir wohnen werde in der Zeit, in der sie für ihre Ausstellung in Berlin sei. Ich gab ihr mein Bedauern zu verstehen.

»Nimm's mir nicht übel, Jonathan. Ich weiß, ich hab dir Hoffnungen bei meinem letzten Besuch gemacht, aber … ach, ich bin wirklich eine dumme Gans.«

»Was ist denn los? Nun sag schon.«

Dann erzählte sie mir sehr kompliziert, dass sie mich wirklich sehr liebe – ich wisse ja, wie sehr – aber manchmal entwickelten sich die Dinge eben anders, als man sie voraussehen könne …

»Susanne! Susi!«, rief ich.

»Ja, Jonathan?«

»Rede nicht um den heißen Brei herum. Sag, was du sagen willst?«

»Also gut – kurz und schmerzhaft.«

»Schmerzlos.«

»Wie bitte?«

»Schmerzlos. Man sagt, kurz und schmerzlos, nicht schmerzhaft.«

»Von mir aus. Also, kurz und schmerzlos: Frankie und ich, wir sind ein Paar – for good. – Sorry, Jonathan! Nun ist es raus …«

»Das freut mich aber«, antwortete ich. »Ich hoffe, du kommst an seiner Seite über die traurigen Erfahrungen hinweg, die du mit dem argentinischen Donnaiolo gemacht hast.«

Susanne japste. »Das meinst du doch wohl nicht im Ernst. Alex und Frankie, du kannst die beiden doch nicht vergleichen. Alex war ein dummer Junge, nicht mal seine Gedichte taugten was, Jonathan. Ficken, sicher, das konnte er, aber das war's dann auch schon. Die Geschichte mit

Frankie geht viel tiefer, wenn du verstehst, was ich meine. Wir denken ans Heiraten.«

»Glückwunsch. Das freut mich, wirklich. Du brauchst einen Hafen.«

Susanne schwieg für ein paar Sekunden. Dann sagte sie: »Einen Hafen? So ein Quatsch. Einen Hafen ... Aber ich bin froh, dass du es mir nicht übel nimmst. Du wirst Frankie ja kennenlernen. Du wirst sehen, er ist ein beeindruckender Mann. Du wirst ihn mögen. Sein Netzwerk ist famos. Er kennt alle wichtigen Leute, überall auf der Welt. Er meint, ich könne auch in New York ausstellen. Die Amis lieben die Deutschen zur Zeit. Nicht die Deutschen, aber ihre Kunst – Bisky, Neo Rauch, Tim Eitel, die Leipziger Schule. Ich bin gespannt, was du zu meinen Bildern sagst. Du kommst doch am Donnerstag?«

»Ich werde kommen, ja.«

»Du kannst auch gern die Französin mitbringen. Diese Ossi-Französin. Wie heißt sie noch? Na? Die Frisöse oder Stripteasetänzerin, oder was auch immer sie ist? Jetzt hab ich doch tatsächlich ihren Namen vergessen.«

»Roula Rouge.«

»Ja, Roula Rouge. Roula Rouge mit dem Ring in der Nase.« Susanne kicherte. »Bring sie mit. Solche Mädchen lockern die Atmosphäre ungemein auf. Ihr seid doch noch zusammen, oder?«

Ich wusste zwar nicht, wo sich Roula Rouge herumtrieb, aber ich sagte: »Ja, wir sind noch zusammen.«

Nachdem Susanne und ich das Gespräch beendet hatten, fiel mir ein, dass ich Mettes Handy-Nummer besaß. Sie hatte mir eine SMS geschickt, die noch in meinem Telefon gespeichert sein musste. Ich rief Mette an. Sie klang ein wenig stiller als sonst und schien nicht sehr begeistert über meinen Anruf. Ich sagte ihr, dass ich Roula nicht erreichen könne.

»Sie ist auf Usedom. Willst du ihre Nummer?«

»Nein, das ist nicht nötig«, sagte ich. »Was macht sie auf Usedom?«

»Sie ist bei ihrer Großmutter. Sie fährt immer zu ihr, wenn sie nicht mehr weiter weiß.«

»Wieso weiß sie nicht mehr weiter?«

»Das fragst du mich? Das musst du doch besser wissen als ich. Ihr wart doch neulich die halbe Nacht zusammen, habt euch Stunden lang unterhalten. Ihr Männer seid schon komisch, Jonathan. Wenn ihr die Wahl habt zwischen kompliziert und nicht kompliziert, entscheidet ihr euch mit schlafwandlerischer Sicherheit immer für kompliziert.«

Nach dem kurzen Gespräch kam mir der Gedanke, dass Mette in mich verliebt sein könnte. Ich verdrängte ihn gleich wieder, fragte mich allerdings zuvor noch, was das für ein Gefühl sein mochte, eine Frau zu küssen, deren Zungenspitze ein Edelstein ziert.

Mette! Die kleine Mette, die eine Natter an ihrem Busen nährte! Sie war so lieb und verständnisvoll. Wahrscheinlich hatte sie auch an der Fahrraddemonstration teilgenommen, wie alle guten Menschen in Berlin und Brandenburg. Ein Glücklicher war der Mann, der sie einmal bekommen sollte! Aber was hatte sie gemeint, als sie sagte, Roula Rouge fahre immer zu ihrer Großmutter, wenn sie nicht weiter wisse? Wieso wusste sie nicht weiter? Und was hatte ich damit zu tun oder der Abend, den wir zusammen verbracht hatten?

Ich stand am Fenster und blickte auf den Innenhof. Ein Unwetter zog auf. Schon in den Neun-Uhr-Nachrichten am Morgen hatte das Inforadio Berlin davor gewarnt. Jetzt war es kurz nach fünf am Nachmittag. Der Wipfel des Baumes, in dem die Vögel ihr Nest gebaut hatten, verbeugte sich tief und kraftvoll in alle Richtungen. Es regnete, die Tropfen knallten wie ein Trommelfeuer gegen die hohen Scheiben des Lofts. Ich versuchte, das Nest auszumachen. Ich sah nichts, außer einer dunkelgrauen verschwommenen Masse.

Am Mittag war ich im Arlecchino gewesen. Branco war gerade damit beschäftigt, die Stühle und Tische vom Trottoir im Keller des Restaurants zu verstauen. Er erzählte mir, dass eine Windhose zwei Jahre zuvor zwanzig alte Bäume in der Meinekestraße entwurzelt und die Stadt Berlin sich finanziell nicht in der Lage gesehen hatte, neue zu pflanzen. Eine Bürgerinitiative hatte daraufhin in der Straße für neue Bäume gesammelt. Auch der ungarische Nobelpreisträger hatte tausend Euro gespendet. Als Lidl dann etwas später eine Filiale eröffnete, wo früher das Medienkaufhaus Fnac residiert hatte, mussten vier Bäume wieder dran glauben. Lidl beanspruchte den Raum für Parkplätze.

Ich wollte an diesem Nachmittag, als das Unwetter begann, eigentlich ins Kino gehen, beim Blick aus dem Fenster vergaß ich es aber schnell wieder. Stattdessen befreite ich Roula Rouges altes iBook aus dem Safe, stellte es auf meinen Schreibtisch und schrieb das Passwort *Usedom*. Nachdem der Rechner hochgefahren war, tippte ich bei gedrückter Befehlstaste den Buchstaben F, F wie finden. Und schließlich schrieb ich »Kalle« in das Suchfeld. Es dauerte keine zwei Sekunden und ein Ordner erschien, der schlicht mit KalleK untertitelt war. Es befanden sich fünf Mails darin. Alle trugen den Absender KalleK@hotmail.com. Das musste die private Mail-Adresse des Professors aus Ilmenau sein. Den ersten Brief, den ich in dem Ordner »FuckBerlinsChaos« gefunden hatte, hatte Kerschkamp also noch vom Rechner der Uni geschrieben, die fünf folgenden von zuhause aus.

Vier der Dokumente beschrieben Jakob Kleins Leben so wie Roula Rouge es mir im Arlecchino erzählt hatte. Ich las kaum etwas Neues. Der einzige Unterschied war die Sprache. Während Roula Rouge ihre Erzählung mit Worten wie

Scheißkerl und Mörder gewürzt hatte, äußerte sich Kerschkamp ohne den leisesten Unterton voller Respekt und Liebe über seinen Blutsbruder.

Einem dieser Mails war allerdings ein PS angehängt, das mich stutzen ließ. Kerschkamp gab darin zu, auch einmal den Verdacht gehegt zu haben, Jakob könnte noch am Leben sein und in Zürich arbeiten. Doch der Verdacht, schrieb Kerschkamp, habe sich schnell als unbegründet herausgestellt.

Aus dem letzten Mail erfuhr ich, warum Jakob M. Klein seinen Job bei Robotron in Dresden aufgegeben hatte und Friedhofsgärtner in Eberswalde geworden war. Es war die Antwort auf die Frage, zu der Roula Rouge geschwiegen hatte.

Liebe Roula
Wahrscheinlich wäre unser aller Leben ganz anders verlaufen, wenn ich Jakob nicht eines Tages auf eine Anzeige in einem amerikanischen Computermagazin aufmerksam gemacht hätte.
Im Oktober 1983 fand in Liverpool ein Internationaler Kongress für Informatik statt, an dem angeblich auch Leute wie Steve Jobs von Apple und Bill Gates von Microsoft teilnahmen.
Liverpool, Roula! Du kannst dir nicht vorstellen, welchen Klang der Name dieser Stadt in unseren Ohren hatte. Liverpool, das war für uns die große Welt.
In meinem Übermut habe ich zu Jakob gesagt: »Da nehmen wir auch dran teil.«
Ich seh deinen Vater noch heute vor mir. Er lachte und sagte: »You are a dreamer, Kalle. Bevor die uns reisen lassen, verbleichen Sichel und Zirkel auf der Fahne.«
Ich habe ihm geantwortet, dass ein Versuch nichts koste und dass ich sicher sei, mein Vater würde das irgendwie hinbekommen. Mein Vater arbeitete damals im Außenministerium.

Kurz: wir beantragten bei Robotron, an dem Kongress teilnehmen zu dürfen.
Das Ergebnis: ich durfte, Jakobs Antrag wurde aber abgelehnt. Ich habe ihm natürlich sofort zu verstehen gegeben, dass auch ich nicht fahren würde, wenn nicht zugunsten von uns beiden entschieden wird.
Er aber sagte: »Sei nicht dumm, du fährst. Wer weiß, ob so eine Gelegenheit noch einmal wiederkommt.«
Bis heute mache ich mir deshalb Vorwürfe: Ich bin allein gefahren.
Die Tage in Liverpool waren die schönsten in meinem Leben. Ich habe die Gegend besucht, in der John Lennon aufgewachsen war, das Gebäude der Quarry Bank High School, nach der er seine erste Band benannt hatte. Ich habe die Stadt wie das Paradies genossen – die Clubs und Kneipen, das dunkle Bier, die Mädchen …
Zurück in Dresden habe ich nur geschwärmt. Zuviel, wie ich heute weiß.
Das Buch, das ich Jakob mitgebracht habe, die Erstausgabe von John Lennons A Spaniard in the Works, hat ihn nicht erfreut. Es hat ihn noch trauriger gemacht als meine Schwärmerei.
Jakob sprach nach meiner Rückkehr kaum noch ein Wort, weder mit mir noch mit sonst irgendjemandem. Er zog sich zurück, ließ nichts mehr an sich heran.
Schließlich schlug seine Traurigkeit in Wut um. Plötzlich waren es nicht mehr nur allein die Verantwortlichen, die ihm verboten hatten, an dem Kongress teilzunehmen, plötzlich traf seine Verachtung alle Funktionäre, die es nicht fertigbrachten, ihm die einfachsten Dinge zu besorgen, die er für seine Arbeit brauchte. Plötzlich war es der ganze Staat, dessen Mittelmäßigkeit ihn anekelte. Und er traf einen einsamen Entschluss. Ohne mit irgendjemanden darüber zu sprechen, stellte er einen Ausreiseantrag für eure kleine Familie. Deine Mutter heulte Rotz und

Wasser, als sie davon erfuhr. Umstimmen konnte sie ihn aber genauso wenig wie ich.

Jakob blieb stur. So stur, dass er noch vor Weihnachten 1983 seinen neuen Job als Friedhofsgärtner anzutreten hatte.

Liebe Roula, ich weiß, dass deine Großmutter über diese Dinge immer geschwiegen hat, trotzdem solltest du wissen: Dein Vater hat nichts falsch gemacht. Und bitte glaub es: wenn er noch am Leben wäre, hätte er sich längst bei dir gemeldet.

Ich mag dich sehr, Roula. Und ich hoffe, du befreist dich irgendwann von der Vergangenheit, damit du das Leben leben kannst, das dir zusteht.

Dein Kalle

PS: Dir habe ich aus Liverpool eine sprechende Negerpuppe mitgebracht. Gibt es die noch?

Ich las den Brief ein zweites Mal, dann stand ich auf und machte mir einen Espresso.

Weihnachten 1983, Friedhofsgärtner.

Ich rechnete. Anderthalb Jahre später musste Jakob Klein klargeworden sein, dass er hundert Jahre alt werden konnte, sein Ausreiseantrag würde nie genehmigt werden. Am dreizehnten Juli, dem fünften Geburtstag seiner Tochter Emma, setzte er schließlich den Plan um, den er mit keinem Menschen besprochen hatte. Er machte sich des Verbrechens der Republikflucht schuldig.

Der Regen hatte noch immer nicht aufgehört. Ich ging zum Schreibtisch zurück und aktivierte iPhoto in Roula Rouges Rechner. Ich wollte mir noch einmal ihren Vater ansehen. Als ich die Fotografie mit dem nagelneuen grünen Trabant zum ersten Mal betrachtet hatte, kannte ich noch nicht einmal seinen Namen. Jetzt, mit dem neuen Wissen, jetzt, wo ich das ganze Ausmaß der Familientragödie kannte, war es schließlich möglich, dass das Bild anders auf mich wirkte.

Ich sah in Roula Rouges vor Glück strahlende Augen. Ich vergrößerte den Ausschnitt von der Schulter Jakob Kleins aufwärts. Roulas kleine Hand spielte mit dem Pferdeschwanz ihres Vaters. Die Geheimratsecken über Jakobs Stirn waren ausgeprägt, das Gesicht zierte ein Dreitagebart. Wahrscheinlich erwartete keiner von einem Friedhofsgärtner, dass er sich rasierte. Die schweren Tage, die Conny und Jakob Klein in dieser Zeit durchlebten, sah man keinem der beiden an.

Ich vergrößerte Conny. Sie hatte die gleichen hohen Wangenknochen wie Roula Rouge, die gleichen vollen roten Lippen. Erst jetzt fiel mir auf, dass Connys Rock und Jacke dem Chanel-Kostüm ähnelten, das ihre Tochter zwanzig Jahre nach dem Entstehen des Fotos in den Galeries Lafayette geklaut hatte. Allerdings war es nicht rosarot sondern mattgrau.

Was hatte ich zu der Zeit gemacht, als das Foto entstanden war? Zürich, ja. Ich lebte 1985 schon in Zürich und galt als Shooting Star in der Werbebranche.

Soviel Geld für ein paar Sprüche, hörte ich Roula Rouge sagen.

Sprüche?

Na, Geiz ist geil und so.

Meine Gedanken kehrten zu Roulas Mutter zurück. Auf dem Beifahrersitz des Trabants lag eine Ausgabe von Burda Moden und ein Schnittmuster, das halb aus dem Heft herausgerutscht war. Daneben erkannte ich Angie, die schwarze Puppe mit Afro-Look-Frisur. Sie sah so aus wie Angela Davis. Angie hatte ihren Namen also von Angela Davis. Ich fragte mich, ob die amerikanische Bürgerrechtlerin in der DDR offiziell als Heldin gefeiert worden war. Wahrscheinlich war es so. Ich stellte mir vor, wie sie zu der kleinen Emma sagte: *Good night, Mom* oder *I don't want to brush my teeth*.

Bevor ich iPhoto schloss, warf ich einen letzten Blick auf die Totale. Woher hatten Jakob und Conny Klein das Geld für den nagelneuen Trabi?

Ich schlug das schwarze Manufactum-Notizbuch auf und notierte: *nagelneuer Trabant*. In der Zeile darüber standen die Buchstaben, die ich verblasst auf dem KC85/1 gelesen hatte und die Worte *Social Engineering*.

Wikipedia erklärte mir den Begriff: *Social Engineering (fälschlich auch Social Hacking) ist das Erlangen vertraulicher Informationen durch Annäherung an Geheimnisträger mittels sozialer Kontakte. Die auch von Geheimdiensten und Privatdetektiven angewandte Methode wird heute meist mit Computerkriminalität verbunden, also der Beschaffung von Zugangsdaten für fremde Computer und Datennetze.*

Roula Rouge war schlau, wahrscheinlich nicht nur schlau, sondern auch blitzgescheit. Wieder fragte ich mich, warum sie Frisöse gelernt hatte. Und vor allem, warum sie jetzt, nach dem Abitur, immer noch als Frisöse arbeitete. Wenn es wahr war, was sie über ihren Vater erzählt hatte, dann war der ein Genie. Warum sollte sie nicht etwas von ihm abbekommen haben?

Ich schrieb *»Jakob Klein«* in die Google-Suchleiste. Es gab über tausenddreihundert Einträge. Ich schrieb *»Jakob Klein« AND Robotron*. Diesmal erschien nur ein Eintrag. Die Website hieß *robo4friends.de* und war eine Art Ach-was-waren-die-Zeiten-damals-doch-schön-Club ehemaliger Robotron-Mitarbeiter. Auf aberdutzenden von Seiten wurde wehmütig daran erinnert, welche Vorteile die Mangelwirtschaft für die Kreativität und Fantasie hatte, wie groß der Zusammenhalt der Belegschaft war und wie uneigennützig man damals zueinander stand, ganz im Gegensatz zu heute, wo jeder nur sich selbst der Nächste war.

Die Site war in verschiedene Rubriken aufgeteilt, deren Buttons auf der Startseite von Robo4friends platziert waren. Rubriken wie: Stammtisch, Was macht eigentlich …, Black Board, Jobbörse, Tauschhandel, Spielecke und Help. Ich klickte auf Spielecke und sah ein Foto des Videospielautomaten Poly Play, der 1986 vom VEB Polytechnik in Karl Marx Stadt hergestellt worden war. Der Automat hatte damals fünfunddreißigtausend Mark gekostet. Insgesamt waren von Poly Play tausend Geräte produziert worden, von denen allein zweiundvierzig im SEZ, im Sport und Erholungszentrum im Berliner Stadtteil Friedrichshain standen. Ich hatte das SEZ auf einem meiner Spaziergänge durch Berlin gesehen, ich war sogar hineingegangen. Es lag nur unweit vom Bötzow-Viertel entfernt und hatte den Glanz vergangener Zeiten, von dem auf der Robo4friends-Site erzählt wurde, längst verloren. Es war heruntergekommen. Die Bowlingbahn und ein Solarium waren noch in Betrieb, ein paar Tischtennisplatten standen herum, ein Federballnetz. Von einem Poly-Play-Apparat keine Spur.

Die Spiele, die man auf Poly Play spielen konnte, hießen Schießbude, Hase und Wolf, Autorennen und Schmetterlingfangen. Man konnte alle einzeln von der Webpage herunterladen. Während ich versuchte, mich zu erinnern, wie die Videospiele auf der anderen Seite der Welt zu jener Zeit hießen, lud ich Schmetterlingfangen von der Site herunter. Weltraumschlachten wie Space Invaders oder Missile Command gab es nicht in der Deutschen Demokratischen Republik. Hase und Wolf schien die volkseigene Version von unserem Pac-Man zu sein. An ein Spiel, das Schmetterlingfangen ähnelte, konnte ich mich nicht erinnern. Jetzt spielte ich es aber mit Vergnügen, bestimmt eine halbe Stunde lang, bevor ich mich weiter auf die Suche nach Jakob Klein machte. Ein schwarzes Ungeheuer namens Pittiplatsch machte Jagd auf bunte Falter.

Jakob Klein fand ich in *Was macht eigentlich* … Diese Rubrik war eine Art Lexikon ehemaliger Robotron-Mitarbeiter. Es waren nicht alle siebzigtausend Angestellten des Betriebs aufgelistet, aber bestimmt einige hundert von ihnen. Ich las Namen von Ingenieuren, Informatikern, Facharbeitern und Physikern, Menschen, die in Dresden studiert hatten oder in Ilmenau, in Leipzig oder auch an den Fachschulen für Ökonomie und Datenverarbeitung in Rodewisch, Gotha oder Berlin. Einige hatten im Westen Karriere gemacht, andere im Osten. Ich entdeckte einen Taxifahrer unter den Ehemaligen und den Inhaber einer Currywurst-Bude am Kottbusser Tor. Ein paar Mal las ich: »arbeitet heute bei Siemens« oder »arbeitet heute bei Bauknecht«. Ein Facharbeiter für Datenverarbeitung aus Riesa hatte sogar bei der Herdi Communications AG gearbeitet, bevor er, nach dem Bankrott des Unternehmens, bei BMW sein Glück fand und dort für den Aufbau des Intranets zuständig war.

Schließlich entdeckte ich auch Jakob M. Klein, dessen Genie in dem Eintrag artig gewürdigt wurde, dessen Eigensinn und wenig solidarisches Verhalten der Verfasser aber scharf brandmarkte. Der letzte Satz lautete: »Klein ist am 13. Juli 1985 auf der Flucht umgekommen.«

Ich war wie vor den Kopf gestoßen. Ich fragte mich, ob Roula Rouge die Webpage kannte. Wahrscheinlich nicht. Sie hätte Himmel und Hölle in Bewegung gesetzt, um den Eintrag zu löschen – so fest wie sie davon überzeugt war, dass ihr Vater noch lebte.

Seltsamerweise war Jakob Klein der einzige Tote, den ich auf der Site aufspürte. Wer konnte ein Interesse daran haben, ihn posthum hier zu verewigen?

Sechsundzwanzig

»Schotter! Bist du da?« Ich öffnete die Augen. »Schotter! Roula hier. Nimm schon ab!« Roula Rouge pfiff die Melodie von *Hexagone* auf den Anrufbeantworter. Schlaftrunken griff ich zum Hörer. »Ja? Wer ist da?«, sagte ich.

»Geht's dir nicht gut, Jonathan?«, sagte Roula Rouge.

»Doch, doch, ich hatte nur einen fürchterlichen Traum.«

»Erzähl!«

»Unwichtig.«

»Erzähl schon.«

»Unwichtig, wirklich. Jemand hat mir meinen Lieblingsanzug geklaut.«

»Du Armer. Wie gemein.«

Roula Rouge lachte und bedankte sich im selben Atemzug für den schönen Abend, den wir miteinander bei mir zu Hause und im Arlecchino verbracht hatten. Dann wollte sie wissen, ob sie es richtig im Kopf habe, dass die Vernissage meiner Frau oder Ex-Frau heute sei. Und ob ich etwas dagegen hätte, wenn sie mitkäme. Ich jubilierte, ließ es mir aber nicht anmerken. Ich gab ihr die Adresse der Galerie und nannte ihr die Uhrzeit. Neunzehn Uhr. Sie sagte, dass sie etwas später komme, weil sie um drei Uhr noch einen Termin in Hohenschönhausen habe. Mielkes Witwe wolle eine Dauerwelle. Die Alte sei dreiundneunzig und könne nicht mehr laufen. Ich fragte, von wo aus sie anrufe. Sie sagte, sie sitze im SchwarzSauer in der Kastanienallee und trinke eine heiße Schokolade.

»Mit NikeBerlin?«

Roula Rouge schien kurz verblüfft, dann antwortete sie: »Nein. Mit Nike rede ich nicht mehr. Sie hat mich enttäuscht. Ich sitze hier mit einer Vogue und rieche gerade an der Parfum-Probe, die darin eingeschweißt war. Sie riecht gut, Schotter. Sie riecht nach einer erwachsenen Frau, eine Frau, die Liebe will. – Also dann. Ich seh dich heute Abend. Und ich freu mich.«

Sie brach das Gespräch ab. Ich stellte mir vor, wie sie auf der Terrasse des Cafés saß, die Beine übereinander geschlagen, das Gesicht der Sonne zugewandt. Roula Rouge in Roula-Rouge-Land, im dolce far niente. Ich las das Graffito an der Wand: *Mein Lippenstift ist wichtiger als Deutschland.*

SchwarzSauer, Vokuhila, Notaufnahme, WMF-Sommerlager, Knotenpunkt, Waffengalerie, An einem Sonntag im August – was waren das für Namen? Selbst John-Lennon-Oberschule klang seltsam in meinen Ohren. August Bebel, der dem Bau vorher seinen Namen gegeben hatte, hätte sicher das Rote Rathaus gestürmt und dem ewig Tschatschatscha tanzenden Bürgermeister eine Mistgabel an die Kehle gehalten.

Ich stand auf und machte mir einen Espresso. Es war elf Uhr am Vormittag. Ich ging zum Fenster und sah auf den Innenhof. Ein dicker Ast vom Baum war abgebrochen und auf den Boden gestürzt. Das Nest, das die beiden Vögel gebaut hatten, war verschwunden. Auf dem Dach des Hauses, das schon zur Fasanenstraße gehörte, fehlten mindestens zwei Dutzend Ziegel.

Roula Rouge wollte mich also zur Vernissage begleiten. Erst jetzt kam mir der Gedanke, dass das gar nicht ungefährlich war. Es war sogar tollkühn. Ich hatte Susanne von Lilienthal schon von dem Mädchen erzählt, bevor ich es überhaupt kennen gelernt hatte. Susanne hatte Roula Rouge im iBook entdeckt, sie hatte gesehen, dass sie einen Nasenring trug. Sie hatte den Blick der Maler. Ihr entging nichts. Ich war überzeugt, sie wäre fähig gewesen, ein Porträt von Roula Rouge zu zeichnen, ohne ihr noch einmal ins Gesicht zu blicken.

Wie würde Roula Rouge reagieren, wenn Susanne ihr am Abend sagte, dass sie schon vier Wochen zuvor von ihr gehört hatte, und dass sie glücklich für mich war … Irgendeinen Satz dieser Art würde Susanne mit Sicherheit loslassen.

Früher hatte ich es in solchen Fällen mit den Griechen gehalten, die sagten: *Wenn dir bestimmt ist zu ertrinken, kannst du nicht überfahren werden*. So einfach war das heute aber nicht mehr. Ich verfluchte meinen Leichtsinn.

Vom Fenster ging ich zu Roula Rouges iBook, das immer noch auf dem Schreibtisch stand. Bevor ich es wieder im Safe verstaute, rief ich AOL unter ihrem Namen auf. Ich wusste nicht einmal, warum ich das tat. Vielleicht wollte ich einfach nur checken, ob sie *Usedom* inzwischen geändert hatte. Es lag nur ein einziger ungelesener Brief in dem Postfach. Die Absenderadresse lautete: postmaster@bananaboat.cu, in der Betreffleiste stand: from Maurice for Roula, con amor. Ich starrte ungläubig auf den Bildschirm. Wieso meldete sich der Lump plötzlich wieder? Monate hatte er nichts von sich hören lassen, jetzt tauchte er auf, als sei nichts geschehen. Typisch Latino! Maurice glaubte doch tatsächlich, man könne die Liebe an- und ausschalten wie elektrisches Licht. Ich zündete mir eine Nil an und schloss für einen Moment die Augen. Dann löschte ich die Mail, ohne sie gelesen zu haben. Eine feurige Liebeserklärung aus Havanna oder gar ein Foto von Maurice toter Mutter, als Entschuldigung dafür, dass er sich solange nicht gemeldet hatte – das hätte mir gerade noch gefehlt.

Gegen Mittag kam Mariola. Sie hatte drei Anzüge von der Reinigung über dem Arm, auch derjenige war dabei, der mir im Traum geklaut worden war.

»Furchtbares Unwetter gestern, nicht wahr, Herr Schotter?«, sagte sie. »Und jetzt scheint die Sonne. Welt ist verrückt.«

Ich lächelte. Mariola sagte, sie sei erst am Morgen um drei Uhr nach Berlin gekommen. Sie sei zu Hause gewesen, um Papiere zu besorgen. Sie wolle heiraten. Auf dem Rückweg habe sie anderthalb Stunden am Straßenrand warten müssen, bis es aufgehört hatte zu regnen. Sie sagte, die Straße sei ein Meer gewesen. Ich fragte sie, aus welchem Ort in Polen sie sei.

»Wollin«, antwortete sie. »Von der Insel.«

In meinem Gesicht schien sie zu lesen, dass ich nicht wusste, wo Wollin war, deshalb deutete sie jetzt mit dem linken Zeigefinger auf einen Punkt in der Luft. »Hier Berlin«, sagte sie. »Und hier ...« Sie malte mit dem rechten Zeigefinger einen nach unten gebogenen Halbkreis nördlich von Berlin, »... hier Ostseeküste, Pommersche Bucht. Und in der Mitte von Pommersche Bucht Insel Wollin und Insel Usedom.«

Ich bat sie, mir dasselbe Bild noch einmal in das schwarze Manufactum-Notizbuch zu malen. Sie wiederholte ihre Luftzeichnung jetzt mit Bleistift. Sie hatte einen kraftvollen Strich. Auf den Halbkreis setzte sie drei fette Punkte. »Hier Rügen, hier Wollin, hier Kolobrzeg.«

»Kolobrzeg?«

»Kolberg.« Mariola machte die Geräusche von Panzerfeuer und Gewehrsalven nach. Ihre Augen funkelten dabei. »Mein Opa hat hier gekämpft«, sagte sie. Dann nahm sie eine neue Seite in dem Notizbuch und zeichnete den Umriss einer fliegenden Möwe. Die Flügel trennte sie mit einer Linie. »Links Usedom, Deutschland, rechts Wollin, Polska.«

»Und wo ist Ahlbeck?«

»Ahlbeck? Ahlbeck, hier.« Sie deutete mit der Bleistiftspitze auf den linken Flügel, ungefähr ein Zentimeter neben der Grenzlinie.

»Und ich komme von hier, aus Misdroy.«

Misdroy lag auf dem anderen Flügel, keine drei Zentimeter von Ahlbeck entfernt. Mariola und Roula Rouge waren quasi nebeneinander aufgewachsen, sie hatten dieselbe reine Luft geatmet, im selben salzigen Wasser gebadet und im selben weißen Sand gespielt. Mir fiel Susanne von Lilienthals Satz ein: *Usedom? Liegt Usedom nicht in Polen?*

So unklug war ihre Frage also gar nicht gewesen.

Siebenundzwanzig

Um kurz nach sieben verließ ich den Bahnhof Friedrichstraße. Unter der Eisenbahnbrücke spielte ein schwarzer Saxophonspieler *Georgia On My Mind*. Er blies selbstvergessen und voll Inbrunst in das Instrument, so, als hinge sein Leben von den Noten ab. Ich hörte mir das Lied an und warf vier Euro in die Ballonmütze, die vor ihm auf dem Trottoir lag.

»He passed away today, man!«, sagte der Schwarze, er sah mich dabei traurig an.

»Who?«, fragte ich. »Who passed away today?«

»Brother Ray, man.«

Während ich die Friedrichstraße in nördlicher Richtung ging, blies er mir *In the Heat of the Night* hinterher. Ich hatte Ray Charles einmal live gehört, konnte mich aber nicht mehr erinnern, wo das war. Vielleicht in Hamburg oder Mannheim. Wie der Saxophonspieler hatte auch ich damals gedacht, Brother Ray sei der Größte. Und wahrscheinlich war er es auch. Jetzt kam er unter die Erde.

An der Spree bog ich rechts in den Kupfergraben ein,

ging nach zweihundert Metern links über die Ebertsbrücke und folgte der Tucholskystraße bis zur Oranienburger. In der goldenen Kuppel der Neuen Synagoge spiegelte sich die Sonne. Unten auf der Straße patrouillierte mindestens ein Dutzend schwer bewaffneter Polizisten.

Die Galerie Krawczik lag auf der rechten Seite der Auguststraße nur knapp zweihundert Meter von der Oranienburger entfernt. Ich schlenderte das linke Trottoir hinunter und sah schon von weitem eine Menschenansammlung vor dem Eingang, hippe Leute, die Prosecco-Gläser in Händen hielten und mit sich selbst zufrieden waren. Ich hätte in diesem Moment viel dafür gegeben, nicht an der Veranstaltung teilnehmen zu müssen. Was sollte ich Susanne sagen, wenn ihr gesamtes neues Werk so war wie *Die träumende Jungfrau*?

Ich betrat die englische Buchhandlung, die der Galerie gegenüber lag. Sie hieß Tom & Huck. Ohne aufzublicken begrüßte mich die Buchhändlerin mit einem kurzen Hallo. Ihre Augen klebten auf der Screen eines Computers. Ich nahm wahllos einige Bücher vom Tisch mit den Neuerscheinungen, betrachtete die Cover, blätterte darin und legte sie zurück. Zwischendurch beobachtete ich durchs Fenster das fröhliche Treiben vor der Galerie. Susanne kam aus der Tür, sie umarmte zwei neue Gäste und stellte sie einem Mann vor, der den gleichen khakifarbenen Anzug wie ich trug. Ich nahm an, dass es Frankie Krawczik war, der Mann, den Susanne heiraten wollte. Sollte sie tatsächlich die Chuzpe besessen haben, ihm den gleichen Anzug aufzuschwatzen, den sie in Lucca für mich ausgesucht hatte?

Mein Blick fiel auf ein Buch mit düsterem Cover. Ein Weißkopfadler schwebte durch ein bedrohlich anmutendes Wolkenmeer, das an einigen Stellen von Sonnenstrahlen durchbrochen wurde. Das Buch hieß *Garden of Beasts*, es spielte in Berlin kurz vor den Olympischen Spielen 1936. Der Autor war Jeffery Deaver. Ich hatte von dem Titel noch nie gehört, *Garden of Beasts* musste ganz neu sein. Das Cover verkaufte das Werk mit der Zeile *Deception Is His Deadliest Weapon*, Täuschung ist seine tödlichste Waffe. Ich legte der Buchhändlerin das Buch auf den Tresen. Sie unterbrach das Mahjong-Spiel am Rechner und sagte: »Zwanzig Euro. – Tüte?« Ich schüttelte den Kopf, reichte ihr einen Zwanzig-Euro-Schein und verließ die Buchhandlung.

»Jonathan! Da bist du ja endlich!«, rief Susanne mir zu. Sie stand auf der anderen Straßenseite. Weil sie ihren Arm senkrecht in die Luft hielt, um mir zuzuwinken, rutschte ihr Kleid, das einem dünnen, hellblauen Kittel ähnelte, weit über die Schenkel nach oben. Sie trug hohe Pumps und glich aus der Entfernung einem Backfisch, der sich als Frau verkleidet hat. Ihre Beine glänzten. Sie waren schön und durchtrainiert, man sah ihnen das Workout an, das Susanne wie ein Junkie viermal die Woche betrieb. Ich winkte zurück und überquerte die Straße. Susanne legte ihre Arme um meinen Hals, dann löste sie ihre Füße vom Boden und winkelte die Beine an. Ich verlor dabei kurz das Gleichgewicht.

»Oh, Jonathan«, sagte sie. »Du kannst dir gar nicht vorstellen, wie glücklich ich bin. Es sind schon soviel gute, interessante Leute gekommen.«

Bei der überschwenglichen Begrüßung war der Deaver heruntergefallen. Susanne entschuldigte sich und hob ihn auf. Sie sah auf den Titel und sagte: »Du liest also immer noch dieses Zeugs.« Dann rief sie Frankie Krawczik. Krawczik hatte einen Dreitagebart. Er war so grau wie das kurze Kopfhaar. Susanne stellte uns vor, es klang albern, obwohl es wahrscheinlich ganz ernst gemeint war: »Frankie, das ist mein Ex-Mann Jonathan. Jonathan, das ist Frankie, mein zukünftiger Mann.« Krawczik hatte einen kräftigen Händedruck. Er musterte mich von oben bis unten, schließlich sagte er: »Wir scheinen denselben Schneider zu haben.«

»Und deine Neue, Jonathan? Roula Rouge – hast du ihr nicht gesagt, dass ich sie gerne kennengelernt hätte?«

»Doch, doch, das hab ich. Sie wird auch kommen. Sie arbeitet nur noch.«

Susanne simulierte mit Zeige- und Mittelfinger eine Schere und sah mich dabei ein wenig spöttisch an. Krawczik grinste, sein eigentlich feines Gesicht wirkte plötzlich ordinär.

Ich nickte. »Die Witwe von Erich Mielke bekommt eine Dauerwelle. Sie ist steinalt und kann nicht mehr laufen.«

»Ich glaub dir kein Wort, Jonathan. Ich glaub nicht einmal, dass es deine Roula Rouge gibt. – Komm, ich zeig dir meine Arbeiten, ich will wissen, was du davon hältst.«

In diesem Augenblick hielt ein Mercedes vor der Galerie. Eine Frau in einem weißen Jil-Sander-Anzug und flachen Tod's-Schuhen, die mit den Noppen an der Sohle, stieg aus dem Fond. Der Fahrer des Wagens wollte ihr die Tür öffnen, aber die Frau war schneller.

»Eliane!«, rief Susanne und begrüßte den neuen Gast ebenso überschwenglich, wie sie mich begrüßt hatte, nur dass sie nicht vom Boden abhob. Eliane war Eliane Herdi. Ich hatte sie sofort wieder erkannt, obwohl ich sie nur flüchtig auf ein paar Bildern in der Bunten gesehen hatte – einmal in der Geschichte, die vor vier Jahren erschienen war, als Herdi auf dem Gipfel seines geschäftlichen Erfolgs herumstolzierte und dem Land seinen Luxus präsentierte, ein anderes Mal erst vor ein paar Wochen am Strand von Saint Tropez, wo die Schweizerin ihren vierzigsten Geburtstag gefeiert hatte.

Ich war froh, dass Susanne und Krawczik für einen Moment abgelenkt waren. Während ich mich in die Galerie davonstahl, hörte ich noch, wie der Galerist Eliane Herdi fragte, ob Michael auch komme.

In den Ausstellungsräumen herrschte Hochbetrieb. Die Mang hatte recht gehabt, Susanne schien die halbe Stadt mobilisiert zu haben. In den beiden unteren Räumen hielten sich mindestens achtzig Personen auf. Sie standen dicht gedrängt an runden Tischen beim Smalltalk. Ich ging die Treppen hinauf in den ersten Stock. Auch hier waren kaum weniger Menschen, auch hier schien sich keiner für die Kunst an den Wänden zu interessieren. In einer Ecke entdeckte ich Nazim, der sich mit einer großen blonden Frau unterhielt. Zwischen ihm und der Frau stand einer der Koofmichs, die ich im Keyif erlebt hatte, als ich allein dort essen war. Nazim winkte mir zu. Der Koofmich stopfte sich ein Canapé in den Mund.

Ich versuchte, so gut es ging, mir einen Eindruck von Susannes Werk zu verschaffen. Von allen Seiten, ich konnte mich nicht davor schützen, fing ich Gesprächsfetzen auf. An einem Tisch wurde über Morandi gesprochen. »Stell dir vor«, sagte eine Frau. »Der ist jeden Freitag um Punkt elf Uhr am Vormittag ins Bordell gegangen. Aber wahrscheinlich blieb ihm gar nichts anderes übrig. Wenn du dein ganzes Leben nur Flaschen malst, musst du das in irgendeiner Form kompensieren.« Ein Mann an einem anderen Tisch fragte, ob der Bürgermeister auch komme. »Wenn er es schafft, kommt er«, antwortete eine Frau. »Er macht doch heute Berggruen zum Ehrenbürger. Da kann er ja nicht einfach verschwinden.« An einem dritten Tisch fragte ein Mann: »Was ist der größere Genuss: Austern essen oder davon träumen, sie zu essen?« Die Sätze flatterten wie aufgeschreckte Hühner um meinen Kopf. Es war heiß und ich hatte große Lust zu verschwinden. Wo war Roula Rouge? Es war viertel vor acht, sie war immer noch nicht da. Ich setzte mich auf die Fensterbank eines der drei Fenster, die den Blick auf die Straße freigaben und zündete mir eine Nil an. Auf der anderen Seite der Straße schloss gerade die Buchhändlerin, die den Tag mit Mahjong verbracht hatte, den Laden ab. Tom & Huck mussten ins Bett.

»Ach hier versteckst du dich.« Susanne von Lilienthal stand plötzlich dicht neben mir. »Komm doch mit runter, Jonathan, du musst Eliane kennenlernen. Sie ist mein größter Fan.«

Erst jetzt fiel mir auf, dass sie dasselbe Kleid trug wie *Die träumende Jungfrau*. Ich legte Susanne meine Hand auf die Hüfte und spürte ihre Haut durch den dünnen Stoff. Sie lächelte mich an.

»Bist du nackt unter dem Kittel?«

Susanne hielt den Zeigefinger senkrecht vor den Mund. »Pssst«, sagte sie. »Frankie steht darauf, he loves it.«

Ich mochte Frankie nicht. Ich mochte seinen antrainierten kräftigen Händedruck nicht. Ich mochte seinen Dreitagebart nicht. Ich mochte seinen Anzug nicht. Ich mochte nicht, wie er geguckt hatte, als Susanne mit ihren Fingern Roula Rouges Schere simuliert hatte. Und ich mochte die Vorstellung nicht, dass er scharf wurde, wenn die Frau, die ich einmal geliebt hatte, nichts unter ihrem Kleid trug.

Nazim kam auf uns zu. Ich schoss meine Kippe durchs offene Fenster auf die Straße. Nazim gab Eliane einen Kuss auf beide Wangen und beglückwünschte sie. Dann entschuldigte er sich, er müsse gehen, die Arbeit rufe. Susanne bat ihn, neun oder zehn Plätze gegen zehn, halb elf im Keyif freizuhalten.

»Du kommst doch auch, Jonathan? Frankie lädt ein.«

Ich antwortete, ich wisse es noch nicht.

»Vergiss deine Roula Rouge für heute Abend, die kommt doch eh nicht«, sagte Susanne.

»Da wäre ich mir nicht ganz so sicher«, sagte eine Stimme hinter ihr.

Susanne blickte sich abrupt um. Roula Rouge stand vor ihr. Sie überragte Susanne um einen halben Kopf. Sie beugte sich zu mir herunter und begrüßte mich mit einem Kuss auf den Mund, so, wie sich Ehepaare begrüßen, die sich einen halben Tag lang nicht gesehen hatten. Sie fragte, ob ich ihr den Rucksack abnehmen könnte. Anschließend streckte sie Susanne die Hand entgegen.

»Roula Rouge«, sagte sie. »Rouge wie Rot, Rot wie Blut. – Hallo.«

Susanne starrte sie entgeistert an. Offensichtlich hatte sie wirklich geglaubt, ich hätte Roula Rouge erfunden und das Bild, das sie im iBook entdeckt hatte, nur für sie in den Kasten getan, um sie eifersüchtig zu machen. Sie war perplex.

Roula Rouges hibiscusrote Lippen strahlten übers ganze Gesicht. Sie trug keine Kontaktlinsen, sondern wieder die Brille mit dem dünnen, schwarzen Rahmen. Ihre Haare waren blond und standen in alle Richtungen, die Haut war gebräunt. Sie musste auf Usedom bei ihrer Großmutter in den zwei Tagen viel Sonne abbekommen haben.

»Ein schönes Kostüm haben Sie an«, sagte Susanne. Sie kam langsam wieder zu sich.

»Geklaut«, sagte Roula Rouge. »Schön geklaut. Aber ein bisschen zu warm für hier.«

Sie zog die Jacke aus und stand im giftgrünen T-Shirt mit dem rosa Aufdruck *Fuck Berlin!* vor uns. Durch ihre braune Haut leuchteten die Farben der Federn auf dem Oberarm weniger grell.

Und dann schienen meine schlimmen Ahnungen sich zu

bestätigen. Susanne sagte: »Und der hübsche kleine Nasenring, wo haben Sie den versteckt?«

Mir wurde schwummerig, nur kein falsches Wort jetzt, nur nicht die Frage, woher Susanne wusste, dass sie, Roula Rouge, normalerweise einen Nasenring trug.

Roula Rouge berührte mit dem schwarz lackierten Nagel des Zeigefingers ihre Nase.

»Den hab ich rausgenommen«, sagte sie. »Die Nasenwand hatte sich entzündet.«

Ich wunderte mich über sie. Sie zeigte nicht die geringste Aggression.

Frankie Krawczik kam in den ersten Stock. Er blieb auf der letzten Stufe der Treppe stehen und rief: »Susi, kannst du für einen Moment runterkommen? Ich möchte ein paar Worte sagen.«

Susanne entschuldigte sich und folgte Krwaczik ins Erdgeschoss. Roula Rouge setzte sich neben mich auf die Fensterbank. Sie schlug die Beine übereinander. Die Beine glänzten. Es roch nach Nivea. Sie trug hohe Pumps im Rosarot des Chanel-Kostüms. Ich fragte mich, wo sie die aufgetrieben hatte.

Über Lautsprecher bat Krawczik für einen Moment um Ruhe, aber der Geräuschpegel ließ nicht nach. Einige Gäste machten Pssst! Doch das half nicht. Auch die Frau, die zuvor über Morandi gesprochen hatte, ließ sich davon nicht abhalten, weiterzureden. Inzwischen sprach sie über Balzac, der im echten Leben auf jeden hereingefallen sei und in seinen Romanen jeden durchschaut habe. Krawczik wiederholte noch einmal seine Bitte. Schließlich wurde es ruhig.

Der Galerist hielt eine kurze – zu meinem Erstaunen – fast ein wenig naive, von Allgemeinplätzen durchsetzte Ansprache, die man auf jeden Künstler hätte halten können. Er lobte Kraft und Phantasie der Malerin, ihre Kompromisslosigkeit und ihr handwerkliches Können. Von ihrer Qualität gebe es keine fünf Künstlerinnen in ganz Deutschland, und er sei überzeugt, Susanne von Lilienthal werde über kurz oder lang auch international den Ruhm erlangen, der ihr gebührt. Am Ende der Rede, die glücklicherweise kaum länger als drei Minuten dauerte, erlaubte er sich noch ein persönliches Wort. Besonders stolz sei er, sagte er, dass er nicht nur die Künstlerin Susanne von Lilienthal für die Galerie gewinnen konnte, sondern auch das Herz der Frau Susanne von Lilienthal für sich selbst.

Roula Rouges Hand lag während der Rede auf meinem Knie. Als Krawczik mit den Worten schloss: »Susi, ich liebe dich!«, spürte ich einen leichten Druck.

Die Gäste applaudierten. Roula Rouge nahm einen Fotoapparat aus ihrem Rucksack und verstaute stattdessen den Deaver darin, nachdem sie gefragt hatte, ob das Buch mir gehöre.

»Komm, sehen wir uns um«, sagte sie.

Schweigend betrachteten wir zuerst, so gut es ging, die Bilder an den Wänden im ersten Stock. Roula Rouge bestimmte das Tempo dabei. Sie führte mich mit der Hand auf meiner Schulter von einem Bild zum anderen. Vor einem Werk blieb sie etwas länger stehen. Es unterschied sich in den Farben von den meisten anderen, die in hellblau, rosa und gelb strahlten. Dieses Bild aber war düster. Es zeigte eine dunkle Straßenflucht und einen einsamen Mann von hinten, der in der Mitte der Straße ging und ein hellblaues Hemd trug. Roula Rouge deutete mit dem schwarzen Nagel auf den Titel des Bildes: *Jonathans Heimkehr*.

»Das bist doch du, Schotter. Verstehst du das?«

»Überhaupt nicht«, antwortete ich.

»Ich werde die Künstlerin um Auskunft bitten«, sagte Roula Rouge.

Auf dem Weg ins Erdgeschoss blieb sie auf der Treppe stehen. Sie fragte, ob ich wisse, wo sich John Lennon in Yoko Ono verliebt habe.

»In einer Galerie?«

»Richtig. Zehn Punkte. Und in welchem Moment?«

»Keine Ahnung. Willst du behaupten, dass sich der Zeitpunkt, an dem sich John in Yoko verliebt hat, genau festlegen lässt?«

»Ja, das war während einer Ausstellung in London. Auf Yoko Onos Ausstellung. Sie hatte verrückte Sachen ausgestellt, verrückte Objekte.«

»Was denn?«

»Eine Leiter, auf der ein geschlossener Kasten stand. John hat sie gefragt, was das ist, was das zu bedeuten hat. Yoko hat geantwortet, er solle keine dummen Fragen stellen, sondern einfach nur die Leiter hochsteigen und nachsehen. Das hat er dann auch getan, obwohl er Höhenangst hatte. Als er oben war, hat er ein Loch in dem Kasten entdeckt und hat durch das Loch in den Kasten geguckt.«

»Und was hat er gesehen?«

»Er hat durch das Loch geguckt und hat das Wort YES gelesen. In dem Kasten stand YES. YES, einfach nur YES.«

»Und?«

»Und! Und! Mensch, Schotter, stehst du auf der Leitung? Von dem Moment an war Lennon verliebt in Yoko. Er konnte nicht anders. Er war abhängig von ihr – und zwar für den Rest seines Lebens. Er war total weg, total hin und weg.«

»Und du meinst, wenn in dem Kasten statt YES das Wort NO zu lesen gewesen wäre, dann hätte er sich nicht verliebt?«

»Genau das mein ich. Dann wäre die Welt um eine der schönsten Liebesgeschichten ärmer, und die Musikgeschichte müsste umgeschrieben werden. Und wahrscheinlich wäre der Vietnam-Krieg sogar noch später beendet worden. Oder gar nicht.«

»Eine interessante Theorie.«

»Das ist keine Theorie, Schotter. Das ist Fakt.«

Im Erdgeschoss tummelten sich inzwischen noch mehr Menschen. Susanne unterhielt sich mit einem Mann, den ich schon einmal im Fernsehen gesehen hatte. Krawczik stand nah am Eingang. Er verabschiedete die Gäste, die gingen, und begrüßte die Neuankömmlinge. Krawczik, der von meiner Frau verlangte, keine Unterwäsche zu tragen. Dicht neben ihm unterhielt sich Frau Professor Mang mit der großen, blonden Frau, die zuvor mit Nazim und dem Koofmich im ersten Stock am Tisch gestanden hatte. Eliane Herdi saß hinter dem Empfangstisch, dort, wo das späte Mädchen mit dem Knoten im Haar gesessen hatte, als ich zum ersten Mal in der Galerie war. Die Herdi blätterte in einem Katalog. Offensichtlich war auch ihr der Trubel zuviel. Ihr Chauffeur wartete draußen vor der Tür. Er lehnte am Mercedes und las die BZ. Am großen Fenster, nicht weit vom Eingang entfernt, entdeckte ich den Sohn der Mang. Neben ihm saß Mette auf der Fensterbank. Die beiden lachten.

»Hast du Mette mitgebracht?«, fragte ich Roula Rouge, die gerade ein paar Fotos machte, ohne in das Display der Kamera zu blicken.

»Klar, warum nicht. Das ist doch keine geschlossene Gesellschaft hier, oder?«

»Sie unterhält sich mit dem Sohn der Mang. Er wollte eigentlich gar nicht in Berlin sein. Er studiert in Boston, Marketing und Journalismus.«

»Und wer ist das?«

»Der Sohn der Frau, die wir neulich im Arlecchino gesehen haben, kurz bevor wir gingen.«

»Er sieht gut aus. Meinst du, dass Mette ihn rumkriegt?«

Roula Rouge musterte den Jungen von oben bis unten. Dann sagte sie: »So, und jetzt werde ich mal deine Frau fotografieren.«

Roula Rouge drängelte sich an den Menschen vorbei, bis sie vor Susanne stand. Ich blieb mit dem Rucksack über der Schulter und dem Oberteil des Chanel-Kostüms in der Hand auf der Treppe stehen und beobachtete sie. Der enge Rock betonte ihren runden Hintern. Sie war wunderschön. Ich war verliebt, verliebt bis über beide Ohren.

Susanne wirkte erstaunt, als Roula Rouge sie ansprach. Was erzählte Roula Rouge ihr? Worüber sprachen sie? Schließlich nickte Susanne und stellte sich vor *Die träumende Jungfrau*. Roula Rouge sprach mit ein paar Gästen. Wahrscheinlich bat sie sie, aus dem Weg zu gehen, damit sie die Künstlerin besser fotografieren konnte. Dann machte Roula Rouge die Haltung des bezopften Mädchens auf dem Gemälde nach, die flehend zum Himmel ausgestreckten Arme. Susanne schüttelte den Kopf. Sie stellte sich gerade vor das Bild und ließ sich lächelnd fotografieren. Jetzt sah es so aus, als flehte das Mädchen die Künstlerin an, die es nicht beachtete. Roula Rouge drückte mindestens zehnmal auf den Auslöser. Als sie fertig war, rief Susanne Eliane Herdi zu sich. Die Herdi wollte sich zuerst nicht fotografieren lassen. Doch dann stellte sie sich neben Susanne vor das Gemälde. Sie strich sich verlegen die Haare hinter die Ohren, und Roula Rouge machte noch ein paar Fotos.

Zwei Minuten später stand Roula Rouge wieder neben mir. Ich fragte sie, was sie solange zu bereden hatten, und was Susanne gesagt hatte, bevor die den Kopf schüttelte.

»Ich habe sie gebeten, dieselbe Haltung einzunehmen wie *Die Träumende Jungfrau*. Das wollte sie aber nicht.« Sie grinste. »Und wer war die andere Frau, mit der ich sie fotografieren sollte?«

Ich überlegte kurz, ob ich ihr sagen sollte, wer es war, oder einfach behaupten, ich wisse es nicht.

»Das ist Eliane Herdi, die Frau eines Münchner Milliarden-Unternehmers, der Pleite gegangen ist. Ihr Mann hat *Die träumende Jungfrau* gekauft.«

Roula Rouge schien für einen Moment verwirrt. Sie kniff die Augen hinter der Brille zusammen und wirkte nachdenklich. Sie sagte kein Wort. Ich fragte mich, was durch ihren Kopf ging. Vielleicht sah sie wie in einer Dia-Show die Bilder aus der Bunten vor ihren Augen vorbeiziehen, die sie in ihrem iBook in dem Ordner Böse zusammen mit dem Dokument über Josef Mengele versteckt hatte.

»Wollen wir nicht verschwinden?«, fragte sie.

»Ich hab nichts dagegen.«

Wir gingen zur Tür.

»Jonathan, warte! Gehst du etwa schon?«, rief Susanne. Sie kam auf mich zu. Roula Rouge ging zu Mette, die immer noch neben dem Sohn der Mathematik-Professorin auf der Fensterbank saß. Tobias Mang hatte seine Hand auf Mettes Oberschenkel gelegt.

Susanne flüsterte mir ins Ohr, ob ich die Rede von Frankie nicht auch phantastisch gefunden hatte. Ich antwortete: »Ja, das war sie, phantastisch.« Dann musste ich ihr versprechen, um spätestens um elf Uhr ins Keyif zu kommen, zur Nachfeier. Wenn es sein müsse, sagte sie, könne ich auch das junge selbstbewusste Ding mitbringen, an das ich offensichtlich mein Herz verschenkt hätte.

Achtundzwanzig

»Was wollen wir machen?«

Roula Rouge sah aus dem Fenster. Ihr nacktes Knie berührte meine khakifarbene Hose. Sie schwieg. Wir saßen im Fond eines Taxis, ich hatte dem Fahrer gesagt, er solle erst einmal losfahren. Es war kurz nach neun, auf der Straße herrschte wenig Verkehr.

»Was wollen wir machen?«, wiederholte ich.

»Lass uns zu dir fahren.«

»Meineke acht«, sagte ich zum Fahrer. Er bog von der Oranienburger links in die Friedrichstraße ein. In dem Moment, als wir unter der Eisenbahnbrücke hindurchfuhren, wo ich den Saxophonspieler erlebt hatte, sagte der Radiomoderator: »Ray Charles ist heute gestorben, aber ich bin nicht gezwungen, es zu glauben.« Ich kannte den Satz. Ein amerikanischer Discjockey hatte ihn gebraucht, als George Gershwin gestorben war. Der Radiomoderator spielte *Hit the Road Jack*.

Roula Rouge wandte ihren Blick vom Fenster ab. Sie drehte sich zu mir um, legte den linken Arm um meine Schulter und die rechte Hand flach auf meine Brust, wobei der Mittelfinger unter der Knopfleiste des hellblauen Hemds verschwand und begann, die Narbe zu streicheln. Dann küsste sie mich.

Hit the Road Jack.

Es war der Kuss meines Lebens, ich war noch nie so zärtlich geküsst worden. Der Kuss war überhaupt nicht zu vergleichen mit dem aggressiven Kuss, den Roula Rouge mir vorm Arlecchino gegeben hatte. Der Kuss vorm Arlecchino war ein Kuss für die Mang gewesen. Dieser Kuss hingegen – in der Mitte Berlins, wo sich ursprünglich unsere Welten trennten – war nur für mich, für mich ganz allein. Roula

Rouge küsste mich ohne Hintergedanken. Das spürte ich, so wie ich den Vollmond spürte. Und das Mädchen, das mich so oft geärgert hatte – die Flaschenschmeißerin, die Ladendiebin, die Hartz-und-Bush-Hasserin, die sich Öffentlich-von-hinten-Fickenlasserin – war mit einem Mal in weite Ferne verschwunden.

Als sich unsere Lippen trennten, sagte Roula Rouge: »Weißt du, wann ich das erste Mal Lust hatte, dich so richtig zu küssen?«

»In der Galerie?«, fragte ich.

»Nein, vor zwei Tagen – in Ahlbeck. Meine Großmutter hatte mich am Morgen gefragt, ob ich immer noch mit dem Neger zusammen bin. Ich habe ihr keine Antwort gegeben. Ich habe das Marmeladenbrötchen gegessen, das sie mir geschmiert hatte, und ihr keine Antwort gegeben. Als ich später allein auf einem dunkelblauen Handtuch am Strand lag und mir so weiß wie eine Engländerin vorkam, habe ich mich gefragt, ob mir Maurice fehlt, und ob ich vielleicht in Havanna glücklicher wäre.«

»Und?«

Sie schüttelte den Kopf. »Nein, Schotter, du hast mir gefehlt. Und dann habe ich mich gefragt, warum du mir gefehlt hast.« Sie sah mich an und lächelte. »Und wenn du jetzt wieder ›Und?‹ sagst, kann ich nur antworten: Ich weiß es nicht. Aber bestimmt nicht, weil du mir ein iBook geschenkt hast. Du hast mir einfach gefehlt. Nur so.« Sie nahm meine Hand in ihre Hand und schwieg.

Wir fuhren durch unsere Stadt. Wir fuhren durchs Brandenburger Tor die Straße des 17. Juni hinunter, wir fuhren am Sowjetischen Ehrenmal vorbei und an ein paar Huren, die bessere Zeiten gesehen hatten. An der roten Ampel vor der Goldelse wollten ein Junge und ein Mädchen mit schwarzer Augenklappe für fünfzig Cents die Scheiben des

Taxis reinigen. Der Fahrer verscheuchte sie. Als wir wenig später die CDU-Zentrale passierten, die hell erleuchtet war, fragte uns der Fahrer, warum Angela Merkel ihre Kleider nicht verschenken könne. Wir schwiegen. Und er antwortete wiehernd: »Weil sie keiner haben will.«

Wir stiegen vorm Arlecchino aus. Roula Rouge wollte einen Wodka bei Branco trinken, bevor wir zu mir gingen. Sie bestellte ein Glas auf Eis. Als Branco die Flasche absetzte, sagte sie: »Mehr!« Branco sagte, sie solle *stopp* sagen, wenn es genug sei. Sie sagte *stopp*, als das Glas voll war. Branco gab mir einen Grappa und fragte, ob wir im Kino waren.

»Nein, auf einer Ausstellung«, sagte Roula Rouge.

»Schöne Bilder?«

Roula Rouge nahm einen kräftigen Schluck und schüttelte sich. Dann sagte sie: »Keine schönen Bilder. Sie waren zu schön, um schön zu sein. Verstehst du das, Branco?«

»Nicht so ganz.« Branco lächelte mich verlegen an. Ich blickte auf die Küstenlandschaft von Montenegro, die hinter ihm in Öl an der Wand hing.

»Die Bilder waren gestylt und modisch«, sagte Roula Rouge. »Sie hatten keine Distanz. Die Künstlerin hat sich gefragt, wie muss ich malen, damit das, was ich male, möglichst vielen Leuten gefällt. Und das ist Scheiße, Branco. Das ist nicht ehrlich. Es ist Scheiße, zu versuchen, jedem zu gefallen. Verstehst du das? Scheiße und langweilig.«

Branco hob die Augenbrauen, nestelte mit den Fingern an der Elefanten-Krawatte herum und sah mich Hilfe suchend an. Ich musste grinsen. Roula Rouge stürzte den Rest des Wodkas herunter. In ein paar Sätzen hatte sie die neun Gebote heruntergebetet, die ich in der Nacht in ihrem Computer gefunden hatte, nachdem die Philipps gegangen war.

Was war *Das Ei*, der *Club gegen das Vage*?

Fast hatte ich vergessen, dass Roula Rouge und ich uns

nur kannten, weil ich ihr iBook nicht, wie jeder anständige Mensch es getan hätte, im Fundbüro abgegeben hatte, sondern weil ich aus Mangel an einem sozialversicherungspflichtigen Job zum Social Engineer geworden war, zum Stadtstreicher und Hobbydetektiv. Allein der Gedanke, wieder an einem langen Mahagony-Tisch oder, von mir aus, auch an einem modernen Vitra-Tisch mit langer Glasplatte auf einem Thonet-Schwinger von Mart Stam zu sitzen und ganz ernsthaft über das Für und Wider von Sprüchen wie *Geiz ist geil* diskutieren zu müssen, grauste mich.

Zehn Minuten, nachdem Roula Rouge ihre Kunstkritik dem Kellner aus Montenegro vermittelt hatte, standen wir im Loft vor dem Kingsize-Bett. Uns trennten drei Meter. Wir standen uns frontal gegenüber. Roula Rouge zog ihre Kostümjacke aus und ließ sie auf die geräucherte Eiche fallen. Dann streifte sie die Schuhe von den Füßen und kickte sie weg. Sie lächelte.

»Wann hast du zum letzen Mal mit einer Frau geschlafen, Schotter?«

»Keine Ahnung.«

»Komm schon, sag …«

Ich sah die Philipps auf allen Vieren vor mir. »Ich weiß es wirklich nicht.«

»War es mit Paula?« Sie ließ den Rock fallen und zog sich das T-Shirt über den Kopf. Auf ihrem Höschen sah ich einen kleinen Marienkäfer.

»Ich weiß es wirklich nicht.«

Sie zog das Höschen aus und stand nackt vor mir. Ich rührte mich nicht.

»Wenn du jetzt die Wahl hättest: Paula oder ich, wen würdest du lieben wollen?«

»Dich. – Ich habe Paula nie geliebt.«

»Lüg mich nicht an, Schotter.« Roula Rouge kam auf

mich zu. Sie kniete nieder und löste die Bänder der Alden-Schuhe. Sie stand wieder auf, zog mir das Jackett aus und das Hemd. Sie entdeckte die rote Rose auf meinem Oberarm und küsste sie. Sie zog die Hose aus und die Socken. Als ich in den weißen Boxershorts vor ihr stand, fasste sie das Polo-Pferdchen an, das darauf abgebildet war. »Galeries Lafayette?«, flüsterte sie mir ins Ohr und kicherte.

Ich fragte, ob ich Musik machen sollte.

»Eins nach dem anderen, Jonathan. Erst die Liebe, dann die Musik.« Sie fasste sich in den Schritt und steckte mir den Finger in den Mund. Dann warf sie sich aufs Bett. Sie öffnete die Beine und sagte: »Komm!«

Neunundzwanzig

Es war kurz nach elf, als wir die Schlüterstraße hinunter gingen. Nachdem ich Roula Rouge erzählt hatte, dass Susanne von Lilienthal uns zu einer Party nach der Party ins Keyif eingeladen hatte, konnte ich sie nicht mehr bewegen, zu Hause zu bleiben. Sie wollte partout daran teilnehmen. Ich ärgerte mich, dass ich ihr überhaupt davon erzählt hatte und bat sie ihren bemerkenswerten Kommentar, den ich in allen Punkten nur voll unterstreichen konnte, für sich zu behalten, falls sie in die Verlegenheit kommen sollte, ein Urteil über Susannes Werk abzugeben. Ich sagte, Susanne sei schließlich einmal die Frau gewesen, die ich geliebt habe. Ich wolle sie nicht verletzen.

Roula Rouge antwortete: »Du bist süß, Schotter.« Dann erzählte sie mir, dass das, was sie gesagt habe, nur die Arbeiten Susannes betreffe, die sie in der Galerie gesehen habe. Ihre früheren Bilder gefielen ihr sehr. Sie seien viel ehrlicher und viel weniger modisch. Ich war überrascht. Roula

Rouge sah es mir an. Sie sagte, sie habe sich Susannes Website angesehen, die erstens sehr gut sei und zweitens ihr wahres Können zeigte. Ich hörte zum ersten Mal von einer eigenen Website Susannes, aber ich musste ja auch nicht alles wissen. Ich sagte Roula Rouge, dass ich auch gegoogelt hatte, und zwar nach ihrem Vater.

»Und? Hast du ihn gefunden?«

»Ja, auf einer Robotron-Heimweh-nach-gestern-Seite. Dort stand sinngemäß, dass er ein Genie war, aber auch ein Verräter. Vor allem aber stand dort, dass er tot ist. Umgekommen auf der Flucht.«

Roula Rouge lächelte.

»Ich kenne den Eintrag, Schotter«, sagte sie, »eine Fälschung, eine perfide Fälschung. Desinformation, verstehst du? Eine geschickte Mischung aus Dichtung und Wahrheit. Kein Mensch wird an der Information zweifeln. Selbst meine Mutter hat das Schwein nicht aus dem Spiel gelassen, meine Mutter, die sich nicht wehren kann. Er ist skrupellos.«

»Und wer ist das skrupellose Schwein?«

»Das kannst du dir ja wohl denken.«

»Kann ich nicht. Warum bist du dir so sicher, dass das nicht stimmt? So abwegig ist es schließlich nicht, was dort steht.«

»Schotter! Bist du auf den Kopf gefallen? Mein Vater selbst hat das geschrieben. Er hat sich auf die weinerliche Robotron-Seite eingehackt und seine Biografie gefälscht. Er hat Jakob Klein beerdigt, weil Jakob Klein ihm im Weg war und wahrscheinlich noch immer ist. Wahrscheinlich hat er sogar Angst, dass seine wahre Identität irgendwann auffliegt.«

Wir waren vorm Keyif angekommen.

»Wollen wir wirklich da reingehen?«, fragte ich Roula

Rouge. Die Terrasse war proppenvoll und auch im Restaurant war kaum ein freier Stuhl zu sehen. Wenn man die Lage der Nation anhand dieses, von einem gebürtigen Türken geführten Restaurants zu beurteilen hätte, musste man annehmen, die Bundesrepublik Deutschland erlebe gerade ihr zweites großes Wirtschaftswunder.

»Na klar, Schotter, gehen wir da rein. Was glaubst denn du? Das ist doch spannend für mich. Das ist Kino, die Röte des Rots von Technicolor IRL, in real life. Und wenn ich schon mal diesen Fummel anhabe, will ich ihn auch standesgemäß ausführen. Meine Mutter wäre jetzt stolz auf mich. Sie würde glauben, ich sei aus einer Vogue geflohen.«

Nazim hatte einen Tisch für zehn Personen in der Mitte des Restaurants für Susanne freigehalten. Eliane Herdi und die blonde, große Frau, die ich neben Nazim und dem Koofmich auf der Vernissage beobachtet hatte, saßen schon. Krawczik, Susanne und zwei andere Gäste standen am Tisch. Susanne hielt einen großen Blumenstrauß in der Hand, den Nazim ihr gerade abnahm, als Roula Rouge und ich zu der Gesellschaft stießen.

»Ach, da seid ihr ja, Jonathan«, sagte Susanne, »zum Glück kommt ihr erst jetzt. Wir sind auch gerade erst eingetroffen. Es hat alles viel länger gedauert, als geplant. 3sat hat noch ein Interview mit mir gemacht, hoffentlich habe ich nicht zuviel Unsinn erzählt.« Susanne wirkte nervös und angespannt. Unter ihren Achseln hatten sich auf dem hellblauen Kittel dunkle Schweißflecken gebildet. Ich dachte daran, dass sie unter dem Kleid nackt war, und dann dachte ich an Roula Rouges Marienkäfer und wie schön es auf dem Kingsize-Bett war, und warum ich jetzt ganz freiwillig Frankie Krawczik ertrug.

»So, wer sitzt wo?«, sagte Susanne. »Eliane und Helmi haben das Problem für sich schon gelöst. – Macht es euch was aus, Peter, wenn ihr euch ans Fenster setzt? Peter Seitz ist übrigens der Chef von Mercedes in Mecklenburg-Vorpommern, Anja ist seine Frau. Kaum zu glauben, aber die beiden haben gerade Silberhochzeit gefeiert.« Seitz trug einen Smoking, seine Frau ein Abendkleid. An ihren Ohren baumelten die Früchte der Saison, Erdbeeren.

Wir nickten uns alle gegenseitig zu. Roula Rouge und Eliane Herdi gaben sich die Hand und stellten sich vor. »Jonathan setzt sich bitte rechts neben Eliane, Roula Rouge rechts neben mich«, sagte Susanne. »Dann könnt ihr Turteltauben euch jedenfalls immer in die Augen gucken. Und du, Frankie, du sitzt natürlich ganz nah an meinem Herzen, also links neben mir.« Sie gab Krawczik einen Kuss und bedankte sich für alles, was er für sie getan hatte. »Die Plätze neben Roula Rouge und Jonathan bleiben frei. Auf einen der beiden kann Michael sich ja setzten, falls er überhaupt noch kommt.«

»Er kommt sicher noch«, sagte Eliane Herdi. Sie nahm ihr Handy aus der Handtasche und legte es neben sich auf den Tisch. Man sah ihr die drei Kinder, die sie auf die Welt gebracht hatte, nicht an.

Susanne sagte: »Puh, das war jetzt aber alles anstrengend. Ich bin ganz schön fertig.«

Nazim kam an den Tisch, gefolgt von einem Kellner, der eine Flasche Krug-Jahrgangschampagner brachte.

»Alles in Ordnung?«, fragte Nazim.

»Ja, danke«, sagte Susanne. »Du bist ein Schatz.«

Der Kellner füllte acht Gläser mit Champagner und verschwand wieder. Krawczik klimperte mit der Gabel an seinem Glas. Er wollte noch ein paar Sätze verlieren. Doch in diesem Augenblick wurde das Licht im Restaurant gedimmt und Stevie Wonders Band spielte auf. Irgendjemand im Keyif schien immer Geburtstag zu haben. Zwei Kellner trugen eine große Torte durchs Lokal auf die Terrasse. Als die Show vorbei war, war es zu spät für Krawcziks Worte.

Alle am Tisch redeten, außer mir. Susanne erzählte Roula Rouge, wer Helmi war. Die blonde Riesin kam aus Finnland und verlegte ein Kunstmagazin, das angeblich eine Titelgeschichte über Susanne bringen wollte. Helmi redete mit Eliane Herdi. Eliane, die Schweizerin, gestand, wie schwierig für sie die deutsche Sprache sei, Französisch falle ihr viel leichter. Die Finnin antwortete, ihre Sprache sei noch viel schwieriger. Sie sagte: »Wir haben vierundzwanzig Fälle und keinen einzigen Artikel.« Krawczik redete mit Peter Seitz, der nicht Susannes Vernissage besucht hatte, weil er und seine Frau zur Verleihung der Ehrenbürgerwürde von Heinz Berggruen vom Bürgermeister ins Rote Rathaus eingeladen gewesen waren. Seitz beschrieb die Veranstaltung. Er sagte, er sei vollkommen overdressed gewesen in seinem Smoking, aber in Berlin könne man ja sowieso anziehen, was man wolle, man sei immer overdressed – egal, wo man hingehe. Krawczik wollte wissen, ob Mick Flick auch bei Berggruen gewesen sei.

Roula Rouge bat mich um eine Zigarette. Sie spielte mit einem Feuerzeug in ihrer Hand. Susanne blickte auf die Uhr an Roula Rouges Arm. »Die kenn ich doch«, sagte sie. Sie wirkte ganz verdattert. Roula Rouge trug die Rolex-Daytona, die meine Frau mir zum Fünfundvierzigsten geschenkt hatte. Roula Rouge hatte sie in der Schale auf dem Sideboard neben dem Lift entdeckt und gefragt, ob sie sie tragen dürfe. Susanne sah mich strafend an. Ich trug immer noch die Swatch, die ich mir gekauft hatte, nachdem ich die Rolex auf immer und ewig für verloren glaubte.

Eliane Herdi lächelte verständnisvoll, was wiederum Susanne zu reizen schien. Die Herdi hatte offensichtlich sofort verstanden, worum es ging. Susanne sah müde aus.

»Habt ihr euch eigentlich schon bekannt gemacht?«, fragte sie. »Roula Rouge ist Jonathans neue Freundin, Eliane. Sie ist achtzehn Jahre alt und arbeitet als Frisöse.«

»Ich werde in einem Monat vierundzwanzig«, sagte Roula Rouge ruhig. Auf die *Frisöse* ging sie gar nicht ein. Ich erkannte das Mädchen aus der S5 nicht wieder. Entweder riss sich Roula Rouge übermenschlich zusammen, oder sie hatte sich wirklich verändert, seitdem sie und NikeBerlin nicht mehr miteinander sprachen. Wo war das Mädchen, das vor Wut und Scham rot geworden war, als eine Verkäuferin in den Galeries Lafayette es fragte, ob es sicher sei, dass das Chanel-Kostüm nicht ihr Budget überschreite? Wo war die Flaschenwerferin?

»Jonathan behauptet, Sie seien achtzehn«, sagte Susanne.

Roula Rouge hob die Schultern und ließ sie wieder fallen, so als wolle sie sagen: *Ich kann's nicht ändern, aber ich bin nun mal vierundzwanzig.*

Eliane Herdi merkte, dass Susanne Roula Rouge provozieren wollte oder vielleicht auch mich. Jedenfalls sagte sie, ihre beste Freundin habe einen Coiffeur-Salon in Zürich. Ich war dankbar, dass sie die Situation entspannte.

Dann konnte ich das Geschnatter nicht mehr ertragen und entschuldigte mich für einen Moment. Im Gang, der zu den Toiletten führte, knutschte ein junges Paar. Als ich die Toilette betrat, kicherte das Mädchen und sagte: »Nein, nein, das können wir nicht machen.«

Ich betrachtete mich im Spiegel. Ich sah nicht aus wie siebenundvierzig, Roula Rouge musste sich nicht genieren, wenn sie mit mir über die Straße ging. Allerdings wirkte ich ein wenig angespannt, was nicht mehr zu mir passte, und meine Haare kamen mir schon wieder sehr lang vor. Ich brauchte dringend einen neuen Schnitt. Ich wusch mir die Hände. Auch meine Fingernägel waren zu lang. Auf dem

Weg zurück an den Tisch ertappte ich das junge Paar dabei, wie es feixend auf die Behinderten-Toilette verschwand. Nazim stand an der Bar und fing mich ab. Er hatte einen traurigen Blick.

»Schön, dass ihr hier seid«, sagte er, dabei legte er mir die Hand auf die Schulter. Als er sah, dass ich keine Anstalten machte, an meinen Platz zurückzukehren, sagte er zum Barmann: »Ein Glas Gavi, eiskalt, für Jonathan.« Er selbst trank nur Mineralwasser und Espresso.

Zwei Kellner gingen an uns vorbei und trugen zwei große Schüsseln mit Nudelragout an Susannes Tisch. Susanne stand auf und verteilte die einzelnen Portionen selber auf den Tellern. Sie beugte sich dabei soweit vor, dass ich Angst hatte, in jedem Augenblick könne die nackte Katze für jeden im Raum sichtbar werden. Ich hatte große Lust, Frankie Krawczik zu ohrfeigen.

Am Nebentisch saßen zwei Männer. Der kleinere von beiden beobachtete Susanne. Ich fragte Nazim, wer die Männer waren. Er antwortete: »Die sitzen immer hier. Der Große, der schwitzt und sich andauernd die Haare aus der Stirn pustet, schreibt eine witzige Kolumne in der Bildzeitung. Er war früher Chefredakteur von großen Magazinen und Zeitungen. Der Kleine hat auch Zeitschriften gemacht. Zuletzt war er Chefredakteur bei einem Boulevardblatt in der Schweiz. Er ist rausgeflogen. Da war irgendein Skandal mit einem Botschafter. Genau weiß ich es aber auch nicht mehr. Die beiden reden heute immer nur über ihre Krankheiten.«

»Was für Krankheiten?«

»Herz, Herzklappe, Krampfadern, Haarausfall, Bandscheibe, Heuschnupfen, Anorisma – was man eben so hat.«

Das Restaurant leerte sich allmählich, es war höchstens noch dreiviertel besetzt. Ich trank einen Schluck Gavi. Der Wein war so kalt, dass die Zähne schmerzten. Susanne drehte sich zur Theke um. Sie winkte mir zu, wollte, dass ich an den Tisch zurückkam und das Nudelragout aß. Sie streckte einen Daumen aufrecht in die Luft, was wohl soviel heißen sollte, dass die Nudeln phantastisch waren. Roula Rouge unterhielt sich mit Eliane Herdi. Sie gestikulierte mit beiden Händen in der Luft herum, als ob sie eine Frisur beschrieb. Sie griff dabei auch in ihre eigenen Haare. Vielleicht beratschlagte sie Eliane Herdi, wie der Schnitt aussah, der ihr besser stehen würde. Elianes Frisur glich ein wenig dem Hut eines Champignons, um nicht zu sagen der von Mireille Mathieu.

»Herdi!«, sagte Nazim und deutete mit dem Kopf zum Eingang. Er stellte sein Wasserglas auf der Theke ab und eilte zur Tür.

Da war er also, der große Herdi, der Mann, der Deutschland eine der größten Pleiten der Nachkriegsgeschichte beschert hatte. Kein Unternehmer des Landes war wohl in der letzten Dekade so gefeiert worden wie er, und keiner wurde so verteufelt, nachdem das Unternehmen den Bach runtergegangen war. Ein halbes Jahr hat der Gründer der Herdi Communications AG wegen angeblicher Fluchtgefahr in Untersuchungshaft gesessen. Der Prozess, in dem ihm schwerer Betrug, Kursmanipulationen und Scheinumsätze vorgeworfen waren, hatte ein Jahr lang gedauert und mit einem Freispruch geendet. Die Klein- und Großaktionäre, von denen viele ihr ganzes Vermögen verloren hatten, verstanden bis heute nicht, dass der Mann, der ihnen das alles eingebrockt hatte, mit einem blauen Auge und mehr als hundertdreißig Millionen Euro davongekommen war. Für viele von ihnen war der Besitz einer HC-Aktie anfangs wie ein unerwarteter Lottogewinn gewesen. Am Ende standen sie mit leeren Taschen und vielen geplatzten Illusionen da. Während des Prozesses war es vor dem Gerichtsgebäude sogar zu tumultartigen Demonstrationen gekommen, nachdem bekannt geworden war, dass sich ein junger Familienvater das Leben genommen hatte. Der Mann hatte mit Optionen auf Herdis Unternehmen soviel Schulden gemacht, dass keine fünf Leben ausgereicht hätten, sie zu tilgen.

Der einzige Fan, der Herdi aus jener Zeit geblieben war, schien Susanne von Lilienthal zu sein. Susanne verteidigte den Unternehmer bis heute wie eine Löwin ihr Kind. »Was kann denn Michael dafür, wenn die Leute so geldgeil sind und den Hals nicht voll genug bekommen können«, hatte sie mir einmal an den Kopf geworfen, als ich mich verwundert über den ganzen Fall äußerte.

Persönlich getroffen hatte ich Herdi nie, das wusste Susanne immer zu verhindern. Sie hätte es nicht ertragen, wenn ich dem Mann, der ohnehin schon mit dem Rücken zur Wand stand, wie sie sich ausdrückte, womöglich kritische Fragen gestellt hätte. Dafür waren Michael und Eliane ihr zu sehr ans Herz gewachsen, dafür hatten die beiden zuviel in Susanne und ihr künstlerisches Werk investiert.

Ich sah Herdi jetzt, als er im Keyif durch die Tür kam und herzlich vom Wirt begrüßt wurde, zum ersten Mal IRL, wie Roula Rouge sich ausdrücken würde. Er sah gut aus. Er hatte zwar kein Haar mehr auf dem Kopf, aber immer noch ein jugendliches, fast ein wenig lausbubenhaft erscheinendes Gesicht. Er war groß, knapp einsneunzig, und schlank. Seine Haut war gebräunt, eine Bräune, die durch den gelben Pullover mit V-Ausschnitt, unter dem er nur ein weißes T-Shirt trug, noch betont wurde. Dazu trug er eine verblasste Jeans. Er kam eher wie der Skipper seiner eigenen Yacht daher, als wie der ehemalige Chief Executive Officer eines Konzerns, der Milliarden umgesetzt hatte.

Nazim begleitete ihn zu Susanne an den Tisch. Susanne sprang auf, als Herdi plötzlich neben ihr stand. Sie stellte sich auf die Zehenspitzen und herzte ihn wie einen lang Verschollenen, der vollkommen unerwartet wieder aufgetaucht war. Ich war froh, die Szene aus der Entfernung beobachten zu können. Ich war immer eher ein Beobachter als ein Mitmacher gewesen. Susanne von Lilienthal hatte mich einmal, sie meinte das nicht positiv, ganz treffend mit dem Satz beschrieben: *Jonathan doesn't want to be involved.*

Jetzt war ich involviert, weil ich Roula Rouge liebte. Wie würde sie reagieren, wenn Herdi ihr gleich die Hand reichte? Es stand schließlich kein Unbekannter vor ihr. Sie wusste genau, wer Michael Herdi war. Sie kannte seine ganze Familie, die drei Kinder, Michael, Manuela und Mathias, die beiden schokoladenbraunen Labrador-Hunde Fussel und Socke. Sie kannte seinen unermesslichen Reichtum, den er auf dem Höhepunkt seines Erfolgs wie Trophäen dem ganzen Land vorgeführt hatte – die Häuser, die Luxusautos, den Jet, die Yacht. Roula Rouge hatte das alles in ihrem iBook im Ordner *Böse* archiviert. Warum?

Über dieses Warum hatte ich schon so viel gegrübelt, dass ich es langsam leid war, überhaupt noch einen Gedanken daran zu verschwenden, in welcher Beziehung die beiden zueinander standen. Einmal hatte ich sogar angenommen, Herdi könnte Roula Rouges Vater sein. Ich hatte mir daraufhin alle Artikel durchgelesen, die ich über ihn finden konnte, und war zu dem Schluss gekommen, dass das vollkommen abwegig war. Es gab zwar nirgendwo eine ausführliche Biografie über Herdi, aber die Angaben, die ich in den Artikeln über sein Leben fand, ließen den Rückschluss nicht zu, dass Herdi und Klein ein und dieselbe Person waren.

Michael Herdi, das konnte man überall nachlesen, lebte bereits in Boston und studierte am Massachusetts Institute of Technology, als Jakob Klein noch bei Robotron-Messelektronik »Otto Schön« in Dresden arbeitete. Außerdem war Herdi genauso alt wie ich, also ein Jahr älter als Klein. Und Klein war, so wie Roula Rouge ihn beschrieben hatte, alles andere als ein extrovertierter Mensch gewesen. Er war kein Herdi, der gern zeigte, was er besaß. Er war ein Einsiedler und Tüftler gewesen, der glücklich war, wenn er auf dem Dachboden in Ruhe und allein experimentieren konnte, während der Rest des Landes ins Kino ging, in die Disco oder auf den Fußballplatz.

Kurz: nur Roula Rouge konnte mir beantworten, welche Beziehung sie zu Michael Herdi hatte. Und ich konnte Roula Rouge nicht fragen, ohne mich als Dieb und gemeiner Social Engineer zu outen.

Nachdem Susanne ihn aus der Umklammerung freigegeben hatte, begrüßte Herdi die anderen Gäste am Tisch. Als er Anja Seitz, der Frau des Mercedes-Chefs von Mecklenburg-Vorpommern, die rechte Hand reichte, fasste er sich mit der anderen Hand kurz ans Ohr. Ich nahm an, er machte ihr ein Kompliment für die wundervollen Erdbeeren, die wie Weihnachtskugeln an ihrem Kopf baumelten. Jedenfalls strahlte die Seitz, so, als sei sie bereit, sich von einer Sekunde auf die andere für Herdi in Flüssigkeit zu verwandeln.

Roula Rouge hatte sich die Jacke des Chanel-Kostüms ausgezogen und saß im giftgrünen T-Shirt mit dem rosa Fuck-Berlin-Schriftzug am Tisch. Herdi begrüßte sie zuletzt. Er musterte sie, bevor er ihr die Hand gab. Man sah ihm an, dass er das Mädchen mit den Federn auf dem gebräunten Arm und der Nil zwischen den Lippen den anderen am Tisch nicht zuordnen konnte. Susanne drehte sich um und winkte mich ungeduldig an den Tisch. Sie war aufgeregt. Herdi nahm auf dem Stuhl gegenüber von Roula Rouge Platz. Sein Blick wich nicht von dem Mädchen. Ich setzte mich auf den freien Stuhl, den Susanne ursprünglich Herdi zugedacht hatte.

»Und das ist mein Ex-Mann Jonathan Schotter, Michael«, sagte Susanne. »Ihr habt euch, glaube ich, nie kennengelernt. Jonathan ist einer der besten Werber Deutschlands. Roula Rouge ist seine neue Freundin.«

Die nächste halbe Stunde gehörte Michael Herdi ganz allein. Ich konnte nicht einmal behaupten, dass er sich in den Mittelpunkt gedrängt hatte, nein, er saß in seinem gelben Cashmere-Pullover, dessen Ärmel er weit über die Ellenbogen nach oben geschoben hatte, einfach dort, wie von Gott befohlen. Alle anderen am Tisch, mit der Ausnahme Elianes vielleicht, hingen an seinen Lippen, als hätte sich der Messias persönlich eingefunden. Selbst Roula Rouge schien fasziniert von dem Mann, der aus einer kleinen Klitsche in München Anfang der neunziger Jahre einen Milliarden-Konzern mit über dreitausend Angestellten gemacht hatte. Ich las in Roula Rouges Mimik jedenfalls nicht den Hauch von Verbitterung oder gar Zorn, ich entdeckte nichts, was Rückschlüsse darauf zuließ, warum sie ihn in den Ordner *Böse* versteckt hatte.

Herdi entschuldigte sich bei Susanne, dass er nicht zur Vernissage erschienen war, aber die Japaner, mit denen er den ganzen Tag verhandelt habe, hätten es ihm sehr übel genommen, wenn er ihrem Dinner ferngeblieben wäre. Peter Seitz wollte wissen, um was es bei den Geschäften ging. Er beugte sich dabei so weit vor, dass er fast auf dem Tisch lag, um Herdi näher zu sein. Herdi antwortete, er könne darüber noch nicht reden, aber es habe natürlich mit dem IT-Business zu tun.

»Womit auch sonst«, sagte er, »von anderen Dingen verstehe ich ja nichts.«

Seitz und Krawczik lachten beflissen.

Ein Kellner brachte zwei neue Flaschen Rotwein an den Tisch. Herdi kostete.

»Ausgezeichnet«, sagte er, bevor er begann, das Bild der Welt von morgen zu malen, in denen Atome nur noch eine Nebenrolle spielten und Bits die Protagonisten waren. Das Ende der Schallplatte, beziehungsweise das Ende der CD, sagte er, erlebten wir ja gerade. Electronical Devices wie der iPod von Steve Jobs seien nur der für jedermann sichtbare Beweis, dass eine neue Zeit angebrochen sei. Kein Mensch werde in drei Jahren noch eine Musik-CD kaufen. Das gleiche gelte für die DVD. Adieu, Videothek! Die Bücher, so wie wir sie heute kannten, könnten ein bisschen länger überleben, aber das auch nur aus einem einzigen Grund: Die Haptik beim Umblättern einer Seite berge Romantik in sich. Und die Sehnsucht nach Romantik, die in dieser kalten Welt in jedem von uns schlummere, werde der digitalen Revolution als letzte zum Opfer fallen.

»Ich spreche nicht vom Sex«, sagte Herdi, »den haben die Bits zum Großteil schon gefressen. Ich spreche von dem Kuss während eines Sonnenuntergangs am Meer.«

Herdi machte eine Pause, nahm einen Schluck Wein und sah in die Runde. Eliane Herdi pustete sich ihre Fransen aus der Stirn, und Roula Rouge malte sich die Lippen nach, wobei sie in die Klinge eines Messers blickte. Susanne sagte: »Das ist aber hochinteressant, Michael.«

Herdi lächelte.

»Ich habe jetzt nur vom Mainstream der digitalen Revolution gesprochen, von dem, was eigentlich heute jeder Fünftklässler weiß. Aber genauso wie das Atom CD oder das Atom DVD und etwas später auch das Atom Buch den Bits zum Opfer fallen werden, werden auch die Autos verschwinden, die wir in naher Zukunft in dieser Masse nicht mehr brauchen. Oder die Galerien. Warum soll ich mir die Mühe machen, durch die halbe Stadt zu fahren, um mir Bilder anzusehen, die mir vielleicht gar nicht gefallen, wenn ich sie mir innerhalb von ein paar Sekunden zu Hause in gleicher Größe und gleicher Qualität an die weiße Wand werfen kann. Ich spreche nicht vom Internet, ich spreche von einer täuschend echten digitalen Kopie, auf der man sogar die verschiedenen Ölschichten erkennt, und zwar erhaben.«

»Und Autos? Wieso brauchen wir nicht mehr soviel Autos?«, fragte Seitz, der große Lust zu hatte, Herdi zu widersprechen, aber nicht die richtigen Worte zu finden schien.

»Ganz einfach, wenn wir keinen Grund haben, irgendwo hinzufahren, brauchen wir keine Transportmittel. Wenn wir nicht zur Arbeit fahren müssen, weil wir keine Arbeit haben oder weil die Arbeit zu uns kommt, brauchen wir keine Autos. Ich will Ihnen jetzt keine Angst machen, Herr ... Herr ...«

»Herr Seitz«, sagte Susanne.

»Herr Seitz. Aber ich fürchte, auch Sie werden umdenken müssen, was Ihren Beruf angeht. Die Zukunft ist nicht die Fertigungsindustrie, sind nicht die Atome, die Zukunft ist die Informationsvermittlungsbranche, sind die Bits.«

Eliane Herdi gähnte.

»Das Auto brauchen wir vielleicht dann nur noch für die Fahrt ins Grüne am Wochenende oder für die Fahrt in die Sommerfrische auf die nordfriesischen Inseln oder an die Pommersche Bucht. Wir brauchen es aus romantischen Gründen. Wir brauchen es aber nur, wenn die Energie, die es antreibt, vorhanden ist. Sonst verzichten wir eben darauf, wie wir auf jeden Luxus verzichten, wenn wir ihn uns nicht leisten können. Verzicht ist leichter zu ertragen, als Sie glauben, Herr Seitz. Ich weiß das aus eigener Erfahrung. Und Verzicht macht erfinderisch. Ohne Verzicht entsteht nichts Neues. Glauben Sie mir, ich kann ein Lied davon singen.«

Seitz, der sich inzwischen von seiner Fliege am Hals befreit hatte, sah Herdi an, als vermutete er, die Japaner hätten ihm während des Abendessens irgendetwas in den Wein gemischt. Er flüsterte seiner Frau etwas ins Ohr. Dann polterte er laut los: »Das ist der größte Unsinn, den ich jemals gehört habe. Entschuldigen Sie, das ist der größte Unsinn, Herr Herdi.«

Susanne von Lilienthal zuckte zusammen. Die Finnin sah verständnislos in die Runde, als befände sie sich im falschen Film. Krawczik stand auf und ging auf die Toilette. Eliane Herdi schien plötzlich wieder hellwach zu sein. Ihr Ehemann lächelte.

Ich beobachtete Roula Rouge, die Herdi gegenüber saß. Sie kniff die Augen hinter der Brille leicht zusammen, die Nasenflügel flatterten. »Er hat Recht, Herr Herdi«, sagte sie. »Sie erzählen Scheiße. Gequirlte Scheiße. Sie reden von Verzicht, so ein Schwachsinn. Sie haben hundertdreißig Millionen für sich persönlich beiseite geschafft und reden von Verzicht. Die meisten Ihrer ehemaligen Angestellten kassieren heute Stütze, im nächsten Jahr Hartz IV, und den Leuten, denen Ihre Firma gehört hat, den Aktionären, geht es beschissen. Viele sind pleite und werden sich von dem Flop nie wieder erholen. Ein Familienvater hat sich sogar umgebracht. Und Sie reden von Verzicht.«

Eliane Herdi atmete schwer. Sie trank einen Schluck Wasser, ihre Hand zitterte. Dann schrie sie fast hysterisch: »Höred endli uf!« In ihrer Aufregung vergaß die Schweizerin dabei ihr Hochdeutsch. »Min Ma hät äs dutzend Morddrohige übercho. Mathias, euse Chlinscht, hät mer i dä Schuel agspeutzt. Sie wüssed nöd, was mir duregmacht händ. Höred endli uf!«*

* »Mein Mann hat ein Dutzend Morddrohungen bekommen. Mathias, unser Jüngster, ist in der Schule angespuckt worden. Sie wissen nicht, was wir durchgemacht haben. Hört endlich auf.

Für ein paar Sekunden herrschte Totenstille am Tisch. Dann sagte Michael Herdi lächelnd den altmodischsten aller altmodischen deutschen Sätze: »Jeder ist seines Glückes Schmied, Fräulein Rouge. Jeder ist für sich selbst verantwortlich.«

»Millionärsgequatsche, so ein Scheißdreck!«, antwortete Roula Rouge. In ihren Augen explodierte ein Feuerwerk aus Molotow-Cocktails. Und ich hörte Susanne von Lilienthal sagen: *Du kannst auch gern diese Ossi-Französin mitbringen. Die Frisöse oder Stripteasetänzerin, oder was auch immer sie ist? Solche Mädchen lockern die Atmosphäre ungemein auf.*

Teil Drei

Dreißig

Der Rest des Monats verlief weniger laut und aufregend als der denkwürdige Abend im Keyif, obwohl Michael Herdi in Gedanken oft bei mir war. Bei uns war, denn ich spürte, auch Roula Rouge ging der Mann in dem gelben Pullover, dessen Auftritt sie zu einem Wutausbruch wie zu besten Zeiten veranlasst hatte, nicht aus dem Kopf. Ich spürte das. Ich wusste es nicht. Roula Rouge und ich hatten bis Mitte Juli nämlich nur noch einmal über Herdi gesprochen, gleich in derselben Nacht auf dem Weg von der Schlüterstraße in die Meineke. Ich hatte behauptet, Herdi mochte Seitz und Krawczik nicht und habe die beiden mit seinen Thesen eigentlich nur auf den Arm nehmen wollen. Er wollte sie ins Boxhorn jagen, mehr nicht. Und das sei ihm ja auch gelungen. Roula Rouge bestritt das. Herdi sei ein Zyniker übelster Sorte, hatte sie erwidert. Ein Zyniker durch und durch.

Damit war das Gespräch dann auch beendet. Ich erwiderte nichts. Ich war siebenundvierzig Jahre alt und hatte langsam begriffen, die Lust der Frauen war so berechenbar wie eine Windböe. Ich wollte Liebe. Also hielt ich den Mund.

Und ich hatte Erfolg damit.

Wenn ich irgendwann einmal in hundert Jahren an diesen Juni erinnert werden sollte, dann wird mein Gedächtnis ausrufen: Das war der Monat, Schotter, als du Roula Rouge bis zur Erschöpfung geliebt hast, bis zu deiner Erschöpfung, wohlgemerkt. Wir haben natürlich auch viele andere schöne und weniger schöne Dinge in diesem Juni erlebt, aber das Gedächtnis wird sich nur an die Liebe erinnern.

Zu den schönen Dingen gehörten zweifellos die paar Minuten, in denen Roula Rouge mir die Haare geschnitten hat. Ich musste auf dem Stuhl vor dem Schreibtisch Platz nehmen. Meinen Einwand, dass dort kein Spiegel sei, in dem ich beobachten konnte, was sie mit meinem Kopf anstellte, fertigte sie mit der Bemerkung ab, dass man manchmal einfach etwas riskieren muss.

Sie holte ihr Werkzeug aus dem schwarzen Rucksack und band mir eine Halskrause um. Dann legte sie los. Auf iTunes sang John Lennon *Just Like Starting Over.* Im Takt schnitt Roula Rouge mir die Haare. Ich hörte das Geklapper der Schere. Als das Lied ausklang, sagte sie: »Fertig.« Die ganze Aktion hatte keine vier Minuten gedauert. Ich ging ins Bad und betrachtete meinen Kopf.

Warum hatte ich nicht gelernt, etwas Vernünftiges mit meinen Händen anzufangen?

Zu den weniger schönen Dingen im Juni gehörte die Beerdigung Ronald Reagans, die ich mir live auf CNN ansah, als Roula Rouge plötzlich neben mir stand. Sie war noch bei Lidl gewesen, wo sie Toastbrot und Erdbeermarmelade gekauft hatte, weil kein Tag bei ihr ohne Erdbeertoast begann. Ich lag auf einem der beiden weißen Sofas und verfolgte fasziniert die Fernsehbilder aus Washington.

»Warum guckst du dir diesen Schwachsinn an?«, fragte Roula Rouge und lachte. Ich antwortete nicht. Sie setzte sich auf den Vanity-Fair-Sessel, wobei sie jedes Bein über eine Lehne baumeln ließ. Dann wippte sie mit den Füßen, die in den roten Pumas steckten, und starrte mich Minuten lang an, bevor sie ihre Frage wiederholte.

»Sag, warum guckst du dir den Schwachsinn an, Schotter?«

»Ich hab den Typen irgendwie gemocht«, antwortete ich. »Er hat mich an meinen Großvater erinnert.«

Jetzt jaulte Roula Rouge laut auf. »Das ist doch wohl nicht dein Ernst. Sag, dass das nicht wahr ist.«

»Klar, ist das wahr. Er war doch ein netter Kerl. Außerdem verdanke ich ihm viel.«

»Aha, und was um Beispiel?«

»Dich zum Beispiel.«

»Aha, und wieso?«

»Ohne ihn gäb's die Mauer noch, und ich könnte dir nicht zusehen, wie du jeden Morgen deinen Erdbeertoast verschlingst.«

»Das hab ich mir fast gedacht, dass du jetzt mit dieser Wandersage kommst. Du glaubst doch wohl nicht im Ernst, dass die Mauer gefallen ist, weil der senile Sack diesen blöden Satz am Brandenburger Tor gesagt hat.« Sie bildete aus ihren Händen ein Megaphon und trompetete zweimal hintereinander: »Mr. Gorbatschow, open this gate! Mr. Gorbatschow, tear down this wall!«

»Doch, das glaube ich.«

»Dann will ich dir jetzt mal sagen, warum die Mauer gefallen ist: Sie ist gefallen, weil der Staat, der die Mauer gebaut hat, pleite war. Weil die Idioten, die dem Staat vorstanden, nicht wirtschaften konnten, weil sie zu dumm waren, nicht fähig, Leuten wie meinem Vater zu vertrauen und ihnen die Mittel, die sie für ihre Arbeit gebraucht hätten, zur Verfügung zu stellen. Wären die schlau gewesen, wäre der Mac nämlich in Dresden erfunden worden und nicht in einer Garage in Kalifornien. Und das Ding dort vielleicht auch.«

Sie zeigte auf den iPod, der auf dem Tisch vor dem Sofa lag.

»Aber die waren nicht schlau. Deshalb ist die Mauer gefallen, nur deshalb. Und bestimmt nicht wegen Ronniedonnie Tatterjonnie!«

Bei einem anderen Streit, den Roula Rouge und ich austrugen, ging es um Paula. Es könnte der Eindruck entstehen, wir hatten uns andauernd in den Haaren gelegen. Das war aber, weiß Gott, nicht so.

Im Gegenteil, der Juni war der harmonischste Monat meines Lebens. Roula Rouge und ich, wir probierten uns gegenseitig aus. Ganz langsam, Stück für Stück, ertasteten wir uns, suchten die Grenze, die ein gemeinsames Zusammenleben unmöglich machte, und waren beide verwundert, dass wir sie nicht erreichten.

Selbst die Tatsache, dass plötzlich im Loft überall Dinge herumlagen, die vorher nicht da waren, störte mich nicht. Ich bat Mariola einfach, nicht nur drei Tage in der Woche zu kommen sondern fünf. Nach wie vor ertrug ich Unordnung nur, wenn ich wusste, dass es jemanden gab, der sich dafür zuständig erklärte, sie zu beseitigen. Ich hasste gebrauchte Teebeutel, die zwei Tage lang in einer leeren Tasse vor sich hintrockneten, und Kleidung, die auf dem Boden herumlag, hasste ich erst recht.

Ein kleiner diplomatischer Zwischenfall hatte sich ereignet, als Mariola eines Tages mit der frisch gewaschenen Wäsche ins Loft kam, darunter auch Roula Rouges Jeans mit den Löchern in den Knien. Die Hose hatte plötzlich nicht nur eine Bügelfalte, sie war obendrein auch noch geflickt.

»Was ist das denn?«, hatte Roula Rouge gefragt, während sie sich die Jeans vor die Hüften hielt. Ich sah blankes Entsetzen in ihrem Gesicht. Zum ersten Mal erlebte ich sie sprachlos.

»Das? Das hat meine Mutter gemacht«, antwortete Mariola. »Löcher sind dafür da, um geflickt zu werden, hat sie gesagt.«

»Hat sie gesagt …«, wiederholte Roula Rouge. »Tatsächlich? Hat sie gesagt. Ich fass es nicht! Sind wir hier in Polen, oder was?«

Ich hatte ihr bisher noch nicht verraten, dass Mariola und sie nur einen Steinwurf von einander entfernt aufgewachsen waren.

»Mariola ist aus Misdroy«, sagte ich. »Das liegt doch ganz nah bei Ahlbeck.«

Doch der Versuch, Roula Rouge mit der geografischen Nähe, der die beiden entstammten, ruhig zu stellen, fruchtete nicht. Sie sagte: »Meine Großmutter hat unrecht.«

»Deine Großmutter?«

»Sie sagt: Im Winter ist der Pommer noch dümmer als im Sommer. Das stimmt aber nicht. Er ist im Sommer genauso dumm wie im Winter.«

Roula Rouge pendelte immer zwischen der Lilo-Herrmann-Straße und der Meineke. Doch je mehr Zeit verstrich, desto mehr Zeit verbrachte sie bei mir. Das hatte sicher nicht nur mit meinem Charme zu tun, sondern auch damit, dass sich Mettes Leben grundlegend geändert hatte. Die Liebe, die mit einem Zündeln auf der Fensterbank im Erdgeschoss der Galerie Krawczik zwischen ihr und dem Sohn der Mathematik-Professorin begonnen hatte, brannte inzwischen lichterloh. Am Tag nach dem Beginn der Sommerferien – Mette hatte ja noch ein Jahr bis zum Abitur – waren Roula Rouges Busenfreundin und Tobias Mang nach Boston geflogen, um von dort aus mit dem Schiff auf dem Intracoastal bis nach Miami zu fahren. Roula Rouge freute sich für Mette, obwohl sie auch neidisch war. Solange sie denken konnte, hatte sie von einer Reise nach Amerika geträumt, und sie tat es auch jetzt noch, Irak hin, Bush her.

Ich musste zugeben, unsere Ausflüge nahmen sich gegen

Mettes Reise bescheiden aus. Der romantischste Trip, den wir unternahmen, war ein Tagesausflug nach Werder. Roula Rouge hatte dieses Ziel ausgesucht, weil sie einmal mit ihren Eltern auf der Havelinsel gewesen war. Sie waren von Eberswalde in einem nagelneuen grünen Trabant dorthin gefahren. Es war die Jungfernfahrt gewesen. Den Wagen hatte die kleine Familie von Roula Rouges Großmutter, von Omi Musch, geschenkt bekommen, sozusagen als Trost für das Unrecht, das ihrem Schwiegersohn und ihrer Tochter in Dresden angetan worden war. Roula Rouge konnte sich noch genau erinnern. »Es muss auf den Tag heute vor neunzehn Jahren gewesen sein, Schotter«, sagte sie. »Auch das Wetter war so wie heute, strahlend blauer Himmel und sehr warm. Meine Mutter hatte sich extra schön gemacht für diesen Ausflug. Sie trug ein Kostüm, eines wie ich neulich auf der Vernissage, nur in grau. Sie hatte es selbst geschneidert und war sehr stolz, weil sie echte Perlmuttknöpfe aufgetrieben hatte. Sauer war sie vor der Fahrt nur auf meinen Vater gewesen, weil der sich geweigert hatte, seinen Anzug anzuziehen. Er trug Jeans und ein T-Shirt.«

Roula Rouge und ich fuhren nicht mit dem Auto nach Werder, sondern auf dem Roller – sie auf der roten Schwalbe, ich auf einer eierschalfarbenen Vespa, die ich mir für zwei Tage geliehen hatte. Das Wirtshaus an der Havel, wo wir Kaffee tranken und Erdbeerkuchen mit einer doppelten Portion Schlagsahne aßen, erkannte Roula Rouge nicht wieder. Sie behauptete aber, den alten Anlegesteg in Erinnerung zu haben, vor dem zwei Boote dümpelten.

Bei dem Versuch, ein Papierschiffchen von dort ins Wasser zu setzen, sei sie damals in die Havel gefallen. Nur die Geistesgegenwart ihres Vaters hatte sie vor dem Ertrinken bewahrt. Jakob Klein hatte von der Terrasse des Wirtshauses beobachtet, was seine Tochter Emma trieb. Als sie ins

Wasser stürzte, war er zum Steg gerannt, hatte sich in voller Kleidung in die Havel geworfen und die kleine Emma herausgefischt.

»Dann kannst du dich ja doch noch an mehr Dinge erinnern, als du im Arlecchino zugegeben hast«, sagte ich.

»Es fällt mir gerade wieder ein, Schotter. Wirklich. Ich habe die Episode bis heute vergessen, total vergessen.«

»Das glaub ich nicht. Man vergisst nicht, wenn man dem Tod von der Schippe springt. Auch nicht, wenn man erst vier ist.«

»Ich schwör's. Jetzt fällt mir auch ein, was meine Mutter zu meinem Vater gesagt hat, als wir beide tropfnass und schlotternd vor ihr standen. Sie hat gesagt: Zum Glück hast du deinen Anzug nicht angezogen, Jakob.«

Der Ausflug nach Werder war die einzige Reise, die wir im Juni unternommen hatten. Auf der Rückfahrt wurden wir übrigens von der Polizei angehalten, weil wir beide keinen Helm trugen. Ich musste für jeden von uns fünfzehn Euro Strafe zahlen.

Den Rest des Monats verbrachten Roula Rouge und ich in Berlin, meist im Westteil. Nur zweimal fuhren wir zusammen mit der S5 in den Osten. Einen Abend schlugen wir uns Billard spielend bei Karin im Knotenpunkt um die Ohren, den anderen in Roula-Rouge-Land. Roula Rouge wollte, dass ich die Gegend um die Kastanienallee herum kennenlerne. Sie hatte mich gefragt, ob ich schon einmal dort gewesen war. Ich hatte mit dem Kopf geschüttelt. Ohne den Namen Michael Herdi zu erwähnen, erklärte sie, sie wolle mir zeigen, was Verzicht sei, fröhlicher Verzicht, der sich hier, in der Kastanienallee, in geballter Kreativität entlade.

Roula Rouge sprach bestimmt fünf Minuten über dieses Thema, während wir die Straße hinunterschlenderten, vorbei an den ausgeflippten Modegeschäften, den Frisiersalons und Cafés. Und sie merkte nicht, oder sie wollte es nicht merken, dass sie das gleiche sagte wie der Zyniker Michael Herdi im Keyif. *Verzicht macht erfinderisch.*

Bei einer Tasse heißer Schokolade, der angeblich besten der Stadt, die wir gegen Mitternacht im Café SchwarzSauer zu uns nahmen, überlegte ich kurz, ob ich Roula Rouge darauf aufmerksam machen sollte. Ich ließ es bleiben.

Diese Sommernacht hatte keinen Streit verdient.

Anfang Juli stellte ich fest, dass mein Loft sich verändert hatte. Überall entdeckte ich Spuren von Roula Rouge. Sie sparte kaum einen Quadratmeter aus, um zu beweisen, dass es sie gab. Sie hatte sich nicht nur Platz für ihre Dinge in meinem begehbaren Kleiderschrank verschafft, sie hatte auch den zweiten Zwölf-Quadratmeter-Raum für sich entdeckt, der leer stand, seitdem die Bücher ihren Platz in den Borden gefunden hatten. Roula Rouge bat mich, diesen Raum als ihr Reich betrachten zu dürfen. Sie brauchte, sagte sie, gelegentlich einen Ort nur für sich allein. Ich hatte nichts dagegen, war allerdings ein wenig verwundert, dass sie nicht auf die Idee kam, sich zu fragen, ob ich vielleicht die gleichen Bedürfnisse haben könnte wie sie. Aber so wichtig war mir das auch nicht. Erst als sie eines Tages mit zwei jungen Männern ins Loft kam, die ihr behilflich waren, einen Tisch in dem Raum aufzubauen, entschloss ich mich einzugreifen.

Der Tisch bestand aus einer unbearbeiteten Türplatte und zwei vollgekleckten Malerböcken. Ich sagte nichts, beauftragte aber Schreiner Schönheit, einen Schreibtisch für Roula Rouge zu fertigen. Wofür auch immer sie den brauchte.

Als Roula Rouge mir an den Kopf warf, sie verstehe nicht, warum das nötig war, antwortete ich ihr nur kurz und bündig mit Madame Teste: »Es gibt einen schönen Teil der Seele, der genießen kann, ohne zu verstehen.«

Schreiner Schönheit sollte noch mehr Arbeit bekommen. Roula Rouge hatte neben ein paar Büchern, darunter *Die Legende von Paul und Paula*, *Krieg und Frieden* und *A Spaniard in the Works*, auch das Poster von Yoko Ono in die Meinekestraße gebracht, das ich in ihrem Zimmer in der Lieselotte-Herrmann-Straße gesehen hatte. Sie hatte es im Loft mit ein paar Reißzwecken an der Wand befestigt. Schönheit bekam den Auftrag, einen anständigen Rahmen aus Naturholz für das überlebensgroße Schwarzweißfoto zu besorgen. Roula Rouge hatte dafür ebenso wenig Verständnis wie für die Lösung, die Schönheit und ich für den Rechner Z9001, beziehungsweise den KC85/1 fanden.

Wenn etwas sehr hässlich ist, musst du dafür sorgen, dass es einen Rahmen bekommt, der es wertvoll erscheinen lässt, hatte ich in meinen Anfangsjahren in der Agentur gelernt. Und der KC85/1 war so ungefähr das hässlichste Objekt, das ich bis dahin in meinem Leben gesehen hatte. Als Roula Rouge mit dem Rechner in den Händen durch die Fahrstuhltür kam und ihn mitten im Raum auf der geräucherten Eiche abstellte, hatte mich fast der Schlag getroffen.

»Was hat das denn zu bedeuten?«

»Er ist wichtig für mich, Schotter. Ich möchte, dass er dort ist, wo ich mich meistens aufhalte. Und das ist nun mal hier. Das verstehst du doch, oder?«

Ja, das verstand ich. Aber das Ungetüm beleidigte meine Augen. Der KC85/1 war kein iBook, das, selbst wenn es gar nichts gekonnt hätte, ein Recht auf Existenz hatte, weil es einfach nur schön war. Der KC85/1 schien nur einen einzigen Zweck zu haben: Roula Rouge daran zu erinnern, wer sie war, woher sie kam. Mich wunderte allerdings, dass sie so sehr an dem Kasten hing. Wegen der Verachtung, mit der sie über ihren Vater herfiel, hätte man eigentlich annehmen können, dass sie nichts in ihrer Nähe duldete, was sie an ihre Jugend erinnerte. Offenbar ein Trugschluss.

Doch was nutzte es, wenn ich mir darüber den Kopf zerbrach? Der KC85/1 in meinem Loft war ein Fait accompli. Wenn ich mich nicht ewig über das Gerät am Boden ärgern wollte, musste ich handeln.

Gegen Ende des Monats nahm Roula Rouge wieder mehr Termine wahr. Sie hatte ihren Beruf eine Zeit lang vernachlässigt. Jetzt hatte sie offenbar wieder große Lust, sich mit den Haaren fremder Menschen zu beschäftigen, sie nahm bis zu drei Kunden am Tag an, meist im Ostteil der Stadt. Meinen Vorschlag, sie solle die Haarschneiderei doch einfach sausen lassen, parierte sie mit den Worten: »Ich liebe meinen Beruf, Schotter. Er macht mir Spaß.«

Nachdem sie sich eines Morgens für den Tag verabschiedet hatte – ich glaube, sie hatte sogar wieder einen Termin bei Witwe Mielke in Hohenschönhausen –, rief ich Schönheit an und bat ihn, bei mir vorbeizukommen. Es sei dringend. Gegen Mittag standen der Schreiner und ich dann beide mit einer Tasse Arpeggio in der Hand vor dem Gerät und beratschlagten, was zu tun sei. Es war nicht einfach.

»Uns bleibt nichts anderes übrig«, sagte Schönheit schließlich, »wir müssen das Ding zum Kunstwerk erklären.«

»Wie meinen Sie das?«, fragte ich.

»Ganz einfach, wir müssen es auf einen Sockel heben. Alle Dinge, die auf einem Sockel stehen, haben Gewicht. Selbst Sie werden Ihre Aversion gegen den Kasten überwinden, wenn Sie ihn eine Zeit lang als Kunstwerk betrachtet haben. Vertrauen Sie mir, Herr Schotter.«

Ich gab Schönheit grünes Licht für seine Pläne.

Eine Woche später stand in der Ecke zwischen der freigelegten Ziegelwand und der Fensterfront ein etwa ein

Meter vierzig hoher Holzblock aus massiver, geräucherter Eiche. Der Block wurde bündig gekrönt von einem dreißig Zentimeter hohen Aufsatz aus Plexiglas, dessen Seiten und Oberteil zwei Zentimeter dick waren. Das ganze sah ein bisschen so aus wie eine riesige quadratische Käseglocke, wirkte aber sehr elegant, besonders im Sonnenlicht.

Unter dem Aufsatz ruhte der KC85/1, der Prototyp des ersten Personal Computers der Deutschen Demokratischen Republik mit dem Aufkleber, auf dem nur noch die Buchstaben m, t und rl zu erkennen waren.

Jakob M. Klein, dem Elektriker-Sohn aus Eberswalde, war ein Denkmal gesetzt worden.

Als seine Tochter, Emma Klein, alias Roula Rouge, zum ersten Mal das Konstrukt sah, lachte sie laut auf.

»Du bist verrückt, Schotter. Total verrückt.«

Einunddreißig

Zwei Tage, bevor wir nach Usedom fuhren, kam ich am Abend gegen sieben Uhr nach Hause. Ich war Stunden lang durch Kaufhäuser und Boutiquen gelaufen, um ein Geburtstagsgeschenk für Roula Rouge zu finden. Vergeblich. Ich hatte anfangs mit der Idee gespielt, ihr einen iPod zu kaufen, war aber dann wieder davon abgekommen, weil sie ohnehin immer meinen benutzte. Und da sie keinen großen Unterschied zwischen Mein und Dein machte, war ich überzeugt, sie würde sich über ein eigenes Gerät nicht wirklich freuen, selbst wenn es eine persönliche Gravur zieren sollte, durch die ich ihr meine Liebe versicherte. Von den tausend anderen Dingen, die ich an diesem Nachmittag gesehen hatte, hatte mir aber auch nichts gefallen. Meine Laune war auf dem Nullpunkt.

Roula Rouge saß im Schneidersitz nackt auf dem Bett und lernte Französisch, als ich das Loft betrat. Sie trug eine Perlenkette, die ich noch nie an ihr gesehen hatte, und hielt zwischen den Zehen des rechten Fußes eine Haarbürste. Angie, die sprechende Puppe, hockte auf einem Kopfkissen und sah ihr zu. Angie war zuletzt ins Loft gezogen, noch nach dem KC85/1.

»Bonsoir, Chérie«, sagte Roula Rouge, während sie versuchte, ihr Bein so hoch zu heben, dass die Bürste ihre Haare berührte. Aus den Lautsprechern des Computers klangen Sätze, die sie wiederholen musste. Sie schürzte die Lippen und sagte: »Deux Messieurs s'installent à la terrasse du Café Georges V.«

»Das klingt sehr gut«, sagte ich.

»Ich bin gut«, antwortete sie.

Dann wollte ich wissen, ob sie Lust habe, ins Arlecchino zu gehen. Ich hatte Hunger und freute mich, nach der Shopping-Tortur, auf einen Teller Spaghetti mit Meeresfrüchten und mein Glas bei Branco.

»Das geht leider nicht, Chérie«, antwortete sie.

»Und wieso nicht?«

»Ich habe beschlossen, ab heute alles nur noch mit den Füßen zu erledigen. Und um im Restaurant mit den Füßen zu essen, habe ich noch nicht genug Übung. Du würdest dich mit mir blamieren, Schotter. Oder willst du mich vielleicht füttern?« Sie kicherte. »Aber warum essen wir nicht den Kaviar, der schon solange im Kühlschrank steht, wie ich dich kenne?«

Sie hatte recht. Bevor der Kaviar verdarb, sollten wir ihn essen. Ich ging zu Branco und lieh mir zwei Zitronen sowie vier Eier. Als ich zurückkam, hatte Roula Rouge schon auf dem Küchenblock gedeckt. Sie hatte die blaue Kaviar-Dose geöffnet und in eine Schüssel gestellt, die sie vorher mit

Eiswürfeln gefüllt hatte. Neben unseren Tellern standen zwei Wassergläser, randvoll gefüllt mit Eiswürfeln und Wodka. Wir stießen auf unser Glück an. Auf der Herdplatte kochte das Wasser für die Eier. Neben den Tellern, die für den Kaviar gedacht waren, stand jeweils eine Untertasse mit einem Joint.

»Das ist unser Nachtisch«, sagte Roula Rouge. Sie wollte wissen, woher ich die Joints hatte. Ich verschwieg ihr, dass Frederike Philipps sie in der Nacht, als sie die Rolex zurückbrachte, aus ihrem Dekolleté gezaubert hatte. Ich hätte den Stoff am Bahnhof Zoo gekauft, schwindelte ich.

»Hoffentlich haben sie dich nicht beschissen.«

Über die Philipps hatte ich nie wieder mit Roula Rouge gesprochen, seit sie mich aus dem Fenster des Taxis gefragt hatte, wer die Frau war, die mir Postkarten aus Haiti schrieb.

Zum Glück hatte Roula Rouge auch nicht mitbekommen, dass die Wirtin mir ein Päckchen aus Montana geschickt hatte, eine Jiffi-Tüte mit dem Poststempel aus der Hauptstadt Helena. In der Tüte befanden sich ein violettes, parfümiertes Spitzenhöschen der Firma Victoria's Secret und ein Brief, in dem die Philipps mir mitteilte, dass sie doch schon im September nach Berlin zurückkomme. Sie schrieb, sie habe sich Cowboy-Boots aus echtem Krokodilleder gekauft und einen Kurs in Line Dancing absolviert. Das habe ihr großen Spaß gemacht. Aber abgesehen davon, sei Montana nichts für sie. Sie habe Sehnsucht nach Berlin, Sehnsucht, Menschen zu sehen. Montana sei größer als Deutschland (inkl. Ostzone), schrieb sie, habe aber nur ein Hundertstel der Bevölkerung. Manchmal sehe sie außer ihrem Bruder Tage lang keine Menschenseele.

Im September wollte die Philipps also wieder in Berlin sein. Ich verfluchte mich, dass ich in der Nacht, als sie mich im Loft besucht hatte, schwach geworden war. Wie sollte ich

Roula Rouge mein Verhältnis zu der Wirtin erklären? Sie würde mir kein Wort glauben. Sie glaubte mir ja nicht einmal, dass ich Paula nicht geliebt hatte. Paula war zur Obsession für sie geworden. Je weniger ich über Paula sprach, desto mehr Fragen stellte Roula Rouge. In Susanne von Lilienthal sah sie seltsamerweise nur ein harmloses, wenn nicht sogar bedauernswertes, verwöhntes Geschöpf, das gegen sie nicht gewinnen konnte. Paula hingegen war von Anfang an – seit ich in der Küche bei Mettes Spaghetti Pesto zum ersten Mal von ihr erzählt hatte – ein rotes Tuch für Roula Rouge.

»Gegen eine Tote kann ich nicht gewinnen«, hatte sie gesagt, als wir uns im Juni wegen Paula stritten. Auf dem Höhepunkt des Streits hatte sie sogar geschrien: »Muss ich mich erst aus dem Fenster stürzen, damit du mich so liebst, wie du Paula geliebt hast?«

Ich dachte über Maurice mindestens ebensoviel nach wie Roula Rouge über Paula. Gerade bei diesem Nachtessen fragte ich mich, wie er reagiert hätte. Wir saßen beide auf den Hockern am Küchenblock und Roula Rouge ließ sich von mir füttern, Löffel für Löffel. Sie hatte beschlossen, ihr Spiel weiterzuspielen und weigerte sich, ihre Hände zu benutzen. Sie saß kerzengerade und nackt vor mir und bestimmte, ob sie nur einen Löffel Kaviar wolle oder nur etwas vom Ei oder eine Mischung aus beidem. Auch den Wodka trank sie nicht mehr selber. Ich musste das Glas wieder und wieder an ihre Lippen führen. Wir sprachen über nichts, außer über das Essen. Erst als Roula Rouge das letzte Korn Kaviar aus der Dose geleckt hatte, fragte ich sie, woher die Perlenkette sei.

»Von Maurice«, antwortete sie. »Er hat sie mir zu Weihnachten geschenkt. Es war mein schönstes Weihnachtsgeschenk überhaupt. Bevor er nach Berlin kam, war Maurice

Perlentaucher, für jede Perle, die du um meinen Hals siehst, hat er sein Leben riskiert, Schotter. Einmal hat ihn fast ein Hai erwischt, sein bester Freund ist von dem Ungeheuer zerfleischt worden.«

Ich sagte nichts, trank den letzten Schluck Wodka und sah ins leere Glas. Warum hatte ich kein Geschenk gefunden? Ich spürte, dass Roula Rouge mich beobachtete. Ich spürte, dass sie lächelte, bevor sie das Spiel ohne Hände beendete und die beiden Joints anzündete. Sie reichte mir einen Joint und ging mit einer Untertasse zum Bett. Ich zog mich aus und legte mich mit dem Joint in der Hand neben sie. Das Lächeln auf Roula Rouges Gesicht war wie in Stein gemeißelt.

Während sie mich liebte, und ich ihr Lächeln über mir sah, fühlte ich mich so schwach wie noch nie in meinem Leben. Roula Rouge bewegte sich ganz langsam und so rhythmisch wie eine Maschine. Dabei las sie meine Gedanken, die bei dem Rastaman waren. Ohne die langsamen Bewegungen aufzugeben, beugte sie sich zu mir runter und flüsterte in mein Ohr: »Er hat mich betrogen, Schotter.«

Ich nahm ihren Kopf in beide Hände und zwang sie, mir in die Augen zu sehen. Sie lächelte immer noch ihr versteinertes Lächeln.

»Wer hat dich betrogen?«

»Maurice. – Er war nie Perlentaucher, und sein Freund ist auch nicht vom Hai zerfleischt worden. Maurice hat die Kette für achtundzwanzig Euro in der Neuen Schönhauser in einer Pfandleihe gekauft, ich hab die Quittung in seiner Hose gefunden.«

Als ich ein paar Stunden später aufwachte, mein Mund war so trocken wie die Sahara, war Roula Rouge neben mir verschwunden. Das Mondlicht fiel durch die hohen Scheiben ins Loft und spiegelte sich funkelnd in den Farben des Regenbogens im Plexiglas des Denkmals wider. Ich stand auf, um mir ein Glas Wasser zu holen.

Hinter der verschlossenen Tür, die in das Reich führte, das Roula Rouge für sich beansprucht hatte, hörte ich die Tastatur des iBooks klappern.

Zweiunddreißig

Am zwölften Juli fuhren wir in einem Porsche 911 Turbo Cabriolet nach Usedom, um zusammen mit Omi Musch Roula Rouges vierundzwanzigsten Geburtstag zu feiern. Seit dem Tod ihrer Mutter hatte sie jeden Geburtstag mit ihrer Großmutter verbracht. Ich hatte Roula Rouge gefragt, welches Auto ich mieten sollte. Sie hatte geantwortet: »Einen Porsche.« Als sie meinen ungläubigen Blick sah, fügte sie wie selbstverständlich hinzu, sie sei noch nie in einem Porsche gefahren.

In diesem Augenblick flimmerten die Fernsehbilder von der Walpurgisnacht und vom ersten Mai durch meinen Kopf. Ich sah Fuck Berlin mit Mettes Mütze und einem Molotow-Cocktail in der Hand, und ich sah abgefackelte Autos in Kreuzberg. Und dann sah ich dasselbe Mädchen neben mir in einem schwarzen, offenen Porsche. Es trug eine Windjacke über einem T-Shirt und einen kurzen Rock. Die Beine glänzten in der Sonne. Das Mädchen und ich fuhren durch hässliche Industrielandschaften und verwunschene Alleen Richtung Ostsee, während aus den Lautsprechern des Autos die Musik des iPods klang. Wir ließen uns den Wind um die Ohren wehen und redeten kaum. Erst als Renaud *Hexagone* anstimmte, wollte Roula Rouge wissen, ob ich den Sänger, dem sie ihren Namen verdankte, wirklich live in Frankreich auf dem Parteitag der Kommunisten erlebt hatte, sie fragte, ob ich es schwören würde.

»Ja, wirklich. In Vanves, einem Vorort von Paris. Er war noch jung. Keiner kannte ihn damals.«

»Wie bist du dahin gekommen?«

»Ich war Austauschschüler und habe bei einer Arztfamilie gewohnt, bei einem Chirurgen. Einem Kommunisten. Seine Tochter und ich haben sogar Plakate für die gerechte Sache geklebt. Ihr Vater hat uns gefahren, wir haben die Drecksarbeit gemacht. Das war gefährlich. Das war wie Krieg. Arbeiterklasse gegen Bourgeoisie. Auch die Rechten haben Plakate geklebt. Und wehe, einer hat dem anderen den Platz auf den Wänden streitig gemacht. Da gab es so manche blutige Nase.«

Roula Rouge musste lachen.

»Warum lachst du?«

»Das klingt nach meinem Großvater. Der hat auch immer solche Geschichten erzählt. Vom Krieg, mein ich. – Und die rote Rose auf deinem Arm?«

»Was ist damit?«

»Sie stammt auch aus dieser Zeit?«

Ja, wir haben uns beide eine rote Rose auf den Arm tätowieren lassen und uns ewige Treue geschworen.«

»Wer?«

»Priscille und ich.«

»Priscille?«

»Die Tochter des Chirurgen.«

»Ihr wart ein Paar?«

»Ja, wir haben uns geliebt. Sie war meine erste Frau.«

»Du meinst, die erste Frau, die die Beine für dich breit gemacht hat?«

Ich nickte, und Roula Rouge lächelte.

»Und was macht sie heute, diese Priscille?«

»Ich weiß es nicht. Ich habe vor acht Jahren, kurz bevor ich Susanne von Lilienthal kennen lernte, zum letzten Mal von ihr gehört. Da hat sie in Afrika als Ärztin für Médecins sans frontières gearbeitet. An der Elfenbeinküste, glaube ich.«

Kurz vor Neubrandenburg bat Roula Rouge mich, an einem dieser furchtbaren Einkaufszentren zu halten. Während sie auf die Toilette ging, kaufte ich mir in einem Drogeriemarkt eine Zahnbürste und Zahnpasta, einen Rasierer und Rasierschaum. Mir war auf der Fahrt eingefallen, dass ich mein Necessaire zu Hause vergessen hatte.

Als ich an der Kasse in der Schlange wartete, kam Roula Rouge in den Drogeriemarkt. Sie sah sich im Laden um. Ihre Augen scannten die Umgebung so, wie sie beim ersten Besuch das Loft in der Meinekestraße ausgekundschaftet hatten. Anschließend steuerte sie schnurstracks auf den Ständer mit den Lippenstiften zu, strich sich ein paar Farbproben auf die Hand und roch daran. Sie merkte, dass ich sie beobachtete und lächelte mir zu. Dann ließ sie blitzschnell einen Lippenstift in der großen Tasche der Windjacke verschwinden. Mir schoss das Blut in den Kopf, der Stier begann zu toben. Nachdem ich gezahlt hatte, kam Roula Rouge zu mir, sie hakte sich in meinem Arm ein, und so verließen wir den Supermarkt.

Als wir am Porsche ankamen, ließ ich meiner Empörung freien Lauf. Ich schrie sie an: »Bist du von allen guten Geistern verlassen?«

»Was ist denn los, Schotter? Warum regst du dich so auf?«

»Du hast einen Lippenstift geklaut.«

»Hab ich nicht.«

»Doch, hast du! Ich hab's genau gesehen.«

Roula Rouge griff mit der flachen Hand in die Tasche des Blousons und zog sie als Faust wieder heraus. »Ich hab nicht einen Lippenstift geklaut, Schotter. Ich hab … eins, zwei, drei, vier, fünf … Ich hab fünf Lippenstifte geklaut. Den einen, den hab ich nur für dich geklaut. Ich hab gesehen, dass du mich beobachtet hast. Und ich hab's gern, wenn du dich aufregst.« Sie gab mir einen Kuss und hielt mir die Hibiscus-Stifte unter die Nase.

»Und wenn sie dich erwischt hätten?«

»Es konnte mich keiner erwischen. Es gab vier Kameras in dem Laden, aber nur einen Monitor an der Kasse, und die Kassiererin war doch vollkommen überfordert.«

»Und wenn dich jemand aus einem anderen Raum beobachtet hätte? Was dann?«

»Dann wäre ich gerannt. Ich renne jedem davon. Ich war Meisterin von Mecklenburg-Vorpommern im 5000-Meter-Lauf. Du hättest mich mit dem Chanel-Fummel sehen sollen, als ich die Galeries Lafayette verlassen habe.«

»Warum machst du das? Warum klaust du?«

»Das schärft die Sinne. Hat Einstein gesagt.«

»Hat er nicht.«

Sie lachte und gab mir noch einen Kuss. Ich sagte nichts mehr. In solchen Momenten fühlte ich mich wie Methusalem und schämte mich dafür.

Eineinhalb Stunden später fuhren wir über die nördliche Brücke bei Wolgast auf die Insel. Das war zwar ein Umweg, aber es war erst Mittag und Roula Rouge wollte den Weg am Meer entlang nehmen, um mir die Kaiserbäder zu zeigen. Ich sollte gleich den richtigen Eindruck von dem Landstrich bekommen, in dem sie ihre Kindheit verbracht hatte. Zu jedem Ort, fast zu jedem Gebäude fiel ihr eine Geschichte ein.

In Ahlbeck, gleich hinter der Ortseinfahrt, hielten wir an. Roula Rouge sagte, ich solle die Schuhe ausziehen und die Khakis bis zu den Knien aufkrempeln. An der Promenade gingen wir ein Dutzend mit Moos bewachsene Betonstufen zum Strand hinunter. Als wir im Sand standen, sah Roula Rouge mich fragend an.

»Na?«

Ich kapierte nicht, was sie meinte, und lächelte.

»Das ist doch wie Puderzucker, Schotter«, sagte sie. »Findest du nicht?«

Sie bückte sich, nahm eine Hand voll Sand auf und ließ ihn durch die geschlossene Faust laufen, dann legte sie mir einen Arm um die Schulter und führte mich ein paar hundert Meter schweigend am Strand entlang. An einer Düne blieb sie stehen.

»Und hier, hier hab ich zum ersten Mal die Beine breit gemacht. Genau hier.«

»Wann war das?«

»Morgen vor sieben Jahren, an meinem siebzehnten Geburtstag. Der dreizehnte Juli ist mein Schicksalstag, Schotter. Robert war ein richtiger Dussel, ein richtig schöner, muskulöser Dussel. Und ein Angeber obendrein. Er gab an wie eine Tüte Mücken. Besonders stolz war er auf sein Auto. Es hatte Spinnweb-Radkappen und Weißwandreifen. Roberts Vater ist Mitte der neunziger Jahre mit seiner Baufirma von Ratzeburg, glaube ich, nach Usedom gekommen. Wenn du ein hässliches Haus auf der Insel siehst, dann kannst du davon ausgehen: die Firma Funke & Sohn hat daran mitgebaut.«

»Habt ihr euch in der Schule kennengelernt?«

»Nein, er war fünf Jahre älter als ich. Seine Mutter war Kundin bei uns. Und weil die keinen Führerschein hatte, musste Robert sie immer abholen.«

»In der Frisierstube Ahlbeck?«

»Genau.« Roula Rouge sah mich verblüfft an.

Es war kurz vor drei am Nachmittag, als wir vorm Haus

ankamen. Ich hatte es sofort wieder erkannt – die dunkelblaue Holztür mit dem Schriftzug *Frisierstube Ahlbeck* auf der Scheibe, die beiden Trockenhauben hinter dem Fenster. Nur saßen diesmal keine Frauen darunter, und auch Roula Rouge stand nicht mit der Brille, die ihr halbes Gesicht einnahm, vor der Tür. Sie saß in einem schwarzen Porsche 911 Turbo Cabriolet und sah mich an.

»Da sind wir«, sagte sie und studierte neugierig mein Gesicht, wie sie es am Strand getan hatte, als unsere nackten Füße den Sand berührten. Sie versuchte aus meinem Blick herauszulesen, ob mir das Haus gefiel. Ich war überzeugt, wenn es mir nicht gefallen hätte, es wäre das Ende der Liebe gewesen. Ich kannte Tests dieser Art nur zu gut. Bevor Susanne von Lilienthal und ich ein Paar geworden waren, ja, bevor wir uns überhaupt zum ersten Mal geküsst hatten, hatte sie mich gefragt, ob mir *8½* und *Dolce Vita* gefielen. »Sehr«, hatte ich damals geantwortet. Susanne war mit der Auskunft zufrieden gewesen. Sie hatte gesagt: »Da bin ich aber beruhigt.« Auf mein Wieso? hatte sie geantwortet: »Weil ich nicht mit dir zusammen sein könnte, wenn dir diese Filme nicht gefielen.« Man könne über viele Dinge, hatte sie gesagt, geteilter Meinung sein, wenn man sich liebte. Aber es gäbe in einer Beziehung ein paar Essentials, die nicht zur Diskussion stehen dürften – Essentials, wie *8½* eben oder *Dolce Vita*.

»Versteh ich dich richtig«, hatte ich gefragt, »wenn mir *8½* oder *Dolce Vita* nicht gefallen würden, dann …«

»… richtig, dann wärst du ein Idiot, Jonathan«, hatte Susanne geantwortet, »und keinen Kuss wert.«

Das Haus, vor dem wir standen, war für Roula Rouge so ein Essential. Es war so verwunschen wie die Alleen, die wir auf der Fahrt nach Usedom hinter uns gelassen hatten, es war anders als die weißen Bürgervillen an der Strandpromenade, die stolz dem Wasser trotzten. Es glich eher einer Kate. Es war hellblau angestrichen und hatte ein kräftiges Reetdach. Katen dieser Art, sagte Roula Rouge, waren eigentlich mehr im Hinterland der Insel zu finden – am Achterwasser, das süß war – und nicht so nah an der salzigen See. Zum Haus gehörte ein kleiner Vorgarten, in dem drei Hühner herumliefen und ein Apfelbaum stand. Auch wenn es nur ein paar hundert Meter von der Hauptstraße entfernt lag, konnte man sich nur schwer vorstellen, dass sich jemand hierher verirrte, um sich frisieren zu lassen.

»Hier bist du also groß geworden?«, sagte ich, und erinnerte mich daran, wie ich den schwarzen Rucksack mit dem Aufkleber *Unabhängige Republik Usedom* vor Wut über die geräucherte Eiche geschossen hatte, weil ich das Passwort des iBooks nicht entschlüsseln konnte.

»Ja, und hier werde ich alt werden.«

Wir stiegen aus und gingen durch das Gatter auf das Grundstück. Ich warf einen Blick durchs Fenster in den Frisiersalon, der blitzsauber war.

»Er ist geschlossen«, sagte Roula Rouge. »Meine Großmutter hat ihn einen Tag vor Weihnachten dicht gemacht. Für immer. Sie hatte gehofft, ich würde den Laden weiterführen. Doch das konnte ich einfach nicht. Dauerwellen für alte Frauen, mein ganzes Leben lang. Nein, wirklich nicht.«

»Und warum stehen die Sachen alle noch in dem Salon?«

»Ich hab Omi Musch angeboten, sie über Ebay zu verkaufen. Das hat sie aber abgelehnt. Der Laden ist ihr Museum. Sie hat fast fünfunddreißig Jahre ihres Lebens darin verbracht, sie hat ihn gleich nach der Scheidung von meinem Großvater eröffnet.«

Roula Rouges Großmutter hockte in Gummistiefeln am Ende des Gartens, der hinter dem Haus lag und im Verhältnis zur Kate erstaunlich groß wirkte, in einem Beet und pflückte die letzten Erdbeeren der Saison. Sie hatte uns den Rücken zugewandt und unsere Ankunft nicht bemerkt. Roula Rouge legte den Finger senkrecht auf den Mund und schlich sich von hinten an die Großmutter an. Ich blieb auf der Terrasse neben dem Hintereingang zum Haus unter einem roten Sonnenschirm mit dem Schriftzug von Coca Cola stehen. Links von mir stand ein alter Strandkorb, auf der Sitzfläche lagen die Lesezirkel-Ausgaben der Zeitschriften Super Illu und Guter Rat, daneben eine Lesebrille. Die Tür zum Haus war offen. Sie führte direkt in die Küche. Ich sah einen alten, gusseisernen Ofen und einen Gesindetisch mit einem Strauß roter Nelken vor einer Holzbank.

Omi Musch schrie erschreckt auf, als Roula Rouge ihr von hinten mit beiden Händen die Augen zuhielt. Sie erhob sich aus der Hocke und umarmte ihre Enkelin. Die beiden redeten ein paar Sätze, dann zeigte Roula Rouge mit dem Finger auf mich.

Während wir drei aufeinander zugingen, spürte ich den musternden Blick der Frau, die die kleine Emma nach dem Freitod von Conny Klein, geborene Lüders, zu sich genommen hatte. Als wir uns gegenüberstanden, deutete sie mit den Augen auf ihre schmutzigen Hände und reichte mir den Ellbogen zur Begrüßung: »Freut mich, Sie kennen zu lernen, Jonathan.«

Carlotta Lüders war schwer zu schätzen, vielleicht war sie sechzig, vielleicht aber auch schon siebzig Jahre alt. Ihre Haare waren blond gefärbt und gelockt. Sie trug einen grobmaschigen, selbst gestrickten Pullover und Jeans. Auf ihren Lippen blühte der gleiche Hibiscus wie bei Roula Rouge. Obwohl sie kräftig und tief war, klang ihre Stimme wie die eines jungen Mädchens.

»Kaffee oder Tee?«, fragte sie, bevor sie die Gummistiefel auszog und die Küche betrat. »Kaffee für Jonathan, Tee für mich«, sagte Roula Rouge und grinste. Sie hielt mich auf der Terrasse zurück, gab mir einen Kuss und flüsterte: »Weißt du, was sie gesagt hat, als sie dich gesehen hat?«

»Erzähl.«

»Zuerst einen Neger und jetzt einen, der dein Vater sein könnte. Kannst du nicht einmal einen normalen Typen nach Hause bringen?«

Roula Rouge kicherte.

Dreiunddreißig

Omi Musch und ich, wir wurden Freunde. Wir blieben zwar beim Sie, nannten uns aber beim Vornamen, Carlotta und Jonathan. Wenn ich ehrlich war, hatte ich es auch am liebsten, wenn die Menschen, die mir nah waren, mich mit dem Vornamen ansprachen. Ich hatte schon mal darüber nachgedacht, Roula Rouge zu bitten, das blöde Schotter zu vergessen, war aber davon überzeugt, sie würde mich daraufhin erst recht so nennen, und so ließ ich es bleiben.

Carlotta und ich verbrachten während der Tage auf Usedom viel Zeit zusammen. Sah man einmal von den Nächten ab, sogar mehr Zeit als Roula Rouge und ich. Roula Rouge genoss es, mit dem Porsche die Insel abzufahren und die Freunde zu besuchen, mit denen sie zur Schule und Berufsschule gegangen war oder den Tanzkurs besucht hatte. Sie hatte mich zwar immer gefragt, ob ich Lust hätte, sie zu begleiten, doch ich konnte mir Schöneres vorstellen, als mit einem albernen Haufen junger Leute zusammen zu sitzen, mich beäugen zu lassen und über vergangene Zeiten zu plaudern.

So vertrieb ich mir die Tage in Ahlbeck mit Jeffery Deaver und einem dunkelblauen Handtuch am Meer oder eben mit Carlotta in der hellblauen Kate, in der ich mich von Anfang an wie zu Hause gefühlt hatte. Neben dem Frisiersalon und der Küche gehörten zum Haus nur noch drei Räume: die gute Stube, in der Caspar David Friedrichs *Kreidefelsen* hing, Carlottas Schlafzimmer und Roula Rouges Zimmer, das noch immer genauso aussah – das versicherte mir Carlotta – wie an dem Tag, als die Enkelin Usedom verlassen hatte, um nach Berlin zu gehen. An der Schranktür klebte sogar noch das inzwischen vollkommen vergilbte Plakat der Backstreet Boys. Und auf dem Nachttisch stand eine Fotografie von Conny Lüders, die Roula Rouge zum Verwechseln ähnelte. Sie hatte die gleichen hohen Wangenknochen, die gleichen vollen Lippen, die gleichen braunen Augen.

Jeden Abend, bevor Roula Rouge und ich in dem schmalen Bett mit der viel zu weichen Matratze schlafen gingen, warf ich einen Blick auf das Bild und fragte mich, wie es möglich war, dass eine so starke, mit beiden Beinen fest auf der Erde stehende Person wie Carlotta Lüders ein so fragiles, abhängiges Geschöpf wie Conny auf die Welt bringen konnte – eine lebensmüde Frau, die in Kauf nahm, dass ihre fünfeinhalbjährige Tochter sie mit heraushängender Zunge auf dem Dachboden fand.

In diesen Momenten wusste ich nicht, wen ich mehr verachtete, den Vater, der seine Tochter an ihrem fünften Geburtstag für immer allein gelassen hatte, oder die Mutter. Carlotta Lüders nahm Conny natürlich in Schutz, obwohl auch sie bis zu diesem Tag nicht zu verstehen schien, wie das alles hatte passieren können.

»Ich grüble darüber jetzt seit fast zwanzig Jahren nach«, hatte sie mir einmal gesagt.

Am Morgen des dreizehnten Juli wachte ich schon sehr früh auf. Um Roula Rouge nicht zu wecken, schlich ich mich, nur mit der Khaki und einem weißen T-Shirt bekleidet, aus dem Kinderzimmer. Carlotta arbeitete schon in der Küche. Sie war dabei, den Geburtstagskuchen für Roula Rouge zu backen.

»Guten Morgen, Jonathan. Sind Sie aus dem Bett gefallen?« Sie sah mich erstaunt an, als ich plötzlich mit der immer noch bis zu den Knien aufgekrempelten Hose vor ihr stand. »Emma ist doch hoffentlich nicht auch schon wach«, sagte sie, während sie durch ein feines Sieb die Schale einer Zitrone in eine schaumige Masse rieb.

»Keine Angst, sie schläft wie ein Murmeltier.« Ich ging in den Garten. Nur das Geschrei von ein paar Möwen, die über dem Haus kreisten, störte die Stille des Morgens. Es war kühl. An meinen nackten Füßen spürte ich den Tau des Rasens. Ich ging zu den Rabatten, pflückte eine Erdbeere und schob sie mir in den Mund, wie es Roula Rouge wahrscheinlich tausend Mal in ihrem Leben vor mir an dieser Stelle getan hatte. Als ich etwas später in die Küche zurückkam, stand eine Tasse mit dampfendem Kaffee für mich auf dem Gesindetisch bereit. Ich setzte mich auf die Holzbank neben Angie, die lächelnd in dem Knick eines Kissens thronte.

»Ah, Angie ist auch schon da«, sagte ich.

»Angie ist überall, wo Emma ist«, sagte Carlotta. – »Ein Marmeladenbrot?«

»Ja, gern.«

»Mit Angie hat das ganze Unglück begonnen.«

»Wieso das?«

»Immer, wenn dieses kraushaarige Geschöpf auftauchte, ist etwas ganz Schreckliches passiert.«

Ich nahm an, Carlotta Lüders erzählte mir jetzt die Geschichte, wie Kalle Kerschkamp mit der schwarzen, sprechenden Puppe aus Liverpool zurückgekommen war, wie ihr Schwiegersohn daraufhin durchdrehte und wie die kleine, glückliche Welt der Conny Klein am Elbhang in Dresden zu Bruch ging. Davon erzählte Carlotta auch, allerdings erst später.

Angie hatte nämlich schon einmal in Carlottas Leben eine große Rolle gespielt, und zwar lange bevor der beste Freund ihres Schwiegersohns den Computer-Kongress in England besucht hatte. Das war Anfang der siebziger Jahre gewesen. Carlotta und ihr Mann Heinz, ein Fischer aus Ahlbeck, hatten sich gerade scheiden lassen, als in der Deutschen Demokratischen Republik eine unglaubliche Solidaritätskampagne für Angela Davis tobte. Carlotta sprach den Namen der amerikanischen Bürgerrechtlerin nicht englisch aus, sondern deutsch, was unfreiwillig komisch klang.

Angela Davis war 1970 verhaftet worden. Man warf ihr vor, Terroristen unterstützt zu haben. Angeblich hatte sie einem Black Panther eine Waffe besorgt, der damit in einem Gerichtssaal eine Schießerei begonnen hatte. Die Vietnamkriegsgegnerin kam in Untersuchungshaft, ihr drohte die Todesstrafe.

Das rief die Jugend der DDR auf den Plan. Die FDJ startete die Aktion »Millionen Rosen für Angela«, tausende von Schulkindern schrieben Briefe an Richard Nixon und baten den Präsidenten um Gerechtigkeit für die Bürgerrechtlerin.

Auch Conny Lüders musste so einen Brief schreiben. Sie war dreizehn oder vierzehn Jahre alt und saß verzweifelt in der Küche an dem selben Gesindetisch, an dem jetzt ich meinen brühend heißen Kaffee trank, und heulte sich die Seele aus dem Leib, weil sie nicht wusste, wie sie das Schreiben zu Papier bringen sollte. Außerdem hatte sie andere Probleme, die ihr Herz mehr bewegten, als das Schicksal der schwarzen Amerikanerin. Seit der Scheidung ihrer Eltern hatte sie ihren Vater nicht mehr gesehen, der zu seiner Freundin, einer Mutter von zwei Kindern, nach Rostock gezogen war, wo er auf einer Werft arbeitete. Conny hatte ihren Vater über alles geliebt. Zu ihren schönsten Erinnerungen gehörten die Nächte, die sie mit ihm zusammen beim Fischen auf dem offenen Meer verbracht hatte.

Carlotta sagte, sie wisse natürlich, dass Angela Davis nicht wirklich etwas mit den Schicksalsschlägen in ihrer Familie zu tun hatte, trotzdem bereite ihr deren Anwesenheit, in welcher Form auch immer, schreckliche Kopfschmerzen.

Als ich fragte, was passiert war, antwortete sie nur kurz: »Conny hat damals schon einmal versucht, sich umzubringen. Sie hat Rattengift geschluckt. Ein paar Urlauber haben sie halbtot mitten in der Nacht im Strandhafer der Dünen gefunden.«

Carlotta öffnete den Backofen und steckte eine Stricknadel in den Kuchen. Ich beobachtete sie und schwieg. Was hätte ich auch von mir geben sollen? Nach einer Weile sagte Carlotta, sie verstehe bis heute nicht, wie sie eine derart zart besaitete Tochter habe auf die Welt bringen können. Weder ihr selbst, aber schon gar nicht ihrem Ex-Mann konnte man Zimperlichkeit oder gar Wehleidigkeit nachsagen. Conny sei ihr deshalb bis heute ein großes Rätsel geblieben.

»Aber sie war doch nicht immer zimperlich«, sagte ich.

»Doch immer, von morgen bis abends, ihr viel zu kurzes Leben lang.«

Als Beweis, dass Conny auch anders sein konnte, erzählte ich Carlotta die Geschichte, die Roula Rouge mir erzählt hatte, die Geschichte vom Ausflug nach Werder, als die kleine Emma bei dem Versuch, ein Papierschiffchen vom Bootsanlegesteg ins Wasser gleiten zu lassen, in die Havel gefallen war und von ihrem Vater gerettet wurde. Ich erzählte, was Conny gesagt hatte, als Vater und Tochter tropfnass und noch immer zitternd vor Angst vor ihr standen. Sie hatte gesagt: *Zum Glück hast du deinen Anzug nicht angezogen, Jakob.* Diese Antwort, sagte ich, habe mit Zimperlichkeit ja nun fürwahr wenig zu tun, sie klänge in meinen Ohren eher kaltschnäuzig, wenn nicht sogar kaltblütig.

Carlotta lachte laut auf, und ihr Lachen tönte so jung wie ihre Stimme.

»Das ist eine schöne Geschichte, Jonathan«, sagte sie, »wirklich, eine wunderbare Geschichte, aber sie ist frei erfunden. Nie im Leben wäre Conny ein solcher Satz über die Lippen gekommen, sie hätte sich eher die Zunge abgebissen. Nein, nein, das ist typisch Emma. Die Phantasie geht mit ihr durch. Sie glaubt, was sie träumt. Das ist ihr Problem oder auch ihre Chance, ganz wie Sie wollen. Zum Glück hat sie angefangen zu schreiben. Da kann sie das jedenfalls alles rauslassen.«

»Sie hat was?«

»Sie schreibt. Sie hat angefangen zu schreiben. Haben Sie das noch nicht mitbekommen? Lebt ihr nun zusammen oder nicht? Ein Lehrer in Berlin, bei dem sie ihr Abitur gemacht hat, hat gesagt, sie sei hochbegabt. Sie hat ihm das geglaubt. Seitdem schreibt sie. Sie hat sogar einen Club gegründet. Zusammen mit der Heringsdorf-Mette …«

»Mette schreibt auch?«

»Nein, Mette zeichnet. Wenn sie ihr Abitur hat, will sie Design studieren und später Mode machen. Aber die Statuten des Clubs scheinen für beide Berufe zu gelten.« Carlotta sah mich an und schüttelte ratlos den Kopf. »Worüber reden Sie eigentlich, Jonathan – Sie und Emma, mein ich?«

»Und der Club? Wie heißt der?«

»Meines Wissens *Das Ei.* Aber fragen Sie doch Emma, um Gottes Willen.«

Carlotta band sich die Schürze ab und verließ die Küche, um auf dem Dachboden nach Kerzen zu suchen. Sie hatte Recht. Wieso wusste ich nicht, dass Roula Rouge schrieb? Was wusste ich überhaupt von ihr?

Ich erinnerte mich an die Nacht, als wir zusammen die Joints der Philipps geraucht hatten, und ich später vom Durst geplagt aufgewacht war. Ich hatte gehört wie Roula Rouge in ihrem Reich hinter verschlossener Tür die Tastatur des iBooks bediente. Ich hatte mich nicht getraut, den Raum zu betreten. Normalerweise wachte ich nachts nie auf. Vielleicht saß sie ja, von mir unbemerkt, jede Nacht vor dem Computer und schrieb. Und dann erinnerte ich mich an den Ordner »FuckBerlinsChaos«, auf den ich gestoßen war, nachdem ich das pornografische Foto gelöscht hatte. Ich erinnerte mich an das Dokument, das *Das Ei* hieß und an die Gebote, die ich darin fand. Ich hatte die Idee des Clubs als kindliche Spielerei abgetan.

Warum eigentlich?

Es war kurz nach neun, als Roula Rouge in die Küche kam. Sie war noch verschlafen. Sie streckte sich im Türrahmen und gab Geräusche wie eine Katze von sich. Ihre blonden Haare zeigten in alle Richtungen. Sie trug die Brille und ein weißes T-Shirt, das die Oberschenkel zur Hälfte bedeckte. Carlotta hatte den Frühstückstisch hergerichtet. In der Mitte stand der Kuchen mit den vierundzwanzig Kerzen, daneben hatte sie zwei liebevoll verpackte Geschenke platziert. Und ich hatte einen Briefumschlag dazugelegt, auf dem ein Sticker mit einem Smiley-Face klebte.

»Umdrehen!«, sagte Carlotta forsch, als sie ihre Enkelin sah. Roula Rouge gehorchte und stellte sich mit dem Rücken zu uns in die Tür. Carlotta zündete die kleinen Kerzen an. Dann drehte sie eine Spieluhr auf, die das Lied *Zum Geburtstag viel Glück* spielte. Carlotta und ich stimmten leise in die Melodie ein. Roula Rouge ging auf ihre Großmutter zu und umarmte sie lange. Anschließend gab sie mir einen Kuss und sagte: »Ich bin glücklich, dass du hier bist, Jonathan.«

Ja, sie sagte Jonathan. Ich bildete mir ein, sie hatte Tränen in den Augen. Bevor sie die Geschenke auspackte, ging sie für einen Moment auf die Terrasse und atmete ein paar Mal tief durch.

»Das ist immer ein schwerer Tag für sie«, flüsterte Carlotta. »Sie müssen heute ganz besonders lieb zu ihr sein.«

Roula Rouge öffnete zuerst das kleinere der beiden Geschenke. In einer weinroten Schachtel mit einer aufgeklebten rosa Schleife lag ein Schmuckstück auf einem rosa Wattebäuschchen. Es war einer der beiden Ohrringe, die ich an Roula Rouges Mutter auf dem Foto in dem Rahmen auf dem Nachttisch in unserem Zimmer gesehen hatte. Er bestand aus einer aus Gold geflochtenen Fassung und einem blauen Stein. Roula Rouge befestigte den Ring an ihrem linken Ohrläppchen. Wieder glaubte ich, Tränen in ihren Augen zu sehen.

Carlotta sagte: »Der zweite ist leider verschwunden. Ich habe damals in Eberswalde das ganze Haus auf den Kopf gestellt, um das Ding zu finden. Vergeblich.«

Roula Rouge sah mich lächelnd an.

»Er ist wie für dich gemacht«, sagte ich.

In dem größeren Paket befanden sich sämtliche Staffeln der Fernsehserie *Sex And The City*. Roula Rouges musste laut lachen, während sie die Hüllen der CDs betrachtete. Sie sah mich strahlend an und sagte: »Woher wusstest du das? Wir haben sie nie zusammen gesehen. Das ist meine Lieblingsserie.«

»Die Filme sind nicht von mir«, sagte ich. »Sie sind auch von Carlotta.« Ich schämte mich, dass ich kein richtiges Geschenk gefunden hatte, obwohl ich einen ganzen Nachmittag durch die Stadt gelaufen war. Carlotta sagte: »Jedes Mal, wenn du mich besucht hast, hast du das Zeugs geguckt.«

Roula Rouge gab Omi Musch einen Kuss, während sie

mit dem schwarzen Nagel des Zeigefingers den Umschlag mit dem aufgeklebten Smiley-Face aufschnitt. Sie zog ein Blatt heraus und las leise: »*Gutschein*. Gutschein wofür? Ich versteh nicht, Jonathan.« Sie sah mich fragend an.

Ich stellte mich neben sie. »Was siehst du?«, fragte ich.

»Ein Kinderbild.«

Ich war ein wenig beleidigt, ich hatte mir viel Mühe gegeben und mich bestimmt eine Stunde lang an dem Kunstwerk versucht. Ich wollte mich zuerst sogar vor der Arbeit drücken und hatte mir überlegt, Susanne von Lilienthal anzurufen und sie zu bitten, das Sujet für mich zu zeichnen und es mir als pdf-Datei zu senden. Ich war dann aber wieder von der Idee abgekommen, weil mit Sicherheit erstens Susanne eingeschnappt gewesen wäre und zweitens Roula Rouge. Außerdem hatte ich mit Susanne kein Wort mehr gewechselt seit dem denkwürdigen Abend bei Nazim im Keyif. Sie hätte mich sicher mit einer Suada an Beschimpfungen begrüßt, bevor ich überhaupt ein Wort losgeworden wäre.

»Okay«, sagte ich zu Roula Rouge, »ein Kinderbild. Und was ist darauf abgebildet? Erzähl mir, was du siehst.« Ich nahm auf einem Stuhl Platz, Roula Rouge setzte sich breitbeinig auf meinen Schoß. Ich spürte ihre Wärme auf meinen Schenkeln. Carlotta drehte sich verschämt weg und lächelte dabei.

»Das hier ist eine Möwe«, sagte Roula Rouge. »Und das … das könnte die Ostsee sein.« Ihr schwarzer Nagel berührte das blaue Wasser.

»Das ist nicht die Ostsee, das ist der Atlantische Ozean. Und die Möwe ist ein Flugzeug. – Wo fliegt das Flugzeug hin?«

Roula Rouge kicherte, weil ich mit ihr sprach wie mit einer Dreijährigen. »Nach Amerika?«

»Richtig. Und wie heißt diese Stadt?« Ich zeigte auf das Empire State Building, das ich gemalt hatte, weil es das World Trade Center ja nicht mehr gab. Und ich zeigte auf einen Apfel, einen fetten, runden Apfel.«

»New York?«

»Richtig.«

Für Louisiana hatte ich Bonnie und Clyde und einen schwarzen Saxophonspieler gezeichnet, dessen Backen so prall gefüllt waren wie ein Luftballon. Florida wurde durch einen rosa Flamingo dargestellt, eine Sonne und einen Liegestuhl.

Roula Rouge erriet beide Staaten auf Anhieb. »Du schenkst mir eine Reise nach Amerika?«, sagte sie. Ich nickte. Sie legte mir ihre Arme um den Hals und drückte ganz fest ihre Lippen auf meine Lippen, bevor sie vor Freude in mein Ohr biss. Als sie mich wieder freigab, fragte sie: »Wann?«

»Wann du willst und solange du willst«, antwortete ich.

Den Nachmittag verbrachte ich allein auf der Terrasse und später in der guten Stube der Kate. Die beiden Frauen hatten mich verlassen. Carlotta war einkaufen gegangen, Roula Rouge besuchte eine Freundin in Bansin, eine Franzi, von der ich vorher noch nie etwas gehört hatte. Bevor Roula Rouge gegangen war, hatte sie mir einen Ausschnitt aus der Ostsee-Zeitung auf die Ablage des Strandkorbs gelegt und dazu eine verrückte Geschichte erzählt.

Franzis Vater besaß eine kleine Druckerei, die Visitenkarten, Plakate, alle möglichen Sticker und vier Mal im Jahr ein Insel-Magazin druckte, das in Hotels oder beim Fremdenverkehrsverein frei auslag. Vor acht Jahren hatten Roula Rouge, Franzi und Mette heimlich die Sticker *Unabhängige Republik Usedom* in dieser Druckerei angefertigt und einer

Ausgabe des Insel-Magazins beigelegt, was seinerzeit einen Riesenärger verursachte.

Die Bürgermeister der Kaiserbäder und einiger anderer Gemeinden auf der Insel hatten überlegt, rechtliche Schritte gegen Franzis Vater einzuleiten. Zwei von ihnen wollten dem Druckereibesitzer sogar das Geld entziehen, mit dem die Gemeinden das Magazin unterstützten. Die Ostsee-Zeitung berichtete von dem Skandal auf der ersten Seite. Roula Rouge wurde in dem Artikel augenzwinkernd als *Rosa Luxemburg von Ahlbeck* und als *Emma K. die Rädelsführerin* bezeichnet. Ihr Foto war mit einem Balken über den Augen veröffentlicht worden. Unter dem Balken kam noch ihre überdimensionale Brille zum Vorschein, mit der ich sie auf dem Foto vor der Frisierstube Ahlbeck gesehen hatte.

Nach zwei Stunden ging ich von der Terrasse in die Stube, weil es mir draußen zu warm geworden war. Ich machte es mir auf dem geblümten Sofa bequem, um mich in den Deaver zu vertiefen. Mein Blick fiel dabei auf einen kleinen Sekretär links neben dem *Kreidefelsen*. Auf der Schreibplatte des Möbels entdeckte ich einen silbernen Rahmen, in dem kein Foto steckte sondern ein Spruch. Ich stand wieder auf, um die Zeilen zu lesen. Sie waren mit Tinte in Fraktur geschrieben.

> *Solange wir leben, sind wir Stückwerk. Erst wenn wir gestorben sind, werden wir erkennen und selber erkannt werden. Also bleiben Liebe, Glaube, Hoffnung, diese drei. Aber die Liebe ist die größte von allen.*
> (PAULUS AN KORINTHER)

Neben dem Rahmen mit dem Spruch lag eine Lesezirkelausgabe der Bunten. Ich nahm das Heft in die Hand und stellte fest, dass es ein paar Wochen alt war. Es war die Ausgabe, die Branco mir an dem Tag im Arlecchino gebracht hatte, als ich aus dem Loft geflüchtet war, weil Tischler Schönheit damit beschäftig gewesen war, die Bücherborde zu installieren. Roula Rouge hatte ich zu dieser Zeit noch nicht leibhaftig gesehen.

Ich schlug das Blatt auf und suchte die Doppelseite, auf der Michael Herdi den vierzigsten Geburtstag seiner Frau Eliane in Saint Tropez feiern ließ. Ich betrachtete noch einmal die Fotos, die das Ehepaar zeigten, ihre sechzig Freunde und die Yacht Smart Girl II, die stolz in der Bucht des Fischerdorfes an der Côte d'Azur dümpelte.

Warum lag das alte Heft auf dem Sekretär in Usedom? Warum hatte Carlotta es nicht zurückgegeben? Sie war eine ordentliche Frau und pflichtbewusst obendrein.

Meine Gedanken wanderten von dem Strand in Saint Tropez ins Keyif nach Berlin. Ich sah Herdi vor mir, wie er in seinem gelben Pullover über den Verzicht dozierte, von dem er, nach eigenen Worten, ein Lied singen konnte. Herdi strotzte vor Gelassenheit. Dann hörte ich, wie er den Mercedes-Händler zur Weißglut brachte, in dem er das Auto an sich für überflüssig erklärte. *Das Auto,* hatte Herdi gesagt, *brauchen wir in Zukunft vielleicht nur noch für die Fahrt ins Grüne am Wochenende oder für die Fahrt in die Sommerfrische auf die nordfriesischen Inseln oder an die Pommersche Bucht.*

Auch dieser Satz kam mir, je länger ich jetzt über ihn nachdachte, absurd vor. Ich hatte einen Wessi noch nie en passant von der Pommerschen Bucht sprechen hören. Ich selbst hatte noch nie über die Pommersche Bucht gesprochen. Ein Wessi sprach über die ganze Welt – er sprach über Thailand, Florida, Mallorca, und von mir aus auch über Rio – aber er sprach nicht über die Pommersche Bucht.

»War es Ihnen draußen zu warm, Jonathan?«

Ich erschrak, als ich Carlottas kräftige Stimme hörte. Sie

stand keinen Meter entfernt hinter mir. Ich hatte sie nicht gehört und fühlte mich ertappt wie in dem Moment in der Lieselotte-Herrmann-Straße, als Roula Rouge mich des Social Engineerings bezichtigt hatte.

»Ja«, antwortete ich, »es war mir zu warm im Strandkorb. Meine Beine sind ganz verbrannt.«

Ich zeigte auf den Bibelspruch und fragte Carlotta, wer die Zeilen geschrieben habe.

»Pastor Evers«, antwortete sie. »Er hat sie auf Connys Beerdigung zitiert. Und ich habe ihn gebeten, sie mir noch einmal aufzuschreiben. Sie haben mir damals viel Trost gegeben. Und das tun sie auch heute noch.«

Vierunddreißig

Einen Tag vor unserer Rückreise nach Berlin saß ich vor einer Tasse Tee in der Küche und blätterte in einem Fotoalbum, das Roula Rouges Mutter als Baby zeigte. Carlotta stand am Herd und bereitete das Abendessen zu, während sie wieder von ihrer Tochter erzählte, die sich ihr kurzes Leben lang nur von ihren Träumen ernährt hatte. Roula Rouge zappte sich in der Stube gelangweilt durch die Fernsehprogramme. Sie wollte eigentlich ins Restaurant gehen, aber da ein Sturm aufzog und es regnete, hatten Carlotta und ich beschlossen, den letzten Abend auf Usedom zu Hause zu verbringen.

»Zum Glück«, sagte Carlotta, »hat Emma mehr von ihrem Vater als von ihrer Mutter geerbt.« Ich wollte wissen, wie sie das meinte. »Emma ist eine große Egoistin, Jonathan, haben Sie das noch nicht bemerkt? Und sie ist sehr klug. Ich hätte ihr damals verbieten sollen, von der Schule abzugehen. Ich hätte sie zwingen sollen …«

Carlotta konnte ihren Satz nicht beenden. Roula Rouge rief plötzlich: »Herdi! Herdi ist im Fernsehen! Jonathan, komm schnell. Herdi und die Queen.« Ich ging in die Stube. »Jetzt ist er weg«, sagte sie enttäuscht.

»Was war?«, fragte ich.

»Herdi und die englische Königin. Die beiden waren bestimmt zehn Sekunden lang zusammen im Bild.« Roula Rouge starrte den Nachrichtensprecher von CNN an, der an die Sportredaktion übergab.

»Red keinen Unsinn.«

»Wenn ich's dir sage. Die Königin hat irgendeinen Typen geehrt und Herdi, der Lump, stand daneben. Die ganze Zeit. Was hat das zu bedeuten?« Roula Rouge griff nach der Schachtel Nil und zündete sich eine Zigarette an. »Das will ich jetzt aber genauer wissen …«

»Und wer war der Typ?«

»Was weiß ich, ein Computerfreak, der angeblich das World Wide Web erfunden hat.«

»Berners-Lee?«, fragte ich. »Timothy?«

»Ja, genau, kennst du den?«

»Ich kenn ihn nicht, aber ich weiß, wer er ist.«

Roula Rouge holte ihr iBook aus dem Schlafzimmer und verkabelte es in der Telefonsteckdose. Sie ärgerte sich, dass sie über keinen schnellen Internet-Zugang verfügte und auf das langsame interne Modem des Rechners zugreifen musste. Sie zog nervös an der Kippe und klopfte mit der anderen Hand auf den Tisch, bis sie endlich die Quietschtöne hörte, die sie mit der weiten Welt verbanden.

»Warte doch eine halbe Stunde«, wandte ich ein, »dann werden die Nachrichten eh wiederholt.«

»Ich will's aber jetzt wissen«, antwortete sie. Sie rief cnn.com auf und klickte sich so schnell es ging durch die verschiedenen Rubriken. Unter *World* fand sie mit schlafwandlerischer Sicherheit, was sie suchte, dort stand an dritter Stelle in kleiner Schrift die blaue Zeile:

Tim Berners-Lee Knighted by Queen Elizabeth

Sie klickte die Zeile an. Eine neue Seite ging auf und der Titel wurde noch einmal in einer fetten Vierundzwanzig-Punkt-Schrift wiederholt. Darunter Datum und Uhrzeit, wann der Artikel ins Netz gestellt geworden war: 07/16/04 11:58 AM ET. Wir schrieben den sechzehnten Juli 2004. Wenn man die sechs Stunden zurückrechnete, war der Artikel gerade mal eine knappe Stunde veröffentlicht. Roula Rouge murmelte den Vorspann des Textes, der auf der Seite halbfett abgesetzt war, vor sich hin:

Sir Timothy Berners-Lee, a British citizen who lives in the United States, was knighted in recognition for his "services to the global development of the Internet" through his invention of the World Wide Web.

Sie genierte sich ein wenig für ihre Aussprache. Ohne mich anzusehen, sagte sie: »Hör auf zu grinsen, Schotter.« Ich grinste überhaupt nicht.

Carlotta rief aus der Küche, ob wir jetzt essen wollten, das Labskaus sei bereit, sie müsse nur noch die Eier in die Pfanne hauen.

»Nein, noch nicht, Musch«, rief Roula Rouge ziemlich ruppig zurück. »Warte noch zehn Minuten.« Dann fragte sie mich, was das zu bedeuten hatte: Knighted?

»Die Königin hat Timothy Berners-Lee zum Ritter geschlagen, weil er das World Wide Web erfunden hat.«

»Ich wusste gar nicht, dass das ein einzelner Mann erfunden hat.« Roula Rouge schüttelte den Kopf. Dann klickte sie auf das zum Artikel gehörende Foto, um es zu vergrößern. Es nahm jetzt fast den halben Bildschirm ein.

Und da stand er wirklich: Michael Herdi. Er überragte die Queen, die dem Laureaten eine Urkunde übergab, um fast zwei Köpfe. Herdi trug einen schwarzen Anzug und eine gelbe Krawatte, sein Gesicht war so braun gebrannt wie am Abend im Keyif, strahlte aber dem Anlass entsprechend mehr Würde aus.

»Was hat das Arschloch mit dem Erfinder des World Wide Web zu tun?« Roula Rouge sah mich an. »Kannst du mir das sagen, Schotter?«

»Ich habe kürzlich gerade einen Artikel über Berners-Lee gelesen, nicht nur über ihn … Es war eine Geschichte über Männer, die in den letzten fünfundzwanzig Jahren die Welt verändert haben, also auch über Bill Gates, Steve Jobs …«

»Und was stand da über Berners-Lee?«, unterbrach mich Roula Rouge.

»Da stand, dass er heute am Massachusetts Institute of Technology arbeitet. Wahrscheinlich haben Herdi und er sich dort kennen gelernt. Herdi war doch auch am MIT, er hat dort studiert. Das kann man überall nachlesen.«

Carlotta rief, wir sollten endlich zum Essen kommen. Ich gehorchte. Roula Rouge blieb auf dem Sofa sitzen und las den Artikel, den sie gefunden hatte, in voller Länge. Sie war noch immer aufgeregt und zündete sich eine neue Zigarette an. Carlotta bat mich, das Glas Rote Beete zu öffnen, sie habe keine Kraft mehr in den Händen. Früher, sagte sie, konnte sie das Telefonbuch von Berlin mit den bloßen Händen durchreißen. Aber die Zeiten änderten sich eben. Dann wollte sie wissen, was so wichtig war, dass Emma nicht zum Essen kam. Emma sei normalerweise immer die Erste, wenn es ums Essen ging. Ich antwortete, sie habe gerade im

Fernsehen einen Mann entdeckt, mit dem wir kürzlich im Restaurant waren. Der Mann sei zusammen mit der englischen Königin in den Nachrichten aufgetaucht.

»Ihr kennt Leute!«, sagte Carlotta und schüttelte den Kopf.

Zehn Minuten, nachdem Carlotta und ich mit dem Essen begonnen hatten, kam Roula Rouge in die Küche. Sie setzte sich breitbeinig auf ihren Platz und begann wortlos zu essen. Sie schaufelte sich das Labskaus in den Mund, ohne zu schmecken, was sie aß.

»Weißt du jetzt alles?«, fragte ich.

»Ich weiß alles und verstehe gar nichts. Dieser Berners-Lee ist ein richtig guter Typ. Ohne ihn gäbe es weder HTTP noch HTML. Ohne ihn gäbe es kein Web, verstehst du, Schotter. Berners-Lee ist ein Genie, Gutenberg hoch drei. Und er ist kein Abzocker. Er ist das Gegenteil von Herdi. Er hätte Milliarden mit seiner Erfindung verdienen können. Das große Geld aber hat Herdi mit dem Internet gemacht, ohne wirklich etwas dafür zu leisten. Wieso sind die beiden befreundet?«

»MIT«, sagte ich.

»Quatsch. Als Herdi angeblich am MIT war, hat Berners-Lee in Oxford Physik studiert. Da stimmt irgendetwas nicht, das passt nicht zusammen. Nichts passt zusammen.«

Fünfunddreißig

Roula Rouge saß auf einem Hocker am Küchenblock vor einem Latte Macchiato. Ihr Mund war von der Erdbeermarmelade verschmiert. Sie telefonierte mit Mette, die am Morgen aus Amerika zurückgekommen war. Die beiden sprachen schon über eine halbe Stunde. Ich stand am Denkmal und las den Tagesspiegel, den ich vor mir auf dem Plexiglas ausgebreitet hatte.

Mette berichtete von ihren Abenteuern in der neuen Welt. Das nahm ich jedenfalls an. Roula Rouge gab nichts von sich, außer einem gelegentlichen lauten Lachen und Sätzen des Erstaunens: *Das ist nicht wahr!* oder *Das glaub ich einfach nicht!* oder *Du kennst ihn doch gar nicht. Du bist verrückt, Mette. Total verrückt.* Immer wenn ich sie ansah, warf sie mir einen Kussmund zu, oder sie führte ihren Zeigefinger zur Stirn und schüttelte dabei den Kopf, als wollte sie sagen: *Meine Freundin ist durchgedreht, Schotter.*

Sie beendete das Gespräch mit dem Satz: »Gut, in einer Stunde im SchwarzSauer.« Dann rutschte sie vom Hocker, lief ins Bad und drehte die Dusche auf.

»Was ist passiert?«, rief ich.

»Mette ist verrückt geworden, total verknallt. Sie hat geheiratet. In New York. Geheiratet.«

»Geheiratet? Wen?«

»Na, was glaubst du wohl? George Bush oder George Clooney oder was?« Sie lachte und verschwand unter der Dusche.

Ein paar Minuten später stand sie fertig angezogen neben mir am Denkmal. Sie sah aus wie die alte, die Roula Rouge, die ich gesehen hatte, als wir uns zum ersten Mal im Knotenpunkt begegnet waren. Sie trug sogar wieder den Nasenring. Ich wollte sie fragen, ob sie mir zuliebe nicht auf das Ding verzichten könnte. Ich zögerte für einen Moment, dann verließ mich der Mut. Sie umarmte mich und sagte, dass sie in drei, vier Stunden zurück sei. Bevor sie ging, warf sie einen Blick in die Zeitung, die auf dem Plexiglas lag.

»Das ist ja Herdi«, sagte sie und zeigte auf ein Foto, auf dem Herdi vor seiner Yacht Smart Girl II stand.

»Was ist mit ihm?«, fragte sie.

»Er hat in den letzten Wochen sieben Morddrohungen bekommen. Die Polizei sagt, sie seien ernst zu nehmen. Jetzt muss sich seine Familie ständig mit fünf Leibwächtern rumschlagen.«

»Geschieht denen recht. Wirf die Zeitung nicht weg. Ich will das lesen, wenn ich zurück bin.«

Als sie mit dem Rucksack über der Schulter das Loft verließ, spielte sie Eliane Herdi, indem sie versuchte, das Deutsch der Schweizerin nachzumachen.

Seltsamerweise schien Michael Herdi sie nicht mehr aufzuregen. Er war für sie, so kam es mir jedenfalls vor, nur noch einer von vielen Idioten, dem man einen Molotow hinterher schmeißen konnte oder auch nicht.

Roula Rouge hatte, nachdem wir von Usedom nach Berlin zurückgekehrt waren, alles, was sie über Berners-Lee finden konnte, verschlungen. Sie hatte sich über meinen Amazon-Account, den ich noch nie benutzt hatte, sogar sein Buch *Der Web-Report* bestellt und es in einer Nacht durchgelesen. Nach der Lektüre war sie restlos davon überzeugt gewesen, dass der Engländer genauso ein Typ war wie ihr Vater.

Beide, Timothy Berners-Lee wie auch Jakob Klein, waren gute Schachspieler, beide hatten schon von frühester Jugend an mit elektronischen Bauteilen hantiert. Während der eine in London mit Platinen, Schaltkreisen und Magnetkarten experimentierte, ätzte der andere auf einem Dachboden in Eberswalde Transistoren und lötete Widerstände. Während der eine in Oxford aus einem M6800-Prozessor und einem alten Fernsehgerät einen funktionierenden Desktop-Computer baute, entwickelte der andere bei VEB Robotron-Messelektronik »Otto Schön« in Dresden den ersten Personal Computer der Deutschen Demokratischen Republik – den Z9001, der später in KC85/1 umbenannt wurde.

Roula Rouge sah aber nicht nur Parallelen, was die Interessen der beiden betraf, mehr und mehr wuchs in ihr auch die Überzeugung, dass Berners-Lee und ihr Vater charakterlich viel gemeinsam hatten. Berners-Lee war selbstlos. Obwohl er mit der Erfindung des World Wide Web steinreich hätte werden können, hatte er beschlossen, sie der Welt zum Geschenk zu machen. Er war gar nicht auf die Idee gekommen, sie patentieren zu lassen, er betrachtete sie als soziale Errungenschaft und nicht als technisches Spielzeug, mit dem man die Weltbörsen aufmischen konnte.

Geld sei für ihn nur das, was man damit tun könne, hatte mir Roula Rouge nach der Lektüre des Buches erklärt. Ihm sei nur wichtig gewesen, dass man ihm die Mittel und Möglichkeiten gab, in Ruhe arbeiten zu können. Und genau das hatte ihr Vater auch gewollt. Nicht mehr und nicht weniger. Jedenfalls solange er jung war.

Sicher, Jakob Klein hatte sich von Liverpool auch ein wenig Ablenkung versprochen, er hatte davon geträumt, die frühesten Pfade von John Lennon zu erkunden, als Langniappe sozusagen, als Zugabe für gute, außergewöhnliche Leistungen, die er in seiner Firma vollbracht hatte. Von der Gier nach Geld war er aber nie getrieben. Das wusste Roula Rouge von Carlotta und Kalle Kerschkamp. Und jetzt, nachdem sie alles, was über und von Berners-Lee veröffentlicht worden war, gelesen hatte, glaubte sie plötzlich nicht mehr, dass sich ihr Vater von den Wessis hatte umdrehen lassen. Jetzt zweifelte sie sogar, ob er wirklich noch am Leben war.

»Vielleicht hast du Recht, Schotter«, hatte sie mir schon im Porsche auf der Fahrt zurück nach Berlin gesagt. »Vielleicht hat er die Flucht wirklich nicht überlebt.«

Dass Berners-Lee mit Michael Herdi befreundet war, schrieb sie der naiven Seele des Engländers zu. Es gäbe in der Geschichte tausend Beispiele, die belegten, dass hochbegabte Menschen auf Scharlatane hereinfielen. Das Genie habe meist nur eine Antenne für eine Sache, es interessiere sich nicht für andere Dinge und sei deshalb anfällig für Hochstapler.

Ich sah aus dem Fenster und beobachtete, wie Roula Rouge sich auf die Schwalbe setzte. Seitdem wir von der Polizei erwischt worden waren, trug sie immer einen Helm, wenn sie mit dem Roller fuhr. Sie sah kurz zum Loft hinauf und winkte mir zu. Ich winkte zurück. Dann brauste sie davon.

Mein Blick fiel noch einmal auf die Fotografie im Tagesspiegel. Herdi allein vor seiner Yacht im Hafen von Saint Tropez. Ich riss die Seite aus der Zeitung und faltete sie so, dass nur noch die Fotografie auf dem Plexiglas zu sehen war. Meine Augen klebten auf dem geschwungenen Schriftzug *Smart Girl II*.

Warum hatte Herdi sein Schiff nicht Eliane genannt, warum nicht Manuela, nach seiner Tochter?

Ich ging um das Denkmal herum. Ich sah die verblassten Buchstaben m, t, rl auf dem KC85/1. Dann fiel mein Blick wieder auf das Foto in der Zeitung. Ich hatte mein Herz lange nicht mehr gespürt, jetzt schlug es schnell und so heftig, dass ich es hören konnte. Die Buchstaben des Rechners begannen vor meinen Augen hin und her zu tanzen, schließlich landeten sie ganz weich auf dem Schriftzug der Yacht. Das M legte sich über das M, das T über das T, das RL über das RL. Kein Zweifel: m, t und rl auf dem Rechner waren die Ruine der beiden Worte Smart Girl.

Der KC85/1 war Smart Girl I, Herdis Yacht Smart Girl II. Mein Herz raste. Jakob Klein war Michael Herdi. Ich nahm die Zeitungsseite vom Plexiglas und ließ mich in den Vanity-Fair–Sessel fallen. Ich sah Herdi im Keyif, ich sah die kleine Emma auf den Schultern ihres Vaters, wie sie mit dem Zopf spielte. Ich sah Emmas Mutter im Bilderrahmen neben dem Bett im Kinderzimmer in Ahlbeck. Ich sah, wie sie versuchte, sich in den Dünen umzubringen. Ich sah Emma Klein, die sich den Namen Roula Rouge gegeben hatte. Ich sah Roula Rouge, wie sie barfuß auf Zehenspitzen das rosarote Chanel-Kostüm anprobierte. Ich sah die bunten, tanzenden Buchstaben For every style there is an antistyle in wait. Ich sah Angie, die sprechende Puppe. Ich sah Herdi, wie er über den Verzicht dozierte. Ich sah den Ordner *Böse* im iBook. Ich sah Mengele. Ich sah Berners-Lee und die Queen, daneben Herdi mit der leuchtend gelben Krawatte. Ich sah eine glückliche Familie in München-Bogenhausen. Ich sah zwei Hunde, Socke und Fussel. Ich sah den leuchtenden Schriftzug *Fuck Berlin!* Ich sah Roula Rouges Mutter auf dem Dachboden in Eberswalde. Ich sah den Plattensee und die Pommersche Bucht, ich sah Werder und Liverpool. Ich sah ein zorniges Mädchen am ersten Mai im Fernsehen. Ich sah einen schüchternen Jungen beim Versuch, einem Roboter das Staubsaugen beizubringen. Ich sah die träumende Jungfrau an Bord der Smart Girl. Und ich sah einen erwachsenen Mann mit einem Glas Champagner in der Hand am Strand von Saint Tropez.

Tausend Bilder schossen mir im Zeitraffer durch den Kopf, abertausend Fragen.

Wie war aus Jakob Klein Michael Herdi geworden? Warum hat Herdi sich nie mehr bei seiner kleinen Familie in Eberswalde gemeldet? Wo hat er Timothy Berners-Lee kennen gelernt, wo die Schweizerin Eliane? Wie hat er es geschafft, aus einer kleinen Klitsche einen Milliarden-Konzern zu machen und die Titelseiten der Wirtschaftsmagazine zu erobern?

Vor allem aber: Wie würde Roula Rouge reagieren, wenn sie die Wahrheit erfuhr? Ich traute ihr alles zu.

Ich schloss die Augen. Wie der Soldat, der zwischen dem Gefühl der Angst und dem Gefühl des Hasses von Müdigkeit überwältigt wurde, schlief ich ein.

Als ich ein paar Stunden später erwachte, spürte ich eine Hand auf meiner Wange. Ich lag wie ein Mehlsack in dem roten Sessel. Die Hand wanderte von der Wange auf die Stirn. Noch bevor ich die Augen aufschlug, hörte ich die Frage: »Jonathan, geht es dir nicht gut? Du bist ganz heiß.«

Ich blinzelte und sah Roula Rouges Gesicht. Sie trug die Brille, der Nasenring war verschwunden.

»Wo ist der Ring?« Ich gab ihrer Nase einen Stups.

»Ich habe ihn entsorgt. Mette auch. Sie hat kein Piercing mehr auf der Zunge. Sie hat einen Ring an der Hand, sie trägt ihn links, weil er dort näher am Herzen ist. Das machen alle in Amerika. Die Amerikaner sind schlauer als wir.«

»Möchtest du auch so einen Ring?«, fragte ich.

Roula Rouge lächelte, und ich bildete mir ein, sie errötete dabei.

Mein Blick schweifte von den braunen Augen zum Denkmal. Ich sah den Aufkleber mit den verblassten Buchstaben. Ich hatte nicht geträumt. Michael Herdi war Jakob Klein, Roula Rouge war Herdis Tochter.

Es war Herdis Tochter, deren Hand sich in diesem Augenblick auf mein hellblaues Hemd legte, Herdis Tochter, deren Zeigefinger unter der Knopfleiste verschwand und die Brustnarbe streichelte.

»Du schwitzt, Jonathan«, sagte sie. »Du bist klitschnass. Du musst dir ein anderes Hemd anziehen. Fühlst du dich krank? Soll ich dir einen Tee machen?«

»Nein, ich habe nur schlecht geträumt.«

»Kannst du dich erinnern?«

»Ich kann mich fast nie erinnern. Kannst du dich immer an deine Träume erinnern?«

»Nur an einen, an einen bösen Traum, einen sehr bösen. Ich war eine berühmte Schauspielerin, ein Hollywoodstar. Mindestens so berühmt wie Julia Roberts. Und plötzlich hatte ich mich in eine Gans verwandelt, in eine ganz ordinäre, fette, dumme Gans. Das ereignete sich zwei Tage, nachdem Maurice nach Havanna zurückgeflogen war. Die Gans hat die Kastanienallee überquert, sie war auf dem Weg in die Notaufnahme, wo sie sich das Gefieder stutzen lassen wollte, als ein grüner Trabant mit hundertachtzig Sachen heranraste und sie zu Matsch fuhr. Mette stand am Straßenrand und hat wie am Spieß geschrien.«

»Was hat sie geschrien?«

»Sie hat den Fahrer des Wagens angeschrien: *Meine Gans ist tot. Du Schwein hast meine Lieblingsgans umgebracht!*«

»Das ist nicht wahr. Das hast du dir jetzt gerade ausgedacht.« Ich musste lachen und spürte dabei einen leichten Schmerz in meiner Brust.

»Nein, ich schwöre es, Jonathan. Genauso war es. Und ich habe mich geärgert – richtig geärgert, dass mein Tod so unspektakulär war. Stell dir vor Julia Roberts wird von einem Auto überfahren, und keiner nimmt Notiz davon, weil sie sich vorher in eine Gans verwandelt hat. Einer Gans weint keiner eine Träne nach, außer Mette natürlich. Aber die weint auch bei *Sex And The City*, weil sie die Serie so traurig findet.«

Roula Rouge beugte sich zu mir herunter und gab mir einen langen Kuss. Ich roch das Vetiver, das sie jeden Morgen auf den Busen rieb, seitdem sie es im Schrank des Badezimmers entdeckt hatte. Während wir uns küssten, dachte ich an die Entdeckung, die ich gemacht hatte, nachdem sie auf der Schwalbe zu Mette gefahren war. Als sich unsere Lippen trennten, fragte sie: »Was ist los mit dir, Jonathan. Du hast doch irgendwas? Ist was passiert?«

»Was soll passiert sein? Ich habe das Loft den ganzen Tag nicht verlassen. Ich habe auf dich gewartet und bin dabei eingeschlafen.«

Roula Rouge stand auf und ging zum Küchenblock. Sie füllte den Alessi-Kessel mit Wasser und stellte ihn auf die Herdplatte, während sie fortfuhr von Mettes Glück zu erzählen. Sie sagte, Mette habe ein Kostüm getragen und Schuhe mit hohen Absätzen. Sie habe ein bisschen so ausgesehen wie Tobias' Mutter auf der Vernissage von Susanne von Lilienthal. Vollkommen verändert. Sie habe sogar die gleiche Perlenkette um den Hals gehabt wie die Mathematikprofessorin. Und Tobias habe ihr sieben Paar Netzstrümpfe gekauft in einem Geschäft, das Victoria's Secret hieß.

»Und stell dir vor, Jonathan, Mette hat mich gefragt, wie sie die Tätowierung auf ihrer Brust ohne große Schäden wieder loswerden könne. Das glaubt man doch nicht, Jonathan. Oder?«

So oft wie an diesem Tag hatte mich Roula Rouge in allen zurückliegenden Monaten zusammen nicht mit meinem Vornamen angesprochen. Die neue Mette schien sie vollkommen aus der Fassung zu bringen.

Wieder fragte ich mich, wie sie reagieren würde, wenn sie erfuhr, wer ihr Vater war – jetzt, da sie sich offensichtlich dank Timothy Berners-Lee gerade von dem Gedanken frei gemacht hatte, Michael Herdi könne irgendetwas mit ihrer Familie zu tun haben, jetzt, da es so schien, als habe sie beschlossen, nicht mehr die Vergangenheit in den Mittelpunkt ihres Lebens zu stellen sondern die Zukunft, nicht den Alptraum sondern den Traum, den man träumt, wenn man erst vierundzwanzig ist.

Sechsunddreißig

Ich beschloss, meine Entdeckung vor Roula Rouge geheimzuhalten. Bevor ich nicht die ganze Wahrheit kannte, hoffte ich sogar, sie würde mich überhaupt nicht mehr auf Herdi ansprechen. Ich hatte Angst, ich könnte mich verraten. Das smarteste Smart Girl, dass Herdi produziert hatte, war nämlich ohne Zweifel seine Tochter. Noch am selben Abend begann ich Pläne zu schmieden, wie ich an die Geschichte des Elektrikersohns aus Eberswalde kam, ohne dass Roula Rouge Verdacht schöpfte.

Wir saßen auf einem der beiden weißen Sofas und sahen uns im Fernsehen *Eins, zwei drei* an. Roula Rouge kannte den Film nicht und musste ununterbrochen kichern. Ihre Augen verfolgten amüsiert das turbulente Spiel auf der Flatscreen, während ihre linke Hand mit meinen Haaren spielte. Einmal kniff sie mir plötzlich so stark ins Ohrläppchen, dass ich laut aufschreien musste. Gelegentlich sah sie mich kurz an, als wolle sie checken, ob ich über dieselben Szenen lachte wie sie. Weil ich den Film mindestens schon sieben Mal gesehen hatte und in Gedanken bereits auf Herdis Spuren war, gelang mir das nicht immer. Ich überlegte, wie ich Roula Rouge klarmachen konnte, dass ich am besten schon morgen die Stadt verlassen musste. Ich brauchte eine gute Entschuldigung.

»Wieso lachst du nicht, Jonathan?«, fragte sie immer wieder vorwurfsvoll. »Findest du das etwa nicht komisch?« Ihr Gesichtsausdruck ähnelte dem von Susanne von Lilienthal, als die von mir wissen wollte, ob ich *8½* und *Dolce Vita* mochte.

Eins, zwei, drei handelte von einem amerikanischen Manager, der kurz vor dem Mauerbau in Berlin die Zweigstelle von Coca Cola leitete, ein kleiner, untersetzter Mann namens MacNamara aus Omaha, Nebraska. MacNamaras Boss in Amerika bat den Berliner Cola-Statthalter sich für ein paar Tage seiner Tochter Scarlet anzunehmen, die durch Europa reiste. Und natürlich, es passierte, was passieren musste. Scarlet verliebte sich im Ostteil der Stadt prompt in den bildschönen, jungen Kommunisten Otto. MacNamara fürchtete von nun an um seinen Job. Ihm blieb nichts anderes übrig, als aus dem Klassenfeind innerhalb von vierundzwanzig Stunden einen überzeugten Kapitalisten zu machen, was nicht ganz einfach war.

Abgesehen von den internationalen Verwicklungen, die diese Aktion mit sich brachte, gestaltete sich schon die Auswahl der Kleidung für Otto mehr als schwierig. Er wollte partout keinen Anzug tragen. Und als MacNamara dem Heißsporn dann auch noch eine Maniküre verordnete, drehte Otto völlig durch. Er schrie wie am Spieß: »Nein, keine Maniküre! Das ist ein Symbol von bürgerlicher Intelligenz und unsozial.«

Roula Rouge krümmte sich bei dieser Szene vor Lachen. Sie griff nach meiner Hand und begann vor lauter Freude an meinen frisch manikürten Fingern zu lutschen. Anschließend fiel sie kurz mit den Worten über mich her: »Warst du auch mal Kommunist, Jonathan? Sag die Wahrheit. Warst du Kommunist oder nicht? Als du jung warst, mein ich.«

Etwas später, im Arlecchino, legte sich über die ausgelassene Fröhlichkeit ein Hauch von Melancholie. Roula Rouge war nicht traurig, aber der Tag hatte seine Spuren hinterlassen.

Betrachtete sie die Hochzeit zwischen Otto und Scarlet noch als hinreißende Kintopp-Farce, so schien sie das unerwartete Glück, das Mette in Amerika gefunden hatte, erst jetzt richtig zu begreifen. Es war Realität. Mette war in Roula Rouges Augen nicht mehr die über alles geliebte Busenfreundin, mit der man alberne Träume träumen und Geheimnisse austauschen konnte, sie war plötzlich die Ehefrau eines Bostoner Einser-Studenten mit Zukunft und die Schwiegertochter einer Berliner Mathematik-Professorin, die eine Villa am Wannsee bewohnte. Mette war, bevor man eins, zwei, drei sagen konnte, zu einer erwachsenen, selbstbewussten Frau geworden und nicht mehr das Mädchen, das nur im Schutz von Roula Rouge aufblühte. Durch die Hochzeit hatte sich die Beziehung der beiden Freundinnen verändert. Roula Rouge gestand es sich nicht ein, aber sie fühlte sich als Verliererin. Sie war immer die Starke gewesen, jetzt war sie die Schwache.

»Bist du traurig?«, fragte ich sie, während ich meine Nudeln auf die Gabel drehte. Roula Rouge hatte nichts zu essen bestellt. Sie trank Gavi wie Mineralwasser, rauchte eine Zigarette nach der anderen, und wann immer sich unsere Blicke trafen, hatte ich das Gefühl, sie sah durch mich hindurch. Sogar Branco spürte, dass irgendetwas anders war zwischen uns und kam nicht einmal auf einen kurzen Schwatz an den Tisch.

»Ich bin nicht traurig, nein. Überhaupt nicht. Ich frage mich gerade nur, ob ich vielleicht Philosophie studieren sollte, um den Zufall zu erforschen.«

»Den Zufall?«

»Ja. Wo kommt der her? Was treibt ihn um?«

»Die Antwort scheint mir schwieriger, als vom Wind zu erfahren, was er tut, wenn er nicht weht«, sagte ich. Ich begann, mir Sorgen zu machen.

»Der Wind ruht sich aus, Schotter. Das weiß man inzwischen. Der Zufall ruht nicht. Er ist ein Flattergeist, unermüdlich. Und er ist ungerecht. Er lauert überall. Dem einen bringt er Glück, dem anderen Pech. Die Mücke hier, zum Beispiel …« Roula Rouge zeigte mit der Glut der Nil auf ihren linken Unterarm, der auf der weißen Tischdecke lag, »… warum sticht sie mich und nicht dich?« Sie nahm einen tiefen Zug und blies mir den Rauch ins Gesicht, bevor sie fortfuhr: »Ich musste Mette zwingen, zur Vernissage deiner Ex-Frau zu gehen. Sie hatte gesagt, sie habe nichts anzuziehen. Ich habe sie als Zicke beschimpft und regelrecht gezwungen mitzukommen. Stell dir nur vor, sie hätte sich durchgesetzt und nicht ich. Ihr Leben wäre vollkommen anders verlaufen.«

»Das weiß man nie«, sagte ich.

»Na klar weiß man das. Glaubst du, Mette wäre verheiratet, wenn ich sie nicht mit zu Susanne von Lilienthal genommen hätte? Glaubst du, sie wäre schwanger?«

»Sie bekommt ein Kind?« Ich sah Roula Rouge fassungslos an.

»Ja, bekommt sie, ratzfatz, mal eben so. Und nun erzähl mir nicht, dass der Zufall gerecht ist. Er war es nie. Er war immer auf Mettes Seite, solange ich denken kann. Er ist auf der Seite der Naiven. Warum haut mein Vater ab? Warum bringt sich meine Mutter um? Die Heringsdorf-Mette hatte die glücklichste Kindheit. Du solltest ihre Eltern kennenlernen, Eltern wie aus dem Bilderbuch.«

Ich schrieb Roula Rouges Gefühlsausbruch dem Wein zu, von dem sie in kurzer Zeit mindestens eine halbe Flasche konsumiert hatte. Hatte ich in ihren Augen etwa keine Zukunft? Was war der Unterschied zwischen mir und Tobias Mang, vom Alter abgesehen, das Roula Rouge angeblich doch überhaupt nicht interessierte? Wieso bewertete sie Mettes Glück höher als ihr eigenes?

Ich war wütend und verletzt, zum einen, weil mir Selbstmitleid ein Gräuel war, zum andern, weil Roula Rouge offensichtlich gar nicht auf die Idee kam, darüber nachzudenken, ob ich ihr vielleicht auch einen Ring an die linke Hand stecken könnte. Ich war frei, sie war frei. Wir konnten tun und lassen, was wir wollten. Wir konnten auch ein Baby machen. Was sprach dagegen? In einer Zeit, in der es Mode war, dass siebzigjährige Männer Babys zeugten, konnte ich das ja wohl auch noch schaffen. Ich war noch nicht einmal achtundvierzig Jahre alt. Ich strotzte vor Kraft und Gesundheit, sah man einmal von dem Makel der artfremden Herzklappe ab. Und Roula Rouge? Sie wollte Philosophie studieren, weil sie sich vom Zufall schlecht behandelt fühlte. Ich hatte ein Recht wütend zu sein.

Branco brachte mit der Rechnung zwei Grappa. Ich wollte Roula Rouge bitten, das Getränk stehen zu lassen. Doch sie war schneller. Wie ein Bauarbeiter stürzte sie es herunter, schüttelte sich und leckte danach trotzig das Glas aus. Sie wusste, ich mochte es nicht, wenn sie Gläser in der Öffentlichkeit ausleckte. Sie tat es mit Absicht. Um mich zu ärgern.

»Ich muss morgen für ein paar Tage nach München«, brachte ich entschlossen heraus.

Roula Rouge kniff ihre Augen kurz zusammen. »Du willst mich verlassen?«

»Ich will dich nicht verlassen. Ich muss für ein paar Tage nach München. Ich muss zum Arzt, um mein Herz checken zu lassen.«

»Ah, aha – und ich dachte, für dein Herz bin ich zuständig.« Sie war betrunken, stützte ihren Kopf in der rechten Hand auf und umkreiste mit dem linken Zeigefinger den Rand des Grappaglases. Ohne mich anzusehen, sagte sie dann noch einmal: »Du willst mich also verlassen, Jonathan.«

Siebenunddreißig

Am frühen Abend des nächsten Tages saß ich zwischen ein paar Dutzend grau gekleideten, erschöpften Männern in einer Swiss-Maschine nach Zürich. Roula Rouge hatte schon am Mittag das Loft mit dem Rucksack über der Schulter verlassen, um ihrer Arbeit nachzugehen. Sie war fröhlich gewesen, fast ausgelassen. Von der Krise, die sie am Vorabend wie ein heimtückischer Sturm überwältigt hatte, war nichts zurückgeblieben.

»Und stürz nicht ab, ich brauch dich noch«, hatte sie mir zugerufen, bevor die Fahrstuhltür hinter ihr ins Schloss fiel.

Ich hatte ihr verschwiegen, dass ich in die Schweiz flog, ich hätte nicht gewusst, wie ich es hätte begründen sollen, also hatte ich den Herzcheck in München vorgeschoben. Obwohl Herdi und seine Familie in München wohnten, glaubte ich nicht, dass ich dort der Wahrheit näher kommen würde. Ich war mir sicher, des Rätsels Lösung lag, wie ein Haufen Schwarzgeld auf dem geheimen Konto einer renommierten Privatbank, irgendwo verborgen in der Schweiz.

Es war kurz nach sechs, als das Flugzeug über dem Zürisee kreiste. Ich war ewig nicht mehr in der Stadt gewesen, obwohl sie für mich zu den schönsten der Welt gehörte. Über zwei Jahre lang hatte ich in den Achtzigern hier gelebt. Aus der Luft betrachtet, sah sie immer noch aus wie die heile Stadtlandschaft, die um die Schienen einer Märklin-Eisenbahn entstanden war. Ich erkannte das Großmünster wieder, die Bahnhofsstraße und den Paradeplatz. Am Ufer der Limmat saßen hunderte von Menschen wie in einem riesigen Kaffeehaus und genossen ihren Apéro in der Abendsonne. Irgendwo hier hoffte ich, eine Spur zu finden, die mich zu Jakob Klein führte.

Außer dem Namen Herdi, der in meinen Ohren sehr

schweizerisch klang, und dem Mail in Roula Rouges iBook von der Firma Transnet International in Zürich, in dem eine Magdalena Bach Roula Rouge mitgeteilt hatte, dass ein Jakob M. Klein in den achtziger Jahren nicht in der Firma angestellt gewesen war, hatte ich keine Anhaltspunkte. Wie war Roula Rouge darauf gekommen, dass ihr Vater bei Transnet gearbeitet haben könnte? Wahrscheinlich hatte sie Kerschkamp gefragt, nachdem der ihr in dem PS des Mails von seinem Verdacht erzählt hatte, Jakob könnte sich in Zürich aufhalten.

Nachdem ich im Hotel Zum Hirschen im Niederdorf eingecheckt und mich frisch gemacht hatte, lief ich durch die Stadt. Es kam mir so vor, als sei ich keine zwei Wochen lang fortgewesen. Anders als in Berlin, wo sich Gebäude, ja ganze Straßenzüge von einem auf den anderen Tag in Luft auflösten, war hier alles noch an seinem Platz. Ich bildete mir sogar ein, die Menschen wiederzuerkennen, die in den Cafés saßen oder am Ufer des Flusses, ich blickte in junge Gesichter, denen es an nichts mangelte. Das Wort Verzicht war ein Fremdwort in der Stadt. Menschen, die Trainingsanzüge trugen, enge Shorts, die knapp unter den Leisten endeten, beige Socken, die in beigen Sandalen steckten, die sah man hier nicht.

Während ich durch die Altstadt schlenderte, vorbei an gediegenen Zunfthäusern, Luxus-Hotels und Designergeschäften, stellte ich mir vor, wie ein abgerissener Jakob Klein aus Eberswalde in Mecklenburg-Vorpommern fast zwanzig Jahre zuvor mit der Melodie von *Hexagone* auf den Lippen denselben Weg gegangen war. Was hatte der junge Mann, der soviel von Verzicht verstand, wohl damals gedacht, als er dieses Bollwerk des Wohlstands zum ersten Mal durchwanderte? Hatte er noch davon geträumt, seine Frau Conny und seine kleine Tochter Emma nachzuholen, sobald sich die erste Gelegenheit ergab? Oder war er vielleicht schon verliebt in ein Mädchen aus der Schweiz, das Eliane hieß und sich ständig die Fransen aus dem Gesicht blies?

Und wenn er schon verliebt war, wie hatte er ihr erklärt, woher er kam, wer er war?

An der Bahnhofsstraße, Ecke Paradeplatz, warf ich einen Blick in die Auslagen des Modehauses Grieder, wo ich mir mein erstes Paar Alden-Schuhe und mein erstes Ralph-Lauren-Hemd gekauft hatte. Auch hier war alles beim Alten. Dieselben Puppen in den Fenstern, so kam es mir vor, priesen dieselbe Kleidung wie damals – unverwüstlich, klassisch.

Es war zwanzig vor acht und immer noch sehr warm. Die Terrasse des Hotels Baur en Ville war bis auf den letzten Stuhl besetzt. Ich überquerte den Paradeplatz. Aus allen Richtungen trafen die Trambahnen im Minutentakt ein. Es herrschte Ordnung. Dem Zufall gab man hier keine Chance.

Vor Sprüngli zog ich die Kopie des Mails von Transnet International aus der Innentasche der khakifarbenen Lucca-Jacke. Ich las die Adresse: Paradeplatz 9. Der Hauseingang Nummer 9 war keine zehn Meter von der Confiserie entfernt. Ich las ein Messingschild mit der Aufschrift Transnet International in erhabener Schrift, etwas kleiner darunter: Investment Bank, und noch kleiner: 5. Stockwerk.

Investmentbank? Was hatte Herdi mit einer Investment Bank zu schaffen gehabt?

Obwohl ich mir sicher war, dass bei dem Wetter kein Mensch mehr arbeitete, drückte ich den Klingelknopf. Ich wartete eine halbe Minute und wollte gerade wieder gehen, als der Summton der Tür ertönte. Ich betrat das Treppenhaus und fuhr mit dem Fahrstuhl in den fünften Stock. Auf der rechten Seite des Flurs wurde ich erwartet. Ein Mann in einem hellblauen Hemd, die Ärmel bis zu den Bizeps aufgekrempelt, stand mit einer Jiffi-Tüte unterm Arm und einem Glas Whisky in der Hand im Rahmen einer riesigen Eichentür. Sein Gesicht war gebräunt. Ich schätzte ihn auf fünfzig, vielleicht ein bisschen älter. Er musterte mich von oben bis unten, bevor er auf Schweizerdeutsch fragte: »Sie sind nicht der Bote, den ich bestellt habe, oder?«

»Nein, kein Bote. Mein Name ist Schotter.« Ich reichte dem Mann in der Tür die Hand. Er stellte sich als Urs Ziegler vor.

»Ich wollte zu Frau Bach, Magdalena Bach«, sagte ich. »Entschuldigen Sie, dass ich so spät störe.«

»Bach? Bach? Ah, Lene. Die arbeitet hier nicht mehr. Außerdem arbeitet um diese Uhrzeit in diesem Laden nur noch einer. Worum geht es? Ist es geschäftlich oder privat?«

»Es geht um einen Mitarbeiter, einen Mann, der hier einmal gearbeitet haben könnte. Es ist privat …«

Ziegler schien sich zu langweilen. Statt mich wieder wegzuschicken, antwortete er jetzt auf Hochdeutsch: »Versuchen Sie's doch mal. Vielleicht haben wir ja Glück.«

»Versuchen, womit?«

»Na, mit dem Namen … Wie heißt der Mann? Vielleicht kann ich Ihnen helfen.« Ziegler nahm einen Schluck Whisky und sah mich neugierig an.

»Herdi«, sagte ich. »Schon mal von ihm gehört?«

»Schon mal von ihm gehört? Na, Sie sind gut. Sie suchen Herdi … Den kann ich Ihnen liefern. Sie finden ihn in Fluntern.« Ziegler lachte.

»Fluntern?«

»Auf dem Friedhof, ja. Er ist tot.«

»Das kann nicht angehen. Herdi lebt und zwar gar nicht so schlecht.«

»Franz Herdi ist tot, Herr Schotter. So tot wie diese Wand, glauben Sie mir. Nach dem zweiten Herzinfarkt hat er sich verabschiedet. Für immer.«

»Ich spreche von einem Michael Herdi«, sagte ich.

»Michael …, ach so Michael.« Man sah Ziegler an, wie seine Gedanken in eine andere Zeit reisten. »Michael …«, wiederholte er noch einmal. »Trinken Sie einen Whisky mit mir, bis dieser verfluchte Bote mir diesen verfluchten Umschlag abnimmt, Herr Schotter?«

Ich nickte. Ziegler führte mich durch einen langen Gang, von dem links und rechts kleine Räume abzweigten. An den Wänden hingen Blumen-Aquarelle. Die meisten Türen waren geöffnet. Auf jedem Schreibtisch standen mindestens zwei Bildschirme. Zieglers Büro lag am Ende des Flurs, es war das größte von allen. An einer Wand waren drei riesige Flatscreens befestigt, auf denen die Kurven von Börsenkursen in verschiedenen Farben flackerten. Vor den Fenstern, die den Blick auf den Paradeplatz freigaben, hingen, halb geschlossen, Jalousien aus hellem Holz. Auf Zieglers Schreibtisch, einem schwarz lackierten Möbel aus der Art-Deco-Zeit, stand ein Aschenbecher, in dem eine Zigarre vor sich hinglimmte. Neben dem Aschenbecher lag die silberne Patrone eines Revolvers oder einer Pistole. Ein Tiffany-Bilderrahmen zeigte das Foto von zwei Kindern, die sich umarmten. Das Notebook auf dem Schreibtisch war eingeschaltet. Auf der Website von Ebay erkannte ich einen eierschalfarbenen Mercedes 300 mit Flügeltüren aus den sechziger Jahren. An der Wand, rechts neben der Zimmertür, strahlte eines dieser typischen Bilder von Andy Warhol. Es zeigte einen Mann mit einer Zigarre zwischen den Lippen. Der Mann lächelte. Kein Stück im Raum passte zum anderen.

Ziegler füllte ein Glas mit Whisky und reichte es mir. »Ich hab leider kein Eis mehr«, sagte er, während er mit dem Finger auf einen Stuhl deutete, dessen massive Armlehnen in den Köpfen von zwei brüllenden Löwen endeten. Ich nahm Platz. Ziegler setzte sich in einen Bürosessel aus

Kalbsleder. Er legte seine Füße auf den Schreibtisch, hob sein Glas und prostete mir zu. Anschließend zeigte er auf den Warhol und sagte: »Michael Herdi … das dort ist sein Schwiegervater. Der alte Herdi hat diesen Laden hier aufgebaut. Er hat gehofft, seine Tochter würde ihn eines Tages weiterführen. Doch die hat ihm einen Korb gegeben. Und so bekam ich meine Chance.«

»Eliane?«

»Ja, Eliane. Kennen Sie sie? Sie war das schönste Mädchen in der Stadt.«

»Ich habe sie einmal in Berlin getroffen. Sie wirkte sehr bescheiden.« Ich sah, wie sich Eliane im Keyif die Fransen aus der Stirn blies, ich hörte, wie sie ihren Mann verteidigte.

»Mir hat sie auch einen Korb gegeben. Ich war ihr erster Mann. Nicht Mann, ihr erster Freund. Wir wollten heiraten. Bis ihr Landsmann kam, Herr Schotter, und sie mir weggenommen hat – der arme, vom Schicksal gebeutelte Flüchtling, der ihre Zuwendung mehr brauchte als ich. Eliane war damals eine große Seelentrösterin, wissen Sie. Und sie trägt wahrscheinlich noch immer das Leid der Welt auf ihren schmalen Schultern. Ihre Liebe gehörte dem Underdog, dem Schwachen, dem, der nicht so viel Glück im Leben hatte wie sie selbst.«

Urs Ziegler leerte sein Whisky-Glas und füllte es nach. Er blickte für ein paar Sekunden abwesend zum Fenster. Die Streben der Jalousien warfen lange Schatten auf sein Gesicht und seinen Oberkörper. Er weinte Eliane immer noch nach.

»Wie oder wo haben die beiden sich kennen gelernt?«, fragte ich.

»Keine Ahnung. Eliane schleppte ihn eines Tages in dieses Büro und schwatzte ihrem Vater das Ohr ab. Ich war zufällig dabei. Sie sagte: ›Keiner versteht soviel von Computern wie Michael, Paps.‹ Und sie sagte: ›Die Firma hat doch ein Problem mit den Computern. Kann Michael sich nicht darum kümmern. Bitte, Paps. Bitte, bitte gib ihm eine Chance.‹«

Ziegler machte Elianes Stimme nach, dann nahm er einen tiefen Zug aus der Zigarre und pustete den Rauch verächtlich in die Luft. »Ich habe die Sätze noch heute in den Ohren. Das flehentliche Bitten der verwöhnten Tochter, die ihren Willen immer durchsetzte. Ihr Vater konnte ihr nichts abschlagen. Nie.«

Es klingelte.

»Der Bote«, sagte Ziegler. Er sah auf die Uhr und nahm die Jiffi-Tüte. »Ich bin gleich zurück. Schenken Sie sich doch noch einen Whisky nach.«

Ich stand auf und betrachtete den alten Herdi an der Wand, dessen Namen Jakob M. Klein mit der Hochzeit angenommen hatte. Zum ersten Mal stolperte ich über das M zwischen Jakob und Klein. Warum war ich nicht eher darauf gekommen? Michael – er hatte seinen zweiten Vornamen zum Rufnamen gemacht.

Wie einfach es doch war, ein anderer Mensch zu werden.

Als Ziegler nach ein paar Minuten zurückkam, saß ich wieder vorm Schreibtisch und spielte mit der silbernen Patrone.

»Wofür ist die gut?«, fragte ich.

»Das wissen Sie nicht? Die haben wir alle …« Er schenkte mir einen Whisky nach.

»Wer ist wir?«

»Wir Zocker. Es ist unser letzter Schuss …« Er hielt sich einen Zeigefinger an die Schläfe und drückte mit dem Mittelfinger ab. »Falls etwas schief geht …«

»Machen Sie riskante Geschäfte?«

»Früher, ja. Wir mussten damals schnell wachsen, um zu

überleben. Nur wer groß war, hatte eine echte Chance. Und wer schnell wachsen will, muss mehr riskieren als andere.«

»Wie Michael Herdi …«

»Nein, der Konzern Herdi Communications hat seine Aktionäre betrogen, die Besitzer der Firma. Wir sind ein Familienbetrieb, der seinen Kunden hohe Rendite verspricht. Michael Herdi ist ein Betrüger, er hat Geschäfte vorgetäuscht, die er gar nicht getätigt hatte. Er hat Bilanzen gefälscht, und ein halbes Dutzend gerissene Anwälte haben ihn aus seinem Schlamassel wieder rausgepaukt. Wir haben früher nur manchmal zu hoch gezockt. Aber eben nie hoch genug, um dieses Ding zu benutzen. Michael Herdi – was für eine Karriere!«

Ziegler lächelte, er nahm mir die Patrone aus der Hand und legte sie wie ein rohes Ei wieder auf den Schreibtisch. »Wo waren wir stehengeblieben?«

»Bei den Computern, um die sich Michael auf Wunsch von Eliane kümmern sollte.«

»Richtig. Das hat er dann auch getan. Und ich muss sagen, es hat mir schon imponiert, wie er das gemacht hat. Innerhalb von einer Woche hatte der Kerl sämtliche Rechner im Büro unter Kontrolle, hier in Zürich und in unseren Büros in Frankfurt, London und New York. Technologisch waren wir plötzlich führend. Keiner konnte so schnell reagieren wie wir. Das waren natürlich noch keine WWW-Seiten, wie wir sie heute kennen …« Ziegler deutete auf die Ebay-Seite im Notebook, »… nicht so schön und auch nicht so bunt, aber mindestens ebenso zuverlässig.«

»Wie lange hat er hier gearbeitet?«

»Eine Woche, vielleicht zehn Tage. Länger nicht.«

»Und danach?«

»Danach, danach … danach ist er mit meiner Freundin abgezogen, um in Genf zu leben. Michael sprach erstaunlich gut Französisch. Irgendwann, es muss 1987 gewesen sein, haben die beiden dann geheiratet. Die Männer hier im Laden haben sich alle amüsiert, weil er den Namen seiner Frau angenommen hatte. Ich hab mich aber nicht mehr darum gekümmert. Ich war fertig, verstehen Sie. Der Typ hat mir das weggenommen, was ich meisten geliebt habe.«

»Was haben die beiden in Genf gemacht?«

»Keine Ahnung.« Ziegler stand auf, ging zum Fenster und sah durch die Jalousien auf den Paradeplatz. Seine Hände hielt er auf dem Rücken zusammen. »Ich weiß es wirklich nicht. Ich wollte den Namen Michael Herdi nicht mehr hören. Ich wollte sogar weg von hier, hatte mich in Hongkong beworben. Der Alte hat mich davon abgehalten. Michael Herdi hab ich nie mehr gesehen. Erst, als die Zeitungen anfingen, über ihn zu schreiben, habe ich wieder Notiz von ihm genommen, aber da lebten Eliane und er schon in Deutschland. Als ich las, dass er angeblich in Boston studiert hatte, musste ich laut lachen.«

»Wie hat er es geschafft, so schnell eine so große Nummer zu werden?«

»Auch das kann ich Ihnen nicht sagen. Reden Sie doch mal mit seiner Schwiegermutter, die lebt hier in der Stadt. Aber ich glaube, sie hat keinen Kontakt mehr zu ihm und ihrer Tochter. Sie gibt Michael die Schuld am Tod ihres Mannes. Franz hat die Schmach nicht mehr ertragen. Ein betrügerischer Bankrott wiegt bei uns in der Schweiz schwerer als ein Kindermord.«

Ziegler öffnete einen File auf seinem Notebook, nahm einen Zettel aus einem Zettelkasten und schrieb mir Namen, Adresse und Telefonnummer von Barbara Herdi auf. Dann sah er mich an und fragte: »Warum interessieren Sie sich für Herdi?«

»Das ist eine lange Geschichte«, antwortete ich.

»Hat es mit seiner Vergangenheit zu tun?«

»Ja, auch. Und mit meiner Zukunft.« Ich bot Ziegler nicht die Gelegenheit, noch mehr Fragen zu stellen. Ich stand auf, legte eine Visitenkarte auf den Schreibtisch und bedankte mich für den Whisky. Beim Hinausgehen warf ich einen Blick auf eine der drei großen Flatscreens an der Wand. Ich sah die Kurve der Apple-Aktie. Seit ich mein Vermögen in die Firma investiert hatte, hatte das Papier fast fünfzig Prozent zugelegt.

»Apple macht sich gut«, sagte ich.

»Ja, das ist Steve Jobs iPod, ein Riesenerfolg. Besitzen Sie Apple?«

Ich nickte.

»Viel?«

»Mein ganzes Vermögen.«

»Dann verkaufen Sie bei fünfundvierzig Dollar, spätestens aber nach Weihnachten.«

An der Tür drehte ich mich noch einmal um. Zieglers Füße lagen wieder auf dem Schreibtisch. Sein Gesicht war dem Fenster zugewandt. Seine Hand umklammerte das Glas, auf das die letzten Sonnenstrahlen des Tages ein schwaches Licht warfen. Der Whisky im Glas strahlte wie ein Klumpen pures Gold.

Achtunddreißig

Mitten in der Nacht wurde ich von meinem Handy geweckt. Ich öffnete die Augen und wusste nicht, wo ich war.

»Schläfst du schon, Jonathan? Habe ich dich geweckt?«

»Nein, ich lese noch.« Und du? Bist du im Loft?«

»Ja, bin ich. Es ist so riesig ohne dich. Es zu groß für mich allein. Du musst schnell zurückkommen, sonst sterbe ich,

Jonathan.« Roula Rouge kicherte. »Ich war mit Mette und ihrem Mann essen. Bei dem Türken.«

»Im Keyif?«

»Ja, bei deinem Freund. Es war sehr nett. Tobias Mang ist auch sehr nett, aber du bist netter.«

»Netter …«

»Ja, wirklich.«

Während sie begann, mir von ihrem Abend zu erzählen, kam langsam meine Erinnerung zurück. Ich schmeckte den Whisky auf meiner Zunge und sah das traurige Bild von Urs Ziegler in seinem Kalbsledersessel, seine melancholischen Augen, die abwesend auf die Jalousien starrten. Ich sah die silberne Patrone auf dem polierten Schreibtisch, die als Endlösung für ihn immer parat lag. Auch Ziegler war ein Opfer Michael Herdis, ein Opfer von vielen.

Roula Rouge redete und redete. Vom Hirschenplatz drang Lärm zu mir ins Zimmer. Ich stand auf und sah aus dem Fenster. Am Brunnen vor dem Hotel hatten sich ein paar Dutzend Menschen versammelt. Sie grölten und sangen und hielten Bierflaschen in den Händen.

»Kommst du morgen zurück?«

»Wahrscheinlich übermorgen?«

»Was sagen die Ärzte?«

»Um acht Uhr habe ich den Termin, ich muss nüchtern sein.«

»Sag denen, sie sollen bloß nicht die Narbe wegmachen. Sag, deine Frau liebt die Narbe. Sag ihnen, Männer ohne Narben sind keine Männer.«

Ich musste schmunzeln, und fragte sie, was sie trage.

»Eine rote Rose, einen Feuervogel und … und, ja, den Ohrring, den Musch mir zum Geburtstag geschenkt hat, Mamas Ohrring.«

»Sonst nichts?«

»Sonst nichts, nein, außer ein bisschen Mondlicht. Ich stehe am Fenster und blicke auf den Baum im Hof. Und ich glaube, von dem Haus auf der anderen Seite, das Haus in der Fasanenstraße, das beim Sturm so viele Ziegel verloren hat, werde ich beobachtet.«

Neununddreißig

Obwohl ich nach dem Gespräch nur ein paar Stunden geschlafen hatte, wachte ich am Morgen schon um sieben Uhr auf, war gut gelaunt und aufgeregt. Roula Rouge hatte mich als ihren Mann bezeichnet, und die Narbe auf meiner Brust liebte sie auch. Was wollte ich mehr? Ich stand auf und sah aus dem Fenster. Der Hirschenplatz lag wie ausgestorben, nur auf der Terrasse des Hotels saßen drei Frauen und frühstückten. Eine der Frauen trug rote Puma-Schuhe. Als sie mich mit nacktem Oberkörper am Fenster entdeckte, lächelte sie. Sie winkte mir einen Gruß zu, ich winkte zurück.

Nachdem ich meine Morgentoilette hinter mich gebracht und ein Glas Latte Macchiato getrunken hatte, fischte ich den Zettel mit der Adresse und Telefonnummer von Barbara Herdi aus meinem Anzug. Es war noch früh, aber Schweizer standen früh auf, alte Schweizer sogar noch früher. Ich wählte die Nummer. Nach dem vierten Klingeln antwortete eine resolute Stimme: »Herdi.« Das R rollte furchteinflößend. Ich stellte mich vor, entschuldigte mich für die frühe Störung und sagte ganz ehrlich, was ich wollte. Barbara Herdi zögerte ein paar Sekunden, bevor sie antwortete: »Schotter, habe ich Sie richtig verstanden, Ihr Name ist Schotter?«

»Ja, Jonathan Schotter aus Berlin.«

»Verstehen Sie mich nicht falsch, Herr Schotter, aber ich verspüre nicht den leisesten Wunsch, über meinen Schwiegersohn zu sprechen. Mein Schwiegersohn ist eine quantité négligeable. Tut mir leid, aber ich kann Ihnen nicht helfen.«

Das Gespräch schien beendet. Wie ich es in den folgenden zwei Minuten dann doch noch fertig gebracht habe, Barbara Herdi zu überzeugen, mich zu treffen, weiß ich nicht mehr. Ich musste geredet haben, als ginge es um mein Leben. Jedenfalls sagte sie schließlich: »Also gut, ich erwarte Sie um sechzehn Uhr auf eine Tasse Tee. Aber versprechen Sie sich bitte nicht zuviel, Herr Schotter.«

Ich bedankte mich. Und bevor wir das Gespräch beendeten, entlockte sie mir noch, dass ich einen Erdbeerkuchen einem Apfelkuchen vorzog.

Bis zu dem Termin verbrachte ich den Tag in der Stadt. Ich lief meinen Erinnerungen hinterher, fuhr mit dem Tram zum alten Büro in der Enge, wo meine Karriere als Texter in einer Werbeagentur begonnen hatte, trank einen Espresso im Café Odeon am Bellevue und besuchte den Friedhof Fluntern, wo James Joyce in ein Buch versunken in Bronze auf seinem Grab saß und dabei eine Zigarette rauchte, während die Vögel, die über ihm kreisten, auf seinen Kopf kackten. Ich hielt Ausschau nach dem Grab des alten Herdi und fand es auch, nur unweit von Joyce. Ich sah einen schlichten Grabstein und las

HIER RUHT FRANZ HEINRICH HERDI
11. JANUAR 1932 – 1. NOVEMBER 2001
ER STARB AN GEBROCHENEM HERZEN

Hatte wirklich der Elektriker-Sohn aus Eberswalde den Schweizer auf dem Gewissen?

Plötzlich fragte ich mich, warum ich in Zürich war. Ich fragte mich, wie ich diesen Tag im August verbracht hätte, wenn ich Ende April nicht in die S5 gestiegen wäre, die mich vom Hackeschen Markt zum Bahnhof Zoo gebracht hatte. Oder wenn ich den schwarzen Rucksack auf der verschmutzten Bank der Bahn einfach liegen gelassen hätte. Glücklicher? Nein, glücklicher wäre ich nicht gewesen. Ich war jetzt glücklich. Ich hatte nur Angst, Roula Rouge könnte eine große Dummheit begehen und alles zerstören.

Mein Mittagessen nahm ich wie in alten Zeiten in der Kronenhalle zu mir. Ich saß am Tisch siebzehn unter dem Picasso und aß eine Pfannkuchensuppe und Nieren in Senfsauce. Nach dem Essen ging ich zu Grieder und kaufte mir einen weißen Anzug, einen wie Tom Wolfe ihn immer trug, ein Paar Alden-Slipper und Manschettenknöpfe aus weißer Emaille mit der schwarzen Aufschrift Hot und Cold. Ich wusste nicht, ob Roula Rouge der Anzug gefiel, bei den Manschettenknöpfen, die ihre Gefühlswelt in zwei einfachen Worten so klar beschrieben, war ich mir hingegen sicher. Sie glichen den Wasserhähnen in guten, alten New Yorker Hotels, in denen man zum Frühstück mit weißen Handschuhen verwöhnt wurde, damit man sich beim Lesen der von Druckerschwärze durchtränkten New York Times nicht die Finger schmutzig machte.

Um viertel vor vier am Nachmittag spazierte ich vom Hotel Hirschen im Niederdorf Richtung Oberdorf zur Frankengasse, wo Barbara Herdi wohnte. Es trieben sich viele Touristen auf den Straßen herum, deshalb nahm ich nicht den Weg mit der Masse am Quai entlang, sondern lief durch die verwinkelten Gassen der Altstadt. Ich passierte die Froschaugasse, wo ich in einem typischen Altstadthaus ein Jahr lang die beiden oberen Stockwerke bewohnt hatte. Auch hier war alles unverändert, bis auf den verschwundenen Pinkus. Der alte Buchhändler war gestorben, aus seinem Geschäft ein Comic-Book-Shop geworden.

Bei Pinkus hatte ich damals viele Samstage verbracht,

weil ich in die Buchhändlerin verliebt gewesen war, ein spätes Mädchen, das so ausgesehen hatte wie die Buchhändlerin in *The Big Sleep*, die für einen Kuss von Humphrey Bogart ihren Knoten im Haar gelöst und die Brille abgenommen hatte. Die Buchhändlerin bei Pinkus hieß Lisa. Lisa hat meine Liebe nicht erwidert. Wahrscheinlich gefielen ihr die Bücher nicht, die ich bei ihr gekauft hatte.

Von der Froschaugasse bog ich in den Neumarkt ein, von dort in die Spiegelgasse. Ich passierte das Haus, in dem Büchner mit dreiundzwanzig Jahren gestorben war, und das, in dem Lenin als junger Mann gewohnt hatte. Schon damals, in den achtziger Jahren, war ich fasziniert gewesen, dass hier mit Gedanken jongliert worden war, die später die Welt aus den Angeln heben sollten. Wenn Lenin nicht nach Russland zurückgekehrt, sondern in der Schweiz geblieben wäre, wenn er Zürich zu seinem Hauptquartier gemacht hätte – was dann? Wäre in Zürich vielleicht der Geburtsort der Sowjetunion? Wäre die Schweiz die Sowjetunion, eine Art Disney World für Kommunisten?

Nein, Lenin hatte sich von der Schweiz nicht einwickeln lassen, er hatte einen klaren Kopf behalten, er war standhaft und sich treu geblieben, ganz im Gegensatz zu Michael Herdi, der sich die Schokolade dankbar auf der Zunge zergehen ließ, mit der man ihn aufgewogen hatte.

Ich hatte diese Stadt geliebt. Jetzt spürte ich plötzlich nur noch Sehnsucht nach Berlin. Ich war noch keine vierundzwanzig Stunden fort und hatte Heimweh nach dieser Baustelle. Ich veranschlagte eine Stunde für den Besuch bei Barbara Herdi, dann könnte ich im Hotel meine Sachen holen und die letzte Maschine nach Berlin nehmen. Ich würde Roula Rouge umarmen und sie lieben, und dann würde ich sie noch einmal lieben. Angie würde uns dabei zusehen.

Anschließend, daran mochte ich jetzt noch nicht denken,

musste ich ein ernstes Gespräch führen, ein lebenswichtiges Gespräch. Ich hatte Angst davor, weil meine Phantasie nicht ausreichte, mir vorzustellen, wie Roula Rouge reagierte. Ich wusste nicht, ob sie zum Molotow greifen oder einfach nur gleichgültig sagen würde: *Scheiß drauf, Schotter. Ich scheiß auf ihn. Lass uns den Kerl vergessen. Lass uns glücklich sein. Lass uns ein Haus bauen.*

Vierzig

Um Punkt vier Uhr stand ich vor dem Haus Frankengasse 28 und drückte auf die Klingel, die schlicht mit Herdi beschriftet war. Es dauerte keine Sekunde, schon ertönte aus dem Lautsprecher der Gegensprechanlage dieselbe kräftige Stimme wie am Morgen am Telefon.

»Sind Sie es, Herr Schotter?«

Ich bejahte. Ein Summton, die Tür sprang auf.

»Sie sind pünktlich, sehr gut«, hallte es aus dem Lautsprecher. »Setzen Sie sich an der Treppe in den elektrischen Stuhl. Ich hole sie hoch. Und vergessen Sie nicht, sich anzuschnallen.«

Ich betrat das Treppenhaus. Am Fuß der Treppe stand ein Sessel, der einem Zahnarztstuhl ähnelte. Ich nahm Platz und wartete, ohne dass etwas passierte. Die Zeit schien stehen zu bleiben. Mein Blick fiel auf die Eingangstür, an der ein gerahmtes Poster des Gemäldes *Sitzender Akt, sich den Fuß trocknend* von Picasso hing – eine nackte Frau mit offenen Haaren und kräftigen Waden, die auf einem Quader am Strand saß, ein Bein über das andere, hinter ihr grauer Himmel und blaues Meer.

Der Sessel setzte sich in Bewegung. Ich saß mit dem Rücken gegen die Fahrtrichtung, von einem surrenden Geräusch begleitet, wurde ich wie in Zeitlupe von Etage zu Etage transportiert. Die Wände des Treppenhauses waren mit moderner Kunst zugepflastert, die von grellen Strahlern beleuchtet wurde. Je länger die Fahrt dauerte, desto jammervoller und gebrechlicher fühlte ich mich in dem Gerät. Im obersten Stockwerk angekommen, drehte sich der Stuhl automatisch um hundertachtzig Grad und das surrende Geräusch verstummte. Totenstill war es.

Vor mir wartete eine kleine, schmächtige Frau in einem dunkelblauen Kostüm und Turnschuhen. Ihre linke Hand umklammerte den silbernen Knauf eines Spazierstocks, die rechte das Treppengeländer. Ich erhob mich. Die Frau musterte mich von oben bis unten, dann sagte sie: »Willkommen, Herr Schotter, willkommen. Sie sind willkommen – obwohl ich fühle, dass Sie mir nichts Gutes zu sagen haben.« Die Stimme war das Gegenteil von ihrer Statur. Barbara Herdi löste die Hand vom Treppengeländer und reichte sie mir.

»Ich fürchte, ich habe Ihnen gar nichts zu sagen«, antwortete ich. »Ich habe nur ein paar Fragen.«

»Wer Fragen hat, der weiß auch etwas, Herr Schotter. Unwissende stellen keine Fragen. – Folgen Sie mir bitte. Und entschuldigen Sie, dass es so langsam geht, aber ich habe mir erst vor kurzem eine neue Hüfte zugelegt, die zweite bereits. Das Alter ist ein Kreuz.« Im Gegensatz zu ihrer Tochter sprach Barbara Herdi hochdeutsch ohne den Hauch eines Akzents.

Die alte Frau führte mich in ein Zimmer, in dem ein Esstisch für sechs Personen, zwei Sofas vor einem Kamin und ein Sessel vor einem Fernsehgerät standen. Die Möbel wirkten etwas zu gewaltig für die Größe des Raumes. Über dem Kamin hing diesmal ein echter Picasso, ein Stillleben, auf dem durch ein offenes Fenster sich dem Blick das Meer darbot. Auf dem Tisch vor dem Fenster lag ein Saiteninstrument.

Den Sims des Kamins zierten drei Fotografien – ein Porträt von Franz Herdi, den ich sofort wiedererkannte, obwohl ich ihn nur einmal auf dem Werk Warhols in Zieglers Büro gesehen hatte, ein Schwarzweißfoto von einem Hochzeitspaar vor einer Berglandschaft und das Porträt eines etwa zwölf Jahre alten Mädchens, das Violine spielte. In dem Gesicht des Mädchens erkannte ich Eliane Herdi wieder.

Barbara Herdi hatte schon die Dachterrasse durch die große Flügeltür betreten, als sie sich zu mir umdrehte. Sie sah, wie ich die Fotografie betrachtete.

»Das ist meine Tochter. Eliane war ein gutes Mädchen.«

Die Terrasse glich einem verwunschenen Garten, überall standen Blumenkästen und Töpfe herum, Geranien, Margeriten, Rosenstöcke in allen Farben, Fuchsien. Es duftete wie in einer Parfümerie. Von einem großen, weißen Schirm wurde der Tisch in der Mitte der Terrasse beschattet. Auf ihm standen ein Erdbeerkuchen, zwei Tassen und eine Teekanne auf einem Stövchen.

»Wohnen Sie alleine hier?«

»Mit dem Hausmädchen. Ohne meine Jelena wäre ich verloren. Mein Mann und ich haben das Haus erst vor sechs Jahren gekauft, wir wollten nicht mehr auf dem Land leben. Franz hat es total umbauen lassen. Im dritten Stock ist die Küche, im zweiten befinden sich die Schlafzimmer, im ersten zwei Gästezimmer und die Bibliothek. Dort haben Eliane und die Kinder immer gewohnt, wenn sie in der Stadt waren. Das Erdgeschoss ist Jelenas Reich. Ich halte mich tagsüber immer hier unter dem Dach auf, obwohl es im Sommer heiß ist. Das Haus ist zu groß für mich.«

»Eliane besucht Sie nicht mehr?«

Barbara Herdi schüttelte den Kopf.

»Und die Enkel?«

»Auch die nicht. Ich habe Mike junior, Manuela und Mathias zum letzten Mal auf Franz' Beerdigung gesehen, Eliane übrigens auch.«

Ich sah den Grabstein auf dem Friedhof Fluntern vor mir. *Hier ruht Franz Heinrich Herdi, 11. Januar 1932 – 1. November 2001. Er starb an gebrochenem Herzen.* Barbara Herdi hatte also seit fast drei Jahren keinen Kontakt mehr zu ihrer Tochter und den Enkelkindern.

»Michael hat unsere Familie zerstört, Herr Schotter. – Aber nehmen Sie erst einmal Platz …«

Ich setzte mich auf einen der Korbstühle unter dem Sonnenschirm. Barbara Herdi stellte den Gehstock in einen Ständer neben ihrem Stuhl und schickte sich an, den Tee einzuschenken. Die Haut ihres Arms war so hell und durchsichtig wie Pergamentpapier. Als sie die Kanne hob, musste man fürchten, der Arm könne unter der Last des Gewichts brechen. Ich stand wieder auf, nahm ihr die Kanne ab und schenkte uns Tee ein. Aus einem nahen Park erklang klassische Musik.

»Das ist die Schauspielschule an der Winkelwiese, bei schönem Wetter proben die Studenten im Park.« Barbara Herdi pustete ihre Haare aus der Stirn, genauso wie Eliane es im Keyif getan hatte. »Ich sitze manchmal ganze Nachmittage hier oben und höre zu, wie die jungen Leute üben. *Minna von Barnhelm* kenne ich auswendig, jede einzelne Rolle. Sie können mich testen, Herr Schotter.«

Ich musste lächeln, und es fiel mir schwer, wieder von Michael Herdi zu sprechen.

»Wieso hat Ihr Schwiegersohn die Familie zerstört?«

Die Frau mir gegenüber hatte die Augen geschlossen und bewegte ihren Kopf langsam zur Melodie der Musik. Sie brauchte lange, um zu antworten. »Weil er ein Betrüger ist.

Sein ganzes Leben ist auf Betrug aufgebaut. Er hat uns hintergangen. Wir sind alle auf ihn hereingefallen – auch Franz, mein Mann, dem man sonst kein X für ein U vormachen konnte … Wir haben Michael geliebt, wir hatten ihn ins Herz geschlossen, gleich vom ersten Moment an.«

»Wann war das?«

»Lassen Sie mich überlegen, das muss 1986 gewesen sein, ja, im Oktober 1986. Eliane und Michael kannten sich gerade drei Monate. Im Oktober hat sie ihn uns endlich vorgestellt, sie wollte ihn nicht mit nach Hause bringen. Wir waren in der Kronenhalle essen. Ich sehe ihn noch heute vor mir mit seinem langen Zopf und diesen seltsamen Nietenhosen unter dem Varlin-Gemälde. Michael war schüchtern. Er sah den ganzen Abend fast nur auf die Tischdecke. Aber genau das hat uns gefallen. Er hatte nicht diese damals wie heute übliche Was-kostet-die-Welt-Attitüde. Er hatte noch Träume. Mein Mann urteilte später, Michael sei nicht satt. Das gefiel ihm.«

Dafür, dass Barbara Herdi anfangs gar nicht über ihren Schwiegersohn sprechen wollte, redete sie jetzt wie ein Wasserfall. Sie sah aus wie eine Wachsfigur, sie saß bewegungslos auf ihrem Stuhl, die Hände lagen gefaltet auf dem Tisch, nur die Lippen bewegten sich. Je länger ich ihr zuhörte, desto mehr wurde mir bewusst, wie einsam dieses zerbrechliche Wesen mit der kräftigen Stimme sein musste. Wahrscheinlich hatte sie seit dem Tod ihres Mannes nicht mehr soviel geredet wie mit mir, sah man einmal von Minna von Barnhelm ab.

Barbara Herdi erzählte von ihrer Tochter Eliane und dem Flüchtling Jakob M. Klein aus der Deutschen Demokratischen Republik. Ich war erstaunt, wie genau sie die Liebesgeschichte im Kopf hatte. Wie ein Film musste sie sich immer wieder vor ihren Augen abgespielt haben.

Eliane und Jakob hatten sich am ersten August 1986 in einer Beiz in der Zürcher Altstadt kennengelernt. Es war ein Freitag und der Nationalfeiertag. Jakob, der ein halbes Jahr nach seiner Flucht in Stuttgart gestrandet war, wo er in einem Computerladen eine Anstellung als Verkäufer gefunden hatte, wollte das Wochenende in der Schweiz verbringen. Es sollte seine erste Reise ins Ausland sein.

Als er am frühen Abend in der Stadt eintraf, wurde seine Erwartung enttäuscht. Zürich kam ihm wie ausgestorben vor, die Schweizer feierten zu Hause. Erst später in der Nacht füllten sich die Bars. Jakob saß am Tresen einer Beiz, die Malatesta hieß. Er malte gerade die Ringe nach, die sein Bierglas auf dem Holz hinterlassen hatte, als ihn ein junges Mädchen fragte, warum er an einem so fröhlichen Tag so traurig sei.

Eliane war mit zwei Freundinnen unterwegs, weil Urs Ziegler, der Mann, der sie liebte, den Feiertag bei seinen Eltern in Bern verbrachte.

»Der arme Urs«, erinnerte sich Barbara Herdi, dabei seufzte sie. »Meine Tochter hatte sich Hals über Kopf in den Deutschen verliebt. Und Urs hatte keine Chance mehr.«

Eliane ließ ihre Freundinnen in dieser Nacht des ersten August links liegen und setzte sich zu Jakob an den Tresen. Die beiden unterhielten sich Stunden lang, bis der Wirt des Malatesta sie vor die Tür setzte. Anstatt sich zu verabschieden, unternahmen sie noch einen langen Spaziergang am See. Als die Sonne aufging, hatten sie sich ihr Leben erzählt. Jakob hatte nichts ausgelassen, er hatte von Eberswalde berichtet und von Dresden, von Liverpool und wieder von Eberswalde. Sogar den Friedhof hatte er erwähnt, wohin er als Gärtner verbannt worden war. Nur seine Frau Conny hatte er Eliane verschwiegen und die kleine Emma natürlich auch, für die er der größte Puppendoktor der Welt war.

Eliane hatte Jakobs Geschichte so aufgewühlt, dass sie unter Tränen etwas tat, was für sie bis dahin bei einem Mann undenkbar war. Sie ergriff die Initiative. Ohne nachzudenken, ob es richtig oder falsch war, stellte sie sich auf die Zehenspitzen, legte ihre Arme um Jakobs Hals und küsste ihn, als sei es der letzte Kuss ihres Lebens.

Ich unterbrach den Redefluss und fragte, ob Eliane ihr immer alles so ehrlich erzählt habe. Barbara Herdi antwortete: »Sie war der ehrlichste Mensch auf der Welt, Herr Schotter. Und der liebste. Sie war wie ein offenes Buch. Sie hat mir alles anvertraut. Ich verstehe nicht, wie dieser Mann es geschafft hat, sie so zu verändern. Er hat sie abhängig gemacht. Aber fragen Sie mich nicht, wie …« Bevor Barbara Herdi mit ihrer Erzählung fortfuhr, bat sie mich, ihr eine Tasse Tee nachzuschenken, sie habe einen trockenen Mund.

Vom ersten August 1986 an trafen Jakob und Eliane sich jedes Wochenende in Zürich. Jakob kam aus Stuttgart, Eliane aus Genf, wo sie Betriebs- und Volkswirtschaft studierte. Im Oktober stellte Eliane den neuen Freund ihren Eltern vor. Einen Tag nach dem Essen in der Kronenhalle stürmte sie mit Jakob an der Hand in die Büros von Transnet International und überredete ihren Vater, Jakob die Lösung der Computerprobleme der Firma anzuvertrauen. Der alte Herdi willigte ein. Zwei Wochen später erzählte er seiner Frau, dass Eliane offensichtlich ein richtiges Genie aufgegabelt habe. »Der Junge hat uns viel Geld gespart und von vielen Sorgen befreit.«

Herdi hatte Jakob mit einer großzügigen Summe bedacht und dafür gesorgt, dass er in Genf einen lukrativen Job bei einer großen Kaufhauskette als Systemberater bekam.

»Das war …«, zum erstenmal stockte Barbara Herdi. »Das muss … lassen Sie mich überlegen … das muss Ende Oktober 1986 gewesen sein, ja, Ende Oktober 1986.«

Von diesem Tag an lebten Eliane und Jakob zusammen in einem kleinen Apartment am Genfer See, aus dessen Fenster man die gewaltige Fontäne sehen konnte, für die die Stadt berühmt war.

Keine acht Monate später heirateten sie. Es war eine Hochzeit in kleinem Kreis. Jakob hatte darum gebeten, denn er wollte kein Aufsehen. Sein Schwiegervater, der von einem großen Fest in Weiß geträumt hatte, glaubte ihm die Furcht, die Staatssicherheit der DDR sei hinter ihm her. Bei den Begabungen, die Jakob hatte, verstand er es sogar, dass der Staat, der ihm seine Ausbildung ermöglicht hatte, ihn in seinen Mauern behalten wollte. Herdi selbst wäre auch nicht entzückt gewesen, wenn sein bester Mann, in den er viel investiert hatte, ihm den Rücken kehren und zur Konkurrenz überlaufen würde. Und so war es auch kein Problem für ihn, dass Jakob seinen Mittelnamen zum Rufnamen machte und den Familiennamen seiner Frau annahm. Im Gegenteil, Franz freute sich sogar darüber, weil so die Linie seiner Familie nicht aussterben würde. Er ging fest davon aus, dass seine Tochter ihm mindestens einen Enkelsohn schenken würde, einen Enkelsohn namens Franz, Franz Herdi junior, der eines Tages die Firma an Zürichs Paradeplatz übernahm.

Die Hochzeit wurde im Hotel Ermitage in Küsnacht am Zürisee gefeiert. Außer den Brauteltern und dem Brautpaar war nur noch Elianes beste Freundin Fabienne mit von der Partie, eine Welschschweizerin, die zusammen mit Eliane in Genf studierte. Eliane hatte Fabienne als Trauzeugin gewählt, Jakob hatte Franz Herdi gebeten, ihm die Ehre zu geben.

Am Morgen vor der Hochzeit im Zürcher Stadthaus hatte Jakob sich noch das schüttere Haar schneiden lassen, auch der lange Zopf hatte, zu Elianes Verdruss, daran glauben müssen. Doch Jakob gefiel sich. Er trug von nun an Glatze und einen neuen Namen.

Er fühlte sich wie neugeboren.

Schon auf dem Riva-Boot, mit dem die Hochzeitsgesellschaft vom Stadthaus die Limmat hinunter auf den See zum Hotel Ermitage nach Küsnacht gefahren war, schien er sich seiner Vergangenheit vollkommen entledigt zu haben.

»Er war ein anderer Mensch, Herr Schotter«, sagte Barbara Herdi. »Er war nicht wiederzuerkennen, nicht nur wegen der neuen Frisur. Sie hätten ihn sehen sollen – allein der schneeweiße Anzug hatte ihn verändert. Vor allem aber war seine Schüchternheit, die uns doch so gefallen hatte, wie verflogen. Michael Herdi hatte nichts mehr mit Jakob Klein zu tun.«

Meine Gastgeberin nahm einen Schluck Tee. Dann schloss sie die Augen und bewegte ihren Kopf wieder eine Zeit lang zur Musik, die der Wind von der Schauspielschule zu uns auf die Terrasse trug. Barbara Herdi tat mir leid. Sie hatte sicher nichts falsch gemacht in ihrem Leben, und jetzt, an dessen Ende, saß sie voller Gebrechen und gebrochen einsam auf einem Scherbenhaufen, während ihr Schwiegersohn, dem sie das Elend anlastete, offenbar eine glückliche Familie hatte und von den Millionen lebte, die er nach seinem betrügerischen Bankrott noch hatte retten können. Was fühlte sie, wenn sie in illustrierten Zeitschriften Fotos wie die vom vierzigsten Geburtstag ihrer Tochter am Strand von Saint Tropez sah?

Damals, 1987, hätte sie sich den Weg ihres Schicksals nicht in den bösesten Alpträumen so ausgemalt, wie er jetzt verlief. Damals schien ihr Glück für alle Ewigkeit wie in Marmor gehauen. Sicher, es gab auch kleine Enttäuschungen, aber die wogen im Vergleich zu dem, was später auf sie zukommen sollte, nicht wirklich schwer. So bekam ihr erstes Enkelkind nicht den Namen Franz, wie Barbara Herdi und ihr Mann es sich gewünscht hatten, sondern Michael, den alle immer nur Mike junior nannten. Franz Herdi hatte das damals gewurmt.

Das war 1988. Zwei Jahre später kam dann Manuela auf die Welt. Eliane und Michael lebten inzwischen in einer großbürgerlichen Wohnung in einem Vorort der Stadt. Michael verdiente gutes Geld. Er hatte seinen Job bei der Kaufhauskette gekündigt und war Chef der Logistikabteilung von Federal Express Europa geworden. Gleich nach seinem ersten Jahr in dem Konzern hatte er eine große Tantieme für innovative Leistungen kassiert und sein Kopf zierte die Titelseite der Hauszeitschrift.

Als Eliane nach der Geburt von Manuela für eine Woche in der Klinik lag, lernte Michael an einem Sonntag einen Engländer kennen. Michael saß auf der Bank eines Kinderspielplatzes am See und las in einer Computerzeitschrift, Mike junior und seine Großmutter, Barbara Herdi, die zu Manuelas Geburt aus Zürich angereist war, bauten eine Burg im Sandkasten. Der Engländer sprach Michael an. Er fragte ihn, ob er Schach spielen könne und Lust auf eine Partie habe. Nicht unweit vom Sandkasten war ein Schachspiel unter freiem Himmel aufgebaut. Jede Figur bestand aus massivem Holz und war mindestens sechzig Zentimeter hoch, der König sogar fast ein Meter. Michael willigte ein, obwohl er Jahre lang nicht mehr gespielt hatte. Die erste Partie verlor er nach nicht einmal zwanzig Minuten. Auch bei der zweiten musste er sich geschlagen geben, aber sie dauerte länger, und Michaels Spielzüge nötigten dem Engländer, der sich als Tim vorgestellt hatte, großen Respekt ab.

Timothy Berners-Lee und Michael Herdi trafen sich danach öfter zum Schachspiel. Sie wurden Freunde. Tim war

Michaels erster Freund überhaupt, seitdem der seinem Land den Rücken gekehrt hatte. Und wahrscheinlich war er sogar der einzige, den er neben Kalle Kerschkamp in seinem ganzen Leben hatte.

Berners-Lee war seinerzeit am europäischen Kernforschungslabor CERN in Meyrin im Kanton Genf beschäftigt, wo er mit einem halben Dutzend Mitarbeitern daran arbeitete, das Internet zu revolutionieren. Lukrative Angebote von großen Telekommunikationsgesellschaften hatte er immer ausgeschlagen. Er war Forscher mit Leib und Seele, Geld interessierte ihn nicht.

In Michael Herdi hatte Berners-Lee seinen größten Bewunderer gefunden, und das wollte was heißen bei dem Selbstbewusstsein des Elektrikersohns aus Eberswalde, wenn es um Computer ging. Die beiden unterhielten sich oft Nächte lang über Bits und Bytes und die Welt von morgen, dessen Schöpfer vierundzwanzig Jahre später von der englischen Königin zum Ritter geschlagen werden sollte.

Zu einem Familienkrach bei den Herdis, dem einzigen, von dem Barbara Herdi zu berichten wusste, kam es am Heiligabend 1990. Nach der Bescherung, es war kurz nach neunzehn Uhr, klingelte bei den Herdis das Telefon. Eliane griff zum Hörer und sagte nach ein paar Sekunden auf Englisch: »Nein, Tim, tu mir das nicht an. Das kannst du mir nicht antun. Doch nicht an diesem Tag. Wie soll ich das denn meinen Eltern erklären?« Michael nahm seiner Frau das Telefon ab, hörte Berners-Lee kurz zu und sagte: »Ich komme sofort.«

Zehn Minuten später verließ er nach einem Wortgefecht die Wohnung und fuhr in dem neuen Jaguar, den er sich zu Weihnachten geschenkt hatte, zum CERN ins zehn Kilometer entfernte Meyrin. Er hatte Tim schon oft in dem Computerlabor besucht, wo es immer so aussah, als habe eine Bombe eingeschlagen. Michael konnte sich gar nicht vorstellen, wie man in dem Wust aus Kabeln, Bildschirmen, Rechnern, Disketten, Büchern, fettigen Pizza-Kartons und Dosen mit abgestandener Coca Cola einen klaren Gedanken fassen konnte.

Doch Tim konnte das. Und an diesem Heiligabend 1990 konnte er es besonders gut. Um halb elf in der Nacht nahm Michael Herdi an einem Ereignis teil, das später als Sternstunde der Wissenschaft bezeichnet wurde.

Ich wusste, dass es Timothy Berners-Lee in einer Weihnachtsnacht gelungen war, über die Signalleitung des Kernforschungslabors auf die Dokumente anderer Rechner des Instituts zuzugreifen. Gelungen war es ihm mit der von ihm entwickelten Sprache HTML (Hypertext Markup Language) und dem Internetprotokoll HTTP (Hypertext Transfer Protokoll).

Michael Herdi aus Eberswalde in Mecklenburg-Vorpommern hatte an der Geburt des World Wide Web teilgenommen. Vor ihm auf der Screen strahlte unter der Adresse

http://info.cern.ch*

die erste Website aller Zeiten. Nach der Erfindung des Buchdrucks, des Radios und des Fernsehens war Timothy Berners-Lee damit etwas gelungen, was die Welt verändern sollte. Kapital hat der Engländer aber nie aus seiner Erfindung geschlagen, er hat sie nicht patentieren lassen, er hat sie den Benutzern des Internets, uns allen, zum Geschenk gemacht. Wichtig war ihm die soziale Botschaft seines Werks, nicht die Vermarktung einer technischen Spielerei.

* Die Seite, die erklärte, was das World Wide Web sein sollte und wie man an einen Webbrowser kommt, wurde inzwischen aus dem Netz genommen. Eine Kopie findet sich unter der Adresse http://www.w3.org/History/19921103-hypertext/hypertext/WWW/TheProject.html

Noch an diesem Heiligabend 1990 hatte Michael Herdi begriffen, dass der Coup des Freundes ihn ganz persönlich unabhängig machen würde. Schon als er in der Nacht von Meyrin in seiner neuen Limousine nach Hause fuhr, beschloss er eine eigene Firma zu gründen, das weltweit erste Internetunternehmen. Das Geld, das er dafür brauchte, da war er sich ganz sicher, würde ihm sein Schwiegervater leihen, allein schon wegen des Namens, den er dem Unternehmen geben würde: Herdi Communications.

Barbara Herdi saß immer noch regungslos auf ihrem Stuhl. Sie schwieg. Die Musik aus der Schauspielschule war verstummt. Ich trank einen Schluck Tee und fragte: »Hat Ihr Mann Michael das Geld gegeben?«

»Selbstverständlich. Und er hat es fast zehn Jahre lang auch nicht bereut. Er war sehr stolz auf seinen Schwiegersohn, auf seine Kraft, seinen Intellekt, seinen Erfindungsgeist. Er hat Michaels Leistung höher bewertet als seine eigene. Mein Mann selbst war bescheiden, wissen Sie, aber wenn es um Michael ging, hätten Sie ihn sehen sollen. Es verging kein Abend im Golfclub oder im Restaurant, an dem er nicht mit ihm angab. Mir war das manchmal schon unangenehm.«

»Warum ist Michael mit seinem Unternehmen nach München gegangen?«

»Ich glaube, er hatte sich ausgerechnet, dass er in Deutschland mehr Geld machen konnte. Die Schweiz war zu klein für seine Pläne. Die Schweiz war überhaupt zu klein für ihn. Darüber war Franz natürlich anfangs nicht sehr begeistert, doch später gab er Michael Recht. Michael machte in den Augen von Franz nichts falsch. Er hat ihn verteidigt und geliebt wie einen eigenen Sohn. Wie Eliane hat auch ihn die Liebe blind gemacht.«

»Und dann kam die Krise?«

»Krise?«

»Die Blase platzte wie überall. Er machte Scheingeschäfte, fälschte Bilanzen … Und plötzlich saß er in Untersuchungshaft und stand als Betrüger vor Gericht. Das muss doch schlimm für Sie und Ihren Mann gewesen sein.«

»Schlimm? Sicher, ja, das war schlimm, aber das hat doch unsere Beziehung nicht zerstört. Mein Mann stand ihm zur Seite wie der Fels in der Brandung. Franz hatte Michaels Handeln immer mit der schlechten Wirtschaft entschuldigt. Er ließ nichts auf ihn kommen, hatte sogar Verständnis dafür, dass ein Unternehmer, wenn es denn wahr war, was man Michael vorwarf, mit nicht ganz legalen Mitteln versuchte, sein Unternehmen zu retten. Er war der Meinung, ein Unternehmer müsse dieselben Qualitäten haben wie ein Guerillero, gerade in Deutschland, wo Kreativität und Phantasie von Gesetzen und Regeln stranguliert wurden. Franz selbst hat oft genug alles für seine Firma riskiert. Als er jung war, war er ein Gambler. Aber ein ehrlicher Gambler.«

Meine Gastgeberin machte eine kurze Pause. Sie schloss die Augen und atmete den Duft der Blumen tief ein. Dann quälte sie sich mühsam aus dem Stuhl und sagte: »Nein, umgebracht hat ihn etwas ganz anderes, Herr Schotter, etwas, das nicht mit Geld zu tun hat, sondern mit Anstand und Vertrauen, ja, mit Moral.« Ihr Gesicht war vom Schmerz gezeichnet. Ich stand auf und wollte ihr helfen. Sie sagte: »Lassen Sie nur, lassen Sie nur, Herr Schotter. Ich muss damit alleine fertig werden.« Sie zog die Krücke mit dem Silberknauf aus dem Ständer, entschuldigte sich für einen Moment und schleppte sich in den Salon. Ich fragte mich, ob sie physische Schmerzen hatte, oder ob die Erinnerungen an die eigene Geschichte sie so mitnahmen.

Es war totenstill auf der Terrasse. Ich ging zum Efeu bewachsenen Holzgeländer und sah auf die Trittligasse. Vor einer kleinen Goldschmiedewerkstatt saß eine Frau in der Sonne auf einem Schemel und las ein Buch.

Wie ertrug Barbara Herdi diese ununterbrochene Stille?

Als sie nach ein paar Minuten wieder auf die Terrasse kam, hielt sie ein paar Blätter Papier in der Hand, die reichte sie mir mit den Worten: »Das hier, das hat Franz umgebracht.«

Es war der Brief von einem gewissen Karlheinz Kerschkamp, Professor für Informatik und Physik an der Universität von Ilmenau. Mein Blick wanderte von der ersten Seite zu Barbara Herdi. Sie stand kerzengerade vor mir, ihre Hände umklammerten den Knauf des Gehstocks. Ich bildete mir ein, ihre Lippen zitterten.

»Lesen Sie nur«, sagte sie, »nun lesen Sie schon …« Die Stimme klang ungeduldig.

Der Brief war an Transnet International, c/o Dr. Franz Herdi, Paradeplatz 9, CH-8001 Zürich adressiert.

Ich begann zu lesen.

Karlheinz Kerschkamp stellte sich in dem Schreiben kurz vor, dann erzählte er die Geschichte einer Freundschaft, die Geschichte von sich und seinem Blutsbruder Jakob Klein. Er erzählte, wie die beiden zusammen in Eberswalde aufgewachsen waren, erzählte von ihrem Studium und ihrem ersten Job bei Robotron in Dresden. Er erzählte, wie sie davon geträumt hatten, zusammen nach Liverpool zu reisen, und warum die gemeinsame Reise gescheitert war. Von den Folgen, die sich daraus entwickelten, erzählte er natürlich auch.

Am meisten Platz auf den fünf Seiten nahmen aber Jakobs Frau Conny und die gemeinsame Tochter Emma ein. Von Conny und Emma erzählte Kalle Kerschkamp voller Zärtlichkeit. Er beschrieb Conny als unsichere, fast hilflose, bildhübsche Person, die nur einem Menschen in ihrem Leben vertraut hatte. Das war Jakob. Als der eines Nachts am fünften Geburtstag seiner Tochter, ohne ein Wort zu hinterlassen, das Weite gesucht hatte, brach die kleine Welt der jungen Frau in sich zusammen. Conny habe sich nie wieder von dem Schock erholt. »Anderthalb Jahre, nachdem sie nichts mehr von ihrem Mann gehört hatte, hat sie sich erhängt«, schrieb Kalle Kerschkamp. »Aus Emma, die zum Glück mehr Kraft besaß als ihre Mutter, ist ein großartiges, zwar etwas versponnenes, aber hochintelligentes Mädchen geworden, obwohl sie ohne Eltern aufwachsen musste.«

Kalle Kerschkamps Brief an Franz Herdi endete mit folgenden Zeilen:

Sehr geehrter Herr Herdi, seit der Verhaftung Michael Herdis und dem Beginn des Prozesses gegen ihn habe ich sehr viel über den Fall gelesen und auch einige Fotos gesehen.
Ich bin bislang davon ausgegangen, dass mein Freund Jakob auf der Flucht umgekommen ist. Jetzt habe ich plötzlich meine Zweifel.
Ich wäre Ihnen dankbar, wenn sie meine Befürchtungen ausräumen könnten, dass Ihr Schwiegersohn und Jakob Klein ein und dieselbe Person sind.
Die Vorstellung, mein Freund könnte seine Frau, seine Tochter, aber auch mich dermaßen hintergangen haben, schmerzt mich sehr.
Ich habe in einem Artikel über Michael in Capital gelesen, dass Sie, Herr Herdi, ein integrer, großartiger Mann sind. Ich verlasse mich auf Ihr Wort. Herzlichen Dank für Ihre Bemühungen.
Mit freundlichen Grüßen
Karlheinz Kerschkamp

Der Brief stammte aus dem Jahr 2001, geschrieben kurz nach dem Freispruch für Michael Herdi.

Ich legte die Blätter auf den Tisch und blickte Barbara Herdi in die Augen. Sie schwieg. Ich schwieg. Es verging über eine Minute, bis sie sagte: »Jetzt wissen Sie, was meinem Mann das Herz gebrochen hat.«

»Hat er auf das Schreiben geantwortet?«

»Ja, das hat er. Wie es seine Pflicht war. Er hat geschrieben, dass Kerschkamps Befürchtungen unbegründet seien. Er kenne Michael bereits seit seinem achten Lebensjahr und könne versichern, dass dieser nichts, aber auch gar nichts mit Jakob Klein aus Eberswalde zu tun habe.« Barbara Herdi nahm einen Schluck Tee. »Herr Schotter, glauben Sie mir, mein Mann fühlte sich wie ein Lump, wie ein elender Lump. Für nichts hat er sich in seinem Leben mehr geschämt, als für diese Antwort. Und als er dann ein paar Wochen später auch noch erfuhr, dass Eliane schon seit Jahren die ganz Wahrheit kannte und nichts unternommen hatte, um mit Emma, die immerhin die Halbschwester ihrer Kinder war, in Kontakt zu treten …« Die Worte Barbara Herdis stockten. Sie schüttelte den Kopf und hatte Tränen in den Augen. »Das war sein Todesurteil. Er hat die Aufregung und die Schande nicht überlebt.«

Die folgenden Minuten vergingen quälend. Barbara Herdi hatte sich in eine andere Zeit verabschiedet. Ihre Augen waren geschlossen. Auf das, was ich sagte, reagierte sie nicht mehr. Erst als ich zum dritten Mal fragte, ob sie die Geschichte jemals einem anderen Menschen erzählt hatte, antwortete sie leise: »Nein, keiner Menschenseele.«

»Und warum nicht? Vielleicht hätte es Ihnen geholfen.«

»Ganz einfach, es hat mich keiner gefragt, Herr Schotter.«

Bevor Barbara Herdi mich zum Lift begleitete, blieb sie am Esstisch des Salons stehen. Auf dem Tisch lag eine mit Intarsien verzierte Holzbox, die einem Humidor glich. Sie öffnete die Box, um Kalle Kerschkamps Brief zurückzulegen. Ihr Blick fiel auf ein Schwarzweißfoto. Sie nahm es heraus und reichte es mir.

»Hier, das war dem Brief beigelegt.«

Auf dem Foto erkannte ich zwei junge Männer. Es waren Jakob Klein und Kalle Kerschkamp. Beide trugen das gleiche T-Shirt mit einem Aufdruck des Gesichts von John Lennon. Lennon hatte seine runde Brille auf der Nase, die Freunde hatten jeweils einen Arm um die Schulter des anderen gelegt. Sie lachten in die Kamera, als wollten sie die Welt erobern. Jakobs Zopf lag auf seinem linken Schlüsselbein. Anhand der Abbildungen, die ich in den Zeitschriften von Michael Herdi gesehen hatte, und dieses Fotos wäre es mir unmöglich gewesen, Herdi und Klein als ein und dieselbe Person zu identifizieren.

Barbara Herdi begleitete mich zum Lift. Erst als ich im Sessel saß, und kurz bevor sie das Gerät in Betrieb setzte, sagte sie: »Herr Schotter, Sie sind mir noch eine Erklärung schuldig.«

»Eine Erklärung?«

»Ja, eine Erklärung. Warum musste ich Ihnen die ganze Geschichte erzählen? Was haben Sie mit Michael zu tun? Oder mit Jakob?«

»Ich, ich liebe seine Tochter. Ich liebe Emma. Ich will nicht, dass sie eine Dummheit begeht.«

Der Lift setzte sich langsam in Bewegung. Barbara Herdi sagte nichts mehr. Ich warf einen letzten Blick auf die traurige Frau. Ich sah, wie sie die Haare aus der Stirn pustete, ich sah das blaue Kostüm, die weißen Turnschuhe, aus denen Beine ragten, die so dünn und zerbrechlich wirkten wie Zündhölzer.

Ich schloss die Augen und hörte, wie sie auf der Terrasse mit Minna von Barnhelm sprach, weil kein anderer da war.

Einundvierzig

Erst als ich endlich wieder Berliner Boden unter den Füßen spürte, als mich der Zollbeamte anranzte, weil ich ihn keines Blickes gewürdigt und nicht auf seinen Ruf reagiert hatte, ging es mir besser. Ich war zu Hause. Ich verließ die Flughafenhalle in Tegel und zündete mir, bevor ich ins Taxi stieg, eine Nil an. Die letzten Stunden in Zürich hatten mich mitgenommen. Das lag gar nicht an der Stadt, deren Kapital immer noch der Charme von gestern war. Es lag einzig und allein am großen Herdi und seinen Opfern. Wusste er, welche Tragödien er angerichtet hatte? Dachte er überhaupt darüber nach?

Am schlimmsten von allen hatte es sicher Barbara Herdi erwischt, sie hatte nicht nur ihren geliebten Mann verloren, sondern auch ihre Tochter und die drei Enkelkinder. Jetzt blieb ihr nichts anderes, als sich zu grämen und auf den Tod zu warten. Franz Herdi musste sich darüber keine Gedanken mehr machen. Er war tot, genauso wie Conny Klein aus Usedom.

Und Urs Ziegler litt immer noch darunter, dass Herdi ihm sein Mädchen weggenommen hatte. Er kämpfte mit teurem Whisky gegen sein Leid an. Auch Kalle Kerschkamp war ein Opfer des Elektrikersohns aus Eberswalde. Doch das wusste er mit großer Wahrscheinlichkeit nicht. Noch nicht.

Die meisten Opfer des Internet-Unternehmers waren in der anonymen Masse der Kleinanleger zu finden, die er mit Scheingeschäften und gefälschten Bilanzen in den Ruin getrieben hatte. Einige von ihnen waren so verzweifelt, dass sie sich umbringen wollten, andere träumten von Rache und schickten Herdi Morddrohungen ins Haus.

Das Mädchen, das das größte Recht in Anspruch nehmen durfte, alles über Michael Herdi alias Jakob Klein zu erfahren, nannte sich heute Roula Rouge. Roula Rouge saß hoffentlich im Loft in der Meinekestraße und wartete auf mich. Sie hatte in den letzten Wochen eine seltsame Wandlung durchgemacht. Monatelang, vielleicht sogar Jahre, waren ihre Gedanken um einen Menschen gekreist, von dem sie annahm, er könnte ihr Vater sein. Jetzt, wo sie so nah daran war, die Identität des Mannes zu lüften, schien sie das Interesse daran verloren zu haben, jetzt konnte sie sich sogar mit dem Gedanken anfreunden, ihr Vater sei tot. Denn nur, wenn er tot war, schuldete er ihr nichts mehr, nur wenn er tot war, war sie frei.

Besonders seit Mette das große Los gezogen hatte, schien Roula Rouge entschlossen, ihre Zeit nicht mehr mit der Vergangenheit zu verplempern, sondern die Zukunft in Angriff zu nehmen. Sie wollte das Bild ihrer auf dem Dachboden erhängten Mutter, das sich neunzehn Jahre zuvor in ihr Hirn gebrannt hatte, ein für allemal vernichten.

Es war kurz nach dreiundzwanzig Uhr, als der Taxifahrer mich in der Meinekestraße absetzte. Ich ging über den Hof. Der Penner machte es sich gerade neben den Mülltonnen auf den Pappen bequem. Als er mich erkannte, rief er: »Viel Schotter gemacht heute, Schotter?« Dann lachte er, laut und spöttisch. Neben ihm lag eine leere Flasche Rotwein, ein McDonalds-Karton für Chicken McNuggets und eine Ausgabe des Playboy. Was brauchte man mehr? Ich sah zum Loft hinauf. Es brannte kein Licht. Ich hoffte, Roula Rouge würde wie in der Nacht zuvor vorm Fenster stehen und sich vom Mond liebkosen lassen.

Doch schon im Fahrstuhl glaubte ich nicht mehr daran. Ich hörte keine Musik. Ich betrat das Loft. Es war dunkel, nur durch den unteren Spalt der Tür von Roula Rouges Arbeitszimmer drang ein heller, bläulicher Schimmer. Ich knipste das Licht an. Der Raum war sauber, das Bett gemacht. Neben der Espresso-Maschine standen zwei gebrauchte Tassen mit noch feuchten Teebeuteln. Ich stellte meine Tasche ab, ich rief nach Roula Rouge. Keine Antwort. Auf der Lehne eines Sofas lag das Fuck-Berlin-T-Shirt. Angie saß auf dem Bett und beobachtete mich. Sie lachte. Neben ihr lag ein französisches Wörterbuch. Ich rief noch einmal Roula Rouge. Der Name hallte wie ein Echo zurück. Dann rief ich: »Emma! Emma bist du hier?« Mein Herz schlug schneller. Ich zog mein Handy aus der Tasche und wählte ihre Nummer. Die Mailbox antwortete.

Der Teilnehmer ist zurzeit nicht erreichbar. Bitte, versuchen Sie es später noch einmal.

Ich wählte Mettes Nummer. Auch sie ging nicht an ihren Apparat: *Mette Mang hier, wenn Sie eine Nachricht hinterlassen wollen, dann können Sie das jetzt tun* … Ich sprach aufs Band.

Wo ist Emma?

Mein Blick fiel auf das Denkmal. Das Plexiglas lag auf dem Boden. Smart Girl II war nackt. Der weiße Aufkleber mit den verblassten Buchstaben m, t, rl fehlte. Heruntergerissen.

Wo war Roula Rouge? Hatte sie die gleiche Entdeckung gemacht wie ich?

Ich schrie ihren Namen. Ich riss die Tür zu ihrem Zimmer auf. Das iBook strahlte mich vom Schreibtisch an. Roula Rouge hatte das Loft noch nie ohne den Rechner verlassen. Ich setzte mich. *For every style there is an anti-style in wait.* Die bunten Buchstaben auf der Screen kämpften gegeneinander. Ich tippte auf das A der Tastatur. Die Buchstaben verschwanden und vor mir tauchte eine Fotografie auf – ein Ohr, ein überlebensgroßes Ohr. Es sah aus wie eine Mondlandschaft. An dem Ohr hing ein Ohrring, der gleiche, den Roula Rouge von Omi Musch zum Geburtstag geschenkt bekommen hatte, es war einer der beiden Ohrringe, die Conny Lüders auf dem Foto trug – das Foto vom Nachttisch im Kinderzimmer in Ahlbeck. Ich sah eine aus Gold geflochtene Fassung, in deren Mitte ein blauer Stein appliziert war.

Das Programm Photoshop zeigte mir an, dass das Foto auf dem Bildschirm fünfhundert Prozent vergrößert war. Um das Foto in seiner originalen Größe betrachten zu können, um zu verstehen, was ich sah, zog ich mit der Maus die Lupe aus dem Werkzeugkasten des Programms. Ich legte die Lupe aufs Ohr, hielt die alt-Taste gedrückt und klickte vier oder fünf weitere Male in die Mitte der Fotografie, bis sie in ihrer normalen Größe sichtbar wurde. Und dann verstand ich nichts mehr.

Vor mir auf der Screen erschien Susanne von Lilienthal zusammen mit Eliane Herdi. Das Foto hatte Roula Rouge in meinem Beisein, geradezu unter meiner Aufsicht in der Galerie Krawczik geschossen. Ich erinnerte mich noch genau an den Moment, als wir beide uns auf der Treppe unterhielten, ich erinnerte mich, wie Roula Rouge dann plötzlich aus heiterem Himmel sagte, sie wolle Susanne fotografieren. Sie hatte sogar versucht, Susanne zu überreden, dieselbe Haltung einzunehmen wie *Die träumende Jungfrau*. Susanne hatte sich geweigert, Roula Rouge hatte nachgegeben. Sie hatte fast ein Dutzend Fotos gemacht: Susanne in dem hellblauen Kittel, unter dem sie nichts trug, vor der Jungfrau. Als sie fertig war, rief Susanne die Frau ihres größten Verehrers zu sich und bat Roula Rouge, ein paar Fotos von ihr zusammen mit Eliane Herdi zu machen.

Eines dieser Fotos sah ich jetzt vor mir. Eliane hatte sich noch die dünnen Haare hinter die Ohren gestrichen. Ich erinnerte mich sogar noch genau, wann sie es getan hatte: Sie hatte nicht zufrieden ausgesehen, fühlte sich überfahren, nicht schön genug für eine Fotografie. Ihre Körpersprache hatte Widerwillen ausgedrückt. Am liebsten hätte sie sich vorher noch einmal vor den Spiegel gestellt und sich ein wenig Rouge auf die Wangen gelegt und den Kopf gebürstet. Aber dazu hatte Susanne es nicht kommen lassen. So war Eliane nichts anderes übrig geblieben, als sich die Haare schnell hinter die Ohren zu streichen.

Klick für Klick vergrößerte ich das Foto langsam wieder auf fünfhundert Prozent und betrachtete noch einmal den verschwommenen Ohrring. Kein Zweifel, es war das Pendant zu jenem Schmuckstück, das Roula Rouge von Carlotta zum vierundzwanzigsten Geburtstag geschenkt bekommen hatte. Es war der Ohrring, der einmal Conny Klein gehört hatte.

Als Roula Rouge ihn an Eliane Herdi entdeckt hatte, konnte sie zu keinem anderen Schluss gekommen sein: Michael Herdi war Jakob Klein, Michael Herdi war ihr Vater. Und nicht nur das – sie musste auch glauben, dass Jakob den Ohrring in der Nacht seiner Flucht, in der Nacht vom zwölften auf den dreizehnten Juli 1985, ihrem fünften Geburtstag, mitgenommen hatte. Wahrscheinlich hatte er ihn als Talisman betrachtet, als Glücksbringer, als Andenken an seine geliebte Frau Conny. Irgendwann, Monate oder Jahre später, vielleicht in der ersten Nacht in Zürich, nachdem sie das Malatesta verlassen und am See spazieren gegangen waren, nachdem sie sich lange geküsst hatten, musste Jakob das Stück aus seiner Hosentasche gezogen und Eliane zum Geschenk gemacht haben.

So stellte ich mir das jedenfalls vor. Und so oder so ähnlich musste Roula Rouge es sich auch vorgestellt haben, nachdem sie den Ring am Ohr Elianes entdeckt hatte.

Was war ihr nach den Entdeckungen durch den Kopf geschossen? Hat sie sofort an Rache gedacht? Klar, hat sie das.

Sie hat sicher nicht gedacht: *Scheiß drauf! Ich scheiß auf ihn, Schotter. Komm, lass uns glücklich sein.*

Nein, diesen Verrat an ihrer Mutter und an sich würde sie nicht hinnehmen. Das wusste ich, dafür kannte ich sie zu gut.

Ich lehnte mich im Stuhl zurück, faltete die Hände hinter dem Kopf und schloss die Augen.

Ich versuchte, mich zu konzentrieren. Mein Herz schlug heftig.

Wo war Roula Rouge?

Wo war Michael Herdi?

Er konnte überall sein, in München, in Saint Tropez, auf seiner Yacht vor Korfu. Hoffentlich war er dort, hoffentlich war er weit weg. Ich stand auf und ging zum Kühlschrank. Ich schenkte mir einen Wodka ein. Die Flasche war fast leer. Sie war voll gewesen, bevor ich in die Schweiz geflogen bin. Ich rief noch einmal das Handy von Roula Rouge an. Mailbox. Ich wählte Mettes Nummer. Mailbox. Es war Mitternacht. Ich stürzte den Wodka hinunter und verließ das Loft.

Branco stand vorm Arlecchino. Er trug die Elefantenkrawatte. Nein, er habe Roula Rouge nicht gesehen. Gestern, ja. Bei Lidl an der Kasse, sie habe Toastbrot gekauft, Erdbeermarmelade und Zigarettenpapier. Zigarettenpapier? Ja, Zigarettenpapier. Sie sei fröhlich gewesen. Ich lehnte den Grappa ab, den Branco spendieren wollte, und verließ das Arlecchino. Ich nahm ein Taxi zum Keyif, ich sagte dem Fahrer, er solle vor der Tür warten. Das Restaurant war verwaist. Nur ein älteres Liebespaar saß in der hinteren rechten Ecke und umarmte sich. Die Kellner waren damit beschäftigt, die Stühle auf der Terrasse übereinander zu stapeln. Nazim stand hinter der Bar und redete mit dem Barmann. Er hatte ein Glas Coca Cola in der Hand. Als er mich sah, lachte er. »Du bist blass, Jonathan. Ist was passiert?«

Ich schüttelte den Kopf. »Ich suche Roula Rouge. Sie ist verschwunden.«

Nazim schenkte mir ein Glas Gavi ein, er sah mich mitleidig an.

»Eiskalt«, sagte er.

»War sie hier?«

»Heute nicht. Gestern, ja, gestern war sie hier mit dem Sohn der Mang und dessen Frau. Er hat geheiratet, ein gutes Mädchen aus dem Osten. Die drei haben den ganzen Abend gelacht, waren albern wie Kinder. Ich hab dich grüßen lassen. Roula Rouge sagte, du bist in München, beim Doktor, den Stier auf Trab bringen.«

Ich trank den Gavi, dann verließ ich das Keyif. Nazim rief hinter mir her: »Mach dir keine Gedanken, Jonathan. Sie wird schon wiederkommen.«

Das Taxi brachte mich ins Bötzow-Viertel. Der Knotenpunkt hatte noch geöffnet. Fritz' Kopf lag auf dem Tresen. Ein Mann und eine Frau spielten Billard. Karin sprühte Glasreiniger auf die Scheibe der Musicbox. Sie freute sich, als sie mich sah. Sie legte ihre Arme um meinen Hals, ich spürte ihren weichen Busen.

»Lässt du dich endlich auch mal wieder blicken, du untreuer Kerl«, sagte sie. Sie fuhr mir mit der Hand durch die kurzen Haare. Dann küsste sie mich auf den Mund, wie eine Mutter ihren Sohn auf den Mund küsst.

»Wo ist Roula?«

»Das wollte ich von dir wissen«, antwortete ich.

Sie sah mich erstaunt an. »Habt ihr Krach? Habt ihr euch gestritten?«

»Im Gegenteil – nein, nein …«

»Dann mach dir keine Gedanken, du weißt doch, wie sie ist. Sie braucht ihre Auszeiten, das hat gar nichts mit dir zu tun, Jonathan. Vielleicht ist sie in Ahlbeck.«

Ich sah auf die Uhr. Es war kurz vor zwei. Sollte ich Carlotta wecken?

»Ein Bud, Jonathan?«, fragte Karin.

»Wodka auf Eis wäre gut«, antwortete ich.

Zweiundvierzig

Mein Kopf schmerzte. Ich schlug die Augen auf. Karin stand vor mir und hielt eine Tasse mit dampfendem Filterkaffee in der Hand. Sie trug einen rosa Morgenmantel mit wild wuchernden roten Rosen. Als sie sich in die Hocke setzte, um mir den Kaffee zu reichen, stürzte ihr gewaltiger Busen wie eine Lawine aus dem Mantel. Sie entschuldigte sich.

»Wo bin ich?«, fragte ich.

»Saarbrückerstraße 18, Parterre links.« Karin lächelte. Sie war nicht mehr geschminkt.

»Saarbrückerstraße?«

»Bei mir zu Hause. Du hättest es nicht mehr zu dir geschafft. Ich hab dich mitgenommen.«

Ich sah mich um. Ich lag auf einem Wasserbett, zum ersten Mal in meinem Leben lag ich auf einem Wasserbett. Die Bettwäsche war geblümt und roch nach demselben süßlichen Parfum, das Karin trug. Ich sah auf die Uhr. Es war nach elf.

»Haben wir …«

»Ja, wir haben zusammen in diesem Bett geschlafen.« Sie schlug zwei Mal mit der flachen Hand auf die Matratze. Es blubberte. »Mehr haben wir aber auch nicht. Du konntest ja kaum noch laufen, geschweige denn …«

Karin erhob sich aus der Hocke und verließ den Raum. Sie lächelte dabei in sich hinein, als freute sie sich über meine Frage. Ich trank einen Schluck Kaffee.

Und langsam, ganz langsam kam meine Erinnerung zurück. Es war noch keine achtzehn Stunden her, dass ich bei Barbara Herdi in der Sonne auf der Terrasse gesessen hatte, gerade einmal zwölf Stunden, dass ich Roula Rouge vermisste. Die Zeit kam mir wie Wochen vor.

Wo war sie? Was hatte sie vor?

Ich stand auf. Ich trug nur meine weißen Ralph-Lauren-Boxershorts. Wer hatte mich ausgezogen? Mein Anzug hing fein säuberlich an einem Schrank, auf dem eine ausgestopfte Eule saß. Das Hemd und die rote Krawatte mit den vielen kleinen weißen Palmen lagen auf einem Sessel.

Der Ohrring. Richtig, der Ohrring. Jakob Klein hatte Connys Ohrring Eliane geschenkt. Ich sah die Mondlandschaft mit dem Schmuckstück auf dem Rechner vor mir. Wenn mich diese Tatsache schon so aufregte, wie musste dann erst Roula Rouge fühlen?

Als ich angezogen war, kam Karin zurück. Ihr Morgenmantel war bis zum Hals geschlossen. Sie reichte mir ein Glas Wasser, in dem sich zwei Alka-Seltzer-Tabletten auflösten.

»Du musst sie finden, Jonathan. Schnell«, sagte sie. »Lass es nicht zu, dass sie eine Eselei macht.«

Ich sah Karin erstaunt an. »Eselei?«

»Du hast mir alles erzählt.«

»Erzählt? Was habe ich dir erzählt?«

»Alles, alles von Jakob Klein und Michael Herdi, alles von der Flucht, alles von diesem Computer-Heini in Genf, der angeblich die Welt verändert hat. Und auch alles von der reichen Frau, die sich immer mit Minna von Barnhelm unterhält.« Karin umarmte mich. Sie blickte mir in die Augen und sah meine Verwirrung. »Keine Angst, ich behalt's für mich, Jonathan. Ich hab dir ein Taxi gerufen. Es steht schon vor der Tür.«

Bevor ich in den Wagen stieg, sah ich noch einmal auf das Haus, in dem ich übernachtet hatte. Es hatte noch Einschusslöcher aus dem Krieg. Karin stand am Fenster und winkte, die andere Hand hielt den Morgenmantel an der Kehle geschlossen. Auf dem Balkon neben dem Fenster blühten Geranien, eine Kuckucksuhr hing an der Wand.

»Wo soll's denn hingehen, junger Mann?«, fragte der Taxifahrer. Er rauchte.

»Kastanienallee, dann Meineke.«

Am Beginn der Kastanienallee bat ich den Fahrer langsam zu fahren. Wir kamen an der Notaufnahme vorbei und am Graffito *Mein Lippenstift ist wichtiger als Deutschland*. Vorm SchwarzSauer blieben wir für ein paar Sekunden stehen. Die Terrasse war bis auf den letzten Platz gefüllt. An einem Tisch saß NikeBerlin, sie hatte ihr iBook auf den Knien und redete mit einem blonden Mädchen. Ich rief Roula Rouge an, die Mailbox antwortete.

Eine Viertelstunde später ging ich in der Meineke über den Innenhof zum Fahrstuhl. Der Penner hatte sich zur Arbeit verabschiedet, der McDonalds-Karton, die Weinflasche und der Playboy waren verschwunden. Die Pappen standen senkrecht an der Wand neben den Mülltonnen, sie waren fein säuberlich mit Plastiksäcken von Lidl abgedeckt. Sollte es regnen? Ich sah zum Himmel. Er war blau. Neben dem Fahrstuhl zum Loft entdeckte ich die rote Schwalbe. Roula Rouge hatte sie mit einer dicken Kette am Fahrradständer befestigt. Stand der Roller gestern, als ich aus Zürich zurückgekommen war, auch schon hier? Ich konnte mich nicht erinnern.

Ich fuhr ins Loft.

»Roula, Roula bist du da? Emma! Hallo!«

In der Schale auf dem Sideboard neben der Tür lagen die Rolex und der iPod. Wieso hatte sie die Sachen hier gelassen? Sie ging nie ohne iBook, iPod und Rolex auf die Straße. Sie musste das Loft überstürzt verlassen haben.

Mein Handy klingelte. Es war Mette.

»Was ist denn los, Jonathan?«

»Roula ist verschwunden.«

»Verschwunden, so ein Unsinn. Wir waren vorgestern mit ihr essen. Es geht ihr gut. Sie ist so glücklich mit dir.«

»Jetzt ist sie verschwunden.«

In der typischen Art einer Kümmererin begann Mette, mir den Charakter ihrer Freundin zu erklären. »Du müsstest sie doch langsam kennen …« Ich ging zum Denkmal, klemmte das Handy hinters Ohr und deckte den KC85/1 wieder mit der Plexiglashaube ab. Mette plapperte, ihre Stimme klang sehr erwachsen, ich hörte ihr nicht mehr zu. Mein Blick fiel auf den G4 und das Telefon daneben. Der Hörer lag nicht auf.

»Du wirst sehen, heute Abend ist sie wieder da«, sagte Mette. Und bevor sie das Gespräch beendete, lud sie Roula Rouge und mich noch zu einem Dinner ein, ja, sie sagte Dinner. »Nur ein kleiner Kreis von wirklich engen Freunden«, sagte sie. »Sonnabend in einer Woche. Meine Schwiegermutter wird auch kommen. Sie ist eine tolle Frau, du wirst sie kennenlernen. Sie ist blitzgescheit und sehr sexy.« Mette lachte. »Wir wissen nicht, ob wir im Restaurant feiern oder zu Hause. Ich geb euch noch Bescheid.«

Neben dem Telefon auf dem Schreibtisch lag ein Block. Eine Seite war abgerissen. Ich drehte sie um und sah nur Kritzeleien. In verschiedenen Schriften las ich sieben Mal den Namen Paula auf dem Blatt und sah zwei hexenähnliche Gesichter. Roula Rouges Beziehung zu Paula war absurd, was Paula betraf, ging mit ihr die Phantasie durch. Irgendwann musste ich ihr die Wahrheit sagen. Ich nahm den Block in die Hand. Er war unbeschriftet. Auf dem oberen

Blatt erkannte man Druckstellen von einem Kuli. Ich nahm einen Bleistift und machte die Schrift sichtbar. Ich las: DI7017, 17:05 und LH2323, 18:15. DI war das Kürzel für die Deutsche BA.

Roula Rouge hatte also mit an Gewissheit grenzender Wahrscheinlichkeit am Vortag um fünf nach fünf oder um viertel nach sechs eine Maschine der Deutschen BA oder der Lufthansa bestiegen. Aber wohin war sie geflogen? Ich lief in ihr Zimmer und rief auf dem iBook die Website der dba auf. Ich überflog die Destinationen. Ich klickte München an und stieß sofort auf den Flug DI7017 um siebzehn Uhr fünf. Die Lufthansa-Maschine ging um viertel nach sechs ging über Frankfurt nach Nizza. Roula Rouge war also nach München gereist oder nach Nizza.

Sie wollte Michael Herdi stellen. Ich zweifelte keine Sekunde mehr daran. Sie musste außer sich vor Wut sein. Aber warum glaubte sie, er könnte sich in Nizza aufhalten? Vielleicht hatte sie in einem Klatschblatt gelesen, dass er den Sommer an der Côte d'Azur verbrachte. Aber nur deswegen konnte sie unmöglich den Flug nach Nizza gewählt haben. Wie wollte sie ihn finden, wenn er mit der Smart Girl II auf dem offenen Meer unterwegs war? Je länger ich darüber nachdachte, desto unwahrscheinlicher erschien es mir, dass sie die Lufthansa-Maschine gewählt hatte.

Ich rief bei der dba an und buchte den Flug auf der Maschine, von der ich annahm, Roula Rouge habe sie am Vortag genommen, ich buchte DI7017 um fünf nach fünf nach München.

Jetzt war es kurz vor zwei. Ich hatte noch ein paar Stunden Zeit, um meine Gedanken zu ordnen, mich zu beruhigen, mich von der Vorstellung zu befreien, Roula Rouge könne ein Blutbad anrichten. Ich sah mir noch einmal das Foto an, auf dem Eliane Herdi den Ohrring trug. Sollte ich

Carlotta auf Usedom anrufen? Sollte ich ihr sagen, der zweite Ohrring sei wieder aufgetaucht? Nein, sie würde sich nur unnötig Gedanken machen.

Ich spielte mit der Maus an Roula Rouges Rechner. Ich rief Dokumente auf und schloss sie wieder. Ich sah mir Fotos an und hörte Musik. Auch *Hexagone* hörte ich und stellte dabei fest, dass ich den Text auswendig kannte. Ich rief den Browser Safari auf und las noch einmal alles, was ich über Michael Herdi im Web finden konnte. Es gab nichts Neues. Danach stöberte ich in Roula Rouges Bookmarks herum. Mein Blick fiel auf die Adresse von *Restrealitaet.* Die Startseite zeigte die Skyline vom Alexanderplatz und ein abstürzenden Flugzeug. Ich schloss die Augen. Das Fluzeug stürzte auf die Auguststraße. Als ich sie wieder öffnete, war die Galerie Krawczik nur noch Schutt und Asche.

Wenn man das schwarze R von Restrealität berührte, wurde es rot und schwarze Möwen flogen über die Screen. Ich hatte die Seite vollkommen vergessen. Restrealitaet, ich war ja Mitglied in diesem Verein. Ich war als Comic Figur in dieser digitalen Eckkneipe präsent. Ich hieß Mariola, trug ein Basecap der New York Yankees und hielt in der rechten Hand eine Flinte. Meine Devise hieß: Die wahre Avantgarde ist der mutige Rückschritt zur Vernunft.

Ich erinnerte mich, dass ich eine Nachricht am schwarzen Brett des Vereins hinterlassen hatte.

ich hab gehört, dass es roula rouge schlecht gehen soll. weiß jemand von euch, wie man sie erreichen kann? hab sie seit drei monaten nicht mehr gesehen. *mariola*

Die Nachricht hing immer noch auf der Seite. Und, womit ich nicht gerechnet hatte, drei Restrealitaeter hatten auf mein Posting reagiert. Ein Mädchen, das sich Cinderella nannte, teilte mit, dass es Roula Rouge so gut wie nie ginge. Sie sei schwer verliebt in einen Kubaner und wolle heiraten. Die zweite Nachricht war von JackTheAnt. JackTheAnt schrieb, Roula Rouge mache gerade ihr Abi und habe sich zurückgezogen. Sie schneide im Augenblick nicht einmal mehr Haare.

Das dritte Posting war perfid. Es war erst vier oder fünf Wochen nach meiner Anfrage ins Netz gestellt worden und kam von NikeBerlin. Sie schrieb:

roula rouge kannst du vergessen. sie hat eindeutig einen chromosomen zu viel. sie ist nicht mehr die alte. sie ist zur anderen seite übergelaufen. sie hat einen wessi kennengelernt, einen spiesser, wie er im buche steht. roula rouge war einmal. FORGET HER!!! nike

Nike war eine dumme Gans. Ich hatte es von Anfang an gewusst.

Ich schaltete den Rechner aus und ging ins Bad. Ich beugte mich über die Kloschüssel und kotzte sie voll. Dann duschte ich eine halbe Stunde lang, um den Dreck der Gegenwelt loszuwerden.

Warum bin ich damals Meinekestraße, Ecke Kudamm nicht nach links gegangen, sondern nach rechts? Warum hab ich am Bahnhof Zoo die S 5 genommen?

Der Zufall ist ein Flattergeist, hatte Roula Rouge gesagt. Der Zufall ist auf der Seite der Naiven.

Ich parfümierte mich mit Vetiver. Der Flakon war fast leer. Roula Rouge hatte sich über die Monate gut bedient.

Um vier Uhr saß ich im Taxi nach Tegel.

Dreiundvierzig

In München regnete es einen unangenehmen Nieselregen. Es war ein Irrglaube, dass hier besseres Wetter herrschte als in Berlin. Ich hatte am Flughafen die S-Bahn genommen und stand nun unter der Überdachung am Ostbahnhof. Die Zeitungsverkäufer boten bereits die Blätter vom nächsten Tag an. Ich überlegte, ob ich zuerst ins Hilton am Englischen Garten gehen sollte oder, da es sich in der Nähe befand, einfach auf gut Glück ins Atelier von Susanne von Lilienthal. Nachdem ich Flug und Hotel gebucht hatte, versuchte ich ein paar Mal, Susanne zu erreichen. Vergeblich. Aber das war nicht ungewöhnlich. Wenn sie malte, malte sie und ließ sich durch nichts stören. In dieser Beziehung war sie sehr konsequent. Wenn sie nicht malte, nahm sie ihr Handy ab, egal, wo auf der Welt sie sich gerade aufhielt, oder was sie gerade tat. Sie hatte immer Angst, etwas zu verpassen.

Ich beschloss, zuerst zu Susanne zu gehen und erst später im Hotel einzuchecken. Wenn mir jemand sagen konnte, wo sich Michael Herdi gerade aufhielt, dann war es meine Ex-Frau.

Das Atelier lag im Osten der Stadt, in Haidhausen, in der Kirchenstraße. Es befand sich in einem kleinen Backsteinhaus, von denen es hier eine ganze Reihe gab. Die Häuser gehörten der Stadt München. Es waren kleine Handwerksbetriebe darin untergebracht, eine Schreinerei etwa oder eine Goldschmiedewerkstatt, eine Druckerei oder ein Rahmenmacher. Aber auch ein Fotograf hatte sein Studio in der Kirchenstraße und eine Handvoll Künstler ihr Atelier.

Um kurz nach halb acht klingelte ich bei Susanne. Wir hatten uns seit dem Abend bei Nazim im Keyif nicht mehr gesehen, und ich war auf alles gefasst.

Susanne steckte ihren blonden Kopf aus dem Fenster des ersten Stocks und rief: »Überraschung! Überraschung! Der Jonathan aus der Hauptstadt! Die Tür ist offen. Komm rauf!«

Ich betrat das Haus. Es herrschte Chaos. Überall standen Leinwände herum, bemalte und unbemalte, Farbtöpfe, leere Terpentinflaschen und Pinsel in verschiedenen Größen, ich sah stapelweise Bücher auf den unteren Treppenstufen, eine Autobiografie des Kunsthändlers Ambroise Vollard, ein Skizzenbuch von Matisse, ein Katalog von Künstlern der Leipziger Schule. Auf einem runden Tisch im Erdgeschoss gleich neben der Eingangstür lagen aber auch die aktuellen Klatschzeitschriften. An der Wand neben dem Tisch lehnte eine Leinwand. Es war das lebensgroße Porträt von Michael Herdi. Herdi machte mit der linken Hand das Victory-Zeichen. Er trug einen gelben Pullover mit V-Ausschnitt und verblasste blaue Jeans. Er war barfuss. Der Ausdruck des Gesichts ließ keinen Zweifel zu. Susanne hatte einen Mann von Bedeutung gemalt.

Ich ging die knarrenden Treppen in den ersten Stock hinauf. Susanne kehrte mir den Rücken zu, als ich das Atelier betrat. Sie stand vor einer Leinwand und malte. Auf einem dunkelblauen Samtdiwan posierte ein nackter, junger Mann, dessen Haut so weiß war wie die Wand. Um seinen Hals trug er ein hellblaues Seidentuch. Die Haare hatte er zurückgekämmt und gegelt. Klassische Musik berieselte leise den Raum.

»Kommst du nach all den Wochen, um dich zu entschuldigen?«, fragte Susanne, ohne sich umzudrehen. Sie trug den blauen Kittel und einen kleinen, blonden Rattenschwanz.

»Entschuldigen? Wofür?«

»Für das unmögliche Benehmen deiner kleinen Schlampe. Sie hat mir den ganzen Tag versaut.«

»Sie hat nur ihre Meinung gesagt. Und die war gar nicht so schlecht.«

»Hör auf, Jonathan. Nur weil du geblendet bist und tätowiertes Frischfleisch ficken willst, muss ich doch nicht leiden.« Sie sah mich fragend an. »Got it? Did ya get it?«

Das Modell auf dem Diwan kicherte.

»Die Kleine hat sich unmöglich benommen. Das weißt du genau. Zum Glück verträgt Michael einiges. Andere hätten da ganz anders reagiert.« Susanne war wieder voll auf das Gemälde konzentriert. Sie malte an der Unterlippe herum, deren Röte auf der Leinwand viel greller wirkte als in der Realität.

Ich stellte meine Tasche auf den Dielen ab und ging zu dem Jungen auf dem Diwan.

»Jonathan Schotter, hallo. Ich bin Susannes Ex-Mann.«

»Hab schon gehört«, sagte er. »Wie aufregend.« Er nahm meine Hand und führte sie langsam zum Mund.

»Wenn du dich zu Basti legen willst, Jonathan, dann darfst du das tun. Das Bild würde keinen Schaden nehmen. Ich könnte es Vater und Sohn nennen.«

Der nackte Junge kicherte wieder. Ich sagte besser nichts. Ich fragte mich nur, wie ich möglichst schnell an die Information kam, die ich brauchte.

»Was treibt dich in unsere schöne, manikürte Stadt?«, fragte Susanne. »Brauchst du Urlaub vom Dschungel?«

»Ich muss zum Arzt, mich checken lassen.«

Susanne legte den Pinsel aus der Hand und griff nach einem Tuch, das über einer Sprosse der Staffelei hing. An den Jungen gewandt, sagte sie: »Jonathan hat das Herz von einem Stier, Basti. Und eine dreißig Zentimeter lange Narbe auf der Brust.«

»Wie aufregend«, sagte Basti wieder. Die Finger seiner linken Hand tanzten nervös auf seinem angewinkelten linken Knie herum, sein Schwanz lag wie eine tote Ratte auf dem rechten Oberschenkel.

»Ich habe die Herzklappe eines Stiers. Und die Narbe ist keine dreißig Zentimeter lang, sondern kaum zwanzig.«

»Schön, Jonathan, dass du mich immer wieder daran erinnerst, warum ich mich habe scheiden lassen. Ich hab einfach Probleme mit kleinlichen Menschen.«

Susanne tröpfelte eine Flüssigkeit auf das Tuch und wischte sich die Finger ab. Zu Basti sagte sie wie eine Ärztin zu ihrem Patienten, er könne sich jetzt anziehen. Der Junge stand auf und tänzelte über die Dielen. Er gefiel sich. Als er an mir vorbeiging, streifte sein Becken meine Hose. Susanne verließ mit ihm den Raum. »Ich bin gleich zurück, Jonathan«, sagte sie.

Ich überlegte, wie ich das Gespräch möglichst unverfänglich wieder auf Herdi bringen konnte. Irgendwo im Umkreis von weniger als fünf Kilometern musste Roula Rouge sich aufhalten. Ich hatte keine Minute zu verlieren. Ich war fest davon überzeugt, dass sie eine Waffe in der Hand hielt. Ich sah sie mit ihrem schwarzen Rucksack über der Schulter und den roten Pumas hinter einem Baum lauern. Ich sah wie sie vor Herdi stand, vor seiner Frau und seinen Kindern. Ich hörte, wie sie ihn anschrie: *Hey, du Wichser, guck mich an, du sollst mich angucken. Ich bin Emma! Emma, deine Tochter*! Ich hörte, wie sie zu Mike jr., Manuela und Mathias sagte: *Ich bin eure Schwester. Hallo, ich heiße Emma. Euer Vater hat meine Mutter umgebracht. Er hat sie auf dem Dachboden aufgehängt. In Mecklenburg-Vorpommern. Wisst ihr, wo Mecklenburg-Vorpommern ist? Ich hab sie gefunden vor neunzehn Jahren. Ich war fünf. Ihre Zunge hing soweit heraus, dass sie fast den Boden berührt hat. Meine Mutter hätte ihn ablecken können, wenn sie noch am Leben gewesen wäre. Das war kein schöner Anblick. Glaubst du mir das, Mathias? Mathias! Ich will wissen, ob du mir das glaubst?* Mathias antwortete nicht. Er zitterte und hatte Tränen in den Augen. Roula Rouge nahm die Waffe von der rechten in die linke Hand und gab ihm eine Ohrfeige. Zu Eliane sagte sie: *Mach deine Ohren frei, du Miststück!* Eliane gehorchte nicht. Roula Rouge gab auch ihr eine Ohrfeige. Dann riss sie mit der rechten Hand Elianes dünne Haare hoch und zeigte mit dem Lauf der Waffe auf den Ohrring. *Kennt ihr den?* fragte sie. *Ja, sicher kennt ihr den. Was für eine dumme Frage! Eure Mutter trägt ihn schon länger am Ohr, als es euch gibt. Der Ohrring hat einmal meiner Mutter gehört. Und dieser Scheißkerl da, euer Vater, hat ihn geklaut. Wollt ihr wissen, wo der zweite ist? Ja? Dann guckt mich mal genau an. Richtig, hier ist er.* Roula Rouge zeigte auf ihr Ohrläppchen. *Eure Mutter trägt mein Eigentum.*

Susanne kam zurück. Sie hatte den hellblauen Kittel ausgezogen. Sie trug jetzt Jeans und ein weißes T-Shirt. Auch Basti war angezogen. Susanne ging zur Fensterbank, auf der ihre Tasche lag. Sie nahm das Portemonnaie heraus und gab dem Jungen dreißig Euro. »Du warst sehr brav heute, Basti. Hast endlich mal stillgehalten, du Zappelphilipp.« Sie gab ihm einen Kuss auf die Wange. »Ich seh dich also dann Donnerstag wieder. Und geh nicht in die Sonne. Ich brauch dich blass. Hörst du? Blass, blass.«

Basti grinste. Er warf mir eine Kusshand zu und sagte: »Ciao, Jonathan.«

Susanne und ich waren allein.

»Ich mach mir ein paar Nudeln. Willst du mitessen.«

»Nein, danke, ich hab keine Zeit.«

»Keine Zeit? Was hast du denn vor? Heute Nacht werden die dein Herz ja wohl nicht checken. Oder bist du noch mit jemand anderem verabredet?«

Ich schüttelte den Kopf.

»Na, also.« Susanne ging in die kleine Küche und stellte einen Topf mit Wasser auf den Gasherd, in einen zweiten, kleineren schüttete sie ein Glas Paul-Newman-Spaghettisauce. Ein paar Spritzer landeten auf ihrem T-Shirt. »Scheiße«, sagte sie.

Ich nahm das Glas in die Hand und betrachtete das Bild des Schauspielers. »Wo hast du denn die Sauce her?«

»Käfer. Da gibt's alles. Hast du das vergessen?«

Die Küche sah ein bisschen so aus wie Roula Rouges und Mettes Küche in der Lieselotte-Herrmann-Straße. Susanne deckte den kleinen Tisch. Sie war wie ausgewechselt, seitdem Basti das Haus verlassen hatte, keine Spur mehr von der Bissigkeit, die sie zuvor an den Tag gelegt hatte. Sie lächelte mich an und drückte mir eine Flasche Rotwein und einen Korkenzieher in die Hand.

»Und? Deiner Roula Rouge geht es gut? Ihr seid noch zusammen?«, fragte sie.

»Ja, sind wir. Und zwischen dir und Frankie läuft auch alles okay?«

»Ach, Frankie. Nein, das ist vorbei. Ich hab mich selten so getäuscht in einem Menschen. Er war ein Weichei. Daß ich kaum ein Bild verkauft habe in Berlin, das hätte ich ihm ja noch verziehen. Das lag sicher weniger an ihm als an der verrotteten Stadt. Aber er hätte sich wirklich ein bisschen mehr ins Zeug legen können für mich, meine Bilder.«

»Er wollte dich doch nach New York bringen?«

»Ach, vergiss es! Alles aufgeblasenes Geschwätz. Ficken wollte er. Das war's dann aber auch. Er hatte keine Power. Noch mal: Er war ein Weichei, Jonathan, ein richtiges Weichei. In jeder Beziehung. Erinnerst du dich, als es nach der Vernissage bei Nazim ein bisschen kritisch geworden war am Tisch? Krawczik ist einfach aufgestanden und hat sich aufs Klo verdrückt, nur um nicht Stellung beziehen zu müssen. Selbst der Autohändler, dieser Typ aus Mecklenburg-Vorpommern, hatte mehr Guts, der hat sich jedenfalls gewehrt, als Michael ihm die Welt von morgen erklärte, in der Autohändler nichts mehr verloren haben.«

»Roula Rouge hat Stellung bezogen …«

»Hör auf. Das kannst du doch nun wirklich nicht vergleichen.«

Susanne schüttete eine ganze Schachtel Spaghettis ins kochende Wasser, als wolle sie eine Kompanie versorgen.

»So!«, sagte sie. »Sieben Minuten und ein Vaterunser. Solange musst du dich noch gedulden.«

Wir stießen mit dem Rotwein in den Wassergläsern an. Ich dachte an Roula Rouge und an Herdi. »Hast du Michael Herdi wieder gesehen seit dem Abend im Keyif?«

»Sei nicht albern, natürlich habe ich ihn wieder gesehen. Erst gestern, wir haben zusammen gegessen. Ich habe bei ihm zu Hause gekocht.«

»Du hast bei ihm zu Hause gekocht, für ihn und seine Familie?«

»Nein, nur für uns, für Michael und mich, dein Lieblingsgericht übrigens, Scholle in Senfsauce. Eliane und die Kinder sind auf der Yacht in Südfrankreich, das heißt der Große, Mike junior, ist in Amerika, in irgendeinem Summercamp in Vermont, dort, wo die Kinder reicher Leute jetzt alle hingehen. Michael fliegt morgen an die Côte.«

»Ich habe das Bild, das du von Herdi gemalt hast, unten in dem Raum neben dem Eingang gesehen. Es ist sehr ausdrucksstark. Es trifft ihn genau.«

»Ja, das ist eben der Unterschied. Den nächsten Kerl, in den ich mich verliebe, werde ich malen, bevor ich mich auf ihn einlasse. Ist das Bild gelungen, ist er der Richtige. Ist es Schrott, ist auch der Typ Schrott. Ich habe zwei Mal versucht, Frankie zu zeichnen. Es war eine Katastrophe, Jonathan. Die Zeichnungen waren leer, hatten keine Kraft. Ich hätte es wissen sollen …«

Wann hatte ich zum letzen Mal Scholle in Senfsauce gegessen? Wieso kochte Susanne von Lilienthal für Herdi?

Sie nahm den Topf mit den Nudeln vom Herd und goss das heiße Wasser in der Spüle ab. Ich sah aus dem Fenster. Die großen Zeiger der Uhr an der gegenüberliegenden Kirche zeigten viertel nach neun an. Es regnete noch immer. Das Dach der Kirche glänzte im letzten Tageslicht. Die Franzosen nannten diese Zeit des Tages entre loup et chien, zwischen Wolf und Hund. In Melville-Filmen oder Simenon-Romanen war dies die Zeit des Mordens.

»Setz dich, Jonathan«, sagte Susanne. »Mir ist leider der Parmesan ausgegangen, aber Paul Newman ist auch ohne Käse gut.«

Ich nahm Platz. Susanne sah mich an, sie kniff dabei ihre Augen ein wenig zusammen, als brauchte sie eine Brille.

»Du siehst müde aus«, sagte sie.

»Ich habe in den letzten Nächten wenig geschlafen. Ich werde gleich nach dem Essen gehen.«

Susanne lächelte. Vielleicht stellte sie sich vor, wie es wäre, wenn wir immer noch unter einem Dach leben würden, wenn sie jeden Abend für mich kochen und anschließend meine Brustnarbe liebkosen würde.

»Wohnt Herdi hier in der Nähe?«

»Ja, ganz in der Nähe. Du kennst das Haus, es liegt nicht weit von unserer ersten Wohnung entfernt. Dein Chef … wie hieß er noch?«

»Leone?«

»Nein, der davor.«

»Rodbell?«

»Ja, Roderick …« Susanne kicherte. »Roderick Rodbell. Er hat im Nebenhaus das oberste Stockwerk bewohnt, die ganze Etage, das Penthouse. Als wir bei ihm und seiner Barbie aus Alabama zum Dinner waren und auf der Terrasse standen, hast du auf Herdis Haus gezeigt, also damals hat Herdi dort noch nicht gewohnt, aber du hast auf das Haus gezeigt und gesagt: ›Irgendwann haben wir auch so was, Susanne.‹ Erinnerst du dich? Der Riesenkasten mit den weißen Säulen und der Porch neben dem Eingang. Es sah aus wie ein Haus in *Vom Winde verweht.*«

»Ich erinnere mich genau. Theresienstraße.«

»Nein, Maria-Theresia-Straße, ganz am Ende.«

Vierundvierzig

Um kurz vor zehn verließ ich Susanne von Lilienthals Atelier und machte mich zu Fuß Richtung Maria-Theresia-Straße auf. Ich hatte mich umgezogen. Statt Alden trug ich jetzt Campers, eine Armani-Jeans und ein Blouson von Abercrombie & Fitch, das ich mir gekauft hatte, als ich Anfang des Jahres mit Paula in Palm Beach gewesen war. Den Lucca-Anzug hatte ich einfach, ganz gegen meine Art, in den Ledersack gestopft, mit dem ich immer reiste, wenn ich nur ein paar Tage unterwegs war. Auch die Alden-Schuhe hatte ich darin verstaut, samt den Schuhspannern aus Zedernholz.

Der Regen störte mich nicht mehr, er passte zu meiner Stimmung. Glaubte ich wirklich, Roula Rouge in dieser Nacht zu finden? Glaubte ich wirklich, ich könnte sie davon abhalten, ein Verbrechen zu begehen? Mir wurde schwindelig.

Vielleicht war meine Phantasie mit mir durchgegangen. Vielleicht hatte Susanne Recht, vielleicht war ich nur ein verliebter alter Trottel, der seine Gefühle nicht mehr unter Kontrolle hatte. Wieso glaubte ich, dass die beiden Knochen in Roula Rouges Gehirn, von denen der Frisör in der Kastanienallee gesprochen hatte, plötzlich zusammengewachsen waren?

Nur weil sie den zweiten Ohrring gefunden hatte?

Die Straßen waren wie ausgestorben. Ich kam zum Wiener Platz. Der Maibaum war in eine bedrohliche Schieflage geraten. Ich ging die Innere Wiener Straße hinauf, Richtung Friedensengel. An der Brandmauer eines Mietshauses entdeckte ich eine riesige Reklame für den iPod. Das Plakat war nicht weniger als zehn mal acht Meter groß, es stellte eine tanzende Frau dar, die Afro-Look trug und aussah wie die erwachsene Angie.

Am San Francisco Coffee Shop machte ich einen kurzen Halt und kaufte mir einen Latte Macchiato. Mit dem heißen Pappbecher in der Hand setzte ich meinen Weg fort. Am Max-Weber-Platz sahen mich in ein paar traurige Gesichter an, die auf die Straßenbahn warteten. Ich ging nach links. Auch McDonalds war verwaist. Der Engel mit dem Lorbeerkranz auf dem Maximilianeum, den ich von hinten sah, war angestrahlt. Große Teile des Landtages waren eingerüstet.

Bevor ich in die Maria-Theresia-Straße einbog, hörte ich die Sirenen von Feuerwehr- oder Polizeiautos. Ich drehte mich um. Ein Polizeiwagen jagte über den Max-Weber-Platz die Ismaningerstraße hinauf. Ich beschleunigte meinen Schritt. Ich überquerte die Straße und lief, parallel zur Maria-Theresia, ein paar hundert Meter die Maximiliansanlagen entlang. Der Boden unter meinen Füßen war vom Regen aufgeweicht, die Campers versackten darin. Ein paar Hunde kamen mir mit ihren Besitzern entgegen.

Wieder hörte ich aus der Entfernung Sirenen.

Ich lief am Ludwig-II-Denkmal vorbei. Der König lachte mich aus. Ein Hund folgte mir. Seine Besitzerin schrie: »Luna! Luna! Kommst du wohl her! Luna!«

Am Friedensengel endete Haidhausen. Die Verlängerung der Maria-Theresia-Straße auf der anderen Seite der Prinzregentenstraße gehörte zu Bogenhausen. An der roten Ampel lief ich über die Prinzregentenstraße. Ein paar Autos hupten, ein Fahrer drohte mir mit der Faust aus dem offenen Fenster, das Licht der Scheinwerfer blendete mich.

Die Maria-Theresia-Straße war hier nicht mehr asphaltiert, sondern mit Kopfstein gepflastert. Die Steine wirkten durch die Feuchtigkeit wie lackiert. Ich begann zu rennen. Der Ledersack mit den schweren Schuhen schlug jedes Mal, wenn die Beine vom Boden abhoben, in meinen Rücken. Nach zweihundert Metern blieb ich stehen. Ich keuchte. Die Welt um mich herum drehte sich.

Am Ende der Straße spiegelte sich blaues und rotes Licht wild tanzend auf dem Kopfsteinpflaster. Mein Herz raste. Ich roch das Vetiver auf meiner Brust. Ich hatte nicht phantasiert. Ich war mir sicher: Gleich würde ich Roula Rouge in Handschellen sehen, auf dem Rücksitz eines Polizeiautos. Wir würden uns durch die regennasse Scheibe des Fahrzeugs in die Augen blicken, und ich würde von ihren Lippen lesen: *Tut mir leid, Schotter! Aber Amerika müssen wir vorerst verschieben. Es musste sein.*

Langsam und immer noch außer Atem näherte ich mich dem Haus Herdis. Zuerst sah ich einen Feuerwehrwagen, dann zwei Polizeiautos. Ein Krankenwagen stand rückwärts zur Hälfte in der Einfahrt. Scheinwerfer beleuchteten das Anwesen.

Es trieben sich nicht weniger als dreißig Menschen vor und auf dem Grundstück herum – Feuerwehrleute, Polizisten, Sanitäter, Ärzte. Aber es waren auch schon einige Reporter und Fotografen da. Und natürlich ein Haufen Gaffer, Leute, die zufällig mit ihren Autos hier vorbeigefahren waren und angehalten hatten, neugierige Nachbarn, Hundebesitzer. Ich hörte wie ein Mann mit einem Boxer an der Leine sagte: »Jetzt hat er die Quittung bekommen für seine Gier. Das hat er verdient.« Eine Frau, die einen bunten Regenschirm über ihren Kopf hielt, antwortete: »Seien Sie still! Um Gottes Willen! Sie Unmensch! So etwas hat keiner verdient.«

Ein Mann in Zivil rief: »Ich bitte noch einmal, und zwar zum letzten Mal, alle, die nichts mit dem Fall zu tun haben, sich vom Tatort zu entfernen. Wer eine Aussage zum Tathergang zu machen hat, wer etwas gesehen hat, was zur Aufklärung der Tat beitragen könnte, ist verpflichtet das zu tun. Alle anderen verschwinden jetzt bitte.«

Keiner der herumstehenden Gaffer machte Anstalten, sich fortzubewegen. Die Fotografen schossen ihre Bilder, die Reporter interviewten die Zaungäste, weil die Polizei keine Auskunft gab. Zwei Hunde tobten durch den Garten, zwei schokoladenbraune Labrador-Hunde. Socke und Fussel, nahm ich an. Sie trugen Leucht-Halsbänder.

»Was ist passiert?«, fragte ich die alte Frau mit dem Regenschirm.

»Ein Anschlag auf Michael Herdi.« Die Frau sah mich an. Sie schien zu glauben, dass ich fremd war in der Gegend. »Der Computer-Millionär … Ich bin seine Nachbarin.« Sie zeigte auf das Haus, in dem Roderick Rodbell gewohnt hatte. »Herdi war ein guter Mann, sehr zuvorkommend. Ein Familienmensch, seine Familie war sein Ein und Alles. Wer ist nur fähig, so etwas zu tun?«

Die Frau redete, als sei Herdi tot.

»Ist er tot?«, fragte ich.

»Das weiß ich nicht, aber wenn ich mir das Blut ansehe, das da geflossen ist, dann kann es sich nur noch um Minuten handeln.«

»Ist er erschossen worden?«

»Erstochen, habe ich gehört. Drei Stiche. Der Mörder wollte ihm auch an die Kehle. Er blutet am Hals.«

Ils se souviennent au mois de mai d'un sang qui roula rouge et noir … Ich hörte Renaud und traute mich ein paar Schritte näher an den Tatort heran. Keiner der Beamten beachtete mich. Ich stand jetzt nicht einmal mehr zehn Meter von Michael Herdi entfernt. Ich erkannte seinen geschorenen Kopf, der wie das Pflaster der Straße glänzte. Er lag noch auf dem Rasen, neben ihm eine Bahre. Ein Arzt und zwei Sanitäter kümmerten sich um ihn.

Drei Meter von Herdi entfernt, gleich neben der Rosenhecke, unterhielten sich zwei Männer. Ich näherte mich ihnen. Der ältere der beiden hatte ein Basecap auf dem Kopf. Er fragte den jüngeren, der barfuß war und nur ein T-Shirt und Boxershorts trug: »Wann genau haben sie ihn gefunden?«

Der Jüngere sah auf die Uhr. »Vor zweiundzwanzig Minuten. Die Hunde haben gekläfft. Ich bin auf die Porch gegangen und habe ihn dort liegen sehen …«

»Sie sind sein Leibwächter?«

»Ja.«

»Warum waren Sie nicht bei ihm?« Der Mann hatte einen Block in der Hand und machte sich Notizen.

»Er hatte gesagt, er brauche mich nicht mehr. Er wollte noch eine Talkshow sehen und dann schlafen gehen. Ich konnte nicht ahnen, dass er noch einmal mit den Hunden rausgeht. Das hat er noch nie gemacht.«

»Waren Sie beide allein im Haus?«

»Mit den Hunden, ja. Seine Frau und seine Kinder sind im Ausland. Wir wollten morgen fliegen. Um sieben Uhr, nach Nizza. – Ist er tot?«

»Noch nicht. – Haben Sie eine Vermutung, wer für die Tat in Frage kommt?«

Der Leibwächter lachte kurz auf. »Eine? Ich habe hunderttausend Vermutungen. Jeder, der mehr als zehn Aktien von Herdi Communications besaß, kann es gewesen sein.«

Die Sanitäter hoben Herdi auf die Bahre und trugen ihn zum Unfallwagen. Zwei Feuerwehrleute verscheuchten die Gaffer vor der Einfahrt. »Die Show ist vorbei, Oma«, sagte einer der beiden zu der alten Frau mit dem Regenschirm. »Bitte gehen Sie nach Hause.«

»Werden Sie nicht unverschämt, junger Mann!«, antwortete die Frau.

Keine Minute später brauste der Wagen heulend davon.

Eine Stimme rief: »Wer will freiwillig Herdis Frau benachrichtigen. Sie ist auf einer Yacht im Mittelmeer. Ich habe ihre Handy-Nummer.«

Ich blieb vorm Grundstück stehen, bis die meisten Zuschauer verschwunden waren. Dann machte ich mich auf den Weg ins Hotel. Ich ging durch die Maximiliansanlagen Richtung Hilton. Mein Herz beruhigte sich langsam, fast schlug es schon wieder normal.

Welche Route hatte Roula Rouge genommen? Ich sah sie vor mir. Sie rannte und rannte. Ich sah die roten Pumas und den schwarzen Rucksack mit dem Frisierwerkzeug im Lederetui. In ihren Händen hielt sie das rosarote Chanel-Kostüm. Sie rief: *Mich kriegt keiner, Schotter. Ich war einmal Meisterin von Mecklenburg-Vorpommern im Fünftausendmeter-Lauf.* Roula Rouge rannte durch das ganze Land. Sie rannte durch Bayern, sie rannte durch Thüringen, durch Sachsen-Anhalt, Sachsen und Brandenburg. Sie rannte und rannte. Schließlich erreichte sie das Bötzow-Viertel. Auf der Treppe der Lieselotte-Herrmann-Straße Nummer zehn brach sie zusammen. Sie hatte es geschafft. Sie war davon gekommen.

Mich kriegt keiner, Schotter.

Fünfundvierzig

Am Nachmittag des nächsten Tages betrat ich das Loft. John Lennon sang in voller Lautstärke *Crippled Inside*. Ein pedikürter Fuß baumelte über der Lehne des weißen Sofas und wippte im Takt zur Musik. Roula Rouge selbst war nicht zu sehen.

»Hallo!«, rief ich, so laut ich konnte. Roula Rouges Oberkörper schoss in die Höhe. Ich sah ihren nackten Busen. Sie stand auf und lachte. Sie trug ein Paar meiner weißen Boxershorts und ihre Brille. Mehr nicht.

»Da bist du ja endlich«, sagte sie. »Ich hab mir schon Sorgen gemacht.« Sie kam auf mich zu und umarmte mich. Sie war kräftig. Wahrscheinlich war sie immer kräftig gewesen, nur fiel es mir jetzt zum ersten Mal auf. Ihre Lippen berührten meinen Mund. Als sie ihn freigab, fragte ich: »Wo zum Teufel bist du gewesen?«

»Ich war auf Usedom. Ich brauchte frische Luft. Ich musste mir über ein paar Dinge klar werden.«

»Lüg mich nicht an, du warst in München.«

Ich ging zu meinem Schreibtisch, auf dem der Block mit den durch Bleistift sichtbar gemachten Flugdaten lag. Ich hielt den Block hoch.

Roula Rouge sah mich an, voller Unschuld. Sie sagte: »Ich hab gesehen, dass du Detektiv gespielt hast. Ich hab auch mit Mette gesprochen und mit Karin. Beide haben mich aufgeregt angerufen. Aber ich war nicht in München. Ich wollte fliegen, ich wollte dich dort im Herzzentrum überraschen. Ich wollte, dass du weißt, dass ich immer für dich da bin, Jonathan – immer, auch wenn der Stier einmal lahmen sollte.«

Ich musste lächeln.

»Jetzt lächelst du jedenfalls«, sagte sie. Sie kam auf mich

zu und wollte mich wieder küssen. Ich schob ihren Kopf beiseite.

»Hast du gehört, was passiert ist?«

»Meinst du Herdi?«

Ich nickte.

»Ja, hab ich. Sie bringen es andauernd in den Nachrichten. Sogar CNN berichtet stündlich.«

»Und?«

»Was und?«

»Findest du es nicht seltsam, dass ein Mensch erstochen worden ist, mit dem du vor ein paar Wochen noch zusammen am Tisch gesessen hast?«

»Was redest du da? Herdi ist nicht tot. Er liegt auf der Intensivstation im Koma, ja. Die Ärzte rechnen aber fest damit, dass er wieder aufwacht.«

Roula Rouge redete mit mir, als käme ich von einem anderen Stern. Und sie hatte Recht. Seit ich den Tatort in München verlassen hatte, hatte ich keine Nachrichten mehr gehört. Weniger als meine Unwissenheit überraschte mich allerdings die Art und Weise, wie Roula Rouge mit dem Fall Herdi umging.

Ohne Emotionen berichtete sie über das, was sie aus dem Fernsehen oder Radio über die Tat erfahren hatte. Sie ließ zwar keinen Zweifel daran, dass sie Menschen wie Herdi verachtete, dennoch sprach sie ohne Groll über ihn. Keines ihrer Worte ließ darauf schließen, dass sie ihm das gönnte, was ihm jetzt widerfahren war. Im Gegenteil, ich hörte sogar Mitleid aus ihren Bemerkungen heraus, Mitleid mit Eliane und den drei Kindern.

Ich war verwirrt, scheute mich aber Roula Rouge zu stellen. Ich hätte schließlich auch sagen können: *Hör auf mit dem verlogenen Gesäusel. Ich weiß alles. Ich habe das Foto im iBook entdeckt, das Foto von Eliane, das du auf Susannes Vernis-*

sage geschossen hast. Ich habe die Mondlandschaft mit dem Ohrring gesehen, den Carlotta solange vergeblich im Haus in Eberswalde gesucht hat. Ich hätte ihr alles, was ich herausgefunden hatte, an den Kopf werfen können. Ihr wäre nichts anderes übriggeblieben, als die Tat zu gestehen. Doch all dies sagte ich nicht. Stattdessen ließ ich mich aufs Bett ziehen und vergewaltigen.

Roula Rouge setzte sich auf mich. Ich spürte den kräftigen Druck ihrer Waden am Becken und an den Oberschenkeln. Sie beugte sich über mich. Sie lächelte. Ihre Hände umklammerten meine Hände. Auf ihrer Stirn perlte Schweiß. Mein Schwanz hatte nichts mehr mit mir zu tun. Er führte sein eigenes Leben, gehorchte nur Roula Rouge und ihren langsamen Bewegungen. »Ich hab ein Recht auf Glück, Schotter«, flüsterte sie, während sie meine Hände freigab und ihre Arme wie einen Kranz um meinen Kopf legte. »Ich hab dasselbe Recht auf Glück wie Mette.« Roula Rouge bewegte sich schneller und schneller und schneller. Ich spürte den Schweiß ihrer Brust auf meiner Brust. Ich schloss die Augen und hörte nur noch den Gesang der Liebe. Dann, plötzlich, umfasste ihre rechte Hand meine Eier. Ich sah in ihr Gesicht. Sie lachte, während sie die Hand kraftvoll zur Faust schloss.

Ich schrie vor Schmerz.

»Tut mir leid, Jonathan. Das musste sein«, flüsterte sie.

Irgendwann, ich weiß nicht wann, fiel sie erschöpft von mir herunter. Für ein paar Sekunden lag sie auf dem Rücken. Sie japste, sie schnappte nach Luft wie nach einem Fünftausendmeter-Lauf. Schließlich nahm sie ein Kissen und legte es unter ihren Hintern. Die Beine stützte sie kerzengerade an der weißen Wand ab.

Ich erhob mich und betrachtete sie. Sie atmete schwer. Die Rose und der Feuervogel glänzten auf ihrer Haut. Sie war so wunderschön. Was ging es mich an, was sie mit Herdi angestellt hatte?

»Was heißt das: dasselbe Recht auf Glück wie Mette?«, fragte ich.

Roula Rouge hatte ihre Augen geschlossen. Sie sagte lange nichts, dann hauchte sie ihre Antwort in den Raum: »Heute ist Baby-Tag, Schotter. Ich spüre das.« Sie streichelte ihren Bauch. »Frauen spüren das.«

»Und Männer haben damit nichts zu tun?«

»Doch schon. Ein bisschen, ja. Aber nicht mehr soviel wie früher, wie zu Zeiten von Omi Musch.«

»Du glaubst also, jetzt kriegst du ein Baby?« Ich ging über die geräucherte Eiche zur Espresso-Maschine und legte eine Kapsel Arpeggio in den Halter.

Roula Rouge antwortete nicht mehr. Sie schlief tief und fest. Ihre Beine klebten senkrecht an der Wand.

Die folgenden Wochen vergingen, als sei nichts geschehen, als habe es die drei letzten Tage nie gegeben – nicht die Reise nach Zürich, nicht die Reise nach München, nicht den Mordversuch an Michael Herdi. Unser gemeinsames Leben ging seinen gewohnten Gang. Roula Rouge arbeitete viel, ich trieb mich im Loft herum oder streifte als Stadtstreicher mit den Stöpseln des iPods in den Ohren durch die Straßen. Abends besuchten wir oft gemeinsam eine Kinovorstellung oder eines unserer Lieblingsrestaurants.

Roula Rouge teilte mir an einem dieser Abende mit, dass sie im nächsten Jahr, also nach der Amerika-Reise und nach der Geburt unseres Kindes, ernsthaft beabsichtige, Philosophie zu studieren. Der Flattergeist Zufall bewege sie immer noch.

Wie sie Studium und Mutterschaft unter einen Hut bringen wollte, davon sprach sie nicht. Und auf meine Frage, was sie überhaupt so sicher mache, dass sie schwanger sei, antwortete sie wieder in der ihr eigenen, unbekümmerten Art: »Frauen spüren sowas, Jonathan. Du musst dich nur noch ein paar Tage gedulden, dann wirst du sehen: Ich habe Recht.«

Meine Launen in dieser Zeit ignorierte Roula Rouge. Sie war zu klug, um nicht zu merken, dass mir Gedanken durch den Kopf schossen, die mich beunruhigten, ja, die mir sogar große Angst einjagten. Roula Rouge aber tat so, als bemerkte sie nichts davon. Sie hätte sagen können: *Du hast doch irgendwas, Jonathan? Komm, spuck's aus. Du willst wissen, ob ich eine Mörderin bin. Stimmt's? – Nein, ich bin keine Mörderin.* Oder: *Du hast doch irgendwas, Jonathan? Spuck's aus. Du willst wissen, ob ich eine Mörderin bin. Stimmt's? – Ja, ich bin eine Mörderin.*

Doch diese Fragen stellte sie nicht. Stattdessen sah sie mich mitleidig an und bemühte sich, mich aufzuheitern. Zweimal versuchte sie es sogar, indem sie mir einen Witz erzählte, obwohl sie wusste, dass ich Witze hasste.

Über Michael Herdi sprachen wir in dieser Zeit nicht – oder jedenfalls nicht mehr als jeder andere Mensch in Deutschland, der Zeitung las. Zwar verschlangen wir sämtliche Artikel über den Fall, taten aber beide so, als handelte es sich um ein Verbrechen, das in Honolulu begangen worden war, fernab von unserer Welt.

Die Zeitungen waren voll von Herdi. Die Boulevardblätter berichteten mindestens sieben Tage in Folge auf der ersten Seite in großen Schlagzeilen von dem Fall. Die Polizei rief die Mitbürger auf, sachdienliche Hinweise zu geben. Es wurden Nachbarn interviewt und ehemalige Angestellte der Firma Herdi Communications. Und natürlich auch ein paar Dutzend Opfer des Opfers. Die meisten lehnten den Anschlag strikt ab, der kleine Rest wollte sich nicht zu der Tat äußern. Für die Öffentlichkeit aber stand fest, dass der

Täter nirgendwo anders zu suchen war, als unter den Menschen, die ihr Vermögen durch Herdis kriminelle Energie verloren hatten.

Je mehr Tage ergebnislos verstrichen, desto aggressiver wurde die Berichterstattung gegen die Polizei. Ein Kommentator schrieb: Bei den Möglichkeiten, die den ermittelnden Behörden heute zu Verfügung stünden, sei es eine Schande, dass es nicht den Hauch einer Spur gäbe, die zum Täter führe, zumal es sich bei diesem offensichtlich nicht um einen Profi, sondern um einen Dilettanten handelte.

Den Dilettantismus begründete der Schreiber mit den Messerstichen, die nicht zum Tod Herdis geführt hatten. Als lächerlich beschrieb er die Schnittwunde am Hals unter dem Kehlkopf. Wer so dumm sei, so nah vor seinem Ziel, sein Vorhaben nicht zu Ende zu führen, der sei auch dumm genug, sich erwischen zu lassen. Es sei denn, die Polizei gebärde sich noch dümmer als er.

Herdi war offenbar nicht auf seinem Grundstück überfallen worden, sondern in den Maximiliansanlagen. Schwer verletzt hatte er sich von dort zurück zum Haus geschleppt, wo er schließlich im Vorgarten zusammengebrochen war. In einer Zeitung stand, Socke und Fussel, die beiden Labradorhunde, hätten das Blut, das ihr Herrchen auf dem Weg verloren hat, vom Kopfsteinpflaster geschleckt.

Die Ärzte des Klinikums Rechts der Isar, zwei Männer, die allabendlich in Weiß bei ntv auftraten, um den Gesundheitszustand Herdis zu referieren, waren zuversichtlich, dass das Opfer wieder aus dem Koma erwachen werde. Michael Herdi habe zwar schwere Verletzungen an einer Niere davon getragen, an der Milz und an der Lunge, in Lebensgefahr befand er sich aber angeblich nicht mehr. Die Polizei hoffte, dass der Unternehmer irgendwann aufwachte und Angaben zum Täter oder zu der Täterin machen konnte.

Es wurden in diesen Tagen auch viele Fotografien von Herdi und seiner Familie gedruckt, die meisten davon waren alt und zeigten den Glanz vergangener Tage. Aber es waren auch ein paar aktuelle Fotografien darunter. Eines zeigte Eliane mit Manuela und Mathias auf dem Weg in die Klinik. Eliane wirkte um zwanzig Jahre gealtert. Sie ähnelte auf erschreckende Weise ihrer Mutter, sogar die Beine kamen mir ähnlich dünn und zerbrechlich vor. Als Roula Rouge das Foto sah, sagte sie mit dem Akzent der Frau, die ihr gegenüber im Keyif gesessen hatte: »Ist das etwa Frau Herdi? Die hätte ich nie wiedererkannt. Die sieht ja aus wie Mutter Teresa, wie ein Champignon.«

Die Frage klang in der Aussprache so schreiend komisch und gemein, dass ich ihr antwortete, sie solle sich nicht lustig machen. Eliane habe genug zu leiden.

»Ich mach mich doch nicht lustig, Schotter. Aber sag mal ehrlich, hättest du die wiedererkannt?«

Ein anderes Foto in der Münchner Abendzeitung erstaunte mich noch mehr. Es zeigte Susanne von Lilienthal in ihrem hellblauen Kittel strahlend am Tag der Vernissage in der Galerie Krawczik. Neben ihr streckte die träumende Jungfrau die Arme gen Himmel. Es sah so aus, als flehte das Model die Künstlerin an. Susanne war wunderschön auf der Abbildung. Ihre Beine waren durchtrainiert und schienen selbst auf dem matten Papier der Zeitung noch zu glänzen. Und da ich wusste, dass sie unter dem Kittel nichts trug, bildete ich mir ein, sie vollkommen nackt zu sehen.

Der kurze Artikel, der zu dem Foto gehörte, war ein flammendes Plädoyer für den Internet-Unternehmer. Susanne, die als erfolgreiche Künstlerin und beste Freundin der Familie Herdi vorgestellt wurde, ließ in wörtlicher Rede eine Suada an Beschimpfungen gegen den deutschen Staat ab.

Nicht Herdi, sagte sie, habe den Konzern in den Ruin getrieben, sondern kleinliche Behörden, die von Sesselfurzern regiert wurden. Der Staat habe es nicht nur fertig gebracht, das kreative Lebenswerk eines Mannes mit Visionen zu zerstören, sondern auch den Mob so aufzuheizen, dass er nicht vor Mord zurückscheute.

Ich war sprachlos.

In dem Artikel stand auch, dass Susanne und Herdi noch einen Tag vor dem Mordanschlag bei einem Italiener in Schwabing gemeinsam essen waren. Was sollte das jetzt? Susanne hatte mir doch erzählt, sie habe für Herdi in seinem Haus gekocht. Mein Lieblingsgericht, Scholle in Senfsauce.

Roula Rouge lag in der Badewanne, während ich den Artikel las. Ich ging zu ihr. Sie hatte den hellblauen Verschluss der Shampooflasche und den rosa Verschluss des Conditioner wie Monokel zwischen ihre Augen geklemmt und sah aus wie ein Marsmännchen. Auf ihrem Kopf saß eine funkelnde Krone aus Schaum. Als sie merkte, dass ich mich auf den Rand der Badewanne setzte, fragte sie: »Was gibt's Neues in unserer schrecklich brutalen Welt, Schotter?«

Ich hielt ihr die Zeitung vor die Nase.

Sie ließ die Verschlüsse von ihren Augen ins Wasser plumpsen und sagte: »Kannst du mir bitte meine Brille geben? Sie liegt auf dem Waschbecken.«

Sie setzte die Brille auf und studierte die Seite mit dem Foto, das sie geschossen hatte. Nach einer Weile, die mir wie eine Ewigkeit vorkam, sagte sie: »Das ist ja unglaublich. Dürfen die das?«

»Dürfen die was?«

»Na, mein Foto drucken, einfach so. Müssen die mich nicht vorher fragen?«

»Viel spannender finde ich die Frage, woher die das Foto haben.«

Roula Rouge verschwand für ein paar Sekunden unter

Wasser. Als sie wieder auftauchte, sagte sie: »Na, von wem wohl, Jonathan? Von deiner Ex natürlich.«

»Aha, und woher hat meine Ex das Foto?«

»Na, von mir natürlich. Ich hab's ihr geschickt, per Email. Sie hat mich noch in der Galerie gebeten, ihr ein paar Abzüge zu schicken. Sie hat damals Abzüge gesagt. Das fand ich komisch. Abzüge.«

Roula Rouge tat so, als sei das Wort ein Begriff aus dem frühen Mittelalter.

»Und woher hattest du ihre Email-Adresse?«

»Von ihrer Website natürlich.«

»Warum hast du mir nicht gesagt, dass du Susanne die Fotos geschickt hast? Du hast sie ja nicht einmal mir gezeigt.«

»Entschuldigung, ich wusste nicht, dass ich fragen muss. – Kommt nicht wieder vor, Jonathan. Ich schwör's.«

»Hat sich Susanne bedankt?«

»Iwo. Nach dem Skandal im Keyif … Sie hasst mich, weil ich ihren Lieblingsfan beleidigt habe. Hast du bemerkt, wie die beiden sich den ganzen Abend in die Augen geblickt haben? Wenn ich nicht wüsste, dass sie mit diesem Galeristen zusammen ist, mit diesem Krawczik oder wie auch immer der heißt, dann würde ich glauben, Susanne und Herdi ficken zusammen. Oder haben zusammen gefickt. Jetzt ficken sie natürlich nicht mehr. Oder glaubst du, dass ein Mann im Koma ficken kann. Ich mein nur … das ist doch eine interessante Frage.«

Roula Rouge lachte und stand auf. Sie stellte sich seitlich vor den Spiegel und streichelte mit der flachen Hand ihren flachen Bauch.

»Sieht man schon was?«, fragte sie.

Ich verließ das Bad, ohne zu antworten. Sie rief hinter mir her: »Glaubst du, Jonathan, deine Paula hätte sich aus dem Fenster gestürzt, wenn sie schwanger gewesen wäre?«

Meine Antwort wartete sie nicht ab. Sie lieferte sie sich gleich selbst. »Bestimmt nicht. Eine Frau, die schwanger ist, stürzt sich nicht aus dem Fenster. Ich glaube, nicht mal meine Mutter hätte es fertiggebracht, sich aufzuhängen, wenn sie ein Baby erwartet hätte. Nein, nicht mal sie – und das will was heißen.«

Sechsundvierzig

Mitte Oktober, zwei Tage vor meinem achtundvierzigsten Geburtstag, wurden Roula Rouge und ich von der Nachricht überrascht, dass Michael Herdi aus dem Koma erwacht war. Ich lag noch im Bett, Roula Rouge putzte sich gerade die Zähne. Sie kam aufgeregt aus dem Badezimmer gestürzt, wo sie Radio gehört hatte.

»Herdi ist aufgewacht, Jonathan!«, schrie sie. Sie wirkte bei der Verkündung der Botschaft nicht sehr fröhlich, schon gar nicht so, als freute sie sich darüber, dass ihr Vater noch am Leben war. Das mag aber auch daran gelegen haben, dass der Schaum der Zahnpasta ihr über die Lippen lief.

Das Frühstücksfernsehen bestätigte, was Roula Rouge im Radio gehört hatte. Die Ärzte des Klinikums Rechts der Isar ließen es sich nicht nehmen, am Morgen um acht Uhr Herdis Genesung persönlich zu verkünden. Der Unternehmer sei außer Lebensgefahr, sagten sie. Er lache und habe bereits den Wunsch nach Gänsestopfleber geäußert, einem Glas Champagner und einem Teller Nudeln mit Trüffeln. Diese Wünsche würden ihm natürlich nicht erfüllt. Die Ärzte guckten amüsiert in die Kamera, während sie über die Gelüste ihres Patienten plauderten. Ich beobachtete Roula Rouge während der Pressekonferenz. Sie saß bewegungslos im Vanity-Fair-Sessel und starrte auf die Flatscreen des TV-

Geräts. Ich versuchte aus ihrem Blick zu lesen. Die Ärzte kündigten an, die Polizei werde Herdi am übernächsten Tag zum Tathergang verhören können.

Hatte Roula Rouge Angst? Fragte sie sich, ob jetzt die Wahrheit ans Licht kam? Oder war es ihr gleichgültig, was passierte? Vielleicht war sie ja so naiv zu glauben, dass sie mit einer Bewährungsstrafe davon kommen könnte, wenn das ganze Ausmaß ihrer Familiengeschichte publik gemacht wurde.

Und dann zweifelte ich plötzlich wieder: Plötzlich hielt ich es für möglich, dass die Frau, der ich ein knappes halbes Jahr zuvor in der S5 begegnet war, überhaupt nichts mit dem Anschlag zu tun hatte. Man tanzte doch nicht so leicht wie eine Feder durch die Welt, wenn man versucht hatte, einen Menschen umzubringen …

Für kurze Zeit schien sich die zweite Annahme zu bestätigen. *Du bist einem Hirngespinst hinterhergelaufen, Schotter. Du hast dir umsonst Sorgen gemacht.*

Am Tag nach der Pressekonferenz der Ärzte wurde ein Mann festgenommen, der als dringend tatverdächtig beschrieben wurde. Der Mann war ein irakischer Teppichhändler aus Rosenheim, der mit seiner Firma Bankrott gegangen war, nachdem er mit der Herdi-Aktie zuerst Millionen verdient und später wieder verloren hatte. Da er Optionen des Papiers gekauft hatte, hatte er jetzt nicht nur kein Geld mehr, sondern auch noch einen Haufen Schulden.

Roula Rouge nahm die Nachricht unbekümmert, fast regungslos zur Kenntnis. Sie sagte nur: »So ist es eben, die Iraker sind heutzutage an allem Schuld.«

Vierundzwanzig Stunden später musste die Polizei den Mann wieder auf freien Fuß setzen. Sein Alibi war hieb- und stichfest. Er war zur Tatzeit nicht in Deutschland, sondern in Bagdad gewesen.

Roula Rouge weckte mich am Morgen mit der Neuigkeit. Doch auch dies tat sie eher beiläufig, so als interessiere es sie gar nicht, ob ich vielleicht auf die Idee kam, sie wieder mit dem Anschlag in den Maximiliansanlagen in Verbindung zu bringen. Ihr Interesse galt einzig und allein mir.

Es war der siebzehnte Oktober. Ich hatte Geburtstag. Roula Rouge tänzelte beschwingt mit einem frisch gebackenen Sandkuchen à la Omi Musch in den Händen vom Küchenblock zum Bett. Sie trug eine neue, dunkelblaue Jeans ohne Löcher und ein weißes T-Shirt, ihre vollen Lippen glänzten so rot, dass sie mich blendeten.

Als sie sich neben mich auf die Bettkante setzte, ertönte aus den Lautsprechern meines Computers Marilyn Monroe mit dem Lied *Happy Birthday, Mr. President.* Roula Rouge sang leise mit. Ich setzte mich langsam auf, und nachdem die beiden Mädchen das Ständchen beendet hatten, versuchte ich mit aller Kraft, die achtundvierzig Kerzen auf einmal auszupusten, die liebevoll auf der Spitze des Kuchens platziert waren. Meine Brustnarbe machte mir dabei zu schaffen. Doch ich ließ mir den Schmerz nicht anmerken. Die vielen Kerzen für sich genommen waren schon schlimm genug. Dass ich jetzt auch noch meine körperlichen Gebrechen offenbarte, kam nicht in Frage.

Roula Rouge legte sich auf den Rücken neben mich. Ihr Blick schweifte in eine andere Welt. Bevor sie ihre Arme über dem Kopf ausstreckte, zog sie mein linkes, angewinkeltes Bein zu sich. Mein Oberschenkel ruhte jetzt auf ihrem Bauch, das Knie berührte ihren Busen. Ich war nackt und fühlte mich hilflos.

»Leg deine Arme um meinen Kopf und küss meine Wange«, sagte sie wie eine Fotografin, die ein Bild inszenierte. Ich schloss die Augen und tat, was sie verlangte. Ich kam mir vor wie ein Embryo. Ich war ein Embryo.

Ich weiß nicht, wie lange wir schweigend dagelegen hatten, aber irgendwann sagte sie so laut, dass ich erschrak: »Schotter, ich hab den Scheißkerl gefunden, der meinen Computer geklaut hat.«

Ich antwortete nicht. Mein Mund berührte immer noch ihre Haut, und ich vergaß zu atmen. Am liebsten hätte ich mir die Decke über den Kopf gezogen.

»Hast du mich verstanden? Hast du verstanden, was ich gesagt habe? Ich hab den Scheißkerl gefunden, der mir soviel schlaflose Nächte bereitet hat.«

»Aha«, sagte ich.

»Interessiert dich gar nicht, wer es ist?«

»Doch sehr. Erzähl schon …«

»Willst du es wirklich wissen?«

»Nun sag schon.«

Roula Rouge sprang auf. Sie griff nach einem Kopfkissen. Und während sie damit wild auf mich einschlug, schrie sie: »Du bist der Scheißkerl, Schotter. Du hast meinen iBook geklaut. Ist dir klar, dass du mit deinem Leben gespielt hast? Ist dir das klar? Bevor ich dich als Banditen, als miesen, kleinen Social Engineer überführt hatte, habe ich dem Kerl mindestens hundert Mal in meinen Träumen mit dem Rasiermesser die Kehle durchgeschnitten.« Ihre Hand bildete eine Faust, die sie ganz schnell von links nach rechts auf der Höhe ihrer Kehle durch die Luft sausen ließ.

»Red keinen Unsinn!«, sagte ich.

»Unsinn?« Roula Rouge griff wieder zum Kissen und schlug noch ein paar Mal zu. Ich versuchte, mit beiden Händen mein Gesicht zu schützen.

Dann ging sie zum Fahrstuhl. Sie zog sich die Pumas an und sagte, sie müsse jetzt arbeiten. Witwe Mielke warten zu lassen, sei gefährlich. Jede Dauerwelle könne in dem hohen Alter die letzte sein.

»Und wie kommst du darauf, dass ich es war?«

Die Tür des Fahrstuhls fiel ins Schloss. Ich hörte noch, wie sie rief: »Wenn du Wert darauf legst, Schotter, werde ich dir das heute Abend beweisen. Leugnen ist zwecklos. Bescherung: heute Abend!«

Für den Rest des Tages fühlte ich mich als Täter. Roula Rouge behauptete, beweisen zu können, dass ich ihr iBook geklaut hatte. Wahrscheinlich konnte sie es. Ich war also *in big trouble,* wie Susanne von Lilienthal immer zu sagen pflegte.

Warum quälte ich mich jetzt trotzdem immer noch mit dem Gedanken, Roula Rouge könnte die Frau gewesen sein, die Michael Herdi in dem Münchner Park niedergestochen hatte? Warum wollte ich unbedingt hinter das Geheimnis kommen? Wenn sie es gewesen war, konnte mein Interesse doch nur sein, dass es niemand erfuhr, nicht einmal ich.

Wenn sie es nicht war, umso besser.

Was zerbrach ich mir also den Kopf? Es war vollkommen überflüssig, zumal an diesem siebzehnten Oktober die Nachrichten meldeten, dass der Unternehmer Michael Herdi sich an nichts erinnern konnte, was sich in der verregneten Nacht des Überfalls abgespielt hatte. Er wusste angeblich nicht einmal mehr, dass er mit Socke und Fussel im Park spazieren gegangen war.

Wenn also nicht einmal Herdi Interesse daran hatte, dass die Tat aufgeklärt wurde – warum ich?

Um halb acht rief Roula Rouge mich auf dem Handy an. Sie bestellte mich für acht Uhr ins Arlecchino. Sie habe bei Branco angerufen und den Tisch direkt am Fenster reserviert.

Pünktlich, um kurz vor acht, verließ ich das Loft. Es war kühler geworden. Der Herbst hatte mit Gewalt die Macht an sich gerissen. Es war windig. Roula Rouge und ich hatten den ersten gemeinsamen Sommer überlebt.

Die Tische auf der Terrasse vorm Arlecchino waren verschwunden. Das Restaurant schien bis auf den letzten Platz besetzt, nur den Tisch am Fenster hatte Branco für uns frei gehalten. Ich blieb noch für eine Weile vor der Tür des Restaurants stehen, atmete die frische Luft und hielt Ausschau nach Roula Rouge. Auf der anderen Straßenseite sah ich einen jungen Mann mit Rastalocken. Er ähnelte Maurice. Er hatte seinen Arm um die Schulter einer Frau gelegt. Es war die Philipps. Vor der Eingangstür zu ihrer Pension, an der die Fahne von Haiti dem Wind trotzte, blickte sie sich plötzlich um, so als fühlte sie, dass ich sie beobachtete.

»Jonathan«, rief sie. Sie winkte mir zu. Sie nahm den Rastaman an die Hand und überquerte die Straße. Nach der Begrüßung entschuldigte sie sich, dass sie sich noch nicht gemeldet hatte, seitdem sie zurück war. Sie habe all die Tage schon ein schlechtes Gewissen gehabt. Aber manchmal, sagte sie, spiele das Leben eben anders als geplant. Dann stellte sie mir den jungen Mann an ihrer Seite vor. Ich schätzte ihn auf Mitte zwanzig, vielleicht sogar noch ein bisschen jünger.

»Das ist Louissant, Jonathan«, sagte sie. Sie habe ihn aus Haiti importiert, wo jeder dritte Mann Louissant heiße. Ich entgegnete ihr, sie müsse sich nicht entschuldigen. Ich gebrauchte sogar den Satz, den Michael Herdi im Keyif am Abend der Vernissage gebraucht hatte. Ich sagte: »Jeder ist seines Glückes Schmied, Frederike. Genießen Sie Ihr Leben.« Schließlich wollte ich wissen, ob sie Louissant auch schon in Montana dabei gehabt habe.

»Gott bewahre«, antwortete sie. »Ich glaube, mein Bruder hätte das nicht überlebt. Die Montaner sind eine seltsame Sorte Mensch. Man darf sie nicht reizen. Nein, ich bin von meinem Bruder noch einmal nach Haiti geflogen. Ich habe Louissant persönlich dort abgeholt. Und wissen Sie, wem ich diesen Mut zu verdanken hatte, Jonathan?«

»Erzählen Sie, Frederike.«

»Ihnen, nur Ihnen. Wenn ich damals nicht dieses Foto in Ihrem Roboter auf dem Schreibtisch gesehen hätte, diesen pechschwarzen Mann und diese schneeweiße Frau – Sie erinnern sich, dieses Bild von hinten …« Frederike Philipps kicherte. »Nie im Leben hätte ich diese Courage aufgebracht. – Also, wenn Sie so wollen, Jonathan, dann sind Sie meines Glückes Schmied.«

Wir verabschiedeten uns. Mein Blick verfolgte das ungleiche Paar, bis es im gegenüberliegenden Hauseingang verschwand. Die Hand von Louissant ruhte während des ganzen Weges auf dem Hintern meiner ehemaligen Wirtin.

Roula Rouge ließ mich warten. Sie kam erst um kurz nach halb neun ins Arlecchino. Wie ein Wirbelwind stürmte sie in das Restaurant. Ich hätte sie fast nicht erkannt. Sie hatte dunkelbraune, in alle Richtungen stehende, kurze Haare und trug ein graues Chanel-Kostüm, ähnlich dem, das sich ihre Mutter anhand des Schnittmusters selbst genäht hatte. Nur hatte Roula Rouges Exemplar einen Pelzbesatz am Kragen.

In den Händen hielt sie zwei Chanel-Tüten. Über der Schulter hing der schwarze Rucksack. Sie lächelte. »Tut mir leid, dass ich zu spät bin, Jonathan, aber der Schneider ist mit der Änderung nicht rechtzeitig fertig geworden. Er musste noch eine Nackenfalte entfernen.« Sie drehte sich auf ihren Pumps, die offensichtlich auch neu waren, einmal um sich selbst und fragte: »Gefällt's dir?«

Roula Rouge lächelte zufrieden, während sie aus der kleinen Brusttasche des Kostüms eine American-Express-Karte zog.

»Hier«, sagte sie und reichte mir die Karte. »Die hab ich

mir geliehen. Ich zahl's dir zurück, wenn es mir finanziell besser geht.«

»Du hast mit meiner Karte gezahlt?«

»Ja, ich hab keine eigene. Das weißt du doch. Ich wollte schön sein an deinem Ehrentag. Und klauen darf ich ja nicht mehr.«

Es dauerte ein paar Sekunden, bis ich begriff, dass sie mich nicht auf den Arm nahm.

»Und der Laden hat deine Unterschrift akzeptiert?«

»Nein, er hat deine akzeptiert, Jonathan. Die ist wirklich nicht so schwer, *J. Schotter.*«

»Aber auf der Karte steht mein Name – erhaben und in Druckbuchstaben. Jonathan Schotter.«

Branco hatte sich inzwischen mit zwei Champagnergläsern in den Händen zu uns gesellt. Er lauschte amüsiert dem Gespräch. Dabei tat er so, als wüsste er, worum es ging.

»Druckbuchstaben … erhaben …«, wiederholte Roula Rouge. Sie schüttelte den Kopf. »Du glaubst doch nicht im Ernst, dafür interessiert sich heute noch jemand. Die sind doch alle froh, wenn überhaupt noch jemand was kauft.« Sie gab mir einen Kuss und setzte sich.

Branco reichte uns die Champagner-Gläser. Er beglückwünschte mich und fragte, ob er schon den ersten Gang bringen dürfe. Roula Rouge sagte, er solle noch einen Moment warten. Offensichtlich hatte sie die Choreographie des Abends übernommen. Sie lächelte mich an und sagte: »Achtundvierzig. Mein Social Engineer ist jetzt achtundvierzig Jahre alt. Doppelt so alt wie ich.«

Dann verschwand ihr Kopf für ein paar Sekunden unter dem Tisch, wo sie die Chanel-Tüten abgestellt hatte. Als er wieder auftauchte, hielt sie mir mit der einen Hand ein längliches Päckchen entgegen und mit der anderen einen Briefumschlag mit einem roten, herzförmigen Aufkleber.

»Was zuerst?«, fragte ich.

»Das kannst du halten wie ein Dachdecker.«

Ich nahm den Umschlag und riss ihn auf.

»Vorsichtig, Jonathan. Du musst behutsam damit umgehen.«

Aus dem Umschlag zog ich ein Blatt, das so aussah, wie die vergilbte Fotokopie einer Fotografie aus den achtziger Jahren des letzten Jahrhunderts. Ich sah nur Weiß-, Schwarz- und Grautöne und seltsame Zahlenfolgen. Ich verstand gar nichts. Und ich war mir auch nicht sicher, ob ich verstehen wollte.

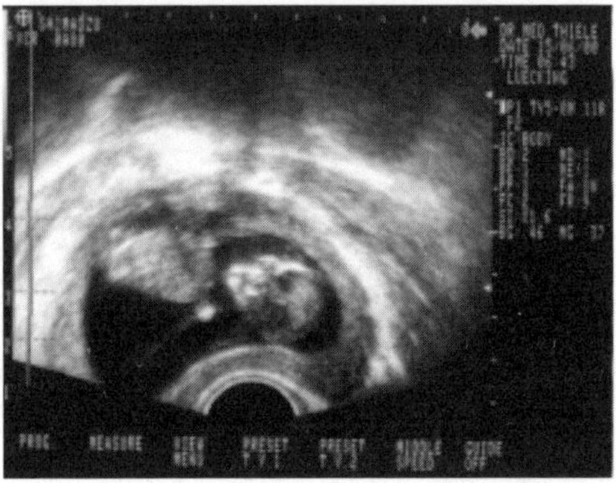

Roula Rouge sah mich lauernd an, während sie so tat, als blickte sie in die Klinge ihres Messers, um sich die Lippen nachzuziehen. Ich spürte, wie mir das Blut in den Kopf schoss. »Was ist das?«, fragte ich. Das hauchdünne Papier in meiner Hand zitterte.

»Das ist Richard«, antwortete sie. »Nein, das ist natürlich nicht Richard. Das ist das erste Ultraschallfoto von Richard.«

»Und wer ist Richard?«

»Na, wer wohl? Bist du schwer von kape? Unser Sohn, Jonathan.«

»Du willst mir also tatsächlich weismachen, es hat funktioniert, du bist schwanger.«

»Kerze an der Wand funktioniert fast immer.« Sie strahlte. »Bist du glücklich?«

Ich nickte. Zwei Frauen am Nebentisch beobachteten uns. Mein Kopf war immer noch so rot wie Tomatensuppe. Das spürte ich. Ich beugte mich über den Tisch und gab Roula Rouge einen Kuss.

»Sehr glücklich«, sagte ich. »Ich bin sehr glücklich, aber woher weißt du, dass es ein Junge wird. Hast du das testen lassen?«

»Nein, die Fruchtwasseruntersuchung wird erst in sechs Wochen gemacht. Ich hab da einen Trick, der haut immer hin. Omi Musch hat ihn mir verraten.« Roula Rouge beugte sich zu mir herüber. Sie sprach plötzlich ganz leise. »Soll ich ihn dir verraten?«

Ich nickte wieder.

»Also, du erinnerst dich doch daran, wie wir Richard gemacht haben ...« Jetzt sprach sie noch leiser. Ich verstand kaum noch, was sie sagte. »Erinnerst du dich an den Moment, als du gekommen bist, Jonathan?« Sie hielt mir ihre flache Hand vors Gesicht und schloss sie blitzartig zur Faust. »Ich hab doch deine Eier zerquetscht, natürlich nicht zerquetscht, gequetscht, mein ich ... Erinnerst du dich?«

»Allerdings, ich hab geschrien.«

»Ja, du hast laut aufgeschrien. Das musste aber sein. Entschuldigung. Denn nur so bekommst du hundertprozentig einen Jungen. Die männlichen Spermen sind in Wirklichkeit nämlich schreckhafter als die Mädchen. Es sind richtig kleine Schisshasen, sie hauen schneller ab und erreichen auf diese Weise auch schneller das Ei, also das Ei der Frau, natürlich. Mein Ei.«

Ich war perplex.

»Verstehst du, Jonathan? Hab ich mich verständlich ausgedrückt? Und genau aus diesem Grund bekommen wir jetzt Richard und nicht Ricarda. Klar?«

»Und warum haben Omi Musch und deine Mutter das nicht auch so gemacht? Sie haben beide nur Töchter.«

»Sei nicht albern, Jonathan. Kannst du dir nicht vorstellen, dass es Frauen gibt, die sich Mädchen wünschen? Manchmal glaube ich wirklich, Nike hat Recht: Ihr seid alle Idioten. Und du musst dir gar keine Illusionen machen: Ich will auch noch ein Mädchen. Aber zuerst will ich Richard. Basta. In dieser Beziehung bin ich eben ein bisschen konservativ.«

Branco kam an den Tisch, er brachte eine Kartoffelsuppe mit dicken Speckwürfeln.

»Gavi oder vielleicht ein Bier dazu?«, fragte er.

»Gavi«, sagte ich.

Ich starrte auf die Suppe und wusste, ich würde keinen Löffel davon herunterbringen. Es war die gleiche Suppe, die ich in Ahlbeck gegessen hatte. *Es ist die beste Suppe der Welt*, hatte ich Roula Rouge auf der Insel gesagt. Jetzt hatte sie beim Koch vom Arlecchino dafür gesorgt, dass ich die gleiche Suppe bekam. An meinem Geburtstag wollte sie nur das Beste für mich.

Ich nippte am Löffel, dabei fiel mein Blick noch einmal auf die Fotokopie von Richard. Wie war sie auf den Namen Richard gekommen? Ich kannte niemanden, der seinen Sohn heute Richard nannte.

Branco brachte den Gavi. Roula Rouge tippte mit dem schwarzen Nagel des Zeigefingers auf das längliche Päckchen. »Jetzt das hier«, sagte sie.

Ich legte den Löffel beiseite und öffnete das Päckchen. Das Geschenk war in Seidenpapier verpackt. Ich schlug das Seidenpapier zurück. Mein Atem stockte. Vor mir lag eine rote Krawatte mit vielen kleinen weißen Elefanten.

Branco, der gerade mit einem Plopp den Korken aus der Flasche zog, sagte: »Oh, die kommt mir aber bekannt vor.«

Roula Rouge grinste. Sie hatte ihren Arm auf dem Tisch gestützt, ihr Kopf lag in der Hand. »Es war gar nicht so einfach, das Ding aufzutreiben, Schotter. Den Email-Verkehr mit Hermès brächte man nicht mal in einem Leitz-Ordner unter.«

Ich sah sie verdattert an, so, als verstünde ich nicht, worum es ging.

»Du musst jetzt gar nicht so tun«, sagte sie. »Wir sind nun am weniger erfreulichen Teil des Abends angekommen. Das ist eine Kopie der Krawatte, die du getragen hast, als du Mette und mir in der S-Bahn gegenüber gesessen bist. Das Original trägt Branco um den Hals. Du hattest damals Angst, sie könnte dich überführen. Und du hast gar nicht so Unrecht damit gehabt. Fast wäre es dir auch gelungen. Du hättest sie nur wegwerfen müssen, anstatt sie Branco zu schenken. Ich hab ein fotografisches Gedächtnis, Schotter. Und nachdem ich Branco mit dem Ding gesehen habe, musste ich nur eins und eins zusammenzählen. Du hast dir mein iBook unter den Nagel gerissen. Du, du hast mich damals unglücklich gemacht. Du bist der miese, kleine Social Engineer, Schotter. Leugnen ist zwecklos.«

»Das ist doch lächerlich.«

»Lächerlich? Gut, also machen wir weiter. Glaub aber nicht, dass es angenehmer wird. Einmal, ich weiß nicht, ob du dich erinnerst, haben wir telefoniert, als ich im Schwarz-Sauer saß. Du hast mich gefragt, ob NikeBerlin bei mir ist. Erinnerst du dich?«

»Ja, und?«

»Du kanntest Nike, ich weiß, die Karaoke-Nacht. Aber du hast sie während des Telefongesprächs NikeBerlin genannt. Und NikeBerlin konntest du nicht kennen. Das ist der Name, den sie im Internet benutzt, in Chat-Rooms. Also, nachdem du sie NikeBerlin statt Nike genannt hast, war mir klar, sie hat eine Instant Message an meinen Rechner geschickt. Sie dachte, ich saß vor dem Bildschirm. Aber das war nicht ich. Das war der Schweinehund aus der S-Bahn.«

Branco räumte die Suppe ab. Er verzog andeutungsweise das Gesicht. Roula Rouge trank ein Glas Gavi und zündete sich eine Nil an, bevor sie fortfuhr.

»Du musst jetzt gar nicht antworten, Schotter. Ich wollte mir dich heute wirklich nicht vornehmen. Schade um den schönen Tag, an dem es soviel zu feiern gibt – unseren Richard, deinen Achtundvierzigsten ... Aber du bestehst drauf, also, bitte schön. Punkt drei: Deine Ex. Susanne von Lilienthal. Sie hat sich, als du mich ihr im ersten Stock der Galerie vorgestellt hast, gewundert, dass ich keinen Nasenring trage. Erinnerst du dich, Jonathan? Als ich sie später vor der Jungfrau fotografierte, habe ich sie gefragt, woher sie wusste, dass ich normalerweise einen trage. Sie hat geantwortet: ›Na, von dem Foto. Jonathan hat es mir gezeigt. In seinem Computer.‹ Nur erzähl mir mal, bitte schön, wie mein Foto in deinen Computer gekommen sein soll. Nein, Jonathan, Susanne hat mein Foto in meinem Computer gesehen.«

Roula Rouge lachte. Sie wollte gar keine Antwort mehr von mir, geschweige denn eine Rechtfertigung. Sie lachte so laut, dass die Gespräche an den anderen Tischen des Restaurants verstummten.

»Und dann«, sagte sie, während ihr Zeigefinger die Stirn berührte, »die Geschichte mit Renaud und *Hexagone*. Ich habe noch nie einen Menschen getroffen, der Renaud kannte. Und ausgerechnet du hast an seiner Seite für die gerechte Sache auf der Welt gekämpft ... Für wie blöd hältst du deine Frisöse eigentlich?«

Ich atmete tief durch. Branco brachte Scholle in Senfsauce. Woher wusste Roula Rouge, dass ich Scholle in Senfsauce liebte? Ich starrte auf die Tischdecke.

Roula Rouge verschwand kurz unter dem Tisch. Als sie wieder auftauchte, sagte sie: »Um mit dem Thema abzuschließen, hier …«

Sie warf mir die Ausgabe von Rolling Stone zu. Ich konnte sie gerade noch abfangen, bevor sie auf den Fisch fiel. Ich blickte auf den nackten John Lennon und die angezogene Yoko Ono. Die Zeitschrift sah aus wie von einem Buchbinder restauriert.

»Ich hab das Heft zum Buchbinder gebracht«, sagte Roula Rouge. »Er hatte viel Arbeit damit. Das war wirklich nicht nötig. Ich meine, dass du die Ausgabe so behandelst und dann auch noch in den Müll schmeißt. Dass du mich für blöd hältst, das hätte ich ja vielleicht noch kapiert. Aber blind? Hab ich dir irgendwann einmal Anlass zur Vermutung gegeben, ich könnte blind sein? Hast du ehrlich geglaubt, ich hätte das Heft auf dem Tisch im Loft nicht gesehen? Sag schon, Jonathan! Das hat mich echt beleidigt.«

Ich schwieg. Ich stocherte in der Scholle herum und wusste nicht, wohin ich blicken sollte.

Roula Rouge erhob sich. Sie ging um den Tisch herum. Als sie neben mir stand, sagte sie: »Rück mal ein bisschen ab.«

Ich schob meinen Stuhl zurück.

Sie stellte sich frontal vor mich, raffte den Rock des Kostüms über die Oberschenkel und setzte sich breitbeinig auf meinen Schoß.

»Weißt du, was mein größtes Glück war, Schotter?«, fragte sie. »Raus mit der Sprache: Weißt du's?«

Ich schüttelte den Kopf.

»Mein größtes Glück war, dass da so ein Scheißkerl gekommen ist und meinen Computer geklaut hat.«

Dann küsste sie mich. Die Gäste im Arlecchino applaudierten, einige riefen Bravo. Und irgendwann, als ich keine Luft mehr bekam, befreite ich meinen Mund von ihrem Mund. Ich sah in ihr Gesicht. Ich sah auf die vollen Lippen. Ich sah in die dunkelbraunen Augen. Ich sah auf ihr linkes Ohrläppchen, in dem der Ohrring von Conny Klein steckte. Ich sah einen blauen Stein mit dem geflochtenen Goldrand. Und dann sah ich auf das rechte Ohr. Mein Atem stockte. Das Ohrläppchen des rechten Ohrs zierte das gleiche Exemplar. Ganz kurz schloss ich die Augen, als wolle ich es nicht wahrhaben. Woher hatte sie das Stück? Für den Bruchteil einer Sekunde, spielte ich mit dem Gedanken, Roula Rouge zu fragen.

Ich ließ es bleiben. Ich war mir sicher, sie hätte mir auch auf diese Frage eine plausible Antwort gegeben.

Wir blickten uns lange in die Augen. Roula Rouge lächelte dabei ein wenig verschmitzt, so, als läse sie meine Gedanken. Schließlich fuhr sie mit der flachen Hand und gespreizten Fingern über meinen Kopf und sagte: »Ich muss dir mal wieder die Haare schneiden, Jonathan.«

Siebenundvierzig

Seit meinem Geburtstag sind fast zwei Wochen vergangen. Ich sitze immer noch auf der Terrasse des Dressler. Ich bin der einzige Gast. Roula Rouge lässt mich warten. Aber das ist nichts Neues. Ich habe mich daran gewöhnt, wie ich mich an den Sonnenuntergang gewöhnt habe.

Das Mädchen, das mir gegenüber saß, ist gerade gegangen. Sie hat das Buch *Ich werd auf eure Gräber spucken* durchgelesen. Ob es ihr gefallen hat, weiß ich nicht. Ich habe versucht, es aus ihrem Gesicht herauszulesen. Es ist mir nicht gelungen. Ich bin nicht gut im Lesen von Gesichtern. Ich bin überhaupt schlecht in der Beurteilung von Situationen. Wenn ich ehrlich bin, habe ich bis gestern geglaubt, ich müsse Roula Rouge die nächsten Jahre im Gefängnis besuchen.

Das glaube ich inzwischen nicht mehr. Die Münchner Polizei hat vor Herdis Villa und in den Maximilansanlagen keine Spuren von DNA gefunden, die zum Täter führen. Und Michael Herdi selbst wird der Polizei vorerst auch nicht mehr helfen können. Er scheint nicht nur mit den Stichverletzungen an Niere, Milz und Lunge zu kämpfen, sondern auch mit seinen Ganglien, die ihm einen Streich spielen.

Gestern haben ihn zwei TV-Reporter von Potz oder Blitz besucht. Ich kann mich an den Namen nicht erinnern. Es war jedenfalls ein Boulevard-Magazin, das am Nachmittag die Hausfrau beim Bügeln unterhält. Die beiden Journalisten, ein Mann und eine Frau, haben den Millionär am Tegernsee in einer Privatklinik aufgespürt, wo er sich zur Kur aufhält. Sie sind in sein Zimmer eingedrungen und haben ihn gestellt.

»Hallo Herr Herdi, dürfen wir Ihnen kurz ein paar Fragen stellen?«

Herdi wirkte nicht überrascht. »Selbstverständlich«, sagte er, »nehmen Sie Platz.«

Die Frau setzte sich auf die Bettkante, der Mann blieb stehen und filmte. Nur gelegentlich hörte man seine Stimme aus dem Off.

Herdi saß in einem tiefen Sessel, er trug weiße Boxershorts und ein viel zu enges T-Shirt, auf dem John Lennon abgebildet war. Unter dem T-Shirt zeichneten sich Verbände ab. Herdis Füße steckten in roten Puma-Schuhen.

»Shoot!«, sagte er. »Was haben Sie auf dem Herzen?«

»Wir können nicht glauben, dass Sie sich überhaupt nicht an die Nacht des Attentats erinnern?«

»Wer sagt denn das? Ich erinnere jede Sekunde.«

»Aber die Polizei und die Ärzte …«

»Die Polizei, die Ärzte, die Polizei, die Ärzte … Sie sind naiv, Mädchen. Die stecken doch mit denen unter einer Decke.«

»Unter einer Decke? Mit wem unter einer Decke?«

»Mit dem Stasi-Pack, natürlich.«

»Die Stasi gibt es nicht mehr, Herr Herdi.«

Herdi lachte hysterisch. »Ich sag es ja, Sie sind naiv, Mädchen. Die Stasi ist überall. Sie hat mich geschafft, mich fertig gemacht. Verstehen Sie? Sie hat mir meine Firma geraubt. Und sie wollte meine Familie zerstören. Aber das wird ihr nie gelingen.« Herdi machte eine kurze Pause. »Diese kleine Schlampe …«

»Welche Schlampe?«

»Die Malerin aus Haidhausen. Sie haben sie auf mich angesetzt.«

»Welche Malerin?«

Herdi nannte einen Namen, den die Fernsehanstalt mit einem Pfeifton überspielte. »–, die Malerin mit dem Feuervogel auf Schulter und Oberarm.«

Als wir nachts eine Wiederholung der Sendung sahen, sagte Roula Rouge: »Der ist verrückt geworden, Schotter. Herdi ist verrückt. Mein Gott, ist das traurig.«

Roula Rouge und ich fliegen morgen übrigens via Zürich nach Amerika. Wir haben Swiss gebucht, obwohl die in letzter Zeit oft abstürzt. Aber man kann nicht immer auf Nummer sicher gehen, manchmal muss man auch etwas riskieren. Ich habe zwei First-Class-Tickets gekauft und dabei kurz gezögert, weil die wirklich verflucht teuer waren. Aber dann habe ich wie Susanne von Lilienthal gesagt: *So what?*

Mein Vermögen hat sich im letzten halben Jahr mehr als verdoppelt. Die Apple-Aktie ist abgegangen wie eine Rakete. Der iPod ist wirklich ein kleines Wunder. Und über das iBook müssen wir ja nicht mehr reden.

Roula Rouge hat gefragt, ob nicht ein bisschen Geld für ein kleines Haus an der Ostsee übrig ist.

»Vielleicht in Misdroy, dort, wo Mariola herkommt«, habe ich vorgeschlagen.

Roula Rouge zog ein Gesicht, als hätte ihr jemand drei saure Heringe auf einmal in den Mund gestopft. »Du willst dir ein Haus in Polen kaufen?«

Also, der Hauskauf ist noch nicht ausdiskutiert. Und jetzt fahren wir ja auch erst einmal für mindestens vier Wochen nach Amerika. Dort vergisst man den deutschen November ganz schnell. Wenn wir zurückkommen, will Roula Rouge sofort ihr Fruchtwasser testen lassen. Ich bin gespannt, ob Omi Muschs Theorie mit dem Eierquetschen stimmt. Bis jetzt glaube ich kein Wort davon. Aber ich lasse mich gern überraschen, auch wenn es mir in Wirklichkeit wurscht ist, ob es Richard oder Ricarda wird. Ein Mädchen wäre mir nämlich auch ganz recht. Ich habe gehört, die stehen mehr zum Vater, wenn die Beziehung der Eltern einmal scheitern sollte.

Als Roula Rouge gestern in einem Anflug von Eifersucht wieder von Paula anfing, habe ich ihr die Wahrheit gesagt.

Paula war die Rottweiler-Hündin von Clarissa, einer amerikanischen Freundin. Nach meiner Herzklappen-Operation hat Clarissa mir ihr Beachhaus in Palm Beach angeboten, wo ich mich von den Strapazen der OP erholen sollte. Clarissa bat mich, Paula auf die Reise mitzunehmen. Das habe ich getan, widerwillig zwar, aber die Vorstellung, Paula tagsüber allein im Penthouse eines Wolkenkratzers zu wissen, zerriss mir das Herz fast noch einmal.

Paula und ich wurden Freunde. Wir verbrachten wundervolle Wochen zusammen. Einen Monat, nachdem ich sie in New York abgegeben hatte und wieder nach Deutschland abgereist war, erhielt ich ein Mail von Clarissa. Sie schrieb, dass Paula ohne mich nicht mehr leben wollte und sich durchs offene Fenster aus dem 37. Stockwerk des Wolkenkratzers gestürzt hatte. Sie sei auf dem Dach eines gelben Taxis gelandet und habe ausgesehen wie Ragout.

Nachdem ich Roula Rouge die Geschichte erzählt hatte, hatte sie Tränen in den Augen, und ich war mein letztes Geheimnis los.

Roula Rouge selbst ist verschwiegener. Als ich sie kürzlich fragte, was sie nachts eigentlich treibe, wenn sie sich aus dem Bett schleiche und in ihrem Arbeitszimmer auf die Tastatur ihres Rechners eindresche, antwortete sie: »Schotter, willst du mir nun auch noch mein letztes Geheimnis nehmen?«